VERSCHWUNDEN

WEITERE TITEL VON K.L. SLATER

In deutscher Sprache
Verschwunden

Die Hochzeit

In englischer Sprache
Missing

The Widow

The Evidence

The Marriage

The Girl She Wanted

Little Whispers

Single

The Silent Ones

Finding Grace

Closer

The Secret

The Visitor

The Mistake

Liar

Blink

Safe With Me

VERSCHWUNDEN
K.L. SLATER

Übersetzt von Leslie Fried

bookouture

Herausgegeben von Bookouture im Jahr 2022

Ein Imprint von Storyfire Ltd.
Carmelite House
50 Victoria Embankment
London EC4Y 0DZ

www.bookouture.com

Copyright der Originalausgabe © K.L. Slater, 2017
Copyright der deutschsprachigen Ausgabe © Leslie Fried, 2022
Übersetzung: Leslie Fried

K.L. Slater hat ihr Recht geltend gemacht, als Autorin dieses Buches genannt zu werden.

Alle Rechte vorbehalten. Diese Veröffentlichung darf ohne vorherige schriftliche Genehmigung der Herausgeber weder ganz noch auszugsweise in irgendeiner Form oder mit irgendwelchen Mitteln (elektronisch, mechanisch, durch Fotokopie oder Aufzeichnung oder auf andere Weise) reproduziert, in einem Datenabrufsystem gespeichert oder weitergegeben werden.

ISBN: 978-1-80314-777-2
eBook ISBN: 978-1-80314-776-5

Dieses Buch ist ein belletristisches Werk. Namen, Charaktere, Unternehmen, Organisationen, Orte und Ereignisse, die nicht eindeutig zum Gemeingut gehören, sind entweder frei von der Autorin erfunden oder werden fiktiv verwendet. Jede Ähnlichkeit mit tatsächlichen lebenden oder toten Personen oder mit tatsächlichen Ereignissen oder Orten ist völlig zufällig.

*Für Mama,
die immer an mich geglaubt hat.*

VORHER

Du weißt es nicht, doch ich beobachte dich. Ich beobachte dich oft.

Und wenn man viel Zeit damit verbringt, eine Person zu beobachten, wünscht man sich manchmal, ihr einen guten Rat zu geben, sie zu warnen, wenn sie vom rechten Weg abkommt.

Unglücklicherweise gehörst du zu der Sorte Mensch, die immer alles besser weiß.

Der Sorte Mensch, die einfach weiterlebt, tagein, tagaus, blind für die Gefahr direkt vor ihren Augen.

Trotzdem möchte ich dir gerne etwas erzählen – fast, als wären wir befreundet. Auch wenn mir klar ist, dass du keine Vorstellung vom Ausmaß der Schmerzen hast, die ein Mensch empfinden kann ... noch nicht.

Hör dir also an, was ich zu sagen habe; es ist ganz einfach.

Wenn du entdeckst, dass dein Kind verschwunden ist, wirst du glauben, das sei der schlimmste Moment deines Lebens.

Schnell wird dich eine Art Benommenheit überkommen, so

als würde alles Blut aus dir heraussickern, ohne dass du das Geringste dagegen tun kannst.

Du spürst es davonströmen, unaufhaltsam. Doch zu dem Zeitpunkt verschwendest du schon keinen Gedanken mehr an dich selbst.

Denn du denkst nur noch an sie, deine Kleine.

Achtundvierzig Stunden. Das ist in etwa die Zeitspanne, die du wankend an der Schwelle zum Wahnsinn verweilst, immer noch irgendwie davon überzeugt, dass durch bloße Willenskraft alles wieder so werden könnte, wie es einmal war.

Du wirst tagelang nicht schlafen und sie werden dir Beruhigungsmittel geben und jedes Mal, wenn du aus deinem betäubten Schlummer erwachst, wirst du die Augen öffnen und für eine Sekunde – nur für diese eine, einsame Sekunde – denken, alles sei in Ordnung. Eine einzige Sekunde, in der du denkst, du hättest dir alles nur eingebildet.

Und danach wirst du glauben, *das* sei der schlimmste Moment deines Lebens.

Denn ungefähr in diesem Moment wird die Hoffnung zu bröckeln beginnen.

Zunächst gerät sie ganz langsam ins Rutschen, bevor sie in Schwung kommt und plötzlich in sich zusammenkracht. Wenn die Hoffnung wie weicher Schnee ist, dann ist der Horror, der an ihre Stelle tritt, das messerscharfe Eis, das deine Seele zerfetzt und auffrisst.

Und all deine Bekannten, jede und jeder einzelne von ihnen, sagen dasselbe.

Sie sagen: »Was auch immer geschieht, du darfst *niemals* die Hoffnung verlieren.«

Doch es ist zu spät für ihre guten Ratschläge, weil du die Hoffnung *schon längst verloren hast*. Sie ist nicht mehr da.

Das fühlt sich dann *wirklich* an wie der schlimmste Moment deines Lebens. Aber bald wird sich herausstellen, dass du so, so falsch lagst.

Denn eines Tages, in nicht allzu ferner Zukunft, wirst du aufwachen und begreifen, dass das wahre Grauen gerade erst begonnen hat.

TEIL 1

1

GEGENWART

QUEEN'S MEDICAL CENTRE, NOTTINGHAM

Tick tack, tick tack, tick tack, macht die Uhr.

Sie hängt an ihrem Platz an der Wand knapp außerhalb meines Sichtfelds.

Auf der anderen Seite des Betts ist Licht, ein Fenster. Dort kann ich verschwommen eine stumme Silhouette ausmachen. Ich glaube, sie ist grün. Sanft streift sie das Fensterglas, flüstert mir zu, während alles andere in dem kleinen, weißen Raum still bleibt.

Ich höre Stimmen und Schritte, die sich der Zimmertür nähern.

Der Arzt und die Ärztin treten ins Zimmer und ich versuche, ihre Bewegungen zu erhaschen, konzentriere mich auf das verschwommene Weiß. Sie kommen jeden Tag etwa zur selben Zeit, dann, wenn das Licht schwächer wird. Daran erkenne ich, dass Nachmittag ist.

Mein Herz schlägt schneller. Werden sie diesmal bemerken, dass ich noch hier bin, hinter der unsichtbaren, schalldichten Mauer, die mich von der echten Welt trennt?

Für sie befinde ich mich im *Wachkoma*. Sie sehen mich mit

weit geöffneten Augen wie versteinert auf der schmalen Matratze liegen. Reglos wie eine Leiche.

Doch im Geist stehe ich aufrecht und hämmere mit der Hand gegen nicht vorhandenes Glas. Schreie und kreische, man möge mich rauslassen.

Schaut mich an!, brülle ich. *Schaut mich an.*

Aber das tun sie so gut wie nie. Mich anschauen, meine ich. Sie reden über mich, beobachten mich aus sicherer Entfernung, doch sie berühren mich nicht und schauen mir nicht in die Augen.

Wenn sie das täten, würde einer der Ärzte oder eine Krankenschwester vielleicht ein leises Wimpernflackern wahrnehmen, ein beinahe unmerkliches Fingerzucken. Sogar die Frau, die das Zimmer putzt, wäre womöglich in der Lage, ein Lebenszeichen zu erkennen, aber nur, wenn sie mich hin und wieder *anschauen* würde.

»Das ist das Schlimmste«, sagt die Ärztin leise und macht einen Schritt auf mich zu. »Dass sie so lebendig aussieht, meine ich.«

Ich bin lebendig!, schreie ich. *Ich BIN lebendig.*

Ich sammle all die Kraft und Entschlossenheit, die mir zur Verfügung stehen, und schicke sie in die Hand, die reglos auf der blassblauen Bettdecke liegt. Meine linke Hand. Die Hand, die sie sehen können, weil sie sich genau vor ihren unaufmerksamen Gesichtern befindet.

Ich brauche nichts weiter tun, als einen Finger zu krümmen, meine Handfläche ein winziges Stück zu bewegen. Es ist eine Frage von Millimetern, ein bloßes Zucken würde genügen. Lediglich stark genug, damit sie es bemerken.

Ich würde alles tun, um ihnen irgendwie begreifbar zu machen, dass ich immer noch hier bin. Starr wie Eis, aber sehr lebendig. Eine Gefangene, eingesperrt in ihren eigenen Leib.

»Da ist niemand mehr«, sagt der Arzt mit gesenkter Stimme. »Seit dem Schlaganfall ist sie nichts als eine Hülle.«

»Ich beneide dich nicht«, seufzt die Frau. »Du wirst bald mit der Familie sprechen müssen.«

»Es gibt keine Familie«, antwortet er. »Wir wissen immer noch nicht, wer sie eigentlich ist.«

Die Tür öffnet sich ein weiteres Mal und fällt dann ins Schloss.

Die Schritte entfernen sich und Stille füllt den Raum.

Jetzt durchdringt sie nichts mehr bis auf das kratzende Seufzen des Beatmungsgeräts, das mich am Leben hält. Und nach jedem einzelnen Seufzer: Stille.

Ohne die eine Maschine kann ich nicht atmen. Ohne die andere kann ich nicht schlucken.

Atme, sage ich mir selbst. *Das kann einfach nicht real sein. Das hier passiert nicht wirklich.*

Doch das tut es. Es passiert wirklich.

Das hier ist die Wirklichkeit.

Was ich noch kann, ist denken. Und ich kann mich erinnern. Aus irgendeinem Grund sehe ich die Vergangenheit jetzt klarer als je zuvor.

Und doch weiß ich instinktiv, dass das, was noch von mir übrig ist, zerstört würde, wenn ich mich zu viel und zu früh erinnere. Der Schmerz wäre unerträglich. Und was würde dann aus meinem wunderschönen Mädchen?

Schon vor einiger Zeit haben alle Evie aufgegeben. Laut offizieller Stellungnahme der Polizei bleibt der Fall unaufgeklärt. Angeblich sind die Ermittler weiterhin offen für Hinweise, aber ich weiß, dass sie keine Spur verfolgen. Weil sie keine haben.

Keine Beweise, keine Augenzeugen. Nichts.

Nachdem es passiert war, las ich monatelang jeden einzelnen Kommentar unter jedem einzelnen Onlineartikel zu dem Thema. Viele Leute redeten, als hätten sie die »grauenvolle Mutter« des »vernachlässigten Mädchens« persönlich gekannt, als hätten sie selbst das »unglückliche Zuhause« betreten.

Andere diskutierten darüber, wie Evie so plötzlich hatte verschwinden können, einfach so. Und alle miteinander waren sie plötzlich Experten.

Ein europäischer Pädophilenring, ein Serienmörder, der es auf Kinder abgesehen hatte, eine Gruppe von Landstreichern – ich kannte jede der fürchterlichen Theorien über die Täter und die genauen Abläufe von Evies Verschwinden.

Irgendwann gaben die Leute Evie auf.

Aber ich nicht. Ich habe beschlossen, daran zu glauben, dass Evie irgendwo da draußen noch am Leben ist. An diesem Gedanken muss ich festhalten.

Darum darf ich nicht in Panik geraten. Obwohl ich keinen Muskel regen und keinen Laut von mir geben kann, muss es möglich sein, sie zu finden, sie zu retten, solange ich mich noch so deutlich an alles erinnere.

Es gibt nur einen Weg: Ich muss in Gedanken zurückgehen, zu dem Tag, an dem alles begann.

Weit zurück in die Zeit, bevor es passierte.

2

DREI JAHRE ZUVOR

TONI

Die kargen, nackten Wände des neuen Hauses waren glatt und kalt, wie freigelegte Knochen. Da war nichts, was sie irgendwie hätte lebendiger wirken lassen. Das gesamte Haus war nichts als eine leere Hülle, ohne Inhalt, ohne Persönlichkeit.

Ein einziger großer Klecks Cremeweiß. Definitiv nicht geeignet, um Stimmung zu machen – es sei denn, man zählte Elend und Verzweiflung dazu.

Ja, es war sauber und funktional, aber ich hatte schon immer *Farbe* geliebt.

Unser altes Wohnzimmer war perfekt gewesen, mit seinem geräumigen Schnitt, dem großen Erkerfenster und der schwarztürkis gemusterten Tapete an einer Wand. Die Auswahl des Musters hatte mich über eine Woche lang beschäftigt; eine Woche, in der die verschiedenen Tapetenmuster am Kaminsims klebten und wir drei jeweils unterschiedliche Favoriten hatten, bevor wir uns schließlich auf ein Design einigten.

Ich ließ meinen Blick über die Wände schweifen, die Fußleisten, den engen Flur und die winzigen Zimmer, die von ihm abgingen. Als wäre mir der Charme des Ganzen bei den ersten zehn Malen Umschauen vielleicht entgangen.

Es war, als wäre mein komplettes Leben bis hin zur völligen Farb- und Texturlosigkeit gebleicht worden. Als wäre sogar meine Seele von innen und außen mit fadem Cremeweiß beschmiert.

Ich trat an das kleine Fenster, von dem aus man auf einen feuchten Fleck zertrampelter Wiese blickte. Die Maklerin hatte die Dreistigkeit besessen, ihn als »Vorgarten« zu bezeichnen. Bei ihren Worten hätte ich beinahe laut losgelacht.

Unkraut erstickte die mageren Beete und Löwenzahn sprießte an den unpassendsten Stellen zwischen den Pflastersteinen hervor, ließ sich von der kühlen Brise umspielen und schwankte in ihr wie ein Heer betrunkener Soldaten.

Ich wandte den Blick ab und sah mich im Zimmer um.

In der Ecke waren ein paar Pappkartons und überfüllte Mülltüten gestapelt, in denen sich alles befand, was von den letzten acht Jahren unseres Lebens übriggeblieben war.

Diese Tüten waren die mit Erinnerungen vollgestopften Zeuginnen all unserer guten und schlechten Zeiten. Ihr Inhalt war dicht aneinandergepresst, damit sich nur nichts bewegte. Damit nicht noch etwas fiel.

Gelächter, strahlende Gesichter und Momentaufnahmen einer glücklichen Familie tauchten in meinem Kopf auf und verschwanden sofort wieder, wie bei einem Analogfilm, der noch ein letztes Mal aufblitzt, bevor er endgültig kaputtgeht. Vielleicht würde ich irgendwann in der Lage sein, alles zu verstehen, die feinen, verknoteten Fäden unseres Unglücks zu entwirren. Endlich begreifen, warum dieser Albtraum ausgerechnet *uns* passiert war.

Vielleicht würde ich dann wieder schlafen können.

Ein Geräusch an der Tür ließ mich hochschrecken, aber als ich mich umdrehte, stand da nur Mum. Sie wirkte erschöpft, das Gesicht von tiefen Falten durchzogen, das drahtige Brillengestell zu steif und streng. Ihre Energie und ihr Wille, Dinge zu erledigen, waren beeindruckend, doch jetzt versetzten sie mir einen Stich, weil sie mich an meine eigene Unzulänglichkeit erinnerten.

Bei meinem Anblick runzelte sie die Stirn. Mit ihrem mütterlichen Röntgenblick erkannte sie sofort, was los war. »Wir hatten uns doch darauf geeinigt, keine Zeit mit Grübeln zu verschwenden, schon vergessen?«

Sie klatschte in die Hände und da war ich wieder, ein zehnjähriges Mädchen, und neben mir Mum, die mich aufforderte, mich mit dem Anziehen zu beeilen, damit ich den Schulbus nicht verpasste.

Wenn es nur so einfach wäre; ich würde mich ohne Zögern in die Vergangenheit zurück katapultieren lassen. Was würde ich nicht alles geben für einen Neustart, dafür, ein paar Entscheidungen anders, besser treffen zu können.

»Lust auf eine Tasse Tee?«

Ich nickte und sah zu, wie Mum zu den Kisten hinüberging und die handschriftlichen Etiketten prüfte.

Da fiel mein Blick auf die Handtasche, die noch auf dem Boden stand, wo ich sie abgelegt hatte, als ich eine Mülltüte nach der anderen aus dem Kofferraum gehievt hatte. Ich griff nach ihr und umfasste sie mit beiden Armen.

»Ich check nur kurz mein Handy«, murmelte ich, weil Mum sich umdrehte und mich prüfend anschaute.

Statt nach dem Handy zu suchen, stand ich weiter stocksteif da, die Handtasche an die Brust gepresst, als wäre sie der Hauptgewinn auf irgendeiner Tombola.

Mum betrachtete mich für einen langen Moment.

»Was?«, fragte ich trotzig.

Sie löste den Blick, seufzte, öffnete einen der Kartons und zog mühelos einen Kessel und zwei Tassen hervor, die sie zuvor in Luftpolsterfolie eingewickelt hatte.

»Tee«, verkündete sie und verschwand wieder in der Küche.

Ich hasse es, Mum anzulügen. Andererseits war lügen

wahrscheinlich ein zu starkes Wort. Was ich machte, betraf sie nicht im Geringsten. Es war eher so, dass ich ihr nicht die ganze Wahrheit erzählte.

Mit fünfunddreißig Jahren war ich schließlich mehr als berechtigt, eigene Entscheidungen zu treffen, ohne meine Mutter zu konsultieren. Zumindest redete ich mir das ein.

Es gab wirklich vieles, für das ich Mum dankbar sein musste.

Nach monatelangem Hin- und Herüberlegen war sie es gewesen, die mich überzeugt hatte, Hemel Hempstead zu verlassen und mit Evie nach Nottingham zu ziehen. Auf diese Weise wären wir näher bei ihr und könnten endlich nochmal neu anfangen.

Ich war schon immer der Meinung gewesen, dass der Ausdruck irgendwie abgenutzt klang: *nochmal neu anfangen*. Man konnte das so schnell und einfach dahinsagen, aber in Wirklichkeit erforderte ein Neuanfang monatelange Planung. Und sogar dann gab es immer noch massenhaft Dinge, um die man sich kümmern musste.

Trotz allem hatte ich Evie schon an der örtlichen, von der Ofsted als »gut« eingestuften Grundschule angemeldet, der St. Saviour's Primary. Sie würde nach den Sommerferien dort anfangen.

Wie Mum sagte, war es wichtig, dass Evies Ausbildung so wenig wie möglich unter dem Umzug litt.

Irgendwie würde ich mich durchkämpfen und tun, was für meine Tochter das Beste war. Für unsere nicht-mehr-ganz-so-perfekte Familie.

»Evie freut sich so auf die neue Schule«, rief Mum aus der Küche. »Das hat sie mir heute früh erzählt, als ich sie beim Hort abgesetzt habe.«

Ihre Worte versetzten meinem Gewissen einen kleinen Stich. Ich hatte neben dem ganzen Umzugschaos und dem Versuch, Andrews Krankenhausrechnungen zu begleichen, noch keine Zeit gefunden, mich mit Evie hinzusetzen und in Ruhe über die anstehenden Veränderungen zu sprechen. Die letzten Wochen waren der reinste Albtraum gewesen.

Doch ich war froh zu hören, dass Evie sich freute.

»Wir haben morgen Nachmittag einen Termin, um uns die Schule anzuschauen«, rief ich zurück. »Du kannst gerne mitkommen, wenn du Lust hast.«

Sie stöhnte auf.

»Ich habe einen Termin beim Osteopathen. Den musste ich letzte Woche schon absagen, weil ich die Schlüssel für dich abgeholt habe, weißt du noch?« Der verstecke Vorwurf war unüberhörbar. »Er wäre wahrscheinlich nicht sonderlich begeistert, wenn ich morgen nochmal absage, aber wenn ihr zurück seid, will ich *alles* hören.«

Auch wenn Mum mich leidenschaftlich gern daran erinnerte, was für eine große Hilfe sie Evie und mir war, wusste ich ehrlich gesagt wirklich nicht, was ich ohne sie getan hätte. Wie ich nach Andrews Tod hätte weitermachen sollen.

Vor achtzehn Monaten war er für eine dringende Mission zurück nach Afghanistan berufen worden. Einen »Sondereinsatz«, hatte sein Sergeant gesagt und noch ein paar leere Worte hinten angehängt, um deutlich zu machen, dass es sich dabei um eine Auszeichnung handelte. Als ob Andrew dankbar oder sogar geehrt sein müsste.

Er war beides gewesen.

Ich hatte verzweifelt gehofft, er würde Evie und mich diesmal wie durch ein Wunder nicht verlassen. Aber als ich das Thema anschnitt, erwiderte Andrew schlicht, es sei seine Pflicht.

Und mir war klar gewesen, dass die Diskussion damit beendet war.

Damals wusste er es nicht, und ich ebenso wenig, doch das war der Augenblick, in dem er sein Schicksal unausweichlich besiegelte. In dem er unser aller Schicksal besiegelte.

Andrew liebte uns, das wusste ich, aber er liebte auch seine Arbeit und sein Land. Und ich und Evie, tja, wir hatten seit dem Moment seiner Einberufung keine echte Chance mehr gehabt.

Andrew war schon vom Rest seiner Familie entfremdet gewesen, als wir uns kennenlernten. Grund war irgendein schrecklicher Familienstreit, der ein paar Jahre zurücklag, die Gemüter aber immer noch erhitzte. Nach dem Unfall hatte ich seinem Vater und seinem Bruder angeboten, sie mit Evie, die sie nie kennengelernt hatten, in Liverpool zu besuchen. Sie hatten sich nie gemeldet.

Mum hatte uns nach dem Unfall finanziell unterstützt, obwohl sie seit dem Tod ihres Partners Brian selbst nicht gerade im Überfluss lebte. Dads letzte Jahre waren die Hölle gewesen, erst die Herzprobleme und schließlich sein Tod. Zwei Jahre danach hatte Mum dann in ihrer Wandergruppe Brian kennengelernt und wir dachten, die beiden würden zusammen alt werden. Traurigerweise war Brian innerhalb von nur sechs Monaten unheilbar an Krebs erkrankt und Mum musste alles noch einmal durchmachen.

Manchmal beschlich mich das Gefühl, dass das Leben letzten Endes einfach nur beschissen war.

3

GEGENWART

QUEEN'S MEDICAL CENTRE

Ich starre an die kahle, weiße Decke, völlig in den Anblick der ins Zimmer dringenden Lichtsplitter versunken, die sich an der billig glänzenden Tapete brechen und als feine Strahlen weiterwandern.

Der Ausblick bleibt immer derselbe, es sei denn, jemand oder etwas entschließt sich dazu, ihn zu verändern. Gestern ist eine schwarze Fliege über die weiße Decke gekrabbelt. Sie hielt genau über mir inne und putzte sich in aller Ruhe die Vorderbeine.

Je länger ich hinsah, desto näher schien sie, wurde immer größer, bis ich überzeugt war, ihre schillernden Augen und das saugende Mundwerkzeug erkennen zu können.

Es war zutiefst abstoßend, doch ich konnte nicht aufhören, das nutzlose Ding anzustarren. Bis mir bewusst wurde, dass die Fliege mir zurzeit haushoch überlegen war.

Heute ist die Fliege nicht zu sehen; sie muss weggeflogen sein. In Richtung Freiheit, gelangweilt von meiner Hoffnungslosigkeit.

Ich durchforste meinen Geist nach Hinweisen darauf, was mit mir geschehen ist. Wie ich hier gelandet bin.

Im Gegensatz zu meinem Körper sind meine Erinnerungen lebendig. Ich kann sie spüren und weiß, sie lauern in den tiefsten Ecken meines Verstandes, wo sie nur darauf warten, eingefangen zu werden.

Es war ein ganz gewöhnlicher Abend zu Hause gewesen. Ich erinnere mich an den laufenden Fernseher und daran, wie ich in die Küche ging, um mir einen Tee zu machen.

Wahrscheinlich dachte ich gerade darüber nach, was ich vor dem Zubettgehen noch erledigen musste. Den Geschirrspüler einräumen, alle Lichter ausschalten, Evies Klamotten für den nächsten Tag rauslegen – und dann entglitt mir der Kessel.

Das kochende Wasser spritze auf meinen Arm und ich brüllte.

Alles war so laut. Die Geräusche des Fernsehers und des auf den Boden schlagenden Kessels klangen wie Paukenschläge in meinen Ohren.

Kein schwarzer Vorhang senkte sich über mich. Es gab keine aufblitzenden Lichter, keine Träume, die ich mit der Realität verwechselte. Ich schwebte nicht unter der Decke und sah mich selbst nicht von oben.

Da war einfach nur Nichts. Eine klaffende Leere, wo vorher ich gewesen war.

Als ich aufwachte, war ich hier.

Ich hatte einen Schlaganfall gehabt. Das hörte ich einen von ihnen sagen, während sie damit beschäftigt waren, wie wild auf ihren Klemmbrettern herumzukritzeln. Einen schweren. Ein Schlaganfall kann verschiedene Auswirkungen auf den Körper haben; ich hatte die Aufzählungen in den Infobroschüren gesehen, die in Arztpraxen immer im Wartezimmer liegen. Die Ärzte hier wissen gut Bescheid, was die möglichen Konsequenzen eines Schlaganfalls betrifft.

Aber da ist noch etwas, das sie nicht wissen.

Etwas Anderes, das mit mir passiert ist – *nach dem Schlaganfall*. Etwas, das mich in meinem Körper gefangen hält wie ein Insekt in Bernstein.

Ein Schlauch führt durch meine Nase meinen Rachen hinab. Ernährt mich. Ein weiterer Schlauch steckt seitlich in mir und lässt die Überreste der Nahrung verschwinden.

Es gibt viele Dinge, die ich allein kann, allerdings nur, was meinen Kopf betrifft.

Uhr an der Wand, ich lausche gebannt.

Ich weiß, dass ich noch lebe, weil ich immer noch in der Lage bin, bescheuerte Reime zu erfinden, in denen meistens die Uhr vorkommt. Ganz deutlich erinnere ich mich an Evies helles Lachen, an die weichen Konturen ihres Gesichts.

Das kann die Maschine nicht.

Außer der Uhr bewegt sich hier drin nichts, und meistens ist ihr Umriss das Einzige, was ich zumindest verschwommen erkennen kann.

Mein Herz pumpt stärker, schlägt schneller. Auch dafür ist nicht die Maschine verantwortlich, sondern mein Kopf. Meine Gedanken lassen mein Herz schneller schlagen.

Weil ich am Leben bin.

Ich bin am Leben.

ICH.

BIN.

AM LEBEN.

Wieder und wieder schreie ich die Worte hinaus, doch die Stille im Zimmer bleibt.

4

DREI JAHRE ZUVOR

TONI

»Die Möbel kommen um eins«, rief Mum aus dem anderen Zimmer. »Du kannst schon mal anfangen, die Kartons auszupacken, wenn du magst.«

Ich mochte nicht. Ich hatte keine Lust, Kartons auszupacken oder irgendetwas zu tun, was im Entferntesten mit körperlicher Arbeit verbunden war. Ich hatte noch nicht einmal Lust, ins Auto zu steigen und Evie in unserem zehn Jahre alten Fiat Punto aus dem schäbigen, von der Stadtverwaltung geförderten Ferienhort abzuholen. Der Wagen hatte dringend einen neuen Auspuff nötig. Doch fürs Erste blies er weiter fröhlich dunkle Wolken illegal gewordener Abgase in die Luft, während ich versuchte, das Geld dafür aufzutreiben.

Aber wenn es um meine Tochter ging, hatte ich keine Wahl.

»Ich gehe Evie abholen«, ließ ich Mum wissen und griff nach dem Autoschlüssel. Ihre Antwort wartete ich nicht ab. Plötzlich wollte ich nur noch raus, zumindest für eine Weile.

Draußen beschallte ein viel zu laut eingestelltes Radio die ganze Straße mit knisternder Popmusik. Auf der Suche nach dem Ursprung dieser musikalischen Einlage blickte ich mich um und stellte fest, dass das Fenster im Erdgeschoss des Nachbarhauses weit offenstand. Das aggressiv plärrende Radio stand auf dem Fensterbrett.

Wie es aussah, würden wir uns auch noch mit asozialen Nachbarn herumschlagen müssen. Das wurde ja immer besser.

Ich wandte den Blick ab und ging zum Auto, das ich in Ermangelung einer Einfahrt oder Garage auf der Straße geparkt hatte.

Ich hatte mich gerade angeschnallt, als mich ein Klopfen an der Fensterscheibe aufschrecken ließ. Eine dünne Frau mit strähnigen, wasserstoffblonden Haaren und einer dunklen Lücke dort, wo einmal ein Vorderzahn gewesen sein musste, grinste mich an und hob die Hand.

Ich ließ das Fenster ein kleines Stück runter und sofort roch es im gesamten Auto nach abgestandenem Zigarettenrauch.

»Hallo, Nachbarin.« Sie lächelte breit. Meine Augen wanderten immer wieder zu ihrer Zahnlücke, obwohl ich versuchte, nicht hinzuschauen. »Ich bin Sal. Ich wohne mit meinen zwei Jungs nebenan.«

Sie nickte in Richtung des Hauses, das ich zuvor als den Ursprung des dröhnenden Radios identifiziert hatte. Ich ließ das Fenster noch ein kleines Stück weiter runter.

»Hi, ich bin Toni.« Ich lächelte und streckte meine Hand umständlich durch die Lücke zwischen Scheibe und Autodach. »Meine Tochter Evie und ich sind heute eingezogen. Ich wollte sie gerade aus dem Hort abholen.«

Sal ignorierte meine Hand, also zog ich sie wieder zurück.

»Nur Sie und die Kleine, ja? Auch keinen Mann im Haus? Schätze mal, wir sind ohne sie besser dran, was?« Sie schien über einen nicht enden wollenden Strom rhetorischer Fragen zu kommunizieren.

Für meine Antwort pickte ich mir eine davon heraus. »Genau, nur ich und meine Tochter.«

»Ste und Col, meine beiden Jungs, sind schon groß. Ich bin

nicht eine von diesen Müttern, die glauben, ihren Kindern scheint ständig die Sonne aus dem Allerwertesten – verstehen Sie, was ich meine? Sie können einem ganz schön auf den Senkel gehen. Und wenn sie Ihnen irgendwann mal Probleme machen, lassen Sie's mich sofort wissen, ja?«

»Probleme?«

»Na, Sie wissen schon. Jungs eben. Hecken ständig irgendwas aus. Colin ist gerade erst aus dem Kittchen raus. Hat seinen Neunzehnten da drin verbracht, das muss man sich mal vorstellen. Er kann eine ziemliche Nervensäge sein, aber ich bin froh, ihn wieder bei mir zu haben. Irgendwie bleiben sie halt immer unsere kleinen Babys, ganz egal was passiert, stimmt doch, oder?«

»Er war im *Gefängnis*?« Ich versuchte, keine Miene zu verziehen, spürte aber gleichzeitig, dass der Schreck sich wie eine starre Maske in meinen Gesichtsmuskeln einnistete.

»Natürlich war's nicht seine Schuld. Gab ein kleines Missverständnis mit ein paar Jugendlichen in der Stadt, versteh'n Sie? Wenn es irgendwo ein Problem gibt, kommen sie direkt an und fragen nach unserem Colin. Die brauchen einfach einen Sündenbock, hab ich Recht?«

Die Erkenntnis, dass ich meine Tochter aus einer guten Nachbarschaft in ein Viertel geschleppt hatte, wo sie Tür an Tür mit einem verurteilten Straftäter lebte, verursachte mir Übelkeit. Ich hatte genug von Sals Geschichten, genug von dem Zigarettengeruch, der sie umgab wie stinkender Nebel.

»Ich sollte mich mal besser auf den Weg machen«, murmelte ich hastig, bevor sie mit der nächsten haarsträubenden Erzählung ankam. »Ich will Evie nicht warten lassen.«

»Gut, meine Liebe, aber sobald Sie sich ein bisschen eingelebt haben, müssen Sie auf eine Tasse Tee rumkommen. Dann können wir in Ruhe plaudern.« Sal hob die Hand zum Abschied und machte einen Schritt vom Auto weg.

Schnell ließ ich den Motor an und den Bordstein hinter

mir, bevor Sal die nächste besorgniserregende Information über einen ihrer Söhne einfiel, die sie glaubte, mit mir teilen zu müssen.

Obwohl Sal und ich nichts gemeinsam hatten, hatte ihre Einladung mein Gedächtnis ein wenig aufgewühlt, mich das Gewicht dessen spüren lassen, was einmal mein Leben gewesen war.

Ich schätzte die enge Beziehung zu meiner Mutter wirklich sehr, doch was mir fehlte, war eine enge, unparteiische Freundin, mit der ich über alles reden konnte. Ich vermisste das Gefühl der Erleichterung, nachdem man sich alles von der Seele geredet hatte, am besten bei einem Glas Wein, mit einer Person, die einen nicht verurteilte. Die einen verstand.

Eine solche Person gab es in meinem Leben nicht mehr. Meine beste Freundin Paula war vor fünf Jahren nach Spanien gezogen. Am Anfang hatten wir noch über Skype miteinander gesprochen, doch mittlerweile beschränkte sich unsere Beziehung auf eine Weihnachtskarte pro Jahr, auf die wir zum Abschied »Bis ganz bald« schrieben, obwohl wir beide wussten, dass ein Treffen nie zustande kommen würde.

Dann war da Tara gewesen. Wir hatten uns früher regelmäßig zu viert getroffen und waren etwas trinken oder essen gegangen, wenn unsere Ehemänner zu Hause waren. Und waren sie gerade woanders stationiert, hatten wir beide uns Filme ausgeliehen und Essen bestellt.

Ihr Mann, Rob Bowen, war an dem Tag mit Andrew im Dienst gewesen. Er war noch am Unfallort gestorben.

Tara war im vierten Monat schwanger gewesen, als es passierte, und angeblich hatte sie das Baby verloren. Unser Verlust hätte uns näher zusammenbringen sollen, aber stattdessen schien er uns zu entzweit zu haben.

Ich hatte ihr eine Beileidskarte geschickt, während ich selbst noch trauerte, aber was nützte so was? Ich erinnerte mich, wie ich nach den richtigen Worten gesucht und mich schließlich für »Mein tiefes Beileid« entschieden hatte. Ein jämmerlicher Versuch, meine Gefühle zum Ausdruck zu bringen.

Selbstverständlich würde ich meiner neuen Nachbarin in naher Zukunft keinen Besuch abstatten. Sal war zwar ganz nett, doch irgendetwas an ihrer Art störte mich. Ich wollte nicht, dass Evie Zeit mit ihr verbrachte. Und obwohl jeder Mensch eine zweite Chance verdiente, auch wenn er einen Fehler gemacht hatte, gefiel mir das, was ich bisher über ihren Sohn Colin erfahren hatte, überhaupt nicht.

Ich fuhr bis zum großen Kreisverkehr am Ende der Cinderhill Road und reihte mich in die Autoschlange ein. Der konstante Verkehrsstrom von der M1 Richtung Stadtzentrum bewegte sich nur sehr langsam vorwärts und ich musste beinahe eine volle Minute warten, bevor ich geradeaus in Richtung Broxtowe Estate weiterfahren konnte.

Während ich durch den Kreisverkehr kroch, bemerkte ich ein großes Hotel zu meiner Linken. An den Außenwänden kündigten riesige Poster eine großangelegte Hochzeitsmesse am Ende des Monats an, außerdem das Konzert einer Take-That-Tribute-Band, die am Wochenende vor Halloween auftreten sollte.

Zu spät fiel mir auf, dass ich mich auf der falschen Spur befand, und ich versuchte, den Wagen auf den anderen Fahrstreifen zu manövrieren, indem ich ihn in die Diagonale brachte. Der Wagen hinter mir ließ ein langanhaltendes Hupen hören. Ich warf einen Blick in den Rückspiegel und hob entschuldigend die Hand, gerade rechtzeitig, um zu sehen, wie sich das Gesicht des Fahrers in eine wütende Fratze verwandelte, während er stumme Beleidigungen ausstieß.

Ich kämpfte gegen den plötzlichen Drang, eine Vollbremsung zu machen und ihn von hinten in mein Auto reinfahren zu lassen, einfach nur, um ihm das Leben schwer zu machen. Woher diese asoziale Anwandlung kam, wusste ich nicht. Seit

Andrews Tod schossen mir solche Gedanken einfach durch den Kopf, fast als würde jemand anders sie dorthin schicken.

Beim Blick auf meine Hände am Lenkrad sah ich, dass die Knöchel ganz weiß waren, so fest umklammerte ich das Lenkrad.

5

DREI JAHRE ZUVOR

TONI

»Sie hatten KEINS von den neuen Lego-Sets, Mummy«, beschwerte Evie sich auf dem Weg vom Ferienhort zu unserem silbernen Fiat.

Ihre blonden Locken wippten auf und ab und reflektierten die sanften Strahlen der Nachmittagssonne. Sie rümpfte ihre Stupsnase, was sie eher niedlich als verärgert aussehen ließ. Das Muttermal an ihrem Hals wirkte in der Sonne heller, wie eine kleine Erdbeere. »UND ich sollte Milch trinken. Sie haben gesagt, das ist gut für die Knochen. Ist das gut für die Knochen, Mummy?«

Evie mochte Milch in ihrem Müsli, konnte sie pur allerdings nicht ausstehen.

»Milch ist gut für die Knochen, weil sie viel Calcium enthält«, erklärte ich, während ich den Punto zurück auf die Cinderhill Road steuerte. »Aber es gibt noch viele andere Lebensmittel, die Calcium enthalten, zum Beispiel Joghurt und Käse, also *musst* du keine Milch trinken, wenn du sie nicht magst.«

Evie nickte ernst. »Ich hab gesagt, Milch macht, dass ich

brechen muss, und dass ich einmal über den Perser gebrecht habe. Dann durfte ich Saft trinken.«

Ich unterdrückte ein Prusten. Evie hatte sich tatsächlich einmal auf die Perserkatze unserer ehemaligen Nachbarn übergeben. Ich bezweifelte, dass sie – oder die Katze – uns jemals wirklich verziehen hatten.

Wieder zu Hause steuerte Evie sofort auf ihre übergroße Lego-Box zu und entleerte den Inhalt mitten ins Zimmer. Ich seufzte und schüttelte den Kopf.

»Evie, ich glaube, jetzt ist nicht der Moment, um ...«

»Toni, Schatz, lass sie spielen«, unterbrach mich Mum, was ihr ein zuckersüßes Lächeln von Evie einbrachte. »Wir können doch bei der Arbeit einen Bogen um sie machen.«

»Nanny, ich muss aufs Klo.« Evie verzog das Gesicht.

»Na dann los«, gurrte Mum. »Nanny geht mit dir.«

Evie war fünf Jahre alt und durchaus in der Lage, allein auf die Toilette zu gehen. Aber ich schluckte meinen Ärger hinunter. Wenn ich mich einmischte, würden die beiden mich sowieso einfach ignorieren.

Nachdem sie das Zimmer verlassen hatten, nahm ich in einem der aufklappbaren Liegestühle Platz, mit denen wir auskommen mussten, bis die Möbel eintrafen. Ich ließ den Blick wieder einmal über die Kartons in der Ecke schweifen, machte jedoch keine Anstalten, mit dem Auspacken zu beginnen.

Noch war ich nicht bereit, mich von der Zeit mit Andrew im alten Haus zu verabschieden; dem Ort, in den er und ich all unsere Hoffnungen und Wünsche für die Zukunft gesteckt hatten und der jetzt das Zuhause einer anderen Familie war.

Nicht zum ersten Mal überkam mich das überwältigende Verlangen, zu rennen.

Wegzurennen vor Mum, vor der Erinnerung an Andrew – und heute sogar vor Evie. Nur für eine Weile.

Die Trauer schnürte mir die Luft ab. Wie naiv wir gewesen

waren, Andrew und ich. Wir waren durchs Leben getollt wie arglose Welpen und hatten nicht mal für eine Sekunde daran gedacht, nach möglichen Fallen Ausschau zu halten.

Ich spürte den vertrauten, unaufhaltsamen Anflug einer Panikattacke. Schnell griff ich nach meiner Handtasche und spähte hinein, nur um sicherzugehen, dass noch alles sicher an seinem Platz verstaut war, geschützt vor neugierigen Blicken.

Immer wieder sagte ich mir, dass ich die Wahl hatte. Ich konnte alles gestehen, jetzt gleich. Ich konnte Mum alles erzählen und die Dinge in Ordnung bringen, bevor sie außer Kontrolle gerieten.

Doch bei der Vorstellung, um Hilfe zu bitten, fühlte sich mein Magen an, als würde ein Haufen Aale darin herumwuseln.

Tief drinnen wusste ich, dass ich es nicht konnte. Noch nicht.

Außerdem wäre es übertrieben. Schließlich hatte ich nicht die Kontrolle verloren, sondern verließ mich lediglich für einen begrenzten Zeitraum auf eine Übergangslösung. Eine Stütze.

Ich wusste, was ich tat, und hatte mir geschworen, nicht zu weit zu gehen.

Ich zwang mich, aufzustehen, und öffnete halbherzig die deutlich mitgenommenen Deckelklappen des erstbesten Kartons. Sobald ich sah, was er enthielt, seufzte ich: Erinnerungen an ein vergangenes Leben.

Familienfotos von gemeinsamen Ferien, Weihnachtsfesten, Abendessen in Restaurants zu besonderen Anlässen. Ein Bild von uns dreien, das Evie im Kindergarten gemalt hatte. Liebevoll gestaltete Grußkarten: *Für Daddy*, *Für den besten Mann der Welt*, *Für meine geliebte Ehefrau*.

Ich hatte es einfach nicht geschafft, mich von den Sachen zu trennen, obwohl ich wusste, dass in unserem neuen Zuhause chronischer Platzmangel herrschte. Ein Teil von mir brauchte diese Dinge, musste sie weiterhin anschauen können. So würde ich mich daran erinnern, wie wir gewesen waren. Es war eine Möglichkeit, die ausgefransten Enden meines einstigen Lebens beieinander zu halten.

Ich biss mir fest auf die Zunge, um wieder zur Vernunft zu kommen. Ich musste zumindest *versuchen*, optimistisch an die Sache heranzugehen. Dieses Haus symbolisierte etwas Frisches für Evie und mich, unseren Neuanfang. Es war, wie Mum sagte: Ich musste einfach daran glauben, dass alles wieder gut werden würde.

»Immer schön positiv bleiben«, sagte ich mir laut. »Es wird sich schon alles zum Besten fügen.« Doch die Worte klangen leer und verloren in dem kahlen Raum, der mich umgab.

Nachdem Mum und Evie fertig waren, saßen wir beisammen und tranken Tee. Die Situation fühlte sich ruhiger an, heimeliger.

Bis plötzlich ein energisches Klopfen an der Tür ertönte.

Mum und ich tauschten einen überraschten Blick, während Evie nicht einmal aufschaute, so versunken war sie in ihr buntes Legobauwerk.

»Soll ich aufmachen?«, fragte Mum.

»Nein, ich geh schon.« Ich stand auf und strich ein paar Haarsträhnen glatt, die sich aus meinem eilig zusammengebundenen Pferdeschwanz gelöst hatten.

Schon von Weitem sah ich, dass kein Schatten auf dem Milchglas lag, der auf potenziellen Besuch hätte schließen lassen, doch ich öffnete die Tür und machte mich bereit, den Paketdienst oder Postboten oder wen auch immer anzulächeln.

Aber da war niemand.

Ich blickte nach unten. Ein wunderschöner Lilienstrauß stand direkt vor der Tür, eins dieser teuren, handverlesenen Bouquets, die über ein Plastikgefäß mit Wasser versorgt werden. Strauß und Gefäß befanden sich in einer stylischen schwarzen Tasche mit Tragegriffen.

Ich stieg über die Blumen auf den Bürgersteig und schaute

die Straße hoch und runter, aber es war niemand zu sehen. Ich griff nach der Tasche und hob sie an den Tragegriffen hoch, doch das Blumenarrangement machte einen instabilen Eindruck, darum packte ich stattdessen einfach direkt den schicken Stoff an den Seiten und trug das Ganze so ins Haus.

»Schaut mal, was ich vor der Tür gefunden habe«, sagte ich grinsend, als ich das Wohnzimmer betrat.

»Ooh, so schöne Blumen.« Evie sprang auf. »Von wem sind die, Mummy?«

»Ich weiß noch nicht, wer sie geschickt hat.« Ich lächelte und stellte das Bouquet auf dem Boden ab. »Guck doch mal nach, ob du irgendwo im Strauß einen kleinen Briefumschlag findest, Evie.«

Mum hob eine Augenbraue. »Irgendeine Ahnung, von wem sie sein könnten?«

»Nicht die geringste.« Ich schaute Evie dabei zu, wie sie vorsichtig zwischen den Stängeln nach einem Umschlag des Absenders suchte. »Obwohl ich unsere neuen Kontaktdaten an mein komplettes Adressbuch geschickt habe, also könnte es theoretisch jeder gewesen sein.«

»Tja, ich kann dir jedenfalls sagen, dieser Strauß war nicht billig. Orientalische Lilien sind ...«

Mums Worte wurden von Evies markerschütterndem Schrei unterbrochen.

»Evie, was ist passiert?« Ich sprang auf und eilte zu ihr.

Sie klatschte in die Hände und wimmerte und ich sah ein Insekt zur Decke fliegen. Gerade als ich den Blumenstrauß anstarrte, kroch eine Wespe daraus hervor. Dann noch eine. Und noch eine – und alle steuerten zielsicher auf Evies blasse, ungeschützte Arme und Hände zu.

»Wespen!«, brüllte ich, warf mich schützend über meine Tochter und versuchte, ihren Kopf und Körper mit meinen Armen abzuschirmen. »Sie kommen aus dem Blumenstrauß!«

Evies Schreie und Mums klagendes Gejammer lenkten

mich von dem Schmerz ab, der sich langsam an meinen Armen und Schultern ausbreitete. Ich streckte einen Arm zur Seite, um den Blumenstrauß wegzuschieben, und stieß ihn dabei um.

»Da ist ein Nest drin!«, kreischte Mum. »Wir müssen hier raus!«

Ich schnappte mir Evie und zusammengekauert liefen wir Richtung Haustür. Mum folgte uns dicht auf den Fersen und schlug die Tür hinter uns zu, sobald wir alle draußen waren. Wir verteilten uns auf dem Gelände. Evie schrie immer noch und schlug sich auf Gesicht und Arme.

Mum und ich schnipsten uns gegenseitig die Wespen vom Körper und ich zog eine aus Evies Haaren, die mich sofort in den Finger stach.

Ich schaute von außen durchs Wohnzimmerfenster. Sah zu, wie die boshaften, gestreiften, winzigen Körper sich in wilder Wut gegen die Glasscheibe pressten, immer noch im verzweifelten Versuch, uns zu erreichen. Uns wehzutun.

6

DREI JAHRE ZUVOR

DIE LEHRERIN

Harriet Watson entleerte die Einkaufstüten auf die Arbeitsfläche und begann, die Konservendosen zu sortieren. Sie öffnete die Tür des Küchenschranks und stellte vorsichtig eine Dose nach der anderen aufs unterste Regalbrett.

Drei Dosen Baked Beans, zwei Dosen gehackte Tomaten und vier Dosen Tomatensuppe. Allesamt mit dem Etikett nach vorne gerichtet und platziert neben ihresgleichen.

»Die gehören aufs obere Brett.«

Harriet sprang auf, ließ die Dose mit Pfirsichen fallen, die sie in der Hand gehalten hatte, und sah hilflos zu, wie sie auf die Arbeitsfläche krachte und dabei nur knapp einen Karton mit Eiern aus Freilandhaltung verfehlte.

»Mutter.« Sie drehte sich um. »Warum bist du denn um diese Uhrzeit auf den Beinen?«

»Das hier ist mein Haus, schon vergessen? Ich kann aufstehen, wann ich will.«

Harriet kniff die Augen zusammen, bis die Umrisse ihrer Mutter schärfer wurden.

»Dosenobst, Reispudding und Vanillesoße kommen aufs

obere Brett«, sagte die alte Frau. »Wie oft muss ich dir das noch sagen?«

»Ja. Tut mir leid, ich war in Gedanken.«

Die Arbeitsplatte unter Harriets Fingern war glatt und kühl. Sie hob die Dose mit Pfirsichen auf und stellte sie aufs obere Regalbrett, an ihren rechtmäßigen Platz. *Vor* den Obstsalat und *neben* die Orangenscheiben.

Als sie den Blick wieder zur Tür wandte, stand ihre Mutter immer noch da und beobachtete sie.

Harriet fiel auf, dass sie barfuß war und ihr mit Maiglöckchen besticktes Baumwollnachthemd trug. Es hing lose und unförmig an ihr herunter wie ein dünnes Leichentuch.

»Du sollst doch immer deine Hausschuhe und den Morgenmantel anziehen«, sagte Harriet und griff nach ihrer Brille, die einsam auf der makellos sauberen Spüle lag. Sie machte ein paar Schritte auf ihre Mutter zu. »Sonst holst du dir auf den Fliesen noch eine Erkältung.«

»Oh, das würde dir gefallen, was? Eine Lungenentzündung würde dir doch ausgezeichnet in den Kram passen. Wenn ich erstmal ans Bett gefesselt bin, kannst du mir nicht mehr in die Quere kommen, wie?«

»Das ist Unsinn, Mutter.«

»Wann kommt sie?« Die alte Frau rieb an dem losen Stoff herum, der an ihren dürren Handgelenken Falten warf. »Wann ist sie endlich da?«

Harriet wollte ihre Hand ausstrecken und die kühlen Fingerspitzen in die blasse, faltige Haut am Arm der alten Frau krallen. Haut, die einst fest und mit ineinander verschmelzenden Sommersprossen verziert gewesen war, die ausgesehen hatten wie Wirbelstürme aus braunem Zucker.

»Darüber haben wir doch schon geredet, Mutter«, seufzte Harriet. »Ich arbeite daran.«

Ihre Mutter schnaubte, machte kehrt und lief humpelnd den Flur hinunter.

»Wenn ich hier unten fertig bin, bringe ich dir eine Tasse Tee«, rief Harriet, doch sie erhielt keine Antwort.

Kurz darauf hörte sie, wie sich der Treppenlift summend in Bewegung setzte.

Sie räumte die letzten Dosen ein und machte einen Schritt zurück, um ihr Werk zu bewundern. Dann setzte sie sich mit der prall gefüllten Tüte Medikamente, die sie am Morgen mithilfe der zahlreichen Wiederholungsrezepte ihrer Mutter besorgt hatte, an den Küchentisch.

Harriet öffnete jede einzelne Verpackung und zählte konzentriert die bunten Pillen ab. Je ein kleines, aus sieben Pillen bestehendes Häufchen kam in einen Abschnitt der Sieben-Tage-Tablettenbox.

Während sie arbeitete, bildeten sich neben der tiefen, senkrecht verlaufenden Furche, die ihre Stirn teilte, weitere Falten, die sich zur Ersten gesellten wie winzige, standhafte Soldaten.

Schwer vorstellbar, dass diese pulvrigen Minitorpedos eine Person am Leben halten sollten. Zweimal pro Tag öffnete die alte Frau das jeweilige Tablettenfach und schüttete sich die Pillen auf die Handfläche. Dann betrachtete sie jede von ihnen eingehend, bevor sie alle sich auf einmal in den Mund kippte und mit einem Schluck Wasser hinunterspülte.

Es waren die Arzneimittelhersteller, die ihre Mutter im Auge behalten sollte; *sie* waren es, die sich mehr für Profite als für Menschen interessierten.

»Für Medikamente zu zahlen ist ungefähr so sinnvoll wie bei Bildung zu sparen«, hatte Harriet erst am Vorabend gesagt, als sie einen Artikel über Medikamente gelesen hatte, die vom National Health Service auf die schwarze Liste gesetzt worden waren.

Die Antwort ihrer Mutter: »Hast du die Lachsfilets schon aus der Tiefkühltruhe genommen?«

Zum Glück für die Kinder in der Schule war Geld für Harriet nie das Wichtigste im Leben gewesen.

Das Bildungssystem legte den Schwerpunkt auf Prüfungen, sogar bei den Jüngsten. Harriet wusste, dass die Leute von Ofsted sich ausschließlich für Testergebnisse interessierten, nicht für die jungen Menschen und ihr Leben. Sie hatte mittlerweile vier Schulinspektionen hinter sich, und die Prüfer hatten sich nie die Mühe gemacht, sie und ihren Einfluss auf das Leben ihrer Kinder in die Untersuchungen miteinzubeziehen.

Die Inspektoren interessierten sich nur für die ausgebildeten Lehrer. Es war wirklich eine Beleidigung.

Und weit gefehlt. Denn Harriet übte viel mehr Macht und Einfluss auf diese Kinder aus, als die Leute ahnten.

In etwas weniger als zwei Monaten würde sie ihr neunzehnjähriges Jubiläum als Lehrassistentin an der St. Saviour's Primary School feiern. Neunzehn lange Jahre, in denen sie dieser Schule alles gegeben hatte, neunzehn Jahre voller Opfer, die niemand zu würdigen wusste.

Wenn es nach Harriet ging, war sie eine richtige Lehrerin und das sagte sie auch jedem, der sie nach ihrem Beruf fragte.

»Aber du bist keine Lehrerin, du bist eine *Lehrassistentin*«, betonte ihre Mutter in solchen Situationen gerne. »Das ist, als würdest du eine voll ausgebildete Ärztin mit der Krankenschwester vergleichen, die die Bettpfannen putzt.«

Sie hatte ihre Mutter gebeten, solche Dinge nicht mehr zu sagen, doch ihre Bitte war auf taube Ohren gestoßen.

Harriet unterrichtete die ihr anvertrauten Kinder. Sie vermittelte ihnen wertvolle Einsichten über sich selbst, Einsichten, die ihnen in einer Welt, wo sie und ihre Launen immer an erster Stelle standen, sonst nirgendwo gewährt wurden.

Ihre Mutter hatte ja keine Ahnung. Alle hatten sie keine.

Harriet wollte nichts weiter tun als anderen Menschen zu helfen, konnten sie das nicht begreifen?

Doch sie wäre nicht so weit gekommen, wenn sie unnötige

Risiken eingegangen wäre. Harriet wählte ihre Kinder mit größter Sorgfalt aus; sie wusste genau, wonach sie suchte.

Sie zog die Anmeldeunterlagen für das kommende Halbjahr zu sich heran und ließ den Blick noch einmal über die Namen schweifen. Gestern hatte sie sich in die Schuldatenbank eingeloggt, die Unterlagen ausgedruckt und sich mit Bleistift zu jedem Kind ein paar Notizen gemacht.

In diesem Halbjahr gab es eine neue Schülerin. Alleinerziehende Mutter, Vater verstorben. Sie waren vor Kurzem aus dem Süden Englands in ein Haus auf dem Muriel Crescent gezogen. Harriet wusste, wo. Kurz hinter der Cinderhill Road in Bulwell, nicht allzu weit von ihrem eigenen Haus entfernt.

Der Datenbank zufolge war heute ihr Einzugsdatum, der erste Tag, den sie in der Gegend verbrachten. Sie lächelte still in sich hinein und fragte sich, wie die beiden sich wohl einleben würden. Sie wandte sich wieder der Tablettenbox zu und schloss die Deckel der einzelnen Fächer. Danach blickte sie für einen Moment aus dem Küchenfenster.

Stahlgraue und fluffige weiße Wolken stießen aneinander, als wollten sie ihre Kräfte messen. Harriet sah zu, wie sie über den Himmel rasten und die letzten hellen Sonnenstrahlen hinter sich verschwinden ließen, bis nicht mal mehr der kleinste Strahl Sonnenlicht durch die dicke Decke drang.

7

GEGENWART
QUEEN'S MEDICAL CENTRE

Piep, zisch, zisch, zisch, piep.
Das ist der Soundtrack zu meinem Leben. Dem, was davon übrig ist.

Ich schwanke zwischen Bewusstsein und Bewusstlosigkeit – schlafen tue ich eigentlich nicht. Da ist einfach nur Nichts. Keine Träume, kein Herumwälzen, um eine gemütliche Position zu finden. Nur ein Schleier aus Dunkelheit, der sich hin und wieder ohne jede Vorwarnung über mich senkt.

Dann bin ich plötzlich wieder da, starre an die Decke und frage mich, was mit mir passiert ist und wann es wieder aufhört. Wann ich mich endlich wieder bewegen und sprechen kann. Damit ich ihnen von Evie erzählen kann, davon, was passiert ist und warum das alles meine Schuld ist.

Wenn ich bei Bewusstsein bin, versuche ich jede Sekunde zu nutzen, um mich zu erinnern. Erinnerungen ziehen vor meinen starren Augen vorbei wie schwer greifbare Wolkenfetzen. Ich zupfe an ihnen, verfehle manche und erwische andere, zerre sie näher zu mir, bis sie sich vor meinem inneren Auge wie kleine, schimmernde Schneekugeln zu drehen beginnen.

Alte Erinnerungen ergeben nicht immer sonderlich viel Sinn, aber manchmal trösten sie mich.

Heute war die Belohnung für mein stundenlanges Gedächtnisdurchwälzen die Erinnerung an Evies weiche Haare. Ihre Haare die sich wie gesponnenes Gold um meine Finger legten, wenn ich ihr in einer der langen Nächte, in denen sie sich in den Schlaf weinte, über den Kopf streichelte. Und der Geruch ihrer feuchten Haut, wenn sie aus der Badewanne kam, sauber und frisch wie Morgentau.

Die Tür geht auf und holt mich zurück in die Gegenwart. Ich wappne mich. Ich weiß, dass die Ärzte mich nicht einfach so abschalten können, doch eines Tages wird der Moment kommen.

Innerlich schreie ich, schlage um mich. Alles nur, um ihnen zu zeigen, dass ich immer noch hier bin. Sicher gibt es irgendeinen Weg, festzustellen, ob jemand noch lebt oder schon tot ist.

Doch der Raum bleibt vollkommen ruhig und ich vollkommen reglos. Ich bin eingesperrt im Vakuum zwischen Leben und Tod.

Ich warte auf die vertrauten Stimmen, die medizinischen Fachbegriffe. Den furchteinflößenden Jargon, der kaum die Tatsache zu verbergen vermag, dass sie mich umbringen wollen.

Denn das wird passieren. Wenn sie die Maschinen abstellen, töten sie mich.

Aber die vertrauten Stimmen kommen nicht. Stattdessen höre ich eine neue Stimme.

»Hallo, ich kümmere mich heute um Sie. Ich bin als Vertretung hier.« Ein strahlendes Gesicht taucht für einen Moment in meinem Blickfeld auf. Es überrascht mich, und meine Augen haben Schwierigkeiten, den Blick zu fokussieren. »Ich weiß nicht, ob Sie mich hören können, aber ich tue einfach so, als ob.«

Keine der anderen Krankenschwestern redet mit mir und ich habe auch noch nie eins ihrer Gesichter gesehen.

Die Schwester verschwindet wieder aus meinem Blickfeld und ich höre sie unmelodisch vor sich hin summen, mit ihrer Ausrüstung herumhantieren, meine Werte ablesen und Notizen machen.

»Draußen ist es schön heute«, sagt sie. »Die Sonne scheint, aber es ist nicht zu heiß, genau, wie ich es mag. Nach meiner Schicht gehe ich noch für ein, zwei Stunden in den Gemeinschaftsgarten. Es gibt doch nichts Schöneres, als im Garten zu sein, oder?«

Eine weitere Erinnerung löst sich und ich schaffe es, sie einzufangen.

Seit dem ersten Tag, an dem Evie anfing, im Garten des neuen Hauses zu spielen, hatte ich es mir zur Aufgabe gemacht, sie gut im Auge zu behalten.

Da mir das Grundstück so wenig vertraut war, habe ich mich am Tag unseres Einzugs ein wenig umgesehen. Ich lief über das Gelände und durch die umliegenden Straßen, um mir einen Überblick zu verschaffen, wie sicher der kleine, beengte Garten war.

Leider lautete die Antwort: *nicht sonderlich.*

Das neue Haus befand sich am Ende der Reihe. Ein eins zwanzig hoher Zaun mit einem nicht abschließbaren Tor umgab den grünen Hinterhof an drei Seiten. Eine verwahrloste Hecke trennte ihn vom Nachbargarten.

Das Tor führte direkt auf einen schmalen Pfad, der an der gesamten Häuserreihe entlang verlief, und dieser Pfad wiederum auf die stark befahrene Hauptstraße. Die nächsten Nachbarn waren eine übel aussehende Familie, eine jämmerlich aussehende Frau ... ich suche nach ihrem Namen, finde ihn aber nicht ... mit ihren zwei erwachsenen Söhnen, deren einziger Tagesinhalt darin zu bestehen schien, Gras zu rauchen, zumindest dem Geruch nach zu urteilen, der aus den geöffneten Fenstern drang.

Es gab Tage, an denen ich mich fragte, wie in aller Welt jemand, der bei klarem Verstand war, freiwillig hier leben konnte. Was für eine Mutter würde ihr Kind einem solchen Risiko aussetzen?

Ich schwor mir, dass, auch wenn ich zu diesem Zeitpunkt nichts an der Entscheidung ändern konnte, ich alles Nötige tun würde, damit Evie in Sicherheit blieb. Ich würde auf sie aufpassen, komme was wolle.

Das Traurige ist, dass ich damals wirklich geglaubt habe, ich könnte das.

Doch am Ende habe ich Evie auf die schlimmstmögliche Art im Stich gelassen.

8

DREI JAHRE ZUVOR

TONI

Nachdem ich mich die meiste Zeit im Stillen über Mums nachsichtigen Umgang mit Evie aufgeregt hatte, veränderte sich nach der Wespenattacke meine Perspektive. Jetzt dankte ich dem Schicksal für ihre ständige Anwesenheit.

Als wir nach draußen rannten, begleitet von Evies und Mums Schreien, tauchten an den umliegenden Fenstern zahlreiche Gesichter auf, aber nur eine der dazugehörigen Personen kam von der gegenüberliegenden Straßenseite auf uns zugeeilt.

»Ich bin Nancy«, sagte sie und hockte sich vor Evie hin. »Ich bin Krankenschwester. Was ist passiert?«

Mum erzählte es ihr.

»Fies«, sagte sie, begutachtete Evies zerstochene Wangen und wollte dann ihre Arme untersuchen.

»Nein!« Evie presste ihr Gesicht gegen meinen Oberschenkel und versteckte die Hände hinter dem Rücken.

»Evie, lass die Frau gucken.«

»Ich will nicht.«

»Schon okay.« Nancy lächelte ihr zu und blickte dann zu mir hoch. »Streichen Sie einfach ein bisschen Savlon drauf, dann sollte die Schwellung in ein paar Stunden zurückgehen.

Anscheinend ist kein Stachel steckengeblieben, also müsste es ihr bald wieder besser gehen.«

»Vielen Dank«, sagte ich. »Sie haben uns einen Ausflug in die Notaufnahme und wahrscheinlich mehrere Stunden Wartezeit erspart.«

»Behalten Sie diese Stiche im Auge«, fügte Nancy hinzu, während sie sich aufrichtete. »Falls sie anschwellen oder rot werden und wehtun, könnte das eine allergische Reaktion sein. Dann muss sie sofort in ärztliche Behandlung.« Sie warf einen Blick auf meine und Mums mit Stichen übersäte Arme. »Dasselbe gilt für Sie beide.«

Wir dankten Nancy und gingen zum Schutz vor neugierigen Blicken in den Garten hinter dem Haus.

Evie war, wenig überraschend, untröstlich. Es sah aus, als könnte sie einfach nicht zur Ruhe kommen, obwohl sie vom ganzen Weinen schon völlig ausgelaugt sein musste. Sie saß abwechselnd auf meinem und Mums Schoß, sackte im einen Moment kurz zur Seite, als würde sie gleich einschlafen, nur um sich im nächsten panisch aufzusetzen und mit wildem Blick jeden Zentimeter der Umgebung abzusuchen.

Vom Garten aus rief Mum ihren Nachbarn an, Mr. Etheridge.

»Mr. Etheridge ist pensionierter Kammerjäger«, erklärte sie. »Er wird wissen, was zu tun ist.«

Als Nächstes verständigte ich die Polizei. Sobald wir das ganze Brimborium mit Name, Nummer und Adresse durchgespielt hatten, fragte mich die Beamtin nach dem Grund für meinen Anruf.

»Jemand hat absichtlich ein Wespennest in unser Haus geschleust«, sagte ich, wobei mir klar wurde, dass die Geschichte schwer zu erklären sein würde. »Meine Tochter wurde wirklich schlimm gestochen. Und wir anderen auch.«

»Befindet der Täter sich noch auf dem Gelände?«, fragte die Beamtin mit ruhiger Stimme.

»Nein, es war nie jemand auf unserem Grundstück. Die Blumen kamen von einem anonymen Absender.«

»Und die Wespen kamen aus den Blumen?«

»Ja. Als wir sie reingebracht haben, sind sie aus dem Strauß geflogen und haben meine kleine Tochter böse gestochen.«

»Aber Sie können nicht mit Sicherheit sagen, dass jemand Ihnen absichtlich Schaden zufügen wollte?«

»Ich kann mit Sicherheit sagen, dass da ein halbes Wespennest im Strauß steckt.« Ich spürte, wie mein Kiefer sich unwillkürlich anspannte. »Irgendwer muss es da hineingetan haben. Können Sie nicht einfach jemanden herschicken, bitte?«

Sobald ich aufgelegt hatte, wurde mir ganz schwer ums Herz. Der lakonischen Reaktion der Beamtin nach zu urteilen, würde es vermutlich Tage dauern, bis die Polizei sich dazu herabließ, vorbeizukommen. Falls sie überhaupt kam.

Mr. Etheridge stand nach weniger als einer Stunde in voller Montur vor uns. Er trug einen weißen Ganzkörperschutzanzug. Sogar seine Schuhe wurden davon bedeckt und auf dem Kopf hatte er einen dieser schleierbesetzten Imkerhüte. Allerdings wirkte er, als er auf uns zu stapfte, etwas wacklig auf den Beinen.

»Zurücktreten«, wies er uns mit krächzender Stimme an. »Ich gehe jetzt rein.«

»O Gott, wie alt ist der denn?«, flüsterte ich Mum zu.

»Mittlerweile wahrscheinlich in seinen frühen Achtzigern, aber das spielt doch keine Rolle«, gab sie übellaunig zurück. »Er weiß, was er tut, Toni, er hatte jahrelang sein eigenes Kammerjägerunternehmen.«

Mr. Etheridge verschwand im Haus und schloss die Tür hinter sich. Fünfzehn Minuten später kam er wieder heraus.

»Alle tot.« Er schälte sich den schützenden Hut vom Kopf. »Da waren höchstens noch ein Dutzend Wespen im Zimmer.«

Er hielt eine durchsichtige Plastiktüte mit den krümeligen Resten des grauen, kegelförmigen Nests hoch, das aus dem

Strauß gefallen war. Evie wimmerte und barg schnell das Gesicht an Mums Hals.

»Ihr hattet Glück, die meisten von ihnen waren bereits tot.« Er linste nach unten auf das Nest. »Wo ist die Mülltonne, meine Liebe?«

Ich bedankte mich bei Mr. Etheridge und Mum steckte ihm eine Zwanzig-Pfund-Note zu, die er bereitwillig entgegennahm. Ich beobachtete ihn dabei, wie er verstohlen einen kleinen Kanister mit der Aufschrift »Insektengift« in seinen Rucksack steckte. Es handelte sich um ein Mittel, das man in jedem Supermarkt kaufen konnte – und zwar für deutlich weniger als die zwanzig Mäuse, die Mum gerade lockergemacht hatte. Aber ich hielt den Mund. Immerhin hatte er eine sehr unangenehme Aufgabe für uns erledigt.

Während Mum mit Evie im Garten saß, fegte ich die weichen, gestreiften Körper vom Fensterbrett. Die Luft im Zimmer stand von dem ganzen Insektengift, also öffnete ich die Fenster, so weit es ging.

Für einen Moment hielt ich inne, nahm ein paar tiefe Atemzüge von der frischen Luft und ließ meinen Blick die Straße entlang schweifen. Direkt gegenüber stand eine gepflegte Häuserreihe, die das exakte Abbild unserer eigenen war.

Mir wurde bewusst, dass theoretisch hinter jedem dieser Fenster jemand stehen und mich beobachten konnte. Mir zufrieden dabei zuschauen, wie ich die toten Insekten zusammenfegte. Sich selbst zur erledigten Aufgabe beglückwünschen.

Einen Grund zu finden, *warum* jemand das tun sollte, war schon etwas schwieriger. Soweit ich wusste, kannte uns hier niemand. Vielleicht mochte irgendwer in der Nachbarschaft schlicht keine Neuankömmlinge — doch wenn das stimmte, hatte diese Person zu ziemlich extremen und kostspieligen Maßnahmen gegriffen, um das zu zeigen.

Eine leichte Brise fuhr durch die steifen, hauchzarten

Flügel der Wespen, die aufgehäuft auf dem Kehrblech lagen. Ich machte voller Grauen einen Satz zurück, für einen Moment überzeugt, sie seien noch nicht ganz tot.

Mr. Etheridge hatte die Blumen eingetütet und die Mülltüte zugeknotet. Ich erschauderte, als ich sie nach draußen brachte und direkt in die Tonne hinter dem Haus fallen ließ.

»Fertig«, sagte ich zu Evie und löste die feuchten Haarsträhnen, die ihre Tränen ihr an den Schläfen festgeklebt hatten. »Du kannst jetzt wieder reinkommen, Süße.«

»Nein!« Sie hielt sich an Mum fest und vergrub das Gesicht an ihrer Schulter.

»Jetzt hör mal zu, Liebling. Mr. Etheridge ist einer der besten Kammerjäger im ganzen Land«, versuchte Mum, Evie zu beruhigen. »Alle Insekten und Schädlinge haben riesige Angst vor ihm. Sie werden nie wieder in dieses Haus kommen, jetzt wo sie wissen, dass er da war.«

Tattergreis Etheridge der beste Kammerjäger des Landes? Man hätte darüber lachen können, wenn Evie nicht so verstört gewesen wäre. Doch bemerkenswerterweise schienen Mums Worte sie tatsächlich ein wenig aufzumuntern.

»Was ist ein Kammerjäger?«, fragte Evie mit großen Augen. »Ist das wie der Jäger im Wald? Nur für Wespen?«

»Ganz genau«, nickte Mum. »Ich verspreche dir, nicht mal die harmloseste Fliege wird es jetzt noch wagen, ihr dreckiges Gesicht in diesem Haus zu zeigen.«

Meine Tochter merkte sich solche wilden Versprechungen, aber ich war Mum trotzdem dankbar, weil ihre Worte Evie fürs Erste getröstet hatten.

»Komm, wir gehen in die Küche und essen ein paar Kekse«, sagte Mum. Sie ließ Evie sanft von ihrem Schoß gleiten, stand auf und nahm sie bei der Hand.

»Kekse *vor* dem Tee, Nanny?« Evie warf mir einen verstohlenen Blick zu.

»Aber klar.« Ich zwinkerte ihr zu. »Heute gibt es keine Keksregeln, Süße.«

Wir gingen alle zusammen rein und ich blickte zum Himmel hinauf; die Wolken hingen tief und schwer über uns und drohten trotz der Hitze mit Regen.

Ich war dankbar, dass die Wespenepisode hinter uns lag, grübelte aber weiter darüber nach, wie und warum genau die Insekten in unser Zuhause gekommen waren.

Jemand musste das aus purer Bosheit getan haben. Wespen bauten keine kompletten Nester in frisch gebundenen Blumensträußen. So einfach war das.

Eine schnelle, abrupte Bewegung am Rand meines Sichtfelds ließ meinen Blick zur Seite schnellen.

Die Vorhänge im Obergeschoss von Sals Haus nebenan waren einen Spalt breit geöffnet und ich konnte gerade so die Umrisse einer Person ausmachen, die vom Fenster zurückwich.

Irgendjemand stand da oben und beobachtete uns.

9

DREI JAHRE ZUVOR

TONI

Am nächsten Tag saß ich umgeben von offenen Rechnungen und Andrews alten Gehaltschecks am Küchentisch.

Die letzte halbe Stunde hatte ich damit verbracht, wie wild auf den Taschenrechner einzutippen, zu multiplizieren, zu dividieren — kurz, alles Mögliche zu versuchen, um meine Einnahmen und Ausgaben wenigstens halbwegs einander anzugleichen.

Mum wusste nichts vom Ausmaß meiner Schulden. Zum einen, weil ich mich schämte, und zum anderen, weil sie mir keine ruhige Minute mehr lassen würde, sollte sie jemals davon erfahren. Andrew und ich hatten uns während unserer Ehe meistens auf unsere Kreditkarten verlassen. Zwar hatten wir versucht, nicht mehr so viel auf Kredit zu kaufen, doch jedes Mal, wenn wir uns gerade vorgenommen hatten, damit aufzuhören, gab es irgendeinen Notfall: Eine neue Waschmaschine musste gekauft, ein Rasenmäher repariert, Geburtstagsgeschenke für Freunde und Familie besorgt werden ... und so weiter.

Sowohl die MasterCard als auch die Visakarte waren, soweit ich mich erinnern konnte, immer bis zum Limit ausgereizt gewesen. Gleichzeitig konnten wir uns monatlich nur den Mindestbetrag an Einzahlung leisten. Uns war klar, dass uns die Zinsen ein Vermögen kosteten, doch es war eben wichtiger, bis zum Monatsende zu überleben.

Als Andrew starb, bekam ich Briefe von den Kreditkartenfirmen, in denen sie mir mitteilten, dass laut ihren Unterlagen ich die Hauptinhaberin der Karten sei. Daher müssten sie mich bedauerlicherweise trotz des Verlusts meines Ehemanns, der gleichzeitig der Hauptverdiener der Familie gewesen war, darauf hinweisen, dass ich ab jetzt allein für die Begleichung aller Schulden verantwortlich sei.

Nach ein paar Minuten schob ich den Taschenrechner frustriert beiseite, griff stattdessen nach der *Nottingham Post* und blätterte sie auf der Suche nach den Stellenanzeigen durch.

Wieder zu arbeiten würde neue Probleme mit sich bringen, das wusste ich. Eine Betreuung für Evie zu organisieren war dabei nur die Spitze des Eisbergs, aber irgendwie musste ich uns schließlich aus der Patsche helfen.

Damals in Hemel hatte ich mich innerhalb von zehn Jahren zur Standortleiterin eines mittelgroßen unabhängigen Immobilienunternehmens im Stadtzentrum hochgearbeitet.

Ganz egal, wo man in Großbritannien lebte, man stieß immer und überall auf Unternehmen, die Häuser verkauften und vermieteten. Und wenn ich Glück hatte, waren eins oder mehrere von ihnen gerade auf der Suche nach einer neuen Mitarbeiterin.

Meiner Meinung nach wurden die logistischen Probleme, die ein neuer Job mit sich brachte, dadurch aufgewogen, dass ich mit einem regelmäßigen Einkommen unseren finanziellen Ruin abwenden konnte. Und es wäre eine Erleichterung, ein bisschen Geld übrig zu haben, um Evie hin und wieder etwas Schönes kaufen zu können. Ein paar Kleinigkeiten für das Haus zu besorgen, um es zu einem gemütlicheren Zuhause zu machen.

Ein vertrautes, unangenehmes Flattern meldete sich in meiner Brust. Es fühlte sich an, als würde mein Herz alle paar Schläge einen kleinen Rückwärtssalto machen.

Ich blickte sehnsüchtig zu meiner Handtasche. Der Tag war zwar noch jung, doch ich dachte, dass dieses eine Mal schon nicht schaden würde. Aber als ich gerade aufstehen und mir Erleichterung verschaffen wollte, klingelte es an der Tür.

Ich ließ mich wieder auf den Stuhl fallen und blieb wie versteinert sitzen. Noch wusste niemand, dass wir hier wohnten. Wahrscheinlich wollte irgendjemand etwas verkaufen, also beschloss ich, das Klingeln zu ignorieren.

Es klingelte erneut.

»Mummy, ES HAT GEKLINGELT!«, brüllte Evie, die Geräusche des Fernsehers im Nebenzimmer übertönend.

Die Vordertür, die ans Wohnzimmer anschloss, lag direkt am Bürgersteig. Evie hatte so laut geschrien, dass die Person davor sie mit ziemlicher Sicherheit gehört hatte. Widerstrebend gab ich meinen Plan auf, so zu tun, als wäre niemand zu Hause.

Ich öffnete die Tür und stand einer molligen Frau mittleren Alters gegenüber. Ihre kurzen, braunen Locken waren von grauen Strähnen durchzogen, ihre blassen Augen irrten hinter den Brillengläsern umher und fanden anscheinend keine Ruhe.

»Hallo?«, sagte ich, erleichtert angesichts ihres wenig geschäftlichen Auftretens.

»Mrs. Cotter? Ich bin Harriet Watson von der St. Saviour's Primary School.« Sie sah mich über den Rand einer prall gefüllten Stofftasche hinweg an, die sie mit beiden Armen vor der Brust umklammert hielt. »Evie fängt nächste Woche bei mir in der Klasse an.«

Kurz dachte ich an den schlimmen Zustand des Wohnzimmers, in dem überall Legosteine verteilt lagen, zwang mich dann aber zu einem Lächeln und machte einen Schritt zurück.

»Das ist ja eine nette Überraschung. Kommen Sie rein, Mrs. Watson.«

»*Miss* Watson, bitte.« Sie trat in den winzigen Flur und stellte die Tasche ab. »Ich dachte, ich bringe ein paar Aufgaben für Evie vorbei, weil ich ja nicht da sein werde, wenn Sie heute Nachmittag die Schule besichtigen.« Sie starrte auf meine abgetragenen Leggins und das zerschlissene T-Shirt. »Ich hoffe, ich komme nicht ungelegen.«

»Überhaupt nicht«, sagte ich und hielt ihr die Hand hin. »Übrigens, ich bin Toni. Evies Mum.«

Harriet Watson hatte eine tiefe Narbe, etwa vier Zentimeter lang, die ihre teigige Stirn in zwei Hälften teilte. Ihre Haare war so streng gelockt, dass es aussah, als hätte sie jede Strähne einzeln mit Haarwachs bearbeitet.

»Hier drin sind vor allem Arbeitsblätter und Leseaufgaben.« Harriet ergriff meine Hand und ich spürte den schwachen Druck ihrer feuchtkalten Finger. »Wenn sie ein paar von den Aufgaben durcharbeitet, wird ihr das im kommenden Halbjahr von Nutzen sein. Ihr einen Eindruck davon vermitteln, was wir bisher im Unterricht gemacht haben.«

Evie kam mit Karacho aus dem Wohnzimmer gestürmt und rannte mich beinahe um.

»Vorsichtig«, mahnte ich, legte einen Arm um sie und zog sie an mich, wobei mir die Tatsache, dass sie immer noch im Schlafanzug war, peinlich bewusst wurde. »Das ist Evie.«

»Hallo, Evie«, sagte Harriet.

»Hallo«, murmelte Evie.

»Miss Watson ist deine neue Lehrerin. Sie hat dir ein paar Arbeitsblätter mitgebracht, die du vor dem Schulstart erledigen sollst.«

»Und ein paar Leseaufgaben«, fügte Harriet hinzu.

Evie betrachtete die ausgebeulte Tasche zu meinen Füßen.

»Was sagt man?«, half ich ihr auf die Sprünge.

»Dankeschön.«

Ich bemerkte, dass die dröhnenden Geräusche des Fernsehers aus dem Wohnzimmer den gesamten Flur beschallten.

Harriet dachte bestimmt, ich wäre eine dieser Mütter, die ihr Kind den ganzen Tag herumsitzen und fernsehen ließen. Was ich zugegebenermaßen zurzeit tat. Doch sobald das erste Chaos beseitigt war, würde sich alles ändern.

Es wäre unhöflich, Harriet noch länger in dem winzigen, kalten Flur stehen zu lassen, wie ich mit einem flauem Gefühl im Magen erkannte. Ich zog den Stoff meines T-Shirts ein wenig nach hinten, weg von dem feuchten Fleck, der sich an meinem unteren Rücken gebildet hatte, und spürte einen willkommenen Luftstoß darüberstreichen.

»Bitte, folgen Sie mir doch ins Wohnzimmer«, sagte ich hochtrabend, als würden wir in einem dieser Eine-Million-Pfund-Penthouses am Trent wohnen. »Leider sind wir noch nicht ganz fertig eingerichtet.«

Harriet Watson ging hinter Evie und mir ins Nebenzimmer. Zielstrebig durchquerte ich den Raum und schnappte mir die Fernbedienung, um die gellende Geräuschkulisse stummzuschalten.

»Schon besser, jetzt kann ich mich selbst wieder denken hören«, sagte ich munter.

Im Zimmer roch es nach Keksen und warmen Körpern — und zwar nicht auf angenehme Art.

Für ein oder zwei Sekunden blieb ich stehen und betrachtete den Raum durch Harriets Augen. Der Teppich in seiner Mitte war unter Evies neuesten Legobauwerken und den Stapeln bunter Steine, die sie umgaben, kaum zu erkennen.

Eine alte PlayStation, die Mum einmal auf dem Flohmarkt ergattert und Evie zum Geburtstag geschenkt hatte, lag wie bestellt und nicht abgeholt auf dem Boden vor dem Fernseher. Das lange Kabel des Controllers schlängelte sich um leere Gläser und Teller mit Toastkrümeln darauf.

»Komm, Evie, lass uns ein bisschen Ordnung machen«, sagte ich.

An irgendeinem Punkt zwischen Türklingeln und Harriet

Watsons Anwesenheit in meinem Wohnzimmer war das Flattern in meiner Brust zu einem ausgewachsenen, unregelmäßigen Hämmern angeschwollen. Ich spürte, wie sich in meinen Achselhöhlen Schweiß sammelte.

»Entschuldigen Sie das Chaos.« Mir entwich ein dummes kleines Lachen, während ich mit einer ausschweifenden Bewegung das Wohnzimmer beschrieb. »Wir sind gerade erst eingezogen, verstehen Sie? Ich hatte noch keine Zeit, mich um alles zu kümmern.«

Harriet ließ ein gekünsteltes Räuspern hören. »Vielleicht könntest du helfen, junge Dame?« Sie starrte Evie durch die in Draht gefassten Gläser ihrer schlichten Brille an. »Anstatt Mummy noch mehr Arbeit zu machen.«

Ich spürte ein scharfes Stechen im Hals und versuchte, es hinunterzuschlucken. Vermutlich sollte ich dankbar sein, dass Miss Watson mich unterstützen wollte, aber es war nicht ihre Aufgabe, Evie in ihrem eigenen Zuhause zurechtzuweisen. Besonders, wenn man bedachte, was die Kleine in letzter Zeit durchgemacht hatte.

»Das ist schon okay, mir ist es lieber, sie spielt«, sagte ich etwas barsch.

Die Lehrerin schürzte missbilligend die Lippen und antwortete nicht. Ich hatte plötzlich das Gefühl, die Situation retten zu müssen.

Also verließ ich mich auf Mums bombensicheres Allheilmittel für alle Probleme der Welt.

»Miss Watson, möchten Sie vielleicht eine Tasse Tee?« Ihre Miene blieb steinern und mir war bewusst, dass sie mir immer noch nicht angeboten hatte, sie Harriet zu nennen. »Dann könnte ich Ihnen noch ein paar Dinge erklären, falls Sie kurz Zeit haben.«

Sie nickte knapp und folgte mir in die Küche.

»Setzen Sie sich doch«, forderte ich sie mit einem Nicken in

Richtung des kleinen Küchentischs und der beiden mickrigen Klappstühle auf.

Ich kochte zwei große Tassen dampfenden Tee, wobei ich mich im Stillen darüber ärgerte, bisher noch nicht richtig einkaufen gegangen zu sein. Abgesehen von ein bisschen Shortbread konnte ich Harriet Watson nichts anbieten, und der letzte Rest Milch ging für den Tee drauf.

Ich stellte die Tassen auf den Tisch und bemerkte erleichtert, dass sich die Stimmung zwischen uns ein bisschen zu entspannen schien. Wir plauderten über den Herbstanfang und die seit Kurzem kühleren Temperaturen.

Die Spannung zwischen meinen Schulterblättern hatte gerade angefangen, sich zu lösen, als ich mit einem Schreck bemerkte, dass Miss Watson direkt vor den offenen Rechnungen und den Gehaltschecks saß, mit denen ich mich am Vormittag beschäftigt hatte.

»Entschuldigung, ich räume das kurz weg.« Hitze schoss mir ins Gesicht, während ich die Papiere zu einem unordentlichen Stapel zusammenschob und beiseitelegte.

Miss Watson sagte nichts dazu. Tatsächlich zeigte sie zu meiner großen Erleichterung keinerlei Anzeichen dafür, die vertraulichen Dokumente überhaupt bemerkt zu haben.

»Also dann«, sagte sie, nahm einen Schluck von ihrem Tee und stellte die Tasse ab. »Erzählen Sie mir ein bisschen von Evie.«

Ich erzählte ihr, dass Evie Bücher liebte und Stunden damit verbringen konnte, Legohäuser zu bauen.

»Ich finde das super, denn räumliches Denken ist auch wichtig, oder? Ich glaube, heutzutage liegt der Fokus viel zu sehr auf Lesen und Schreiben.«

Miss Watson rümpfte die Nase und nahm noch einen Schluck Tee.

Ich erzählte von Evies Glück, an ihrer alten Schule einen festen Freundeskreis gehabt zu haben, und davon, wie die

Kinder an den Wochenenden abwechselnd beieinander übernachtet hatten.

»Nach dem Unfall meines Mannes Andrew hat sich alles verändert«, sagte ich. »Es war wirklich schwer für Evie, nach Allem, was passiert ist, auch noch ihr altes Leben zurückzulassen.«

Ich wollte noch hinzufügen, dass es für uns beide schwer gewesen war, tat es aber nicht. Evies Lehrerin sollte verstehen, wie es meiner Tochter ging.

»Was ist passiert?«, fragte Harriet. »Beim Unfall Ihres Mannes.«

Ich atmete tief durch. Ich hatte gelernt, dass der beste Weg, mit dieser Frage fertigzuwerden, ohne in Tränen auszubrechen, darin bestand, die Antwort so einfach wie möglich zu halten und bei den ungeschönten Fakten zu bleiben.

»Andrew und sein Team waren auf nächtlicher Mission in Afghanistan unterwegs. Der Geheimdienst hatte ihnen eine Karte gegeben, aber die Routenbeschreibung war falsch. Andrew navigierte seine Männer direkt über den Rand einer Klippe. Zwei von ihnen sind gestorben, Andrew war einer von ihnen.«

Harriet nickte, sagte aber nichts.

»Einer der Männer starb noch am Unfallort, aber Andrew kam ins Krankenhaus. Er hatte schwere Kopfverletzungen. Nach ein paar Wochen durfte er wieder nach Hause und wir dachten, er würde sich zumindest teilweise erholen, doch er hatte ein Blutgerinnsel im Gehirn und starb nur wenige Tage später.«

Sie machte keine mitfühlenden Laute, wie es die Höflichkeit erfordert hätte, und irgendwie war das eine Erleichterung. Es brachte mich dazu, weiterzusprechen.

»Das ist jetzt zwei Jahre her«, fuhr ich fort. »Meine Mutter hat mich überredet, hoch nach Nottingham zu ziehen. Es war an der Zeit, nochmal neu anzufangen.«

Einen Moment lang war meine Kehle wie zugeschnürt.

»Und hier sind Sie nun, alle beide«, bemerkte Harriet.

»Evie hat viel durchgemacht für ihr Alter«, erklärte ich ihr. »Hier zu sein fühlt sich an wie der Neuanfang, den wir uns erhofft haben.«

Harriet sah mich an, und für eine verwirrende Sekunde glaubte ich, die Andeutung eines Lächelns um ihren Mund spielen zu sehen.

10

DREI JAHRE ZUVOR
TONI

Nachdem unser Gast gegangen war, kehrte ich in die Küche zurück und setzte mich für ein paar Minuten allein an den Tisch.

Harriet Watson war eine sonderbare Frau. Ihre Reaktion, als ich erzählt hatte, wie die Dinge so schrecklich den Bach runtergegangen waren, war nicht so mitfühlend gewesen wie die der meisten anderen Leute.

Und doch hatte ich genau das als beruhigend empfunden. Ich hatte mich einer fremden Person gegenüber emotional komplett geöffnet. Normalerweise tat ich das nicht. Ihre scheinbare Teilnahmslosigkeit hatte mir das Gefühl gegeben, all meine Gründe, unsere Geschichte zu für mich zu behalten, seien mit einem Mal nichtig geworden. Und für einen Moment war es gewesen, als hätte mir jemand eine Last von den Schultern genommen.

Allerdings hatte ich wahrscheinlich zu viel erzählt. Meine Güte, sie war Evies Lehrerin. Ich hätte die intimen Details aussparen sollen. Aber dafür war es jetzt zu spät.

Zumindest verstand sie Evie nun besser; man konnte nie wissen, ob sie in der Schule nicht mal eine kleine Sonderbehandlung brauchen würde. Ich machte mir vor allem Sorgen wegen der aufkeimenden Ungeduld und der Starrköpfigkeit, die sie seit Neustem an den Tag legte.

Ich atmete ein paarmal tief durch, wobei mir plötzlich auffiel, wie trocken mein Mund war, und wie heiß meine Hände. Mein Herz hatte aufgehört, zu flattern, und schlug jetzt wie eine Trommel in meiner Brust.

Das kam davon, wenn man zu viel nachdachte.

Ich griff nach meiner Handtasche und kramte mit zitternden Fingern das kleine Fläschchen hervor. Es war bis zur Hälfte mit harten, hellblauen Pillen gefüllt. Auf dem kleinen weißen Etikett stand in fetten Buchstaben Andrews Name.

Eine würde schon nicht schaden, nicht nach diesem qualvollen Vormittag.

Es war nicht gut, wenn ich mich so aufregte. Weder für mich noch für Evie.

Vielleicht war ich zu streng mit mir. Es gab genug Leute, die jeden Abend ein paar Gläser Wein runterkippten, wenn sie gestresst waren. Niemand schien sie dafür zu verurteilen; so was war sogar Stoff für Witze.

Eine Tablette war schon in Ordnung. Nur um den Druck rauszunehmen und meine Probleme ein klein wenig weiter wegzuschieben.

Nur heute.

11

DREI JAHRE ZUVOR
TONI

Jemand schüttelte mich, erst sanft, und dann, als ich nicht reagierte, ein wenig fester.

Ich befand mich zu tief unter Wasser, wollte nicht an die Oberfläche kommen. Was ich wollte, war in Ruhe gelassen zu werden und auf den warmen, weichen Kissen zu liegen.

»Mummy!« Eine drängende Stimme durchbrach den Nebel. »Mummy, ich hab Hunger.«

Ich öffnete die Augen. Blinzelte. Machte sie wieder zu.

»Mummy, wach AUF! Ich will dir was sagen.«

Evie schüttelte mich noch einmal und warf sich dann mit ihrem ganzen Gewicht gegen mich.

Ich öffnete die Augen und verzog das Gesicht. Die Kopfschmerzen waren kaum auszuhalten. Langsam wurden die flackernden Umrisse meiner Tochter schärfer.

»Jemand hat an die Tür geklopft«, sagte sie. »Ich hab nicht aufgemacht, so wie du gesagt hast, Mummy. Ich hab mich versteckt.«

»Gut gemacht.« In meiner Vorstellung klangen die Worte klar und deutlich, doch als ich sie aussprach, waren sie eher ein verzerrtes Lallen.

Evie stand auf und ging aus dem Zimmer.

»Warte«, versuchte ich es wieder, doch heraus kam nur ein unverständlicher Laut.

Kurz darauf kehrte Evie mit einem Glas Wasser zurück, das überschwappte, sodass mir die Flüssigkeit über den Arm lief. Ich setzte mich auf und sie kuschelte sich neben mich auf die Couch und hielt mir das Glas an die Lippen. Ich nahm einen großen Schluck von dem kühlen, erfrischenden Wasser.

»Danke, mein Schatz«, brachte ich mühsam hervor, während ich gegen einen Anflug von Übelkeit und Hitze ankämpfte, die mich direkt nach dem Aufsetzen überkommen hatten. Ich wünschte mir sehnlichst, mich wieder hinzulegen und weiterzuschlafen. Doch ich tat es nicht. Stattdessen konzentrierte ich mich auf Evies tränenüberströmtes Gesicht.

»Du hast geweint«, flüsterte ich.

»Ich hab dir sehr LAUT ins Ohr geschrien, aber du hast die Augen trotzdem nicht aufgemacht. Du bist nicht aufgewacht.«

Bei ihren Worten verkrampfte sich mein Magen.

»Es tut mir leid.« Ich legte den Arm um sie, zog sie an mich und gab ihr einen Kuss auf ihren warmen, seidigen Scheitel. »Es tut mir so leid, Evie.«

»Ich hab Hunger. Kann ich ein bisschen Toast haben und dann Bananen und Vanillepudding zum Nachtisch?«

Beim Gedanken an Essen drehte sich mir beinahe der Magen um.

»Gib mir zwei Minuten, um richtig wach zu werden, Liebling«, sagte ich und lächelte sie an. »Dann mache ich dir was zu essen.«

Ich schaute auf die Uhr. Anscheinend hatte ich fast zwei Stunden geschlafen.

Mir fiel wieder ein, wie ich die zweite Tablette genommen hatte. *Zwei Tabletten.* Wo ich mir doch geschworen hatte, dass ich mit der einen auskommen würde.

Was, wenn Evie sich am Wasserkocher verbrüht hätte oder

die Treppe runtergefallen wäre? Ich hatte meine Tochter, die Person, die ich auf der ganzen Welt am meisten liebte, in Gefahr gebracht.

Ich musste etwas unternehmen.

Das hier musste aufhören.

Es kostete mich etwas mehr als die versprochenen zwei Minuten, um »richtig wach zu werden«, doch Evie beschwerte sich nicht.

Ich saß da wie ein Zombie, starrte auf den Stapel Legosteine in der Mitte des Zimmers, hörte meiner Tochter zu, die ihr neuestes Meisterwerk beschrieb. Sie erklärte, dass es irgendeine Art Arche für Streuner werden würde.

Ich gab mir Mühe, so auszusehen, als hörte ich tatsächlich zu, doch ihren mürrischen Blicken und der Art nach zu urteilen, wie sie ständig alles wiederholte und dabei extra langsam sprach, war ihr wahrscheinlich klar, dass ich noch nicht ganz bei mir war.

Schließlich hatte ich das Gefühl, aufstehen zu können, und ging mit langsamen Schritten in die Küche, um ihr eine Scheibe Toast zu machen.

Der Tisch sah genauso aus, wie ich ihn verlassen hatte. Die beiden benutzten Teetassen, Überbleibsel von Harriet Watsons Besuch, standen noch darauf. Als ich sie in die Spüle stellen wollte, fiel mein Blick auf den Kalender und es traf mich wie ein Schlag.

Ich hatte unseren Termin für die Schulbesichtigung am Nachmittag verpasst.

Zitternd klammerte ich mich an den Rand der Arbeitsplatte und wartete, bis die Wände aufhörten, sich zu drehen.

Ich würde die Schule anrufen müssen. Sagen, dass ich krank geworden war. Bestimmt würden sie uns an einem anderen Tag unterbringen können.

Mein Blick fiel auf die Rechnungen und Dokumente, die ich nach Harriets Ankunft hastig beiseitegelegt hatte. Die Zeitung daneben war immer noch auf der Seite mit den Stellenanzeigen aufgeschlagen.

Es gab so viel zu tun in diesem Haus, aber ich hatte weder Energie noch Lust, damit anzufangen.

Der Flyer fiel mir ins Auge, gerade als ich die Zeitung zuschlagen und in den Recyclingmüll werfen wollte. Ich zog ihn heraus und las.

Wir sind Gregory's Property Services, ein kleines, unabhängiges Immobilienbüro im Zentrum von Hucknall. Zur Verstärkung unseres Teams suchen wir ab sofort eine*n Maklerassistent*in Teilzeit.

Als ich auf meinem Handy nach dem Standort suchte, sah ich, dass Hucknall nur etwas über drei Meilen von unserem Haus in Bulwell entfernt lag. Und es kam noch besser: Anscheinend gab es von der Haltestelle am Rand unserer Siedlung eine direkte Busverbindung dorthin.

Das war gut zu wissen, falls ich den Wagen mal eine Weile stehen lassen musste, bis ich das Geld für den neuen Auspuff beisammen hatte.

Maklerassistentin war zweifellos ein Rückschritt im Vergleich zu meinem vorherigen Job als Standortleiterin, aber diese Denkweise konnte ich mir wirklich nicht erlauben. »In der Not schmeckt jedes Brot«, hörte ich Mum sagen.

Unter der Anzeige stand ein Link, über den Interessierte auf Stellenbeschreibung und Anforderungsprofil zugreifen konnten. Ich zog meinen klobigen Laptop heran und klinkte mich ins 4G-Netz meines Smartphones ein.

Ich hatte mich innerhalb der letzten Woche schon zweimal per Mail an den Telefon- und Internetanbieter gewendet, damit die Verbindung früher installiert wurde als am vom Techniker bestätigten Termin im kommenden Monat. Bisher hatte ich keine Antwort erhalten.

Ich kopierte den Link in die Adresszeile und wartete, während die Seite mit den Informationen langsam lud. Die Aufgaben waren in etwa das, was ich erwartet hatte: Anfertigen von Objektbeschreibungen; Veranlassen von Fotoaufnahmen; Vermarktung und Bewerbung der Immobilien; Beratung und Unterstützung von Kunden und Interessenten; Betreuung der Objekte privater Vermieter.

Trotz meines kleinen Motivationsmonologs zu positivem Denken vorhin verschlechterte sich meine Laune beim Lesen. Diese Dinge konnte ich im Schlaf erledigen.

In der letzten Zeile stand: *Arbeitserfahrung ist zwar von Vorteil, jedoch nicht zwingend erforderlich.*

Ich war mehr als überqualifiziert, daran gab es keinen Zweifel. Hoffentlich würden sie die Vorteile daran erkennen, eine Frau mit viel Erfahrung einzustellen, auch wenn ich letztendlich einen anderen Job als zuvor machen und auch dementsprechend schlechter bezahlt werden würde.

Ich speicherte das Onlinebewerbungsformular auf dem Desktop ab und notierte mir die Bewerbungsfrist in drei Tagen. Sah ganz so aus, als wäre ich gerade noch rechtzeitig auf die Anzeige gestoßen.

In meinem Magen spürte ich ein aufgeregtes Kribbeln. Es fühlte sich gut an, die Dinge in die Hand zu nehmen.

Endlich einmal hatte ich das Gefühl, voranzukommen, etwas für mich und meine Tochter zu tun, anstatt mich weiter wie in Trance auf die Tabletten meines toten Ehemanns zu verlassen, um mich vor einem Zusammenbruch zu bewahren.

12

DREI JAHRE ZUVOR
OBSERVIERUNGSBERICHT

25. August

PROTOKOLL
Ankunft am Beobachtungsposten: 7:30 Uhr.

8:21 Uhr Mutter und Kind in neuem Haus in silbernem Fiat Punto mit Kennzeichen CV06HLY. Doppelhaushälfte, Muriel Crescent 22, Bulwell, Nottingham.

8:46 Uhr Mutter fährt Kind zur Little Tigers Tagesstätte, Broxtowe Lane, Nottingham. Großmutter bleibt in der Wohnung.

9:02 Uhr Mutter kommt zurück.

11:45 Uhr Mutter fährt Kind abholen.

12:01 Uhr Mutter und Kind kommen zurück.

12:17 Uhr Ankunft der Möbel.

13:06 Uhr Bouquet vor Haustür platziert.

13:13 Uhr Erhoffte Reaktion erfolgt.

Aufbruch vom Beobachtungsposten: 13:15 Uhr.

ALLGEMEINE BEOBACHTUNGEN

- Erwachsene wirken schlecht gelaunt und misstrauisch ggü. neuer Umgebung. Kind ist fröhlich und voller Energie.
- Kein enges Verhältnis unter Nachbarn, Bewohner achten wenig darauf, was um sie herum geschieht. Gegend für Menschen mit geringem Einkommen und Arbeitslose. Keine Überwachungskameras zu sehen.
- Großmutter lebt in der Nähe in Nuthall.
- Warte auf weitere Anweisungen.

13

DREI JAHRE ZUVOR

TONI

Vom Gedanken an unseren Neuanfang angespornt machte ich mich in den nächsten Tagen daran, die Kartons und Tüten auszupacken und einen Großteil unserer Sachen an ihrem Platz zu verstauen oder zumindest schon mal im dafür vorgesehenen Zimmer.

Als ich den letzten Karton im Wohnzimmer öffnete, sprach ich ein stummes Dankgebet dafür, endlich am Ende angelangt zu sein. Langsam hatte ich mich schon gefragt, wie lange mein Kreuz noch durchhalten würde.

»Mummy, in meinem Zimmer ist kein Platz für meine Kuscheltiere und ich kann meine Legosteine nicht nach Farben und Formen sortieren.« Evie stand im Türrahmen, die Hände in die Hüften gestemmt.

»Ich weiß, Süße. Stapel sie doch erst mal ordentlich an der Wand. Wir besorgen dir bald ein paar hübsche neue Möbel.«

Evie schnaubte unzufrieden und hüpfte wieder die Treppe hinauf. In ihrem alten Zimmer hatte sie eine komplett verspiegelte Schrankwand gehabt, in die alles Mögliche hineingepasst hatte.

Ich machte eine Liste mit Dingen, die wir dringend

brauchten: zwei Kommoden und einen Kleiderschrank für Evies Zimmer. Im alten Haus waren die gesamten Schlafzimmermöbel eingebaut gewesen. Wir brauchten einen Sofatisch und einen Teppich fürs Wohnzimmer, weil ich es blöderweise fertiggebracht hatte, kurz vor dem Umzug eine brennende Kerze umzustoßen, beide mit Wachs zu bekleckern und dabei vollständig zu ruinieren. Neue Vorhänge, Rollos für die Küche ... die Liste würde lang werden, wie ich bedrückt feststellte.

Am Ende legte ich Stift und Papier in die Besteckschublade und versuchte, nicht darüber nachzudenken, wie wir uns das alles jemals leisten sollten. Falls ich den Job im Maklerbüro bekam, würde sich alles fügen. Über die andere Möglichkeit wollte ich lieber nicht nachdenken.

Ich kaute an den Fingernägeln, riss mir Haarsträhnen aus und trank endlose Mengen schwarzen Kaffee. Aber zumindest ging ich nicht nach oben zum Badschränkchen, griff nicht hinter die Tampons und die Enthaarungscreme, die auf dem obersten Regalbrett standen.

Ich war fest entschlossen, ohne das kleine, beruhigende Fläschchen auszukommen, von dem ich wusste, dass es der todsichere Weg in den Ruin wäre.

Ich musste ab sofort gegen den Impuls ankämpfen, weitere Pillen zu schlucken. Denn wie sollte das alles sonst enden?

Mein Handy klingelte. Auf dem Display erschien ein Name, bei dem ich kurz überlegte, ihn wegzudrücken. Aber das hätte nur dazu geführt, dass sie innerhalb einer Stunde persönlich bei uns aufgekreuzt wäre.

»Toni, Schatz, ich bin's.« Mums Stimme ertönte wenig sanft in meinem Ohr. »Bist du ganz sicher, dass ich nicht vorbeikommen soll? Es macht mir wirklich nichts aus.«

»Ehrlich, Mum, danke, aber das ist schon okay. Evie sortiert gerade ihre Spielsachen und ich bin unten dabei, den letzten Karton auszupacken.«

»Na gut, wenn du meinst.« Sie klang enttäuscht und ich spürte ein gemeines Zwicken in der Kehle.

»Wir können ja später auf eine Tasse Tee rumkommen, wenn du magst.«

»Wunderbar«, antwortete Mum schon etwas fröhlicher. »Dann erwarte ich euch gegen vier. Passt das?«

»Vier ist perfekt. Bis später!«

Mum war ein unglaublich wichtiger Teil unseres Lebens und ich liebte sie wahnsinnig, doch der Umzug nach Nottingham bedeutete für uns in vielerlei Hinsicht einen Neuanfang.

Ich wollte mich allein um meine Tochter und mich kümmern, etwas von dem Selbstbewusstsein zurückgewinnen, das im Verlauf der letzten zwei Jahre von mir abgeblättert war wie billiger Nagellack.

Jedes Mal, wenn ich an das Geld dachte, mit dem Mum Evie und mir immer wieder ausgeholfen hatte, wurde mir ganz heiß vor Scham.

Mit fünfunddreißig Jahren sollte ich in der Lage sein, für mich und meine Tochter zu sorgen. Ich musste wieder der Mensch werden, der ich früher war, die Frau, die Pläne hatte und Ziele und eine erfolgreiche Karriere und darüber hinaus noch ihrer Verantwortung in den übrigen Lebensbereichen nachkam – Ehe, Haushalt und Kind.

Das war doch nicht zu viel verlangt, oder?

Andrew zu verlieren, hatte mich in meinem tiefsten Innern erschüttert. Ich wusste, ein Teil von mir würde niemals heilen, ganz egal, wie viel Zeit verging. Ganz egal, was die Zukunft bereithielt.

Trotzdem dachte ich oft, dass es noch viel schlimmer hätte kommen können. Evie war jung, sie würde sich erholen. Ich würde nicht zulassen, dass sie ihren Daddy vergaß, natürlich nicht. Doch sie hatte die Chance auf ein Leben ohne Trauer und Schmerz verdient.

Es war noch nicht zu spät für mich, um Evie dieses Geschenk zu machen.

Das kleine braune Fläschchen würde mich in die entgegengesetzte Richtung führen, so viel stand fest. Wenn ich uns ein neues Leben aufbauen wollte, durfte ich nicht weiter den leichten Weg wählen, meinen Schmerz nicht weiter einfach nur betäuben.

Doch wie so oft im Leben war es weitaus einfacher, diese Tatsache festzustellen, als tatsächlich etwas gegen die Gewohnheit zu *tun*.

Das braune Fläschchen hatte bisher sichergestellt, dass ich mich mit der Trauer und dem Schmerz nach Andrews Tod nicht auseinandersetzen musste. Hatte mir erlaubt, die Gefühle aufzuschieben, bis ich die Kapazitäten hatte, alles zu verarbeiten. Zumindest sagte ich mir das.

Mum war eine weitere Stütze, die ich nicht überbeanspruchen durfte. Das wäre ihr gegenüber nicht fair. Mir war bewusst, dass sie sich ständig um Evie und mich sorgte und sich verpflichtet fühlte, uns in unangemessenem Ausmaß zu unterstützen.

Ich dachte wieder an den Job im Immobilienbüro und ein kleiner Funke Hoffnung regte sich in mir. Morgen war die Deadline. Wenn ich also nach vorne sehen wollte, musste ich sicherstellen, dass meine Bewerbung rechtzeitig fertig und abgeschickt war.

Mums kostenlose Kinderbetreuung war ein integraler Bestandteil meines Plans, arbeiten zu gehen. Daran führte kein Weg vorbei. Allerdings war mir aufgefallen, dass Evies Benehmen sich verschlechtert hatte, seit sie mehr Zeit mit ihrer Nanny verbrachte. Das Wort »Disziplin« stieß bei Mum auf taube Ohren, wenn es um ihre geliebte Enkeltochter ging, obwohl sie in meiner Kindheit nie vor Strenge zurückgescheut war.

Bei uns war damals Dad der Nachgiebige gewesen; er hatte

sich immer wieder in Schwierigkeiten gebracht, weil er mir inmitten von Mums Standpauken zuzwinkerte oder Süßigkeiten und Comics in mein Zimmer schmuggelte, wenn ich für eine freche Antwort mal wieder Hausarrest bekommen hatte.

Aber nach seinem zweiten Herzinfarkt hatten wir Dad verloren und Mum war sogar noch strenger geworden.

»Es ist zu deinem eigenen Besten, Toni«, hatte sie immer gesagt, wenn ich mich darüber beschwerte, dass ich für mein Taschengeld Zeitungen austragen oder mein Zimmer im Vergleich zu denen meiner Freunde übertrieben ordentlich halten musste. »Ich will nur, dass du später ein gutes Leben hast, finanziell unabhängig bist und es nicht so schwer hast wie ich, jetzt, wo dein Vater nicht mehr da ist.«

Ich seufzte und ging ins Wohnzimmer, um die letzten Sachen fürs Bad auszupacken. Welch Ironie, dass mein Leben am Ende das genaue Gegenteil dessen geworden war, was Mum sich für mich erhofft hatte.

Doch nicht mehr lange, sagte ich mir.

Ich würde diesen Neuanfang nutzen. Und ein unbestreitbar wichtiger erster Schritt dabei war es, mir einen Job zu suchen.

14

DREI JAHRE ZUVOR

TONI

Am Freitagmorgen war Evie für ein paar Stunden bei Mum, also nutzte ich die Gelegenheit, um meine Bewerbung fertigzumachen.

Noch vor dem Mittagessen hatte ich alles abgeschickt.

Ich machte mir ein Käsesandwich und aß es im Wohnzimmer. Dabei schaute ich Nachrichten. An der Haustür ertönte ein Klappern und ich hörte die Post auf den Teppich fallen. Nachdem ich aufgegessen hatte, ging ich in den Flur und sammelte den kleinen Haufen Briefe auf. Unter den typischen Flyern von Pizzalieferanten und glänzenden Werbeprospekten waren ein paar amtlich aussehende Briefe, allesamt adressiert an »Den/die neue*n Mieter*in«.

Ein Brief, der etwas dicker als die übrigen und mit einer handschriftlichen Adresse versehen war, fiel mir sofort ins Auge. Neugierig riss ich den hübschen lila Umschlag auf. Darin steckte eine Karte, die mich »Im Neuen Zuhause« willkommen hieß sowie ein Brief von meiner alten Freundin Tara Bowen, deren Ehemann Rob bei dem Unfall mit Andrew gestorben war.

Ich setzte mich auf die Couch und las ihn. Die gedruckte

Schrift umfasste nur eine halbe DIN-A4-Seite, darum dauerte es nicht lange, doch als ich fertig war, brannten meine Augen.

Natürlich interessierte sich Tara nur dafür, wie es Evie und mir ging und schrieb, wir sollten nicht den Kontakt verlieren. Sie war immer ein sehr selbstloser Mensch gewesen, hatte sich an den Wochenenden ehrenamtlich im Tierheim engagiert, obwohl sie Vollzeit als Tierarzthelferin gearbeitet hatte – bevor ihr Leben, genau wie unseres, von einem auf den anderen Tag plattgewalzt wurde.

In der letzten Zeile sprach Tara kurz von sich, allerdings nur, um mir von ihrer Diagnose zu berichten: Multiple Sklerose. Sie hatte immer dazu tendiert, die eigenen Probleme herunterzuspielen, und hatte den Satz so formuliert, als wäre es kaum von Bedeutung: »Oh, und übrigens wurde bei mir MS diagnostiziert. Wenigstens weiß ich jetzt, woher meine Schlaflosigkeit kommt.«

Ich faltete das Blatt zusammen und steckte es zurück in den Umschlag. Dann saß ich einfach nur da und beobachtete die winzigen Regenbogenlichter an der Wand. Sie stammten von dem Sonnenlicht, das sich in der wunderschönen Kristallvase brach, die Andrew mir kurz vor seinem Tod geschenkt hatte, und es sah aus, als würden sie tanzen.

Es war so leicht, sich in den eigenen Problemen zu verlieren, ständig daran zu denken, was man nicht hatte, anstatt das Gute zu sehen. Taras letzte Zeile ließ mich die Dinge mit anderen Augen betrachten. Das Leben hatte ihr wieder einmal eins ausgewischt, aber beschwerte sie sich etwa? Nein.

Dank Tara hatte ich das Gefühl, endlich wieder klar sehen zu können. Es war an der Zeit, mich zusammenzureißen und mein Leben auf die Reihe zu kriegen.

Genau in diesem Moment hörte ich vom Laptop in der Küche das Geräusch einer eingehenden E-Mail.

Unglaublicherweise handelte es sich um eine Einladung

von Gregory's Property Services zu einem Bewerbungsgespräch am Montagnachmittag um drei Uhr.

Ich schluckte schwer und versuchte, die Trockenheit in Mund und Kehle loszuwerden. Zwar flatterte mein Magen beim Gedanken an die mögliche Erfüllung meiner Wünsche. Aber Montag war Evies erster Tag in der neuen Schule. Ich hatte sie eigentlich hinbringen und abholen wollen.

Mein Herz schlug sofort doppelt so schnell. Zumindest fühlte es sich so an.

Ich wollte die Neuigkeiten unbedingt mit jemandem teilen, also nahm ich mein Handy und schickte Mum eine Nachricht.

Habe Montag ein Bewerbungsgespräch für den Job, von dem ich erzählt habe! Bin in 20 Min da und hole Evie ab x

Es war unglaublich und kam komplett unerwartet; meine Bewerbung musste sie wirklich beeindruckt haben, wenn sie sich so schnell bei mir meldeten.

Allerdings war es vermutlich leicht, auf dem Papier kompetent zu erscheinen. Was, wenn ich das Bewerbungsgespräch vergeigte? Was, wenn sie mich für zu erfahren hielten, oder für zu alt für eine Assistentin?

Ich checkte mein Handy, doch Mum hatte noch nicht auf meine Nachricht geantwortet.

Obwohl ich erleichtert war, eine echte Chance auf den Job zu haben, fühlte sich meine gesamte obere Körperhälfte verkrampft an. Jeder Muskel war gestrafft wie die Saiten eines überspannten Cellos.

Vor ein paar Wochen hatte ich mir eine Entspannungsapp mit Atemübungen heruntergeladen, die sogar sphärische Musik spielte, während man die Übungen machte. Ich öffnete sie und versuchte ein paar Minuten lang, mich auf die Erzählstimme zu konzentrieren. Die ganze Zeit über dachte ich an das kleine braune Fläschchen im Badezimmerschrank, doch ich zwang mich, den Gedanken zu ignorieren.

Als ich mit dem ersten Teil der Entspannungsübung durch war, fühlte ich mich sogar noch gestresster als vorher.

Ich schnappte mir den Autoschlüssel und verließ das Haus, bevor der Drang, nach oben zu gehen, zu stark wurde.

Solange diese Tabletten in meiner Nähe waren, konnte ich mir selbst nicht trauen.

»Ich glaube, du überstürzt die Dinge mit diesem neuen Job.« Mum legte los, sobald ich ihre Küche betreten hatte. Meine Stimmung sank in den Keller; ich war gerade wirklich nicht zum Streiten aufgelegt. »Du solltest erst mal das Haus gemütlich einrichten und dafür sorgen, dass Evie sich in der neuen Schule einlebt.«

»Ich brauche Geld, um das Haus einzurichten«, versuchte ich, zu argumentieren. »Und es ist nur eine halbe Stelle, ich kann Evie immer noch jeden Tag zur Schule fahren.«

»Ich will nicht in die Kinderkrippe, Mummy«, jammerte Evie und legte ihre kleinen Arme um meinen Hals. »Nanny hat gesagt, ich soll da nicht hin.«

»Was hast du ihr erzählt?« Schnell biss ich mir auf die Zunge, aber die unausgesprochenen Worte brannten wie Säure in meinem Mund.

»Ich habe ihr gar nichts erzählt«, antwortete Mum mit ruhiger Stimme. »Ich habe nur gesagt, dass Mummy vielleicht arbeiten gehen muss und dann ...«

»Du hättest es mir überlassen sollen, ihr davon zu erzählen. Im richtigen Moment.« Ich versuchte, die Worte hinunterzuschlucken, aber am Ende musste ich sie einfach ausspucken. »Ich bin ihre Mutter.«

»O ja, das bist du, nicht wahr?«, sagte Mum. »Natürlich, du bist ihre *Mutter*.«

Ich hörte den Subtext so deutlich heraus, als hätte sie ihn mir ins Gesicht geschrien. *Ihre nutzlose, unzuverlässige Mutter, die ohne meine Hilfe völlig aufgeschmissen wäre.*

Noch ein Grund, warum ich mein Leben wieder in die richtigen Bahnen lenken musste.

Ich verkniff mir meine schneidende Antwort und wich ihrem herausfordernden Blick aus. Mums Schmollen konnte ich mir gerade nicht leisten, denn ich wusste, dass es tagelang anhalten konnte.

Und so sehr es mir auch gegen den Strich ging: Ich brauchte meine Mutter.

15

DREI JAHRE ZUVOR

TONI

In der Nacht von Samstag auf Sonntag erwachte ich schlagartig.

Ich glaubte, draußen etwas gehört zu haben, aber sicher war ich nicht. Es ist schwierig, ein Geräusch genau zu benennen, wenn man gerade erst aus dem Schlaf gerissen wurde. Ich hielt für ein paar Sekunden den Atem an und starrte in die Dunkelheit, an die sich meine Augen nur langsam gewöhnten. Es war nichts zu hören.

Das hielt jedoch weder mein Herz davon ab, wie wild zu schlagen, noch bewahrte es meine Hände davor, zu schwitzen.

Von meinem Schlafzimmer aus blickte man auf die Straße. Ich schlüpfte aus dem Bett und tappte zum Fenster. Die Straßenlaternen erhellten die neuen Reihenhäuser gegenüber, die das exakte Abbild unserer Straßenseite waren. Wie sie so dastanden und komplett identisch und eng aneinandergedrängt im orangefarbenen Laternenlicht badeten, hätte man sie für Teile einer überlebensgroßen Spielzeugstadt halten können.

Draußen war niemand zu sehen. Es war drei Uhr morgens. Die Rollos waren heruntergelassen, die Vorhänge zugezogen. Weit und breit nicht die geringste Bewegung. Anscheinend war ich die Einzige, die heute Nacht keinen Schlaf fand. Ich kam zu dem Schluss, dass ich mir das Geräusch eingebildet haben musste.

Meine Beine fühlten sich rastlos an, als bräuchten sie einen kleinen Spaziergang.

Leise schlich ich zum Treppenabsatz und warf einen Blick in Evies Zimmer. Sie schlief friedlich, das Geräusch ihres ruhigen Atems drang bis zu mir. Ich verharrte einen Moment und starrte einfach nur in die Dunkelheit, verunsichert von der Fremdheit des neuen Hauses.

Zurück in meinem Zimmer setzte ich mich auf die Bettkante und sah mich um. Ich konnte die Metallfedern durch die billige Matratze an meinem Oberschenkel spüren. Die Bescheidenheit meiner Besitztümer stach auf bemitleidenswerte Weise ins Auge. Schwarze Mülltüten voller Klamotten, die mittlerweile lose an mir herunterschlackerten, waren am Fußende des Bettes an der Wand gestapelt. Meine Schuhe lagen auf einem Haufen in der Ecke, darauf ein paar Jacken und ein Hut, sodass das Ganze entfernt an Guy Fawkes auf dem Scheiterhaufen erinnerte. In einer anderen Ecke befand sich ein Stapel nicht zusammenpassender, gräulicher Unterwäsche.

Ein Anfang war schon gemacht, aber es gab immer noch so viel zu tun. Der Gedanke daran, das Haus in Ordnung bringen zu müssen, kam mir vor wie ein scharfkantiger Schatten, der sich felsartig über mir auftürmte.

Ich kroch wieder unter die Decke und versuchte vergeblich, einzuschlafen. Stunden später wälzte ich mich immer noch im Bett herum.

Ich hatte Schmerzen.

Ich litt.

Seit Andrews Tod fühlte meine Haut sich roh an. Mein Innerstes war nach außen gekehrt worden wie bei einer alten Socke, die niemand mehr anzog.

Manchmal kam es mir vor, als würde ich lediglich die Zeit

totschlagen, bis mein Ehemann zurückkam. Im alten Haus hatte ich mir oft eingeredet, er wäre beruflich unterwegs und würde am nächsten Tag durch die Tür spazieren.

Die Tabletten hatten mir dabei geholfen. Sie nahmen den Schmerz an sich, packten ihn in eine dicke Watteschicht und verstauten ihn ganz weit unten, tief in mir, wo er für eine Weile nicht mehr störte. So hielten sie die grausame Realität für einen weiteren langen Tag in sicherer Entfernung.

Ich stand auf und ging ins Bad. Es hatte keinen Sinn, weiter dagegen anzukämpfen.

Heute würde ich ein wenig Hilfe brauchen.

16

DREI JAHRE ZUVOR

EVIE

Sie hatte wieder und wieder versucht, ihre Mummy aufzuwecken, aber die schlief einfach weiter, obwohl es schon lange Zeit zum Aufstehen war. Das erkannte Evie daran, wie die Sonne durch Mummys dünne, blumengemusterte Vorhänge fiel.

Schließlich ging sie allein nach unten.

Als sie noch im alten Haus gewohnt hatten, war Mummy jeden Morgen aufgestanden, hatte sich angezogen und war zur Arbeit gegangen. Ihre Augen hatten gestrahlt und waren tagsüber fast nie so halb zu und verschlafen gewesen.

Alles hatte sich verändert, als Daddy zu den Engeln gegangen war.

Mummy hatte keine Arbeit mehr. Sie benutzte keinen Glitzerlidschatten und auch nicht das Parfüm, das Evie so mochte und das nach einer Mischung aus Kaugummi und Blumen roch.

Unten angekommen fürchtete Evie, die Wespen könnten wieder da sein. Sie hatte zu große Angst, um ohne Mummys tägliche Wespenkontrolle das Wohnzimmer zu betreten, also ging sie stattdessen in die Küche.

Der Boden unter ihren Füßen war kalt und es gab keinen Fernseher zum Kinderprogramm schauen. Evie stellte sich auf einen Stuhl und zog die Müslipackung aus dem Regal. Es gab immer noch kein sauberes Geschirr, also wickelte sie sich in ihre Kuscheldecke und setzte sich an den Tisch, wo sie das Schokomüsli direkt aus der Packung aß.

Es machte ihr einen Riesenspaß, so zu tun, als wäre sie schon groß. Als Erwachsene konnte man Kuchen und Kekse zum Frühstück essen und, wenn man wollte, sogar die Milch und den Löffel beim Müsli weglassen.

Evie nahm Peter Hase vom Tisch und setzte ihn neben sich auf den Stuhl.

»Keine Widerrede«, sagte sie. »Du tust jetzt das, was ich sage. Du willst doch nicht, dass ich mich aufrege, oder?«

Der Hase ignorierte sie. Er weinte nie, anders als Evie, der oft die Tränen kamen, wenn ihre Mummy böse wurde.

Evie wusste, dass er nicht gerne hier in der Küche war, weil er lieber fernsehen wollte.

»Mummy ist MÜDE«, schimpfte sie laut. »Um Himmels willen, kannst du nicht endlich STILL SEIN?«

Sie seufzte und betrachtete das dreckige Geschirr, das sich in der Spüle stapelte. Manchmal vergaß Mummy Sachen, zum Beispiel, dass es keine sauberen Tassen und Teller mehr gab. Dann musste Evie sie immer und immer wieder daran erinnern.

Als sie genug Müsli gegessen hatte, um ihren knurrenden Magen zum Schweigen zu bringen, schlich Evie vorsichtig zur Wohnzimmertür und lauschte. Es war kein Summen zu hören.

Sie öffnete die Tür einen winzigen Spalt — zu winzig, als dass eine Wespe sich hätte hindurchquetschen und sie stechen können —, doch drinnen blieb alles ruhig. In einem plötzlichen Anflug von Wagemut warf Evie sich die Decke über den Kopf, sprintete zum Sofa, griff nach der Fernbedienung und schaltete den Fernseher ein.

Ihre Augen irrten panisch im Zimmer umher und kurz darauf rannte sie wieder hinaus und schlug, völlig außer Atem, die Tür hinter sich zu. Sie hatte kein einziges Insekt gesehen, aber man konnte nicht vorsichtig genug sein. Die Wespen hatten sich an jenem Tag ziemlich gut in den schönen Blumen versteckt. So gut, dass nicht einmal Mummy und Nanny sie entdeckt hatten.

Außerdem war Mummy noch im Bett und Evie wusste nicht, wo Mr. Esteritz, der Kammjägermann, lebte. Falls die Wespen zurückkamen, wäre niemand da, um ihr zu helfen.

Sie schlurfte den Flur hinunter und rieb sich die Augen. Mürrisch starrte sie Peter Hase an, der sie von seinem Stuhl aus unablässig beobachtete.

»Guck mich nicht so an.« Sie runzelte die Stirn. »Tu nicht so unschuldig.«

Es machte keinen Spaß, in der kalten und stillen Küche zu sitzen, wo es nichts gab, mit dem man sich beschäftigen konnte.

Von draußen hörte Evie Rufe und Gelächter.

Sie drückte die Nase an die geriffelte Scheibe, aber sie konnte nichts sehen. Mummy hatte erklärt, dass das am Milchglas lag. Evie mochte keine Milch.

Ein komisches Jaulen und noch mehr Gelächter. Es klang, als hätte im Hof jemand Spaß. Vielleicht waren ihre Vorschulfreunde aus Hemel zu Besuch gekommen.

Mit großen Sprüngen lief Evie die Treppe hoch.

»Mummy, wach auf«, rief sie und schüttelte Mummys Arm. »Ich will nach draußen.«

Aber Mummy rührte sich nicht.

»Mummy, BITTE!« Evie brüllte ihr ins Ohr. »Du musst aufwachen, JETZT!«

Sie stand auf und stampfte auf die nackten Bodendielen. Dann rannte sie wieder nach unten und in die Küche. Wenn ihre Freunde dachten, dass sie nicht da war, würden sie vielleicht wieder gehen, und das wollte Evie nicht.

Der Schlüssel steckte im Schloss, also streckte sie sich und rüttelte daran. Sie versuchte, die Türklinke nach unten zu drücken, doch die Tür ließ sich nicht bewegen. Sie drehte den Schlüssel erst in die eine, dann in die andere Richtung, zog ihn aus dem Schloss und steckte ihn dann wieder hinein. Sie drehte ihn kräftig nach links und hörte ein Klicken. Als sie diesmal auf die Klinke drückte, ging die Tür auf. Ein Schwall warmer Luft kam ihr entgegen und Evie hielt lächelnd das Gesicht in die Sonne.

Doch im Hof war niemand.

Ihr Lächeln verblasste und sie ließ sich auf die Türschwelle sinken, wo sie mit den Fingerspitzen Muster in den Schmutz zeichnete.

»Buster, fang!«, rief jemand.

Wieder erklang das komische Jaulen und ein Tennisball flog über die Hecke und landete auf dem Rasen.

Evie sprang auf und rannte barfuß auf ihn zu, immer noch im Pyjama.

Da kam eine braun-weiße Fellkugel durch die Hecke geschossen, die ununterbrochen jaulte und kläffte.

Es war ein Welpe! Ein echter, lebendiger Welpe.

»Hallo, Süße«, sagte ein großer Mann mit pickligem Gesicht, der sie über den Rand der Hecke hinweg anschaute. »Wer bist du denn?«

17

DREI JAHRE ZUVOR
TONI

Ich schlug die Augen auf. Das Schlafzimmer war lichtdurchflutet. Ein paar Sekunden lang erkannte ich weder den Raum noch wusste ich, warum ich dort war.

»Evie?«, rief ich, als ich einigermaßen zu mir gekommen war. Keine Antwort. »Evie!«

Ich zog eine Leggins und ein T-Shirt über und hastete nach unten. Der Fernseher lief, doch im Wohnzimmer war niemand.

Rennend durchquerte ich die Küche und stellte fest, dass die Hintertür einen spaltbreit offenstand. Der Schlüssel steckte lose von innen im Schloss.

Stellenweise hatte die Sonne die dicke Wolkendecke durchbrochen und schickte nun schwache Lichtstrahlen durch das Milchglas in der Tür, um den Küchenboden mit zufälligen Mustern zu verzieren. Es fühlte sich an, als wäre es bereits später Vormittag, doch in der Küche gab es keine Uhr, darum war ich nicht sicher. Wie in aller Welt hatte ich so lange schlafen können?

»Evie!«, schrie ich und schob meine Füße in die Flip-Flops neben der Tür. Auf dem Weg in den kleinen Hinterhof fiel ich beinahe hin. Mit den Augen suchte ich die ungepflegte, von einem hässlichen Holzzaun umgebene Rasenfläche nach meiner Tochter ab.

Mir war sofort klar, dass sie hier nicht war.

Mein Atem ging jetzt unregelmäßig. Es fühlte sich an, als könnte ich einfach nicht genug Luft in meine Lungen befördern. Ich stützte mich auf einen kaputten Plastikstuhl bei der Tür. Eins der angebrochenen Beine gab nach und ich stolperte, wobei ich mir leicht den Knöchel verdrehte.

Vor Schmerz japste ich laut auf.

»Mummy!« Sekunden später erschien in einem Loch in der Hecke, das zuvor von wucherndem Gestrüpp verdeckt worden war, auf allen Vieren krabbelnd eine strahlende Evie.

»Was in aller Welt ...« Ich eilte zu ihr. »Wo warst du?«

»Meine Schuld, sorry.« Kopf und Schultern eines großen, dünnen jungen Mannes erschienen über der Hecke. Er grinste und entblößte dabei ein paar schwarze Zähne. »Sie wollte meinen neuen Welpen sehen.«

Das war der älteste Trick, den es gab, der Trick, vor dem Eltern im ganzen Land ihre Kinder warnten.

»Wer sind Sie?«, fragte ich streng. »Ich habe überall nach ihr gesucht. Ich dachte ...«

»Ich bin Colin«, sagte er. Sein Lächeln verblasste. »Mam hat erzählt, Sie haben sich kurz nach Ihrem Einzug kennengelernt.«

Das musste Sals Sohn sein. Der verurteilte Straftäter.

»Alles okay?« Er starrte mich mit kalten Augen an. »Sie sehen aus, als würden Sie gleich ohnmächtig werden.«

»Nichts ist okay, verf...« Mein Blick fiel auf Evie, die mit großen Augen zuhörte. Ich schluckte die Schimpfwörter hinunter. »Es ist ganz eindeutig *nicht* alles okay. Ich komme nach unten und ein fremder Mann, den ich noch nie zuvor gesehen habe, hat meine Tochter ohne meine Erlaubnis aus dem Garten geholt.«

»Hey, jetzt machen Sie mal halblang.« Mir fiel auf, wie

nahtlos er zu einem aggressiveren Tonfall wechselte. »Die Kleine ist durch die Hecke gekrabbelt, als sie mich auf der Seite hier mit Buster spielen gehört hat. Sie war 'ne verdammte Ewigkeit allein hier draußen. Die Frage ist, wo waren *Sie*?«

»Evie«, sagte ich scharf. »Rein mit dir. Sofort.«

»Mummy, nein! Colin hat gesagt, ich darf ihm helfen, Buster zu füttern.«

Natürlich hatte er das.

»Rein. SOFORT!«, sagte ich lauter.

Evie sah zu Colin in der Hoffnung, er würde ihr helfend zur Seite springen, was mich noch mehr verärgerte.

»Geh besser ins Haus, Püppi«, sagte er zu ihr. »Sieht aus, als könnte deine Mam jeden Moment hochgehen.«

In einer Geste der Zuneigung streckte ich die Hand nach Evie aus, doch sie stürmte an mir vorbei zurück ins Haus.

»Das ist NICHT FAIR!«, schrie sie, bevor sie die Küchentür hinter sich zuknallte.

Wütend funkelte ich Colin an.

»Süßes kleines Mädchen haben Sie da, Missus«, sagte er mit einem süffisanten Grinsen. »Zuckersüß, echt.«

Als ich wieder im Haus war, fühlte ich mich allein durch unser Gespräch beschmutzt. Evie war im Wohnzimmer und hatte die Tür zugemacht. Ich öffnete sie und ging zu ihr.

»Evie«, sagte ich sanft. »Du gehst nie wieder allein nach draußen, ohne mir vorher Bescheid zu sagen. Hast du verstanden?«

Sie saß unter ihrem »Wespenschutz«, wie sie ihre Decke jetzt nannte, und beachtete mich nicht, sondern blickte starr zum Fernseher. Eine leere Müslischachtel lag umgekippt mitten auf dem Boden, und ein Stück weiter sah ich einen Löffel, den sie weggeschleudert haben musste. Evie saß immer noch im Schlafanzug da, mit Grasflecken auf den Knien, die sich nie wieder rauswaschen würden. Ihre Haare waren zerzaust und hingen lose herunter. In den Mundwinkeln hatte sie getrocknete Essenskrümel.

Es war halb elf. Meine Tochter war wahrscheinlich seit sieben Uhr morgens allein auf den Beinen.

Ich griff nach der Fernbedienung und schaltete den Fernseher aus. Die Stille schien zu vibrieren und es fühlte sich an, als stünde eine unsichtbare Mauer zwischen uns.

»Hast du verstanden, was Mummy gesagt hat?«, versuchte ich es noch einmal. »Du darfst nie wieder allein rausgehen, mein Schatz. Das ist gefährlich.«

»Ich hab doch versucht, dir Bescheid zu sagen, Mummy.« Evie drehte sich zu mir, die großen Augen voller Tränen. »Aber du hast noch geschlafen und bist einfach nicht aufgewacht.«

Ich hielt mir die Hand vor den Mund und schloss die Augen. Heißer Ekel überkam mich, schnürte mir die Kehle zu wie glühender Draht.

In wen zur Hölle verwandelte ich mich da?

18

DREI JAHRE ZUVOR

TONI

Der Montagmorgen verlief im Endeffekt weniger ruhig und geordnet, als ich geplant hatte. Ich war kaputt und nicht ganz auf der Höhe, obwohl ich seit dem Tag zuvor keine Tablette mehr angerührt hatte.

Evie war immer noch sichtlich mitgenommen von dem Wespenangriff, und nicht nur durch die körperlichen Beschwerden, die ihr die immer noch roten, juckenden Schwellungen auf Armen und Gesicht verursachten.

»Kannst du bitte meine Strickjacke zumachen, Mummy?«, fragte sie mit schwacher Stimme und leidendem Blick.

»Ach komm, so ein großes Mädchen wie du kann sich die Jacke doch schon allein zuknöpfen, oder?« Neckend kitzelte ich sie unterm Kinn.

»Du sollst das machen.«

Ich hatte ihre blonden, welligen Haare zu zwei Zöpfen geflochten. Die rot-graue Schuluniform stand ihr gut. Sie ließ ihre blassen Wangen, auf denen an manchen Stellen immer noch die unansehnlichen roten Pusteln prangten, ein wenig rosiger wirken.

Ich knöpfte ihr Jäckchen zu, zog sie sanft an mich und für

einen Moment blieben wir eng umschlungen stehen, jede von der Zuneigung der anderen zehrend.

Dann machte Evie sich los und sah mich an.

»Mummy, bringst du mich heute zur Schule?«

»Ob ich dich zur Schule bringe?«, wiederholte ich mit erstaunter Entrüstung, was ihr ein leises Lächeln entlockte. »NATÜRLICH bringe ich dich zur Schule, du kleiner Dummkopf. Für nichts in der Welt würde ich das verpassen.«

Ich kitzelte ihren Bauch in Erwartung des kehligen Kicherns, das ich so liebte. Doch Evie wich meinen zappelnden Fingern aus. Sie wirkte gereizt und argwöhnisch. Wieder fiel ein Schatten über ihr Gesicht.

»Holst du mich auch ab?«

Ich hätte schwören können, dass meine Tochter über einen überdurchschnittlich hoch entwickelten sechsten Sinn verfügte. Sie spürte sofort, wenn etwas im Busch war. Sogar wenn ich dachte, ich würde es erfolgreich verbergen.

»Holst du mich ab?«, beharrte sie.

»Nein, weil Nanny dich doch heute von der Schule abholt, erinnerst du ...«

»Nein!«

Mum hatte Evie heute früh am Telefon bereits viel Glück gewünscht und ihr gesagt, dass sie sich nach der Schule sehen würden.

»Evie, hör auf. Nanny will dich abholen und alles über deinen Tag hören. Du willst doch nicht, dass sie enttäuscht ist, oder?« Ich fühlte mich mies, noch während ich die Worte aussprach. Was für eine Mutter benutzte bitte schön emotionale Erpressung, um ihr fünfjähriges Kind zum Schweigen zu bringen? Aber ich musste irgendetwas tun, um ihren drohenden Wutanfall zu stoppen, der sich wie ein unmittelbar bevorstehender Sturm zusammenbraute.

»Aber ich will, dass *du* mich an meinem ersten Tag abholst, Mummy.« Evies große blaue Augen glänzten, während sie mich flehend anstarrte. Ihre Unterlippe zitterte. »Bitteee?«

Ich kniff mir in den Nasenrücken und atmete tief ein.

Warum nur schien das Leben es darauf abgesehen haben, es Eltern so schwer wie möglich zu machen? Von all den Tagen, an denen ich das Vorstellungsgespräch hätte haben können, musste es ausgerechnet heute sein.

Seit ich die Bewerbung abgeschickt hatte, war alles so schnell gegangen. Ich hatte gar nicht die Zeit gehabt, mir über mögliche Probleme wegen Evies erstem Schultag Gedanken zu machen.

»Mummy, bitte?«, wimmerte Evie noch einmal, als könnte sie meine Schwäche riechen.

Nachdem ich ein Sandwich gegessen und kurz unter die Dusche gehüpft war, schlüpfte ich für den Nachmittag in eine weiße Bluse und meinen schicken dunkelblauen Ted-Baker-Hosenanzug.

Das Outfit hinkte mittlerweile ein paar Modesaisons hinterher, doch es konnte sich immer noch sehen lassen. Zumindest war es besser als meine alltägliche Leggins-T-Shirt-Kombi.

Ich fragte mich, ob ich je wieder genug Geld haben würde, um Klamotten von Ted Baker zu kaufen.

Man sah, dass ich abgenommen hatte, seit ich den Anzug vor zwei Jahren gekauft hatte. Natürlich war mir aufgefallen, wie meine Klamotten immer lockerer wurden, doch nachdem ich aufgehört hatte, zu arbeiten, gab es keinen Grund mehr, mich fürs Büro schick zu machen. So hatte ich angefangen, nur noch »praktische Kleidung« zu tragen, was sich besser anhörte als »Schlafanzüge« oder »Gammel-Outfits«. Klamotten, die sich immer gleich anfühlten, egal, wie viel man gerade wog.

Gewichtsverlust durch Trauer resultiert in einem dürren, unterernährten Körper. Es hatte keine Shoppingtouren zur

Feier der Tatsache gegeben, dass ich zwei Kleidergrößen abgenommen hatte.

Ich stand vor dem Kleiderschrank und betrachtete mich in dem Ganzkörperspiegel, der an der Innentür angebracht war.

Das Jackett war etwas zu breit für meine Schultern und die Hose hätte einen Gürtel gut vertragen können, aber alles in allem sah ich gar nicht so schlecht aus, fand ich. Glücklicherweise hatte Mum, die genau wie ich Schuhgröße 38 trug, mir ihre schwarzen M&S-Pumps geliehen, sodass mir eine weitere unnötige Ausgabe erspart geblieben war.

Ich straffte die Schultern und stellte mich ein bisschen aufrechter hin. Dann schenkte ich meinem Spiegelbild ein breites Lächeln, um sicherzugehen, dass keine Essensreste zwischen meinen Zähnen steckten.

Das Tragen von Make-up hatte ich mir schon lange abgewöhnt. Es gab wirklich keinen Grund, mich zu schminken, wo ich doch meistens den ganzen Tag zu Hause hockte. Doch heute hatte ich etwas Mascara und den blassrosa Lippenstift aufgetragen, den ich ganz unten in meiner Handtasche gefunden hatte. Dann noch einen Hauch Rouge und eine dünne Schicht farblosen Lipgloss, und schon sah ich einigermaßen vorzeigbar aus.

Vorsichtig prüfte ich mit beiden Händen meine Hochsteckfrisur, die ich so lange mit Haarnadeln und -spray bearbeitet hatte, bis kein einziges Haar auch nur einen Millimeter mehr verrutschen konnte. Wir hatten uns dieses Jahr wieder keinen Urlaub leisten können, aber ich hatte trotzdem ein paar helle Strähnchen bekommen, die mein Haar wie schimmernde Goldfasern durchzogen. Sie waren ein Überbleibsel der zahlreichen, mit Evie in unserem alten Garten verbrachten Stunden, die ich zum Lesen genutzt hatte, während sie mit ihren kleinen Vorschulfreunden im Planschbecken herumgetollt hatte.

Selbstvertrauen. Das war es, was ich heute ausstrahlen musste.

Ich hatte definitiv mein managermäßiges Auftreten von früher eingebüßt, aber vielleicht war das gar nicht so schlecht.

Ohnehin würde ich meinen beruflichen Werdegang im Vorstellungsgespräch so weit wie möglich herunterspielen. Das Letzte, was ich wollte, war, ihnen den Eindruck zu vermitteln, sie würden mit mir eine eingebildete Besserwisserin einstellen.

Bevor ich das Haus verließ, überprüfte ich meine Handtasche, um sicherzugehen, dass ich alles Wichtige dabei hatte, insbesondere die beiden begeisterten Referenzschreiben, die mir mein vorheriger Arbeitgeber ausgestellt hatte.

Draußen war es bewölkt, aber warm, sodass ich auf dem Weg zum Auto das Jackett auszog. Evies flehende Stimme, die mich bat, sie von der Schule abzuholen, war mir den ganzen Morgen nicht aus dem Kopf gegangen. »Bitte, Mummy, bitte.« Schon wieder.

Am Ende war sie zu meiner großen Erleichterung relativ gut gelaunt ins Schulgebäude gegangen. Zahlreiche Lehrerinnen hatte nur darauf gewartet, sich mit den neuen Erstklässlern in deren ersten Schultag zu stürzen — nachdem sie sie aus den widerstrebenden Händen ihrer Eltern befreit hatten.

Bevor wir am Morgen losgegangen waren, hatte ich schließlich zugestimmt, dass ich Evie, falls irgend möglich, von der Schule abholen würde. Ich hatte das im vollen Bewusstsein der Tatsache gesagt, dass ich es von meinem Bewerbungsgespräch in Hucknall um drei Uhr nachmittags unmöglich bis halb vier zur St. Saviour's schaffen würde.

Ich war nicht stolz darauf, aber der kleine Schwindel hatte Evie wieder zum Lächeln gebracht und der Schulweg war danach reibungslos verlaufen.

Im Auto tippte ich die Postleitzahl von Gregory's Property Services ins Navi, das mir daraufhin mitteilte, der Weg würde dreizehn Minuten dauern. Ich hatte noch eine halbe Stunde. Solange es nicht zu einer spontanen Alieninvasion kam, gab es wirklich keinen Grund zur Panik.

Ich ließ mich gegen die Rückenlehne sinken und atmete ein paarmal tief durch die Nase ein und durch den Mund wieder aus, wie die Entspannungsapp geraten hatte. Meine Gedanken wanderten zu dem kleinen braunen Fläschchen, das ich aus dem Badezimmerschrank genommen und im Reißverschlussfach meiner Handtasche verstaut hatte. Für alle Fälle.

Ich hatte es nur zur Sicherheit eingepackt, weil es mich entspannte, es in meiner Nähe zu wissen. Eine Tablette mochte zwar meinen Herzschlag beruhigen und die Angst besänftigen, aber was ich heute brauchte, war mein Verstand. Außerdem musste ich fahren.

Ich ließ den Parkstreifen hinter mir und bog am Ende der Siedlung links ab. Auf der Cinderhill Road herrschte ziemlich viel Verkehr, denn über diese Straße gelangte man auf die A610 und dahinter irgendwann auf die Autobahn.

Heute aber war ich in die entgegengesetzte Richtung unterwegs und der Verkehr ging flüssig und ohne Unterbrechungen. Die Straße führte steil abwärts, vorbei an eng aneinandergedrängten Häuschen mit Terrassen, wettervergilbten Dachziegeln und Fensterläden, von denen der weiße Anstrich abblätterte. Es gab ein kurzes Ruckeln, als ich über die in den Asphalt eingelassenen Straßenbahnschienen fuhr.

Ich warf einen Blick aufs Navi, bog beim kleinen Kreisverkehr rechts ab und fuhr weiter Richtung Moor Bridge, wo ich schließlich das Zentrum von Hucknall erreichte. Auf den Bürgersteigen schoben junge Mütter ihre knallbunten Kinderwagen vor sich her und auf einer Bank lümmelte eine mit Bierdosen ausgestattete, mit Hoodies bekleidete Truppe von Jugendlichen.

Heute früh waren Evie und ich zu Fuß zur Schule gegangen und hatten dafür nicht einmal fünfzehn Minuten gebraucht. Im Stillen hatte ich mich erneut dafür verflucht, unseren Besichtigungstermin bei der St. Saviour's verpasst zu haben. Leider hatte man uns vor dem Schulstart keinen neuen Termin anbieten können.

Evie hatte den ganzen Weg über fröhlich vor sich hingeplappert, bis die Schule mit ihrem schmiedeeisernen Tor aufgetaucht war, woraufhin sie plötzlich ganz still wurde. Die Nerven.

»Alles wird gut, mein Schatz.« Ich drückte ihre Hand in meiner. »Du wirst einen tollen Tag haben.«

»Aber ich kenne niemanden«, sagte Evie. »Daisy, Nico und Martha sind doch meine besten Freunde und keiner von ihnen ist hier.«

Die vier kleinen Freunde waren in der North View Primary, Evies alter Schule, unzertrennlich gewesen. Bei der Vorstellung, wie Evie in der neuen Klasse allein an ihrem Tisch saß, spürte ich einen Stich in der Magengrube.

Und dann kam mir ein Gedanke.

»Viele von den anderen Kindern kennen doch auch noch niemanden«, sagte ich, während wir auf die weit geöffnete Tür des Seiteneingangs zugingen. »Ich wette, du hast heute Nachmittag schon eine Menge neuer Freunde, und außerdem kennst du immerhin schon eine Person. Jemand ganz Wichtiges.«

»Hä?« Evie sah zu mir hoch und runzelte ihre kleine, mit zwei fies aussehenden Stichen geschmückte Stirn.

»Miss Watson natürlich«, sagte ich munter. »Du kennst die *Lehrerin*, also wirst du bestimmt ganz schnell Klassenbeste!«

Ihre Miene hellte sich auf. »Yay, ich bin die Beste!«

Sie sang die Worte in Dauerschleife vor sich hin, während wir uns dem Eingang der Schule näherten. Ich war dankbar, mich von ihr in diesem ausgelassenen Zustand verabschieden zu können. Als ich ging, war natürlich ich diejenige, die von Gefühlen überwältigt wurde. Ich sah, dass es den meisten anderen Eltern der Fünfjährigen genauso ging.

Für uns war das alles bedeutsamer als für unsere Kinder. Ich war im Moment eine ziemlich beschissene Mutter, doch am

Ende war Evies Glück meine oberste Priorität. Wenn ihr erster Tag in der neuen Schule gut lief, wäre das ein Riesenschritt in unserem neuen Leben.

Das Navi verkündete, dass ich gerade mein Ziel erreicht hatte und riss mich damit aus meinen Gedanken. Ich parkte in einer kleinen Seitenstraße und zog ein Parkticket für zwei Stunden.

Dann warf ich mir das Jackett über, griff nach meiner Handtasche und versuchte, mein Herz zu ignorieren, das wie wild gegen den Brustkorb hämmerte.

Ich überquerte die Straße und ging auf das altherrschaftliche, einschüchternd wirkende Gebäude zu, in dem sich Gregory's Property Services befand.

Meine Brust war leicht und voller Hoffnung — und mein Magen voller Knoten.

19

DREI JAHRE ZUVOR

DIE LEHRERIN

Nach dem Mittagessen führte Harriet Watson die kleine Gruppe von Schülern in die Kinderabteilung der Bibliothek.

Die Bibliothek wurde nur morgens für den Leseunterricht genutzt, darum ging sie davon aus, dass sie zu dieser Zeit niemand stören würde. Außerdem hatte sie von hier aus den gesamten Flur im Blick.

Harriet hatte für die heutige Gruppensitzung vier Kinder ausgewählt. Das Konzept der Kleingruppen war, Schüler mit besonderen Schwierigkeiten oder Bedürfnissen vom Rest der Klasse zu trennen, was der Lehrerin das Unterrichten erleichterte und es Harriet ermöglichte, der kleinen Gruppe ihre ungeteilte Aufmerksamkeit zu schenken.

Bis vor ein paar Jahren hatte man von Lehrenden erwartet, die gesamte Klasse auf einmal zu unterrichten, doch heutzutage wurde das Lehrpersonal natürlich verhätschelt. Die Leute kamen direkt von der Uni, mit ihren pädagogischen Abschlüssen und ihren Listen voller Ansprüche, denen der überarbeitete Rest, zu dem auch Harriet gehörte, gerecht werden sollte.

Zum Glück war sie jetzt bereits das zweite Jahr in Folge

Lehrassistentin in der Klasse von Jasmeen Akhtar, einer dünnen, sanftmütigen jungen Frau, die weit mehr auf Harriets Tipps und Meinungen hörte, als sie eigentlich sollte. Doch Harriet beschwerte sich nicht. So konnte sie sich aussuchen, mit welchen Kindern sie arbeitete. Und sie wählte immer die, die noch etwas formbarer waren, etwas interessanter als der Rest.

Sie sah die kleine Gruppe an. Einige von ihnen kannte sie aus der Vorschulklasse vom letzten Jahr. Sie übernahm regelmäßig eine Gruppe der Kleinen, um sie an die »Großenklasse«, wie man in der St. Saviour's sagte, zu gewöhnen.

Heute hatte sie Matilda White ausgewählt, ein stumpfsinnig aussehendes Mädchen, das nie ein Wort sagte, Jack Farnborough, Legastheniker, und Thomas Manton, der schlicht und einfach dumm war, obwohl man dieses Wort heutzutage ärgerlicherweise nicht mehr zur Beschreibung von Kindern benutzen durfte.

Und natürlich die Neue, die sie von Anfang neugierig gemacht hatte: Evie Cotter.

Harriet genoss es, in dieser geordneten kleinen Mannschaft das Sagen zu haben. Das war das Beste an ihrem Job: sich komplett auf die Kinder konzentrieren zu können, ohne dass Jasmeen ständig aus ihrem *Handbuch für Lehre und Lernen* zitierte. Es war lachhaft; Jasmeen war selbst kaum raus aus den Windeln.

Harriet teilte dieselben Arbeitsblätter aus, die sie nahezu jede Woche benutzte. Es war schließlich nicht so, als würde das diesem hoffnungslosen Haufen auffallen.

Die Gesichter der anderen Kinder zeigten bereits erste Anzeichen von Langeweile, doch Harriet sah, wie Evie das Arbeitsblatt zu sich heranzog und aufmerksam studierte.

Sie bemerkte auch, dass Evie immer wieder zu ihr hochschaute, so als suchte sie Bestätigung, dass sie alles richtig machte und tat, was die Lehrerin von ihr erwartete.

Das war immer ein gutes Zeichen.

Harriet setzte sich ans Kopfende des langen, ovalen Tischs und sah von einem Kind zum anderen.

»Heute ist ein ganz besonderer Tag, weil wir einen Nottingham-Neuling bei uns haben. Ist das nicht schön?«, fing sie an. »Herzlich willkommen, Evie.«

Evies Blick huschte kurz zu den anderen Kindern, bevor sie ihn wieder auf die Tischplatte richtete und begann, nervös an Arbeitsblatt und Bleistift herumzufummeln.

»Herzlich willkommen, Evie«, sagte Harriet noch einmal.

»Danke«, murmelte Evie, den Blick weiterhin gesenkt.

Die anderen starrten sie an.

»Es wäre doch nett, wenn du uns ein wenig über dich erzählst, Evie«, sagte Harriet, wobei sie Evies ausdruckslose Miene nicht aus den Augen ließ. »Zum Beispiel, wo du gewohnt hast, bevor du nach Nottingham gezogen bist, und was du gern in deiner Freizeit machst.«

Die restliche Gruppe blickte erwartungsvoll zwischen Harriet und Evie hin und her, als ob die beiden gleich ein Tennismatch beginnen würden.

Das Mädchen rieb mit ihrem Zeigefinger auf dem Arbeitsblatt herum, so als wollte sie die gedruckten Buchstaben ausradieren.

»Also?«

»Wir haben vorher in Hemel Hempstead gewohnt«, sagte sie langsam.

Harriet schwieg.

»Und ich mag Lego und Fernsehen. Und Zeichnen.«

»Interessant.« Harriet nickte. »Hat irgendjemand noch eine Frage an Evie?«

»Hast du ein Haustier?«, wollte Jack Farnborough wissen.

Das Mädchen rieb wieder über das Arbeitsblatt und sagte nichts.

»Evie?«, hakte Harriet nach.

»In meinem alten Zuhause hatte ich ein Kaninchen«, sagte Evie. »Es war schwarzweiß und hieß Carlos.«

»Carlos«, wiederholte Thomas Manton.

»Was ist mit dem Kaninchen passiert?«, fragte Jack. »Musste es eingeschläfert werden, als ihr umgezogen seid?«

Ein Ausdruck blanken Entsetzens huschte über Evies Gesicht.

»Wir haben ihn Mr. Baxter gegeben«, sagte sie. »Für seine Enkelkinder Daisy und Tom, wenn sie zu Besuch kommen.«

»Hat noch jemand eine Frage?« Harriet ließ den Blick über die stumpfen Gesichter wandern.

Niemand sagte etwas.

Evie atmete aus und schaute auf ihr Arbeitsblatt.

»Was ist mit deiner Familie, Evie? Erzähl uns ein bisschen von ihr.« Harriet lächelte.

Sie beobachtete, wie Evies Atmung flacher wurde, und nahm die rosa Farbe zur Kenntnis, die sich auf ihren Wangen ausbreitete. Evie sagte nichts.

»Deine Großmutter?«, schlug Harriet vor.

»Nanny hatte einen Kater, der hieß Timmy, aber er war alt und dann ist er zu den Engeln gegangen und jetzt hat sie einen neuen Kater und der heißt Igor.«

»Igor«, wiederholte Thomas flüsternd.

»Und deine Mummy und dein Daddy, was ist mit denen?«

Evie senkte den Kopf und nuschelte irgendetwas Unverständliches.

»Sieh mich bitte an und sprich deutlich, Evie, damit wir dich alle hören können«, sagte Harriet.

»Mummy hat früher Häuser verkauft.«

»Und dein Daddy?«

Harriet sah fasziniert zu, wie zwei dunkelrote Flecken in der Mitte von Evies Wangen auftauchten.

»Er war Soldat.« Ihre Stimme war jetzt kaum hörbar.

»Er *war* Soldat?«

Evie schwieg.

»Kann ich bitte aufs Klo gehen, Miss?«, fragte Thomas Manton.

Harriet funkelte den Jungen böse an, woraufhin er zurück auf seinen Stuhl sank.

»Erklär uns doch bitte, was du damit meinst, dass dein Dad ein Soldat *war*«, sagte Harriet zu Evie gewandt.

»Er hatte einen Unfall«, sagte Evie.

»Was für einen Unfall?«, fragte Jack.

Evie senkte den Kopf.

»Jack hat dich etwas gefragt«, sagte Harriet. »Wiederhol die Frage, Jack.«

»Was für einen Unfall?«, sagte Jack noch einmal.

»Er ist von einer Klippe gefallen, in Af ... Af-gan-stan«, antwortete Evie mit zitternder Stimme. »Er ist gestorben.«

Sie wischte sich mit dem Handrücken über die Augen.

»Er ist von einer Klippe gefallen, Jack«, wiederholte Harriet.

Jacks Kinnlade fiel nach unten.

»Schön, da haben wir's. Das ist Evies Geschichte«, sagte Harriet munter. »Ihre Mummy arbeitet nicht mehr und ihr Daddy war Soldat, aber dann ist er von einer Klippe gestürzt und gestorben.«

Matilda kicherte.

Evie schluchzte laut auf.

»Du darfst dir nicht die Schuld dafür geben, Evie«, sagte Harriet. »Es ist unangenehm, aber du musst lernen, dich deiner Vergangenheit zu stellen. Und wir sind für dich da, als deine Freunde, um dir zu helfen, genau das zu tun. Richtig, Kinder?«

»Ja, Miss Watson«, antworteten die leeren Gesichter in einem ausdruckslosen Singsang.

20

DREI JAHRE ZUVOR
TONI

Das Innere des Immobilienbüros war geräumig und hell und ungefähr so ausgestattet, wie ich es mir vorgestellt hatte. In dem großen Raum standen vier Schreibtische verteilt. An einem von ihnen saß eine Maklerin im Gespräch mit zwei Kunden. Mir fiel auf, dass der Blick durch die Fensterfront zur Straße fast vollständig von Immobilieninseraten versperrt war, genau wie in meinem Büro in Hemel.

Da ich die beschäftigt wirkende Maklerin nicht stören wollte und ohnehin zehn Minuten zu früh war, tat ich so, als fände ich die ausliegenden Exposés von Häusern und Grundstücken unglaublich faszinierend. Aufgrund der großen Fenster war es warm im Geschäft und ich fühlte, wie sich ein Schweißtropfen meinen Rücken hinabschlängelte.

Ziellos blätterte ich durch die Mappe mit Objektbeschreibungen und fragte mich, was Evie wohl gerade tat. Hoffentlich war sie schon dabei, neue Freundschaften zu schließen und sich einzugewöhnen.

»Kann ich Ihnen helfen?«

Ein großer, athletisch gebauter Mann Ende dreißig kam zielstrebig auf mich zu. Er trug einen schicken braunen Anzug, ein weißes Hemd ohne Krawatte und, wie zur Krönung des Ganzen, einen Schopf hellroter und ungebändigter Haare. Der durch diese eher bunte Mischung entstehende Gesamteindruck war überraschend attraktiv.

»Toni Cotter.« Ich hielt ihm die Hand hin. »Ich habe heute ein Vorstellungsgespräch und fürchte, ich bin etwas zu früh.«

»Ach ja, natürlich. Toni.« Er lächelte, wobei er die grünen Augen so stark zusammenkniff, dass die Iris kaum noch zu sehen war. Von Nahem war sein Gesicht eine einzige Ansammlung von Sommersprossen und sah ein bisschen so aus, als hätte er sich vorm Sonnen ungleichmäßig eingecremt. »Ich bin der Geschäftsführer, Dale Gregory. Freut mich, Sie kennenzulernen.«

Er schüttelte mir die Hand und ich schenkte ihm ein gezwungenes Lächeln, während ich versuchte, mein früheres Selbstbewusstsein heraufzubeschwören.

»Wenn Sie gleich mitkommen möchten, stelle ich Ihnen Bryony James vor, unsere Vertriebsleiterin.« Im Gehen drehte er sich zu mir um und lächelte. »Heute sind wir nur zu dritt. Alles ganz zwanglos, also kein Grund, sich Sorgen zu machen.«

Sah ich wirklich so verängstigt aus? Eigentlich fühlte ich mich schon besser. Ich mochte Dale, und die freundliche Atmosphäre im Büro war irgendwie beruhigend. Ich erlaubte mir sogar den Gedanken, dass ich mir vorstellen könnte, hier zu arbeiten.

Ich musste diesen Job einfach bekommen. Für mich und für Evie.

Dale führte mich in einen kurzen, kühleren Flur, von dem vier Türen abgingen. Er öffnete eine davon, die nur angelehnt war.

Eine Frau in makellos weißer Bluse und einem perfekt sitzenden schwarzen Hosenanzug, vermutlich Bryony James, saß am Ende des langen Konferenztischs, der den Großteil des

Raums einnahm, und scrollte auf einem Tablet durch eine Reihe von Objektbeschreibungen.

Ihre pechschwarzen Haare fielen ihr wie ein glatter, glänzender Vorhang über die Augen. Sie hatte lange, halbmondförmige Fingernägel, die in dem angesagten Schiefergrau lackiert waren, das ich beim Durchblättern der teuren Modemagazine im Supermarkt gesehen hatte.

Unwillkürlich ballte ich die Hände zu Fäusten, um meine eigenen bis aufs Bett abgekauten Nägel zu verbergen.

»Da wären wir. Bitte setzen Sie sich doch, Toni.«

Als Dale zum anderen Ende des Tisches ging und sich neben Bryony setzte, blickte sie zu ihm auf und strahlte. Ich versuchte, Augenkontakt mit ihr herzustellen und ebenfalls zu lächeln, doch sie wandte den Blick direkt wieder dem Tablet zu, um den Bildschirm zu sperren.

Ich saß ihnen gegenüber und wartete, während Dale sein Handy ausschaltete und Bryony ihr Notizheft aufklappte. Vor ihr auf dem Tisch konnte ich das ausgedruckte Bewerbungsformular und den Lebenslauf erkennen, die ich am Freitag abgeschickt hatte. Ich schluckte schwer.

Bryony hatte feine Gesichtszüge, die einen Tick zu spitz zuliefen. Dadurch wirkten ihre Stirn und Wangen etwas zu breit, als dass ihr Gesicht als schön hätte durchgehen können.

Irgendetwas an der Art, wie sie immer wieder Notizbuch, Kugelschreiber und Tablet geraderückte, ließ mich überlegen, ob sie diesen Makel vielleicht auszugleichen versuchte, indem sie sicherstellte, dass der ganze Rest absolut perfekt aussah.

Der karge Raum war klein und stickig und mein lose sitzendes Jackett fühlte sich mittlerweile am Rücken und unter den Armen ziemlich eng an.

Ich schob die Unterlippe vor und blies mir den Pony aus dem verschwitzten Gesicht.

Genau in diesem Moment entschied Bryony, mich zum

ersten Mal direkt anzuschauen. Sie musterte mich kühl und erwiderte mein eilig aufgesetztes Lächeln nicht.

Dann stellte sich Dale noch einmal vor und wandte sich Bryony zu.

»Wie schon gesagt: Das ist Bryony James. Sie leitet den Vertrieb. Falls Sie den Job bekommen sollten, wird Bryony Ihre direkte Vorgesetzte sein.«

Ich lächelte erneut und nickte Bryony zu, die ihre schmalen Lippen im vergeblichen Versuch, weniger sauertöpfisch auszusehen, zu einer geraden Linie zusammenpresste.

Dale verschränkte die Finger auf der Tischplatte und lehnte sich leicht vor.

»Also, Toni, warum erzählen Sie uns nicht erst mal ein bisschen von sich und darüber, warum Sie sich für die Stelle beworben haben?«

Zum Einstieg fasste ich kurz meinen Bildungsweg und meine bisherige Arbeitserfahrung zusammen, was gut lief. Ich erwähnte die Tatsache, dass ich zuvor Standortleiterin gewesen war, nur kurz, und hielt über die gesamte Dauer meiner Ausführungen Augenkontakt.

»Sie haben keinen Hochschulabschluss?«, bemerkte Bryony.

»Nein, ich habe meine Schulbildung mit der Highschool abgeschlossen«, sagte ich. »Ab da habe ich mich dann hochgearbeitet.«

»Daran gibt es nichts auszusetzen«, sagte Dale freundlich. »Zeugt von Charakterstärke.«

»Mir sind hier ein paar Lücken in Ihrem Lebenslauf aufgefallen.« Bryony warf einen Blick auf meine Bewerbung. »Vor fünf Jahren fehlt ein ganzes Jahr und es sieht aus, als hätten Sie die letzten beiden Jahre überhaupt nicht gearbeitet. Da brauchten Sie wohl eine kleine Verschnaufpause nach dem ganzen Häuserverkaufen?«

Ein Anflug von Groll regte sich in meiner Brust.

Eigentlich, kleine Miss Neunmalklug, habe ich die letzten zwei Jahre verdammt hart gearbeitet, wollte ich sagen. *Härter als jemals zuvor. Einfach nur, um nicht den Verstand zu verlieren und die ganze Scheiße hinter mich zu bringen.*

»Vor fünf Jahren wurde meine Tochter Evie geboren und danach war ich zwölf Monate in Elternzeit«, antwortete ich und fragte mich, ob ich mir die Missbilligung in Bryonys Miene nur einbildete. »Und vor zwei Jahren musste ich aus persönlichen Gründen aufhören zu arbeiten.«

Ich hatte lange hin- und herüberlegt, wie ich im Bewerbungsgespräch mit Andrews Tod umgehen sollte, und entschieden, dass ich in einer solchen Situation nicht darüber sprechen wollte. Es hätte sich einfach nicht richtig angefühlt. Außerdem würde ich mich dadurch nur dem Risiko eines Gefühlsausbruchs aussetzen.

»Aus persönlichen Gründen?«

»Ja«, sagte ich. »Mir blieb nichts anderes übrig, als für eine Weile nicht mehr zu arbeiten.«

»Aha, und weiter?«

»In meinem Leben sind Dinge passiert, auf die ich keinen Einfluss hatte, aber zum Glück hat sich die Situation mittlerweile entspannt.«

Auf wie viele Arten sollte ich es denn noch sagen?

Wir taxierten uns schweigend.

Mein Herz stampfte, meine Ohren rauschten, mein Gesicht brannte. Aber Job hin oder her, ich hatte mich entschieden. Bryony würde mich nicht dazu bringen, mein Herz auszuschütten. Nicht hier, vor diesen Leuten, die ich heute zum ersten Mal getroffen hatte.

Dale räusperte sich und fummelte an seinem Exemplar meiner Bewerbung herum.

»Sie bringen wirklich viel Erfahrung mit, Toni«, sagte er beifällig. »Noch dazu in beiden Bereichen, Verkauf *und* Vermietung.«

Ich löste mich von Bryonys Blick und nickte Dale zu, dankbar für sein Einschreiten.

»Ich mag beides«, sagte ich. »Mir ist bewusst, dass die Stelle für Vermietung ausgeschrieben ist, aber ich bleibe auch gerne flexibel.«

»Ihnen ist schon klar, dass es sich um eine *Assistenz*stelle handelt?« Bryony runzelte die Stirn. »Würde dieser Job für jemanden mit Ihrer Erfahrung nicht eher einen Rückschritt bedeuten?«

»Es stimmt, ich habe Erfahrungen in vielen Bereichen machen können, aber in meiner jetzigen Situation kommt mir eine Stelle mit etwas weniger Verantwortung sehr gelegen.«

Es war, als würde sich die Hitze in meinem Gesicht stauen und ich wünschte mir nichts sehnlicher als ein Glas Wasser. Warum hatten sie die Tür hinter mir nicht offengelassen? Nicht das kleinste Lüftchen gelangte in den muffigen Raum.

»Sie haben Ihre Tochter erwähnt. Geht sie mittlerweile zur Schule?«, fragte Bryony. »Ich nehme an, Sie verfügen über eine flexible Kinderbetreuung. Es kann nämlich vorkommen, dass Sie in den Hochphasen hin und wieder länger arbeiten oder früher kommen müssen.«

Ich öffnete den Mund, um zu antworten, und schloss ihn dann wieder.

Hätte sie einem männlichen Bewerber dieselbe Frage gestellt? Ich spürte, wie mir immer heißer wurde.

»Denk dran, dass es sich um eine halbe Stelle handelt, Bryony«, sagte Dale. »Sicher kann Toni auch mal länger bleiben, wenn es sein muss.«

»Natürlich«, antwortete ich und sah dabei Dale an. Bryonys Blick vermied ich.

Sie stellten mir noch ein paar Fragen.

Was waren meine Gehaltsvorstellungen? Hatte ich bereits irgendwelche Urlaube gebucht? Wann konnte ich anfangen?

»Keine Urlaube — und ich könnte morgen anfangen«, sagte

ich schnell. »Falls Sie so früh schon jemanden brauchen. Und was die Bezahlung angeht, bin ich flexibel.«

»Wir haben noch eine andere Bewerbung, die infrage kommt«, gab Bryony zurück. »Also geben wir Ihnen heute im Laufe des Tages Bescheid.«

Dale sah sie scharf an und für eine Sekunde sah ich so etwas wie Ärger in seinen Augen aufflackern. Dann war der Moment vorbei.

»Vielen Dank für das Gespräch, Toni.« Er stand auf. »Ich bringe Sie noch zur Tür.«

»Hat mich gefreut«, sagte ich zu Bryonys Scheitel, während sie irgendetwas in ihr Notizheft kritzelte.

»Ja.« Sie blickte auf und verzog ihren Mund so, dass der Ausdruck irgendwo zwischen Lächeln und Grimasse fiel. »Danke, dass Sie gekommen sind.«

Im Geschäft standen jetzt einige potenzielle Kunden mehr, die durch die Auslagen blätterten, und die Maklerin am Schreibtisch war immer noch im Gespräch.

Dale wollte unbedingt sichergehen, dass er meine Nummer richtig eingespeichert hatte.

»Ich melde mich auf jeden Fall später.« Er blickte sich um und senkte die Stimme. »Aber ganz unter uns: Bei Ihrer Erfahrung wären wir bescheuert, wenn wir Sie nicht einstellen würden.«

Hatte er mir gerade durch die Blume die Stelle zugesagt? Es hatte sich fast so angehört, doch wie ich mich kannte, bildete ich mir das vermutlich nur ein, also wischte ich den Gedanken beiseite.

Wir gaben uns zum Abschied die Hand und zum ersten Mal seit Gesprächsbeginn fühlte ich mich erleichtert.

Als ich auf die Straße trat und die Tür hinter mir schloss, fiel mein Blick auf Bryony, die drinnen an der Wand lehnte und mich aus schmalen Augen beobachtete.

21

GEGENWART
QUEEN'S MEDICAL CENTRE

Dr. Shaw leuchtet mir direkt in die Augen.

Ich blinzle heftig, weil es so hell ist, doch egal, was ich tue, meine Lider bewegen sich nicht; weit geöffnet starren meine Augen vor sich hin.

Die Ärztin bückt sich tiefer und summt leise, während sie mich prüfend anschaut und dann die Lider einzeln anhebt.

Ich kann ihre großen Poren auf Nase und Kinn erkennen und mir fällt wieder ein, dass ich in meinem Badschränkchen zuhause eine Tube Gesichtscreme stehen hatte, die angeblich die Poren verfeinerte und einen jünger aussehen ließ. So was sollte sie sich auch mal besorgen.

Ich frage mich, wie alt Dr. Shaw ist — ich würde schätzen, Anfang vierzig. Aus irgendeinem Grund kann ich mir nicht vorstellen, dass sie Kinder hat. Vielleicht einen Ehemann, der ebenfalls Arzt ist. Vielleicht treffen sich die beiden nach der Arbeit, fahren zusammen nach Hause, wo sie zur abendlichen Zerstreuung gemeinsam kochen.

Obwohl sie sich wahrscheinlich einfach irgendwo ein Sandwich holen und dann ins Bett fallen, fix und fertig von der stundenlangen Arbeit mit hoffnungslosen Fällen wie mir.

Wenn sie doch nur eine Maschine hätten, um die Sorgen zu übersetzen, die mein Denken regieren. Dann könnte ich ihnen erzählen, wie man mir Evie weggenommen hat, und sie anflehen, mir bei der Suche zu helfen, bevor es zu spät ist.

Jeden Tag erinnere ich mich an mehr. Ich füge die Schnipsel zusammen und versuche zu verstehen, wie es passiert ist, wie es zu ihrem Verschwinden kam.

Manchmal bin ich nicht sicher, ob die Erinnerungen echt sind oder ob ich mir etwas einbilde.

Dr. Shaws senkt ihr Gesicht noch näher an meines. Ich nehme den kaum merklichen Rauchgeruch in ihrem Atem wahr, den sie erfolglos mit einem Pfefferminzbonbon zu überdecken versucht.

Heftig blinzle ich ihr immer wieder zu, doch meine inneren Verbindungen sind kaputt und nichts passiert.

»Und, wie geht's Matt?«, höre ich Dr. Chance vom anderen Ende des Raums fragen. Er befindet sich außerhalb meines beschränkten Sichtfelds. Seine Stimme ist tief und ernst, doch ich meine, aus seinen Worten einen schalkhaften Unterton herauszuhören.

»Ach, das Übliche, er ist überarbeitet und unterbezahlt wie wir alle.« Mit einer Pipette tröpfelt Dr. Shaw mir eine kühle Flüssigkeit ins Auge. Sofort verschwimmt ihr Gesicht über mir. »Tatsächlich plant er immer noch unsere Stadtflucht.«

»Also zieht ihr wirklich aufs Land?«, fragt Dr. Chance. »Und eröffnet die kleine Pension, von der ihr immer geträumt habt?«

»Nein.« Ein Schatten huscht über Dr. Shaws Gesicht. »Matt ist ein Tagträumer und ich bin selbst schuld, wenn ich ihn darin bestärke. Wir haben kein Startkapital und ohne unsere Jobs hier ist das Ganze unmöglich, ein bloßes Hirngespinst.«

Tu es, befehle ich ihr in drängendem Ton. *Eröffne deine Pension, geh die saubere, frische Landluft einatmen. Hau ab aus diesem Hamsterrad und leb dein Leben genau so, wie du es dir immer erträumt hast. Solange du noch kannst.*

»Oh!« Abrupt zieht sie die Hand von meinem Auge weg.

»Was ist los?« Ich höre Dr. Chances eilige Schritte und dann sind da plötzlich zwei Gesichter über mir, die mit ihren prüfenden Mienen mein komplettes Sichtfeld ausfüllen.

Dr. Chance hat markante Züge und einen Dreitagebart. Seine Nase ist etwas schief, so als hätte er sie sich in jungen Jahren gebrochen. Kalte, graue Augen sehen mit zerstreutem, aber aufrichtigem Interesse auf mich herab.

Ich kann euch sehen!, rufe ich laut.

Ich mache den Mund weit auf, blinzle wie wild mit den Augen, rümpfe die Nase.

Sie starren mich weiter an.

Dr. Shaw runzelt die Stirn. »Ich weiß auch nicht. Ganz kurz dachte ich, ich hätte da was gesehen.«

»Hat sie sich bewegt?«

»Nein, es war nur — da war so eine Art *Schimmer* in ihren Augen, anders kann ich es nicht beschreiben. Es war merkwürdig.«

Ja! Hinter der Fassade bin immer noch ich. Meine Augen haben geschimmert. Geschimmert!

»Wahrscheinlich nur eine Pupillenkontraktion durch das Serum«, sagt Dr. Chance, während er mich weiterhin ausdruckslos ansieht. »Oder vielleicht hat dir das Licht einen Streich gespielt.«

Schaut nochmal hin!, rufe ich. *Bitte, schaut nochmal hin.*

»Wahrscheinlich hast du Recht.« Sie legt den Kopf schräg und betrachtet mich. Sträubt sich immer noch dagegen, den Blick abzuwenden. »Für eine Sekunde hatte ich einfach das Gefühl, da wäre jemand, hinter ihrem Blick, weißt du?«

»Das wünschen wir uns doch alle«, sagt Dr. Chance und macht einen Schritt vom Bett weg. »Es ist schwer, den Verlust eines Lebens zu akzeptieren, wenn die Patientin so normal aussieht.«

»Das stimmt«, sagt sie und schaut endlich weg. »Aber ich schätze, irgendwie ist alles besser als einfach nur vor sich hin zu vegetieren.« Sie blickt mich noch einmal an und kneift kurz die Augen zusammen. »Es klingt hart, aber lieber tot als das hier.«

22

DREI JAHRE ZUVOR

TONI

Ich verließ Gregory's Property Service und trat auf die Straße. Nachdem ich ein paarmal tief durchgeatmet hatte, fühlte ich mich schon etwas besser. Zusammengepfercht in diesem winzigen Büro zu sitzen, dazu noch in einer Drucksituation, war, gelinde gesagt, eine Herausforderung gewesen.

Ich zog das Jackett aus, legte es mir über den Arm ging eilig die Straße hinunter zu meinem Wagen. Bald würde sich mein Herzschlag beruhigen und mein Gesicht aufhören, zu brennen.

Laut Parkschein hatte ich noch reichlich Zeit, doch es war schon fast viertel vor vier und Evie würde bereits zu Hause sein. Ich freute mich so darauf, alles über ihren ersten Schultag zu hören.

Schnell schrieb ich Mum, dass ich unterwegs sei und fragte, wie es Evie ging, doch sie antwortete nicht. Das ärgerte mich ein bisschen. An einem Tag wie heute hätte man meinen können, dass sie zurückschreiben würde.

Auf dem Rückweg gab es mehr Verkehr als erwartet, doch das kam mir ganz gelegen, denn so hatte ich ein wenig Zeit zum Nachdenken. Ich öffnete die Fenster einen Spalt und freute mich über die frische Brise, während ich mir gleichzeitig eine Klimaanlage für den Wagen wünschte.

Vielleicht, nur vielleicht, würde ich dank dieses Jobs ein neues Auto kaufen und mit Evie übers Wochenende wegfahren können. Diese Dinge waren möglicherweise gar nicht so unerreichbar, wie sie im Moment schienen.

Während des Interviews hatte sich Bryony mir gegenüber zwar so offen feindselig verhalten, dass ich mich kurz fragte, ob ich wirklich dort arbeiten wollte.

Aber warum sollte ich eine offensichtlich verbitterte Frau meine Pläne für ein besseres Leben ruinieren lassen? Dale mochte ich wirklich gern und obwohl ich mit der anderen Maklerin noch nicht gesprochen hatte, war Gregory's allem Anschein nach ein sehr passabler Arbeitgeber.

Ich fand einen Parkplatz direkt vor dem Haus. Beim Aussteigen erwartete ich schon halb eine aufgeregte Evie, die ans Wohnzimmerfenster klopfte und nur darauf brannte, mir in allen Einzelheiten von ihrem Tag zu berichten.

Wir hatten uns angewöhnt, statt der Vordertür, die direkt ins Wohnzimmer führte, den Hintereingang zur Küche zu benutzen, also ging ich seitlich am Haus vorbei.

Mir fiel auf, dass auf dem Hof mehr Unkraut als Gras wuchs. Außerdem hatte sich anscheinend die gesamte Katzenbevölkerung der Siedlung angewöhnt, unseren Rasen als Toilette zu benutzen.

Mum beharrte darauf, »in so einer Gegend« die Tür immer abzuschließen, also war ich nicht überrascht, als ich die Klinke hinunterdrückte und die Tür sich nicht öffnete.

Anstatt in meiner Tasche nach dem Schlüsselbund zu wühlen, den ich achtlos hineingeworfen hatte, klopfte ich an die Milchglasscheibe und wartete. Niemand kam.

Nach ein paar Sekunden kramte ich dann doch den Schlüssel hervor und schloss selbst auf.

»Hallo?«, rief ich.

Etwas an der Stille und der Luft im Haus sagte mir, dass niemand da war. Seltsam. Laut Küchenuhr war es fast viertel nach vier. Evie hatte vor einer Stunde Schulschluss gehabt und von unserem morgendlichen Spaziergang wusste ich, dass man in gemächlichem Tempo für den Weg nur fünfzehn Minuten brauchte.

Ich zog mein Handy aus der Handtasche und schaute nach, ob ich irgendwelche neuen Nachrichten hatte. Nichts.

Dann wählte ich Mums Nummer und sofort meldete sich die Mailbox.

Mein Herz schlug wieder schneller.

»Es ist schon okay«, murmelte ich. »Alles wird gut.«

Ich rief bei der St. Saviour's an und wartete darauf, dass die Sekretärin abhob, doch eine Stimme vom Band teilte mir mit, dass das Sekretariat bereits geschlossen hatte.

Ich setzte mich an den kleinen Küchentisch. Meine Brust hob und senkte sich viel zu schnell. Seit Andrews Unfall dachte ich immer gleich an das Schlimmste.

Mum konnte Evies ersten Schultag nicht vergessen haben. Ich war mir sicher, dass sie sie abgeholt hatte. Also, wo steckten sie?

Ich hielt es nicht aus, herumzusitzen und nichts zu tun. Achtlos ließ ich Jackett und Handtasche fallen und eilte aus dem Haus, Handy und Schlüssel fest umklammert.

Vor meinem inneren Auge spielten sich zahlreiche Was-wäre-wenn-Szenarien ab, eines schlimmer als das andere.

Was wäre, wenn es einen Unfall gegeben hätte, bei dem Mum und Evie verletzt worden waren?

Was, wenn Mum zusammengebrochen und Evie in einem Moment der Panik auf die Straße gerannt war?

Was, wenn Mum irgendwo lag, ohnmächtig, und Evie sich allein auf den Weg nach Hause gemacht hatte?

Mit prickelnden Augen und trockenem Mund verließ ich

unser Grundstück und lief auf die Straße, und da sah ich sie. Sie bogen gerade um die Ecke zum Muriel Crescent.

»Juhu!«, rief Mum und winkte.

Evie hielt ein Eis in der Hand und wirkte etwas mitgenommen. Normalerweise hätte sie sich bei meinem Anblick sofort von Mum losgerissen und sich auf mich gestürzt.

»Wo wart ihr?«, rief ich zurück, während ich auf sie zueilte. »Ich habe mir schon Sorgen gemacht.«

»Ach, Toni«, sagte Mum in ihrem *Du-schon-wieder-mit-deinen-irrationalen-Ängsten*-Tonfall, bei dem ich mir immer unglaublich bescheuert vorkam. Obwohl Mum es gewesen war, die meine Panik durch ihr Verhalten ausgelöst hatte. »Heute ist so ein schöner Tag und du warst doch bei deinem Gespräch. Es wäre schade gewesen, wenn Evie bei dem Wetter drinnen gehockt hätte.«

Mum und ihr ärgerlich logisches Denken. Warum war ich nicht selbst auf diesen Gedanken gekommen, bevor ich mir meinen persönlichen Weltuntergang vorgestellt hatte?

»Aber ich dachte ... Es hätte weiß Gott was passiert sein können. Ich habe dir geschrieben.«

»Mein Akku ist leer.« Mum zuckte die Schultern. »Das Handy liegt irgendwo in der Küche. Bitte reg dich nicht auf, Liebes.«

Ich mich aufregen? Der Großteil meines Lebens hatte aus dem Versuch bestanden, Mum keinen Grund zum Aufregen zu geben. Doch ich beschloss, nicht darauf einzugehen.

Mir fiel auf, dass Evie noch kein Wort gesagt hatte. Ich machte einen Schritt auf sie zu und hockte mich vor sie hin. Mein Herz hämmerte immer noch in meiner Brust, aber es würde sich bald beruhigen, jetzt, wo ich sie in Sicherheit wusste. »Kriege ich etwa keine Umarmung von meinem großen Mädchen?«

Sie lächelte mich schwach an und umarmte mich halbherzig. Da sah ich, dass sie geweint hatte. Fragend schaute ich zu Mum hoch.

»Außerdem hatte Evie einen etwas aufregenden Tag heute, nicht wahr, Liebling?« Mum warf mir einen bedeutungsvollen Blick zu. »Da dachte ich, ein kleiner Spaziergang im Park und ein Eis würden vielleicht helfen.«

Zu Hause lief Evie direkt zur Wohnzimmertür und stellte sich erwartungsvoll davor. Ich ging zuerst rein und machte meinen üblichen Wespenkontrollgang. Bevor Evie einen Schritt über die Türschwelle machte, musste ich jeden einzelnen Zentimeter nach Wespen absuchen, die Mr. Etheridge, dem weltbesten Kammerjäger, vielleicht entwischt waren.

Als Evie überzeugt war, dass das Zimmer wespenfrei war, schaltete sie den Fernseher ein, kuschelte sich trotz der Hitze in ihre Fleecedecke und steckte sich den Daumen in den Mund. Sie konnte es nicht ertragen, wenn das Fenster offenstand. Ich hoffte, ihr Trauma würde irgendwann von selbst verschwinden. So, wie die Stiche es zu guter Letzt auch zu tun schienen.

Sobald Evie es sich gemütlich gemacht hatte, ging ich zurück in die Küche, schaltete den Wasserkocher ein und sah Mum an.

»Was ist passiert?«

»Ich weiß es nicht genau«, seufzte sie. »Erstmal hast du mir die falsche Uhrzeit genannt, was nicht gerade hilfreich war.«

»Was?«

»Schulschluss ist um viertel nach drei, Toni, nicht um halb vier. Die anderen Kinder waren alle schon weg, und als ich ankam, saß die arme Evie ganz allein da.«

Ich runzelte die Stirn. Ich hätte schwören können, dass Harriet Watson bei ihrem Besuch mehrmals betont hatte, die Kinder würden um halb vier abgeholt.

»Wie auch immer, als ich sie dann abgeholt habe, meinte Miss Akhtar, ihre Klassenlehrerin, sie hätte einen guten Tag gehabt.«

»Ich dachte, ihre Lehrerin heißt Miss Watson?«

»Nein, es war ganz sicher eine Miss Akhtar. Sie hat sich mir selbst vorgestellt. Eine nette junge Frau, sah aus, als käme sie gerade frisch aus der Uni.«

Diese Beschreibung passte nicht zu der deutlich älteren, eher konservativ wirkenden Harriet Watson, die uns Anfang der Woche besucht hatte. Es war, als würde mein Kopf alle Einzelheiten durcheinanderbringen.

Ich machte zwei Tassen Kaffee und wir setzten und an den Küchentisch.

»Evie kam mir gleich ein bisschen still vor. Und sobald wir vom Schulgelände runter waren, ist sie in Tränen ausgebrochen«, sagte Mum und fuhr mit einem Finger über den tiefen Kratzer im Holzfurnier der Tischplatte.

»Was war denn los?«

»Sie wollte es mir nicht erzählen, Toni.« Mum schaute mich an und ich sah deutlich, wie sehr Evies Reaktion sie besorgte und verwirrte. »Sie hat nur immer und immer wieder gesagt, dass sie morgen nicht zur Schule will. Reg dich bitte nicht auf.«

»Warum sagst du das die ganze Zeit?« Ich nahm einen großen Schluck dampfenden Kaffee und zuckte zusammen, als er mir brühend heiß die Kehle hinunterlief. »Wann habe ich jemals eine Szene gemacht oder mich aufgeregt?«

Mum blickte mich nur an.

Tatsächlich verspürte ich den leisen Wunsch, ihr einen Vorwurf zu machen, weil sie nicht mehr über Evies Schultag herausgefunden hatte. Wenn ihr etwas Ungewöhnliches aufgefallen war, hätte sie bei der Lehrerin nachhaken müssen.

»Es ist wirklich schade, dass du sie an ihrem ersten Schultag nicht abholen konntest«, sagte Mum, jetzt wieder in der Defensive. »Dann hättest du die Lehrerin selbst fragen können.«

Ich würde mich nicht mit Mum streiten. Nicht heute.

»Mein Vorstellungsgespräch lief übrigens gut«, sagte ich

spitz. »Sie rufen später an und sagen Bescheid, ob ich den Job habe.«

»Oh, gut«, antwortete Mum, wobei ihr Tonfall deutlich machte, dass das in ihren Augen das genaue Gegenteil von gut war. Sie erhob sich und nahm ein sauberes Geschirrhandtuch von der Küchentheke, das um irgendetwas gewickelt war. »Hier, ich habe euch eine Quiche für nachher mitgebracht.«

23

DREI JAHRE ZUVOR
DIE LEHRERIN

Nachdem sie noch ein paar Arbeitsblätter für den nächsten Tag kopiert hatte, sammelte Harriet die getrockneten Tuschebilder der Kinder auf, die auf den sechseckigen Tischen im Klassenraum verteilt lagen.

Zweifellos war das hier ihr liebster Moment des Tages. Der Großteil des Kollegiums und alle Kinder waren nach Hause gegangen und im Klassenraum herrschte eine tröstend stille Atmosphäre, die beruhigend auf ihre Nerven wirkte.

Harriet hatte es nicht eilig, nach Hause zu gehen. Bevor sie durch die Haustür trat, konnte sie nie sicher sein, in welcher Stimmung sich ihre Mutter gerade befand. Es war natürlich nicht schwer, zu raten. In neun von zehn Fällen befand sie sich in ausgesprochen schlechter Stimmung.

Die Sommerferien waren Harriet in diesem Jahr ungewöhnlich lang vorgekommen. Ein paarmal hatte es sich angefühlt, als würden sie niemals enden. Nach den Schulferien war Harriet immer eine der wenigen, die froh waren, wieder zur Arbeit zu gehen.

In der Schule hatte sie das Gefühl, *jemand zu sein*. Ihre Erfahrung brachte ihr Respekt ein und im Großen und Ganzen schienen die anderen bestrebt, ihre Ansichten und Meinungen zu hören. Das war etwas völlig anderes als zu Hause mit einer Mutter eingesperrt zu sein, die sie ständig kritisierte. Doch egal, was *sie* dachte, Harriet selbst wusste, dass ihre Arbeit wichtig war. Kinder waren verletzlich, sie brauchten jemanden, der sie führte und ihnen half, die Schwierigkeiten des Lebens zu meistern, wenn sie älter wurden. Viele von ihnen bekamen von ihren Eltern, oder eher von ihrem Eltern*teil*, wie es in einer wachsenden Anzahl von Haushalten die Norm zu werden schien, kaum mehr die notwendigen Fähigkeiten dazu vermittelt.

Man musste sich nur mal die kleine Evie Cotter ansehen. Verhätschelt in einer, und doch grausam vernachlässigt in anderer Hinsicht. Es war unerlässlich, dass das Kind lernte, dem unerwarteten Tod seines Vaters ins Auge zu blicken, und zwar so früh wie möglich. Evie musste sich gegen die Sticheleien wappnen, die kommen würden, wenn sie etwas älter war, insbesondere auf der Highschool. Dann würde sie nichts mehr aufhalten.

Andere Kinder konnten boshaft sein. Ihre Bemerkungen schnitten denjenigen, bei denen sie Schwäche vermuteten, oft bis ins Mark. Harriet war fest davon überzeugt, dass dies bleibenden Schaden hinterließ, wenn die betroffenen Kinder nicht vorbereitet waren.

Für einen Moment verharrte sie, beide Hände voll mit bunten Bildern von Strichmännchen und anderen undefinierbaren Formen, während die Gedanken in ihrem Kopf durcheinanderwirbelten.

In der Schule herausgepickt und gemobbt zu werden, hinterließ tiefe Wunden, die niemals aufhörten, zu nässen. Tief drinnen, wo es niemand sah. Die Narbe auf ihrer Stirn fing wieder an, zu jucken. Das tat sie immer, wenn Harriet an die Gruppe von Mädchen dachte, die sie den Großteil ihrer Highschoolzeit über gequält hatte.

Harriet hustete, ihr Blick wurde wieder klar. Sie riss sich zusammen. Jetzt war nicht der richtige Zeitpunkt, um Gedanken an die Vergangenheit nachzuhängen oder sich an den Tag zurückzuerinnern, an dem sie sie nach der Schule mit der zerbrochenen Flasche umzingelt hatten.

Sie hatte Arbeit zu erledigen. In dieser Schule gab es Kinder, die sie vor einem ähnlichen Schicksal bewahren konnte. Leicht beeinflussbare junge Menschen, die von ihr und ihrer Führung abhingen.

Evie Cotter war eine von ihnen.

24

DREI JAHRE ZUVOR
TONI

Nachdem Mum gegangen war, war ich so müde, dass ich kurz einnickte, während Evie ihre Zeichentrickserien guckte. Ich fragte sie nicht noch einmal, was in der Schule vorgefallen war. Wir hatten noch den ganzen Abend Zeit und ich wusste aus Erfahrung, dass Evie sich nicht zu etwas drängen ließ, wenn sie nicht wollte.

Ich merkte, wie Evie sich etwas aufrechter hinsetzte und den Kopf neigte, als würde sie lauschen. Das war der Moment, in dem ich wieder vollkommen wach wurde.

»Mummy, dein Handy klingelt«, sagte sie.

Ich sprang auf und eilte in die Küche, wo das Handydisplay einen verpassten Anruf von einer unbekannten Nummer anzeigte. Sofort dachte ich, es könnte Dale gewesen sein.

Doch wer auch immer es gewesen war hatte keine Nachricht hinterlassen. Dummerweise hatte ich das Handy in der Küche liegen lassen, anstatt es bei mir zu tragen. Frustriert knallte ich es auf die Küchentheke und genau in diesem Moment erklang der Rufton von Neuem. Ich hob ab.

»Hallo?«

»Toni? Hier ist Dale, von Gregory's Property Services. Ich dachte, ich probier's nochmal, für alle Fälle.«

»Hallo, Dale. Es tut mir so leid, dass ich Ihren Anruf verpasst habe, ich hatte das Handy in der Küche liegen lassen und ...« Ich brabbelte wie eine komplette Idiotin. »Sorry, ich bin etwas durcheinander.«

»Vielen Dank, dass Sie heute vorbeigekommen sind«, fing er an, und in meinem Kopf beendete ich den Satz. *Es war wirklich nicht leicht, aber am Ende haben wir uns für eine andere Bewerberin entschieden ...* »Wir waren schwer beeindruckt von Ihrem Vorstellungsgespräch und ich würde Ihnen gerne die Stelle anbieten. Ab morgen, wenn das für Sie immer noch passt?«

»Was? Ich meine, wow, danke! Das ist toll!« Ich konnte nicht glauben, dass ich es tatsächlich geschafft hatte. Ich hatte den Job bekommen. »Und morgen passt mir super, danke. Vielen, vielen Dank.«

»Perfekt«, lachte Dale. »Gut, dann herzlichen Glückwunsch und bis morgen Nachmittag um eins. Einen schönen Abend noch.«

Nachdem Dale aufgelegt hatte, blieb ich kurz regungslos stehen, das Handy immer noch in der Hand. Ich fühlte mich etwas benommen.

Mir war gerade etwas Gutes passiert. *Etwas Gutes!*

»Ich hab Hunger, Mummy«, verkündete Evie, die mit der Kuscheldecke im Schlepptau in die Küche kam. »Was gibt es zu essen?«

Ich zog einen der Stühle zurück, hob Evie hoch und setzte sie auf meinen Schoß.

»Hör mal zu, Süße, Mummy hat ganz aufregende Neuigkeiten.« Mein Magen kribbelte, als ich mich selbst die Worte aussprechen hörte. »Ich habe gerade einen Job bekommen.«

»Einen Job?«

»Ganz genau. Ich werde nur nachmittags arbeiten, also kann ich dich immer noch jeden Morgen zur Schule bringen.«

»Aber ich will nicht mehr auf die St. Saviour's.«

Das versetzte meiner Stimmung einen leichten Dämpfer.

»Komm schon, mein Schatz. Heute war dein erster Tag, da ist es ganz normal, dass einem alles ein bisschen fremd vorkommt. Morgen wird es viel besser, du wirst sehen.«

»Ich will aber nicht.«

Evie rutschte von meinem Schoß und stellte sich vor mich, bis zum Schmollmund in ihre Kuscheldecke gehüllt.

»Warum willst du nicht mehr in die Schule, Evie?«

»Ich will einfach nicht.«

»Wie heißt deine Klassenlehrerin? Nanny hat gesagt, es ist nicht Miss Watson.«

»Miss Watson ist nicht meine Lehrerin.« Evie runzelte die Stirn. »Sie hilft Miss Akhtar nur.«

Es war mir wirklich ein Rätsel. Ich war sicher, Harriet Watson hätte gesagt, sie sei Evies Lehrerin. Vielleicht hatte ich mich ja verhört.

»Ich musste mit Miss Watson und ein paar anderen Kindern in die Bibliothek«, sagte Evie.

»Wie schön. Miss Watson kennt dich schon«, strahlte ich. »Ich wette, du bist ihre Lieblingsschülerin.«

»Bin ich nicht.«

»Na schön, und was habt ihr in der Bibliothek gemacht?«

»Sie hat mich gezwungen, zu reden«, sagte Evie mürrisch. »Ich wollte nicht mit den anderen Kindern reden.«

Für mich klang es so, als würde Miss Watson Evie dabei helfen wollen, ein wenig aus sich herauszukommen und sich in die Klasse zu integrieren. Soweit ich das beurteilen konnte, war das etwas Gutes.

Evie musste ein paar Freunde finden. Auch wenn sie zu Hause selbstbewusst und gesprächig war, war mir in den letzten Monaten aufgefallen, dass sie still und launisch sein konnte, wenn sie neue Leute traf.

»Heute war dein erster Tag, Evie«, versicherte ich ihr. »So

was muss man machen, wenn man neu ist, bei meinem neuen Job muss ich das auch. Morgen sieht die Welt schon ganz anders aus, wetten?«

»Ich gehe morgen nicht zur Schule«, sagte Evie mit trotzig vorgeschobenem Kinn. »Nanny hat gesagt, ich muss nicht.«

25

DREI JAHRE ZUVOR

TONI

Als ich am nächsten Morgen die Augen aufschlug, verriet mir mein schweres Herz bereits, dass es Grund zur Sorge gab, noch bevor mein Verstand wusste, worin genau er bestand.

Evie würde sich nicht so einfach zur Schule bringen lassen.

Zum Glück war ich früh aufgewacht — es war erst halb sieben. Genug Zeit, um mich für den Kampf zu wappnen, der mir zweifellos bevorstand. Evie mochte klein und unendlich niedlich sein, aber sie war auch eine ernstzunehmende Gegnerin, wenn sie sich querstellte. Jegliche Nervosität wegen meines ersten Arbeitstags löste sich bei der Vorstellung, dass mir von jetzt an jeder Wochentag einen Kampf mit Evie bescheren würde, in Luft auf. Das konnte ich mir einfach nicht leisten. Ich musste die Situation in den Griff kriegen, bevor mein Leben komplett im Chaos versank.

Ich hatte meine Klamotten für die Arbeit schon am Abend vorher rausgelegt, also duschte ich gleich, wusch mir die Haare und machte mich für den bevorstehenden Tag fertig. Das war der einfache Teil.

Unten schüttete ich Evies Lieblingsmüsli in eine Schüssel, schenkte ihr ein kleines Glas Orangensaft ein — ohne Stückchen — und bereitete mich darauf vor, sie um halb acht, also in fünf Minuten, zu wecken.

Gestern Abend, während Evie ferngesehen hatte, war ich in die Küche gegangen und hatte Mum angerufen, um ihr zu erzählen, dass ich das Rätsel um Evies schlechte Stimmung gelöst hatte.

»Miss Watson hat versucht, sie dazu zu bringen, den anderen ein bisschen was von sich zu erzählen«, hatte ich erklärt. »Weil sie neu hier ist.«

»Also, ich glaube nicht, dass das der einzige Grund war. Sie war so durcheinander«, antwortete Mum. »Und überhaupt ist Evie ein umgängliches Mädchen, es wäre nicht nötig gewesen, sie so vorzuführen.«

»Evie ist nicht mehr so offen wie früher, Mum«, versuchte ich, ihr klarzumachen. »Außerdem hat sie gesagt, du meintest, dass sie morgen nicht zu Schule muss, wenn sie nicht möchte. Falls das wahr ist, kannst du bitte aufhören, so was zu sagen? Es ist nämlich nicht gerade hilfreich.«

»Du hast ja nicht gesehen, wie sie geschluchzt hat, sobald wir aus der Schule raus sind«, gab Mum zurück. »Ich habe gesagt, was nötig war, um sie zu beruhigen, nachdem diese Watton, oder wie sie heißt, die arme Kleine so aufgeregt hat. Die Frau ist einfach übergriffig.«

»Ihr Name ist Miss *Watson*, Mum, und wenn du mich fragst, kann sie Evie gerne dazu ermuntern, mit ihren Klassenkameraden zu reden. Ich bin sicher, es war nur die Anfangsnervosität, sonst nichts.«

»Das werden wir ja bald sehen«, sagte Mum herablassend. »Denn ich verspreche dir eins: Wenn sie morgen Nachmittag beim Abholen wieder weint, nehme ich sie direkt wieder mit rein und finde heraus, warum sie so unglücklich ist.«

»Leg dich bitte nicht mit der Schule an, Mum«, sagte ich, bemüht, nicht die Stimme zu heben. »Evie weiß nicht immer, was gut für sie ist. Sie ist erst fünf.«

Ich hatte Mums Ärger förmlich durch den Hörer in mein Ohr sickern gespürt. Sie hatte sich irgendeine Ausrede ausgedacht und aufgelegt.

Ich schüttelte die Erinnerung an die Unterhaltung von gestern Abend ab und sah auf die Uhr. Es war genau halb acht, also würde ich Evie jetzt wecken müssen. Ich konnte mir Angenehmeres vorstellen.

Leise stieg ich die Treppe hoch, blieb vor ihrer Zimmertür stehen und lauschte den sanften, regelmäßigen Atemzügen. Sie war schon öfters nachts in mein Zimmer gekommen und hatte mich geweckt, weil ich in einer ihrer Albträume vorgekommen war. Nachdem ihr Daddy auf so tragische und unerwartete Weise aus ihrem Leben verschwunden war, war die Angst, ich könnte sie ebenfalls verlassen, nur natürlich.

Ich öffnete die Tür und schlich ins Zimmer. Netterweise hatten die Vormieter die Gardinen hängengelassen, doch sie bestanden aus dünnem Stoff und hielten das Licht kaum ab. Fürs Erste mussten sie genügen, aber sobald ich ein regelmäßiges Einkommen hatte, würde ich Evies Zimmer ausstatten wie das einer kleinen Prinzessin. So, wie sie es verdiente.

Ein paar Sekunden lang stand ich nur da und nahm das Bild meiner wunderschönen Tochter in mich auf, deren goldene Haare auf dem Kissen ausgebreitet lagen. Sie hatte Andrews lange, schwarze Wimpern.

Mein Herz zog sich zusammen, als ich daran dachte, was sie durchgemacht hatte. Sie musste sich mit einem niemals endenden Schmerz auseinandersetzen, den sie noch nicht verstand. Ihr Daddy hatte sie von einem auf den anderen Tag verlassen, und jetzt stand schon wieder Veränderung in Form eines neuen Zuhauses und einer neuen Schule an.

War es da verwunderlich, dass sie ein wenig zurückhaltender geworden war und nicht im Mittelpunkt stehen wollte? Ich machte mir Vorwürfe. Ich hätte deutlicher mit Harriet Watson sein sollen, als sie bei uns vorbeigeschaut hatte, aber was hätte ich schon sagen können? Helfen Sie meiner Tochter bitte nicht, sich zu integrieren und Freunde zu finden? Lassen Sie sie einfach in Ruhe? Ignorieren Sie sie? Natürlich nicht. Auf lange Sicht würden Miss Watsons Bemühungen sich auszahlen, da war ich mir sicher.

»Morgen, Mummy.« Evie streckte sich, gähnte und lächelte mich verschlafen an.

»Da ist ja meine Lieblingstochter.« Ich lächelte zurück. »Meine schlaue, schlaue Tochter, die schon in die Großenschule geht.«

Ein Schatten fiel über Evies Gesicht und sie umklammerte mit beiden Händen ihre Kuscheldecke.

»Euer Frühstück steht schon bereit, Eure Hoheit.« Ich machte eine ausholende Armbewegung.

»Schokomüsli?« Evies Miene hellte sich auf.

»Ganz genau, Schokomüsli.« Ich grinste. »Und Orangensaft OHNE Stückchen.«

»Lecker!«

Sie befreite sich von der Decke und rutschte zu mir, um mich zu umarmen.

»Und, wirst du heute für Mummy ein tapferes Mädchen sein und wieder zur Schule gehen?«, wagte ich mich vor. »Heute ist mein erster Arbeitstag und ich bin auch ein bisschen nervös. Meinst du, wir stehen das zusammen durch?«

»Ja, Mummy.« Sie nickte voller Überzeugung und ich schickte der Göttin der Wutanfälle meinen stillen Dank für diesen sehr willkommenen Aufschub.

Eine Stunde später stand Evie gewaschen, gefüttert und vollständig angezogen mit verschränkten Armen im Flur und weigerte sich, das Haus zu verlassen.

»Evie, bitte«, versuchte ich es noch einmal. »Du musst zur Schule gehen.«

»Nanny hat gesagt, ich muss nicht.«

»Doch, musst du. Nanny hat das nur gesagt, um dich zu trösten.« Ich fuhr mir mit der Hand durch die immer noch feuchten Haare. »Alle kleinen Mädchen und Jungen müssen in die Schule, sonst kommt ihre Mummy ins Gefängnis. So ist das Gesetz.«

Für etwa zwei Sekunden sah sie leicht erschrocken aus.

»ICH WILL NICHT in die Schule.« Es wurde langsam lächerlich. Wenn wir das Haus nicht innerhalb der nächsten fünf Minuten verließen, lief Evie Gefahr, zu spät zu kommen.

»Du gehst zur Schule, und Schluss«, wiederholte ich unnachgiebig.

»Ich will ja zur Schule gehen«, sagte sie mit glitzernden Augen. »Aber nicht zu *dieser* Schule. Ich will nicht auf die blöde St. Saviour's gehen.«

»Es ist die einzige Schule in der Nähe«, sagte ich und streckte die Hand aus. »Du musst dahin, Evie.«

»Ich will nicht.« Ihre Stimme überschlug sich, als ich sie sanft am Arm zog.

»Komm, wir laufen ein Stück zusammen und schauen, wie du dich fühlst. Guck mal, es ist so schönes Wetter draußen. Vielleicht erwischen wir auf dem Weg ja sogar ein paar Pokémons.«

Evie machte große Augen. »Okay, Mummy, aber wenn wir ankommen und ich nicht reingehen will, kann ich dann wieder mit dir nach Hause kommen?«

»Oh, schau mal«, sagte ich mit einem Blick aufs Handydisplay, so als hätte ich sie nicht gehört. »Vielleicht finden wir einen von denen hier!« Ich zeigte ihr kurz das Bild einer ziemlich monsterhaft aussehenden Kreatur auf meinem Smartphone.

Wir kamen recht gut voran, während ich sie an allen Hecken und Bänken vorbeiführte, hinter denen sich womöglich ein Pokémon verbarg. Bis am Ende der Straße das Schulgebäude auftauchte.

»Ich habe mich jetzt entschieden, dass ich doch nicht zu Schule gehen will, Mummy.« Evie blieb wie angewurzelt stehen und verschränkte die Arme.

»Evie, ich habe es dir doch gesagt. Du *musst* gehen.« Ich nahm sie am Arm und zog sie sanft weiter.

»Ich will nicht. ICH WILL NICHT!« Jetzt strömten ihr Tränen über die Wangen. Sie wischte sie sich mit den Händen durchs Gesicht, bis ihr Pony ganz nass war.

»Evie, *bitte*.«

Einige Eltern und Kinder starrten uns bereits an, während Evie mich in die andere Richtung zog, weg von der St. Saviour's. Fremde Gesichter, deren Mienen verschiedene Grade an Mitgefühl, Missbilligung und Faszination ausdrückten. Langsam wurde es unmöglich, Evie am Arm durch die Eingangstür zu ziehen, ohne ihr dabei wehzutun.

»Um Himmels willen!«, donnerte eine Stimme direkt vor uns. »Was ist denn hier los?«

Erschrocken ließ ich Evies Arm los und sie hörte sofort auf, sich zu wehren. Wir schauten auf und erblickten Harriet Watson, die am Eingang der Schule stand, beide Hände in die Hüften gestemmt.

Evie war wie versteinert.

»Das ist doch nicht etwa Evie Cotter, die gestern noch so ein braves Mädchen war?« Miss Watson schüttelte den Kopf und blickte mich mit gespielter Empörung an. »Wissen Sie, Mrs. Cotter, Miss Akhtar hat gesagt, sie würde Evie vielleicht einen Sticker geben, wenn sie sich heute wieder so gut benimmt.«

Evie schluchzte leise auf und wischte sich übers Gesicht, wobei sie Miss Watson keine Sekunde aus den Augen ließ.

»Einen Sticker, sagen Sie?«, wiederholte ich.

»Ja, und wir vergeben nicht oft Sticker an die Kinder,

wissen Sie«, sagte Harriet. »Die kriegen nur die *allerbravsten* Jungs und Mädchen.« Sie machte ein paar Schritte vor und streckte die Hand aus. »Also, Evie, wenn du jetzt mit mir kommst und wir zusammen ins Klassenzimmer gehen, muss Miss Akhtar doch nichts von dieser morgendlichen Aufregung erfahren, oder?«

Evie schüttelte den Kopf und ergriff Miss Watsons Hand in der unverhohlenen Hoffnung, einen der heiligen Sticker zu erhalten.

Ich atmete erleichtert aus, als ich sah, dass sie tatsächlich aufgehört hatte, zu weinen.

»Das bleibt unser kleines Geheimnis.« Harriet nickte mir bedeutungsvoll zu und ich machte mich eilig davon. »Wir machen heute etwas ganz Tolles im Unterricht. Magst du Malen?«

»Nanny sagt, ich kann sehr gut zeichnen«, hörte ich Evie noch sagen, als die beiden im Schulgebäude verschwanden. »Und ich kann ganz viele verschiedene Kunstsachen, sogar Gesichter malen.«

Von hinten sah ich, wie Evie nickte und Miss Watsons Fragen beantwortete. Sie schaute sich nicht ein einziges Mal um, um zu sehen, ob ich noch da war. Meine Schultern waren mit einem Mal frei von der unsichtbaren Last, die auf ihnen geruht hatte, und ich ließ sie kreisen, um die angestaute Spannung im Nacken loszuwerden.

Mum mochte nicht begeistert von ihr sein, aber heute war Harriet Watson meine ganz persönliche Superheldin.

26

GEGENWART

QUEEN'S MEDICAL CENTRE

Ich versuche verzweifelt, nicht zu schlafen.

Wenn ich einschlafe, könnten sie kommen und mich abschalten. Von einer Sekunde auf die andere, einfach so. Ein Schalter umgelegt, ein Knopfdruck, und *zack* — weg bin ich.

Niemand da, um sie aufzuhalten, niemand, der mich vermissen würde.

Dr. Shaw wird die Papiere für den Coroner unterzeichnen. Danach werden sie mich eilig in ein Häufchen Asche verwandeln und sobald der Totenschein zu den Akten gelegt ist, wird niemand je erfahren, dass ich hier war. Lebendig in meinem unsichtbaren Gefängnis.

Und was wird dann aus Evie?

Ich weiß, dass mein wunderschönes Mädchen irgendwo hinter seiner eigenen Glaswand steht, nicht in der Lage, den Weg nach Hause zu finden. Ohne mein Einschreiten werden sie sie abschreiben, sie vergessen. Sie wird einfach zu einer Zahl in der Statistik werden. Ein weiterer unaufgeklärter Fall.

Deshalb muss ich kämpfen, egal, wie aussichtslos es auch scheint. Ich muss einen Weg finden, um ihnen zu zeigen, dass ich noch da bin. Dass ich den Aufwand wert bin.

Ich habe wichtige Informationen für sie. Informationen, die helfen könnten, Evie zu finden. Langsam erinnere ich mich wieder an alles, sogar an unseren von außen betrachtet ereignislosen Alltag. Die Wahrheit liegt irgendwo dort vergraben.

Piep, zisch, zisch, zisch, piep.

Meine Brust hebt und senkt sich, während das Beatmungsgerät Leben in meine Lungen pumpt.

Tick tack, tick tack.

Die Uhr an der Wand verhöhnt mich. Mit jeder verstreichenden Sekunde komme ich dem sicheren Tod durch die Ärzte näher.

Es sei denn, ich schaffe es, das Glas zu durchbrechen. Mein unsichtbares Gefängnis zu zerschmettern.

Ich durchforste mein Gedächtnis nach Biologiestunden zum menschlichen Körper.

Das Zwerchfell ist der Muskel, der für eine gesunde Atmung sorgt. Es bewegt sich auf und ab und befindet sich direkt unter den Rippen.

Ich versuche, es zu spüren; mein *Zwerchfell*. Vor meinem inneren Auge beschwöre ich einen waagerechten Ring aus dicker, kräftiger Muskelmasse. Muskeln können sich anspannen, sich aus eigenem Antrieb rühren. Muskeln können sich erinnern.

Ein paar Sekunden lang konzentriere ich mich darauf, mein Zwerchfell dazu zu bringen, sich zu bewegen.

Auf, ab, auf, ab. Pause.

Und noch einmal. Auf, ab, auf, ab.

Nichts passiert.

Aber es ist ein Anfang.

27

DREI JAHRE ZUVOR

TONI

Nachdem ich Evie weggebracht hatte, machte ich mir zu Hause eine Tasse Kaffee, setzte mich an den Küchentisch und wartete, darauf, dass mein innerer Aufruhr sich legte. Ich hatte schon wieder dieses schreckliche Gefühl. Es war schwer zu beschreiben, bestand aber vor Allem aus der dunklen Vorahnung, dass irgendetwas Schlimmes geschehen würde. Mit Vernunft hatte es wenig zu tun, das wusste ich. Mir waren bereits genug schlimme Dinge für den Rest meines Lebens passiert.

Ich hätte eigentlich zuversichtlich sein sollen. Sicher würde sich alles zum Besseren wenden. Mit etwas Glück würde Evie sich bald in der Schule einleben und ich selbst hatte schneller einen Job gefunden, als ich mir hätte träumen lassen. Doch obwohl ich wusste, dass ich mit meiner Erfahrung den Aufgaben bei Gregory's mühelos würde nachkommen können, zitterten meine Hände, wenn ich mir vorstellte, nachher den Laden zu betreten. Mit fünfunddreißig Jahren noch einmal die Neue zu sein.

Evie war erst fünf. Warum war ich auch nur ansatzweise überrascht, dass sie in der St. Saviour's Startschwierigkeiten hatte? Meine Tochter hatte eine gute Ausrede; ich nicht. Ich war erwachsen und musste mein Leben allein auf die Reihe kriegen.

Tara hatte mir in ihrem Brief auch eine Telefonnummer und E-Mail-Adresse mitgeteilt. Ich könnte sie anrufen. Früher hatte ich unsere Gespräche immer genossen; Tara war pragmatisch und vernünftig und hatte ein Händchen dafür, mich zu beruhigen.

Und dann fiel mir wieder ihre Diagnose ein. Auf gar keinen Fall konnte ich sie anrufen und mit meinen Problemen belästigen, die mir im Vergleich zu ihren lächerlich vorkamen. Ich würde mich bald bei ihr melden, dann aber sicher nicht, um mich darüber auszuheulen, wie schwer *ich* es hatte.

Langsam lösten sich diese Gedanken in Luft auf und wurden durch ein Bild vor meinem inneren Auge ersetzt. Das des kleinen braunen Fläschchens.

Ich stellte die Tasse auf den Tisch und stand auf. Während ich die Treppe hochstieg, dachte ich darüber nach, welche enorme Wirkung eine einzige kleine Pille hatte. Eine Pille würde mich entspannen, mich aber eventuell auch übermäßig müde machen. Eine halbe wäre perfekt. Eine halbe Tablette würde immer noch beruhigend wirken und mir helfen, an meinem ersten Arbeitstag, dann, wenn ich es am nötigsten hatte, selbstsicher und entspannt zu sein.

Bryony James, meine neue Vorgesetzte, war beim Vorstellungsgespräch nicht gerade begeistert von mir gewesen. Ich wollte sie von mir überzeugen, bezweifelte allerdings, dass ich in meinem jetzigen Zustand in irgendeiner Hinsicht wie eine Bereicherung fürs Team wirken würde.

Ich öffnete das Badezimmerschränkchen und fuhr mit den Fingern über das obere Regalbrett, schob dabei halbvolle Packungen mit Hygieneartikeln beiseite und ertastete schließlich das Fläschchen. Beim Herausziehen hielt ich es so vorsichtig in der Hand, als wäre es unendlich kostbar, als hätte ich Angst, es zu zerbrechen.

Es war noch halb voll. Ich hatte seit zwei Tagen keine Tablette mehr genommen.

Wenn ich ganz ehrlich war, musste ich zugeben, dass einer der Gründe, weshalb ich unseren Umzug so lange hinausgezögert hatte, die Sorge um Andrews Wiederholungsrezept gewesen war. Ich hatte gefürchtet, es in einer neuen Stadt nicht weiter einlösen zu können. Unter dem Vorwand, wir würden alle gemeinsam in den Urlaub fahren, hatte ich mir in Hemel noch eine Extraration Beruhigungsmittel besorgt. Wir alle: ich, Andrew und Evie. »Eine Verschnaufpause für die ganze Familie«, hatte ich zu dem Apotheker gesagt, der nur allzu gerne eine zusätzliche Monatspackung rausgerückt hatte.

Das neue Fläschchen hatte ich ganz unten in einer Kiste mit alten Fotografien und Grußkarten verstaut. Ich hatte nicht vor, die Pillen zu nehmen, natürlich nicht. Doch es machte mich innerlich ruhiger, zu wissen, dass sie da waren. Falls ich sie brauchte.

In irgendeiner Zeitschrift hatte ich gelesen, dass Menschen, die von verschreibungspflichtigen Medikamenten abhängig waren, es teilweise nicht einmal zwei Stunden ohne die Wirkung dieser Medikamente aushielten. Da ich jetzt schon zwei Tage ohne ausgekommen war, gehörte ich sicher nicht zu ihnen.

Laut Packungsanweisung sollte man unter Einfluss von Beruhigungsmitteln nicht Auto fahren, doch ich würde schließlich nur eine halbe Tablette nehmen. So eine geringe Dosis würde mich schon nicht komplett unzurechnungsfähig machen.

Ich schraubte den Flaschendeckel auf und schüttete mir eine Pille in die geöffnete Hand. Sie lag da wie ein kleiner Talisman. Ich sah mich im Badezimmer nach etwas um, mit dem ich sie zerteilen konnte, doch natürlich fand ich nichts Passendes.

In der kurzen Zeit, die mir die Suche zum Nachdenken verschaffte, überkam mich ein plötzlicher Anflug von Zuversicht. Ich hatte ein neues Zuhause gefunden, eine neue Schule für Evie und einen Job, bei dem die Arbeitszeiten auf wundersame Weise zu ihrem Stundenplan passten, sodass ich sie immer noch jeden Morgen zur Schule bringen konnte.

Ich konnte das schaffen.

Mein Mann war bei einem schrecklichen Unfall ums Leben gekommen, aber ich war noch hier und machte weiter. Und ich war näher dran, die Vergangenheit hinter mir zu lassen und neu anzufangen, als je zuvor. Andere Leute, wie Tara zum Beispiel, hatten weniger Glück.

Im Immobiliengeschäft hatte ich mehrere Jahre Erfahrung auf Managementebene. Ich konnte diesen Job im Schlaf erledigen. Ich wusste es.

Ich brauchte die Tablette nicht. Ich würde allein zurechtkommen.

Also ließ ich die Pille zurück ins Fläschchen fallen, das ich wieder im Schrank verstaute.

Dale Gregory hatte gesagt, dass ich meinen Wagen hinter dem Gebäude abstellen konnte, wenn ich dort einen Parkplatz fand. Als ich auf den schmalen Streifen neben den markierten Stellplätzen abbog, entdeckte ich zu meiner Freude tatsächlich eine freie Lücke.

Es hatte gerade angefangen, zu regnen, also zögerte ich nicht lange. Dabei fiel mir auf, dass die Scheibenwischer des Puntos einen etwas steifen Eindruck machten. Obwohl sie pausenlos arbeiteten, war die Windschutzscheibe nass und schmierig. Auf der langen Liste der Dinge, die ich mir nicht leisten konnte, waren sie wahrscheinlich der nächste Punkt, dem ich mich würde widmen müssen.

Ich biss mir auf die Lippe. Das hier war vermutlich ein guter Augenblick, um mit der ständigen Schwarzmalerei aufzuhören. Bisher war doch alles gut gelaufen. Das würde schon werden. Ich griff nach meiner Handtasche und schlüpfte wieder in Mums schwarze Pumps.

Ich versuchte, die Hintertür zu öffnen, doch sie war verschlossen, also ging ich ums Gebäude herum zum Vordereingang. Sofort benetzten feine Tröpfchen mein Haar und ich fluchte laut; ich hatte wirklich keine Lust, ganz feucht und fusselig drinnen aufzutauchen, wo meine Vorgesetzte doch offensichtlich so großen Wert auf ein gut gepflegtes und professionelles Äußeres legte.

Auf der Hauptstraße atmete ich einmal tief durch, stieß die Tür auf und betrat betont lässig den Laden, so als würde ich dort schon jahrelang arbeiten.

Drinnen schwand mein Optimismus sofort dahin. Das Geschäft war leer. Keine Kunden und, noch schlimmer, keine Mitarbeiter. Kurz kamen mir die Teammeetings in Hemel in Erinnerung.

»Stellen Sie bitte sicher, dass sich im Vorderbereich immer jemand vom Personal befindet«, hatte ich die anderen Mitarbeiter angewiesen, kurz nachdem ich zur Standortleiterin ernannt worden war. »Egal, wie stark Harndrang oder Koffeinmangel auch sein mögen. Nichts ist abschreckender für potenzielle Kunden als ein leeres Geschäft.«

Sobald sich eine passende Gelegenheit bot, sollte ich Dale oder Bryony vielleicht ebenfalls darauf hinweisen. So konnte ich möglichst früh einen guten Eindruck machen. Es war bestimmt nicht verkehrt, wenn ich als Neue meine eigene Meinung beisteuerte und ihnen zeigte, dass ich eine Bereicherung war.

Ich hatte etwa eine Minute herumgestanden, als eine kleine, rundliche Frau im hinteren Teil des Ladens auftauchte. Sie hielt mit beiden Händen eine große Suppenschüssel umklammert und strahlte mich an.

»Hallihallo, tut mir leid, dass Sie warten mussten.« Sie hielt die Schüssel hoch und grinste. »Mittagspause. Wie kann ich Ihnen helfen?«

»Ich bin Toni Cotter.« Ich lächelte sie an. »Heute ist mein erster Tag und ich ...«

»Natürlich! Toni! Ich habe Sie gestern schon gesehen, aber ich hatte so viel mit den Kunden zu tun, dass ich keine Zeit hatte, Hallo zu sagen.« Sie knallte ihre Schüssel achtlos auf den Schreibtisch, sodass die oben schwimmenden Croutons mit einem kleinen Hüpfer auf der Tischplatte landeten. »Jo Deacon, ich bin Maklerassistentin.«

Wir gaben uns die Hand und ich stellte fest, dass mir Jo auf Anhieb sympathisch war. Die hellbraunen Locken fielen ihr weich über die Schultern, ihre warmen braunen Augen funkelten und in den vollen, runden Wangen prangten zwei Grübchen. Der Gesamteindruck vermittelte mir das Gefühl, willkommen zu sein, und endlich spürte ich, wie sich die Sehnen in meinem Nacken etwas entspannten.

»Dale ist gerade bei einer Wertermittlung, aber Bryony müsste jeden Moment zurück sein.« Sie tupfte die verschüttete Suppe mit einem Taschentuch auf. »Möchten Sie vielleicht eine Tasse Tee oder so?«

»Nein, danke«, sagte ich und sah mich um. »Wissen Sie, welcher mein Schreibtisch ist?«

Jo pustete in ihre Suppe, nahm einen Löffel voll und verzog das Gesicht, als die heiße Flüssigkeit ihr die Zunge verbrannte.

»Das da war der Schreibtisch von Phoebe, Ihrer Vorgängerin.« Sie nickte in Richtung des Tischs direkt neben der Tür und ich dachte sofort an den ständigen Luftzug, dem man dort ausgesetzt war. »Das wird jetzt wahrscheinlich Ihrer, aber wer weiß. Bryony mischt die Dinge gern mal ein bisschen auf.« Jo verdrehte die Augen.

Schon jetzt hatte ich das Gefühl, in ihr eine Kameradin gefunden zu haben. Dass Bryony als Chefin ziemlich pedantisch werden konnte, hatte ich mir schon zusammengereimt.

Ich setzte mich auf den Rand des Schreibtischs hinter mir.

»Also, Dale meinte, Sie sind gerade erst hergezogen?«

Ich nickte.

»Mit Ihrer Familie?«

»Mit meiner Tochter«, antwortete ich. »Und meine Mutter lebt auch hier in der Nähe.«

Mehr wollte ich im Moment nicht erzählen. Ich mochte Jo, aber ich war noch nicht bereit, mich ihr gegenüber zu öffnen. Ihr zu offenbaren, was für ein großer Mist mein Leben war.

»Wie lange arbeiten Sie schon hier?«, fragte ich, weil mir nichts anderes einfiel.

»Viel zu lange.« Jo grinste, während sie sich hinsetzte und einen halbherzigen Versuch unternahm, das Papierchaos auf ihrem Schreibtisch zu beseitigen. »An Weihnachten sind es sechs Jahre.«

»Was haben Sie davor gemacht?«

»Oh, Sie wissen schon, dies und das.« Ich hatte das vage Gefühl, dass sie es mir vielleicht nicht sagen *wollte*. Damit hatte ich kein Problem; ich wusste genau, wie es sich anfühlte, wenn man die Vergangenheit einfach Vergangenheit sein lassen wollte. »Es ist schon in Ordnung hier, die Arbeitszeiten und die Bezahlung sind gar nicht mal so schlecht. Zumindest über dem Mindestlohn. Das Einzige ...«

In dieser Sekunde flog die Vordertür auf und als ihr Blick auf Bryony fiel, hörte Jo sofort auf zu sprechen. Bryony trug einen perfekt sitzenden schwarzen Hosenanzug, den sie mit einer silbergrauen Seidenbluse und roten High Heels kombiniert hatte. Ihre Miene verhieß nichts Gutes.

»Hi, Bryony«, rief Jo freundlich.

»Wem verdammt noch mal gehört dieser alte Punto auf dem Parkplatz?«, donnerte sie. »Irgendein Idiot hat seine Schrottkarre auf *meinem* Platz abgestellt und ist dann einfach abgehauen.«

28

DREI JAHRE ZUVOR

TONI

»Es tut mir wirklich leid, Bryony«, beteuerte ich atemlos, als ich endlich zurück in den Laden kam. »Das wird nicht nochmal vorkommen.«

Ich hatte einen Parkplatz in einer der Seitenstraßen gefunden und war dann so schnell ich konnte wieder zu Gregory's gehastet.

»Das will ich hoffen«, erwiderte sie säuerlich, wobei in ihrem Tonfall die unausgesprochene Warnung vor dem mitschwang, was wäre, wenn doch.

Ich blickte verstohlen hinüber zu Jo, die plötzlich unheimlich geschäftig einen Stapel glänzender Prospekte sortierte. Gerade einmal fünfzehn Minuten nach Arbeitsbeginn hatte ich es bereits geschafft, mit meiner Vorgesetzten aneinanderzugeraten. Das Schlimmste war, das die Schuld zugegebenermaßen einzig und allein bei mir lag. Erst, nachdem ich den Punto vorsichtig aus der Parklücke navigiert hatte, wobei ich mich in Acht genommen hatte, Bryonys weißem Audi TT nicht zu nahe zu kommen, war mir das »Reserviert«-Schild aufgefallen, das deutlich sichtbar an der Hauswand angebracht war. Ich hatte es so eilig gehabt, dass ich, ohne es zu merken, meiner Chefin den Parkplatz geklaut hatte.

Die Tür wurde geöffnet und Bryonys Gesicht hellte sich auf. Ihr wütender Ausdruck schmolz dahin und wich einem gewinnenden Lächeln. »Mr. und Mrs. Parnham, wie schön, Sie zu sehen. Kommen Sie doch bitte gleich mit in mein Büro.«

Eine sorgfältig parfümierte und frisierte Mrs. Parnham rauschte an mir vorbei auf Bryonys ausgestreckte Hand zu. Ihre diamantbesetzte Rolex funkelte im Licht der kargen Neonleuchten.

Erst, als die drei es sich in Bryonys Büro gemütlich gemacht hatten, sah Jo von ihren Prospekten auf. Sie atmete laut aus und machte ein schuldbewusstes Gesicht. »Entschuldigen Sie das Missverständnis. Ich wäre niemals darauf gekommen, nachzuschauen, wo Sie geparkt haben. Madame kann es auf den Tod nicht ausstehen, wenn jemand ihr den Parkplatz wegschnappt. Das, und noch eine Menge mehr, sollte ich wahrscheinlich sagen.«

»Mein Fehler.« Ich zuckte die Schultern. »Keine Ahnung, wie ich das Schild übersehen konnte.«

»Jetzt können Sie sich erst mal entspannen, die werden da eine Ewigkeit drin bleiben.« Jo lächelte. »Bryony vergöttert die Parnhams. Nun ja, besser gesagt vergöttert sie das Geld der Parnhams. Sie ziehen alle paar Jahre um, immer auf der Suche nach dem nächsten protzigen Anwesen, mit dem sie vor ihren Jetsetter-Freunden angeben können. Aber so viel wie diesmal haben sie noch nie ausgegeben. Würde mich nicht wundern, wenn Bryonys Provision höher ist als unser beider Gehalt zusammen.«

»Ah, jetzt verstehe ich.« Ich lächelte, weil plötzlich alles einen Sinn ergab. Kein Wunder, dass Bryony wie ausgewechselt gewesen war, sobald sie die Parnhams gesehen hatte — die Aussicht auf eine saftige Provision konnte auf manche Leute durchaus diese Wirkung haben. So oder so hatten mich die

Parnhams aus einer brenzligen Situation befreit, also wünschte ich ihnen von ganzem Herzen nur das Beste.

Ich wandte mich wieder Jo zu. »Kann ich Ihnen irgendwie helfen? Ich fühle mich ein bisschen nutzlos.«

»Sie könnten diese Objektbeschreibungen hier abheften, wenn es Ihnen nichts ausmacht. Danke.« Jo schob mir einen unhandlichen Papierstapel zu. »Die müssen nach Postleitzahl geordnet werden. Sagen Sie Bescheid, falls irgendwas unklar ist.«

Ich lächelte und nickte. Unklar war hier gar nichts. Objektbeschreibungen hatte ich zum letzten Mal während meiner Ausbildung abgeheftet, die so lange zurücklag, dass ich gar nicht darüber nachdenken mochte. Innerhalb weniger Tage waren die letzten zwanzig Jahre meiner Karriere in sich zusammengeschrumpft und jetzt hatte ich das Gefühl, wieder ganz am Anfang zu stehen.

Ich klaubte die Blätter zusammen und legte sie auf Phoebes altem Schreibtisch ab.

Ein- oder zweimal klingelte das Telefon und Jo ging ran, doch es kamen keine Kunden mehr. Eine Weile arbeiteten wir in einträchtiger Stille.

»Ist es hier immer so ruhig?«, fragte ich irgendwann.

»Unterschiedlich.« Jo zuckte mit den Schultern. »Seit Phoebe weg ist, ist ein bisschen mehr los.«

Ich war gerne beschäftigt. Ich kannte Leute, die es zu genießen schienen, auf der Arbeit so wenig wie möglich zu tun oder einfache Aufgaben unnötig in die Länge zu ziehen. Für mich dehnte sich die Arbeitszeit dadurch aus; ich hatte lieber zu viel zu tun als zu wenig. So blieb weniger Zeit, um vor sich hin zu brüten und zu grübeln, was in meinem Fall eindeutig von Vorteil war.

Ich heftete die Papiere an den richtigen Stellen im Ringordner ab und warf einen Blick auf die Uhr an der Wand. Evie würde mittlerweile aus der Mittagspause zurück sein. Vielleicht malte sie gerade ein Bild, das sie später mit nach Hause brachte. Wahrscheinlich gingen sie im Unterricht auch die Schreibübungen durch, an denen Evie sich sicher problemlos beteiligen konnte. Schließlich hatten wir zu Hause immer viel Zeit mit Lesen und Schreiben verbracht, schon bevor sie überhaupt auf die Vorschule gekommen war. Ich konnte es kaum erwarten, sie nachher zu sehen und mir alles erzählen zu lassen.

»Hallo, jemand zu Hause?« Bryonys Hand wedelte vor meinem Gesicht herum. »Mein Gott, Toni. Das ist jetzt das dritte Mal, dass ich Sie anspreche.«

»Tut — tut mir leid«, stotterte ich und fühlte, wie sich die Hitze in meinem Gesicht ausbreitete, während Mr. und Mrs. Parnham mich anstarrten. »Ich war gerade ganz woanders.«

»Was Sie nicht sagen!« Bryony sah feixend zu den Parnhams, doch ich spürte die versteckte Drohung in ihren Worten. »Könnten Sie diese Unterlagen hier für Mr. und Mrs. Parnham kopieren? Sie haben noch einen anderen Termin in der Stadt, also bitte so schnell wie möglich.«

»Natürlich.« Ich stand auf und nahm den dünnen Stapel von Bryony entgegen, die ihre Aufmerksamkeit bereits wieder den Parnhams und insbesondere Mrs. Parnhams eher vulgär aussehenden Handtasche zugewandt hatte, deren Griff an einen juwelenbesetzten Schlagring erinnerte, und die Bryony jetzt übertrieben bewunderte. Anscheinend stammte sie aus der neuen Kollektion von Alexander McQueen.

Bisher hatte mir niemand den Kopierer gezeigt, doch ich hatte den Eindruck, dass jetzt nicht der richtige Zeitpunkt war, um Bryonys Charmeoffensive auf ihre teuerste Klientin zu unterbrechen. Ich machte einen Bogen um sie und ging auf Jos Schreibtisch zu, um sie zu fragen. Aber da klingelte das Telefon und Jo begann ein hitziges Gespräch mit einem Bauunternehmer, der anscheinend am Morgen nicht zum Besichtigungstermin eines brandneuen Apartments in der Nähe des Bahnhofs erschienen war.

Ich betrat den Flur und schaute mich um. In meinem Leben hatte ich genügend Kopierer bedient, um mir darüber im Klaren zu sein, dass ein paar Fotokopien anzufertigen nun wirklich kein Hexenwerk war. Ich musste das verdammte Ding bloß finden.

Eingehend betrachtete ich die Türen, die in Frage kamen. Die rechte führte in den kleinen Konferenzraum, in dem mein Vorstellungsgespräch stattgefunden hatte. An der Tür am Ende des Gangs hing ein Schild mit der Aufschrift »Personaltoilette«. Damit blieben nur noch zwei Möglichkeiten.

Ich öffnete die erste Tür und betrat den dahinterliegenden Raum. Er war ziemlich groß. An einer Wand standen ein schicker Schreibtisch aus hellem Holz und ein beiger Lederstuhl. An einer anderen befanden sich zwei schöne Aktenschränke und rechts und links von ihnen hingen geschmackvoll gerahmte und symmetrisch angeordnete Farbdrucke von einsamen Stränden.

Dann fiel mein Blick auf die lange Wand, die vom Boden bis zur Decke hinter Regalen verborgen war, in denen sich anscheinend hunderte von farblich sortierten und sorgfältig beschrifteten Ordnern befanden. Nicht die langweiligen schwarzen oder grauen Aktenordner, die man normalerweise benutzte, sondern diese teuren, kunstvoll designten Hefter eines speziellen Herstellers. Auf dem Schreibtisch lagen ein paar Produkte derselben Marke: ein komplizierter Post-it-Halter, ein Tacker und ein Locher, die alle zueinander passten und wahrscheinlich aus einer Reihe stammten.

Da sprang mir noch eine weitere Tür ins Auge, die sich ganz versteckt in der hintersten Ecke des Raums befand. Oft standen die klobigen Drucker in den versteckten Winkeln eines Büros, wo sie niemanden störten, also legte ich den Papierstapel auf dem Schreibtisch ab und drückte die Klinke hinunter. Die Tür war abgeschlossen.

»Was in aller Welt fällt Ihnen ein, in meinem Büro herumzuschnüffeln?« Bryonys Stimme hinter mir zerschnitt die Luft wie eine Peitsche. Vor Schreck machte ich einen Satz zurück und fuhr herum. »Die Parnhams warten immer noch auf ihre Unterlagen.«

»Ich — ich habe nur nach dem Kopierer gesucht«, stammelte ich. »Mir hat noch niemand gezeigt, wo alles ist.«

»Nun ja, es ist wohl ziemlich eindeutig, dass hier kein Kopierer steht«, herrschte sie mich an. »Probieren Sie es doch mal im nächsten Büro.«

Eilig sammelte ich die Papiere vom Schreibtisch auf. In letzter Sekunde bemerkte ich ein Blatt, dass neben dem Lederstuhl auf den Boden gefallen war.

»Tut mir leid«, murmelte ich, wobei ich mich selbst im Stillen dafür verfluchte, schon wieder bei einer Aufgabe versagt zu haben an diesem Tag, der immer bessere Aussichten darauf hatte, als schlimmster erster Arbeitstag aller Zeiten in die Geschichte einzugehen. Ich stieß die Tür zu dem winzigen Zimmer neben Bryonys Büro auf und da stand er: ein großer, blitzender Kopierer, der den Großteil des Raums in Beschlag nahm.

Während ich mich dem komplizierten digitalen Bedienungsfeld näherte, wappnete ich mich innerlich für weitere Probleme, seufzte jedoch erleichtert auf, als ich sah, dass kein Passwort erforderlich war und einfache Fotokopien anscheinend mit nur einem Knopfdruck erstellt werden konnten.

Ein paar Minuten später war ich zurück im Geschäft und übergab Bryony die Unterlagen.

Sie nahm sie ohne ein Wort des Danks entgegen, wandte sich wieder Mr. und Mrs. Parnham zu und ich hatte das Gefühl, direkt meine Sachen packen und nach Hause fahren zu können.

29

GEGENWART

QUEEN'S MEDICAL CENTRE

Im Morgengrauen beginne ich mit meiner Routine.

Zuerst zähle ich die Sekundenticker der Uhr. Tausende und abertausende von Sekunden stapeln sich auf zu Bergen verlorener Zeit.

Die Zeiger kann ich nicht sehen, nur die runde Form des Ziffernblatts, doch ich höre das Ticken, mit dem die Sekunden vergehen, die sich zu Minuten vereinen. Mein Leben, das langsam verrinnt.

Zweihundertdreizehn, zweihundertvierzehn, zweihundertfünfzehn ...

Wertvolle Sekunden verstreichen, und noch immer ist Evie verschwunden. Ich schwebe in meinem Körper herum, inmitten meiner starren Zellen. Ich stelle mir vor, wie ich die Hand nach Evie ausstrecke, um sie zu berühren, wo auch immer sie gerade sein mag. Vielleicht sitzt sie ganz ruhig an irgendeinem Ort hier in der Nähe. Oder vielleicht befindet sie sich am anderen Ende der Welt.

Mir gefällt die Vorstellung von einem feinen, immer noch intakten Band, das uns miteinander verbindet. Ich hoffe, dass sie irgendetwas spürt, auch wenn sie nicht genau weiß, was dieses Etwas ist. Ein Gefühl, eine Erinnerung an mich, die ihr einen Hauch von Hoffnung bringt, ein wenig Trost.

Ich kann dem Ticken der Uhr langsam nicht mehr folgen; Zeit, zum Beatmungsgerät überzugehen.

Ein, aus, Pause. Ein, aus, Pause.

Schnipsel von Evie leuchten in meiner Erinnerung auf.

Ihre blassen Füße mit den perfekten, glänzenden Zehennägel, die aussehen wie junge Muscheln am Strand. Kleine, gerade Zähne, die aufblitzen, wenn sie lacht. Der feine Flaum an ihrem Haaransatz.

Dieser ungewöhnlich heiße Tag, an dem sie im Garten hinter dem neuen Haus saß, umgeben von ihren Kuscheltieren, die allesamt zu ihrer Teegesellschaft gekommen waren. Sie plauderte mit ihnen, als ob sie echt wären, und kicherte, wobei der silbrige Klang ihres Lachens bis auf die Straße drang. All diese kleinen Schnipsel verbinden sich miteinander, und durch eine Art mysteriöse Synergie ergeben sie zusammen Evie.

Die Sekunden werden zu Minuten, Stunden, Tagen, dann Wochen, und schließlich werden die Monate zu Jahren, die gleichmäßig vor sich hinplätschern. Und in den Köpfen der Menschen verblasst Evies Bild mit jedem Tag ein wenig mehr.

Es ist lange her, dass ihr Foto in allen Zeitungen zu sehen war. Die schöne, lebhafte Evie ist mittlerweile Schnee von gestern. Und ich frage mich zum tausendsten Mal, wo sie wohl gerade ist, genau jetzt, in dieser Sekunde.

Würde sie sich überhaupt an mein Gesicht erinnern? Ein Teil von mir hofft, dass nicht.

Ich bin kein schlechter Mensch, doch ich habe Fehler gemacht. Mich ablenken lassen.

Ich habe sie auf schreckliche Art im Stich gelassen. Vielleicht hätte ich sie niemals bekommen sollen. Sie verdient so viel mehr, als ich ihr je hätte geben können. Das verstehe ich jetzt.

Ich beginne mit meinen Zwerchfellübungen.

Hoch, runter, hoch, runter. Pause.
Und noch einmal. *Hoch, runter, hoch, runter.*
Nichts geschieht.
Die Tür geht auf und ich höre, wie sie sich ganz leise wieder schließt.
Jemand ist im Zimmer.

30

DREI JAHRE ZUVOR
TONI

Ich kämpfte mich durch den Rest der Woche. Evie hatte aufgehört, morgens zu weinen und damit zu drohen, nicht zur Schule zu gehen. Allerdings war sie die ganze Zeit über ungewöhnlich still und ihre schönen, blauen Augen blickten trübe vor sich hin. Sogar das neue Lego-Set, das ich ihr gekauft hatte, schien ihre alte Lebensfreude nicht wecken zu können.

Auf der Arbeit bekam ich von Dale nicht viel mit, weil er oft unterwegs war, aber Bryony war die meiste Zeit im Büro. Sie gab mir Phoebes alten Schreibtisch und ich entschied, nichts zum Luftzug zu sagen. Als ich ein kleines gerahmtes Foto von Evie daraufstellte, setzte sie eine gereizte Miene auf.

»Meine Tochter Evie«, erklärte ich. »Das ist doch in Ordnung, oder?«

»Selbstverständlich«, antwortete Bryony kühl. »Ein paar Fotos sind okay, solange der Schreibtisch nicht mit persönlichen Gegenständen zugemüllt ist.«

Wenn ich mich recht erinnerte, hatten auf dem makellosen Tisch in Bryonys Büro keine Fotos gestanden. Mir war aufgefallen, dass dasselbe für Jos Schreibtisch galt.

Mittlerweile beantwortete ich Anrufe routiniert und hatte

mich daran gewöhnt, Jo bei ihrer Arbeit zu unterstützen. Gleichzeitig brannte ich darauf, mir eigene Aufgaben zu suchen und mir den Job richtig zu eigen zu machen.

»Ich kann Sie begleiten, wenn Sie möchten«, bot ich an, als Bryony verkündete, dass sie sich gleich mit einer Klientin treffen würde, um ihr ein Anwesen in Linby zu zeigen. Linby war ein ruhiger, grüner Vorort, der nur ein paar Meilen vom Geschäft entfernt lag. »Das wäre bestimmt eine gute Übung für mich.«

»Das wird nicht nötig sein. Sie sind hier nicht die Standortleiterin und Besichtigungen gehören nun mal nicht zu den Aufgaben einer Assistentin. Ihr Job ist hier, im Laden.«

»Okay.« Ganz wie sie wollte. Ich hatte ja bloß versucht, Initiative zu zeigen.

»Jo wird Ihnen erklären, wie wir unsere zielgruppenspezifischen Mails verschicken. Damit sollten Sie erst mal genug zu tun haben.«

Hinter Bryonys Rücken täuschte Jo ein übertriebenes Gähnen vor.

Dann klingelte das Telefon und ich beantwortete schnell eine Frage zu unseren Öffnungszeiten. Als ich auflegte, stand Bryony immer noch genauso da wie vorher, den Blick nach unten auf meinen Schreibtisch gerichtet. Ich wollte gerade fragen, ob alles in Ordnung war, da wurde mir klar, was ihre Aufmerksamkeit dermaßen fesselte.

Es war das Foto von Evie.

Sobald Bryony sich auf den Weg gemacht hatte, kochte Jo uns beiden eine Tasse Tee. Ich beschloss, dass jetzt ein guter Zeitpunkt war, um Jo auf die Feindseligkeit meiner Vorgesetzten anzusprechen.

»Sie ist ziemlich leicht reizbar, oder? Bryony, meine ich.« Ich nickte dankend, als Jo mir den Tee und dazu ein Kit Kat reichte. »Ich habe das Gefühl, ihr einfach nichts recht machen zu können. Wenn ich rumsitze und Däumchen drehe, fragt sie, ob ich denn nichts zu tun hätte, aber sobald ich versuche, mir selbst eine Aufgabe zu suchen, lässt sie mich einfach abblitzen.«

»Ach, sie wird sich schon wieder einkriegen«, erwiderte Jo. »Es stimmt, sie ist wirklich leicht reizbar, aber das liegt nur an ihrer Unsicherheit.«

Ich verschluckte mich fast an meinem Tee. Unsicherheit? Bryony? Zwei Wörter, von denen ich nicht geglaubt hätte, sie jemals im selben Satz zu hören.

Jo deutete meinen Gesichtsausdruck richtig. »Ich weiß schon, sie wirkt total selbstbewusst und so, als hätte sie ihr Leben unter Kontrolle. Aber der Eindruck täuscht.« Sie stellte ihre Tasse ab und seufzte. »Okay, wenn ich Ihnen etwas über Bryony verrate, versprechen Sie mir dann, kein Sterbenswörtchen davon weiterzuerzählen?«

»Klar.« Ich schluckte und fragte mich, was Jo mir wohl zu sagen hatte. Wenn ich ehrlich war, fühlte ich mich etwas unwohl dabei, gleich in der ersten Arbeitswoche über meine Chefin zu tratschen. Doch alles, was mir half, Bryony besser zu verstehen, würde mir auch helfen, die offensichtlichen Differenzen zwischen uns zu überwinden.

»Vor ungefähr einheinhalb Jahren wollten wir mit dem ganzen Team ausgehen. Eigentlich sollten wir zu viert zusammen essen, aber Phoebe hatte sich den Magen verdorben und Dales Mum war an dem Tag gestürzt. Also saßen Bryony und ich letztendlich zu zweit an einem Tisch für vier im *Hart's*.«

Ich konnte mir nichts Schlimmeres vorstellen, als irgendwo allein mit Bryony festzusitzen und Smalltalk zu halten, selbst wenn wir uns dabei in einem der besten Restaurants der Stadt befanden.

»Sie können sich wahrscheinlich vorstellen, wie es dann weiterging. Wir haben zu viel gegessen und viel zu viel guten

Wein getrunken. Und irgendwann, gegen Ende des Abends, hat Bryony sich plötzlich geöffnet. Sie meinte, es wäre eine Erleichterung, endlich mit jemandem zu reden.«

Egal, wie sehr ich es versuchte, ich konnte die Person, die Jo da gerade beschrieb, nicht mit der Bryony James in Einklang bringen, die ich bisher kennengelernt hatte. Wir sprachen hier über eine Frau, die den Eindruck erweckte, jederzeit alles so sehr unter Kontrolle zu haben, dass ich mir einfach nicht vorstellen konnte, wie sie sich irgendwem anvertraute.

»Wie sich herausstellte, hatte sie gerade ihre dritte IVF-Behandlung angefangen.« Jo senkte die Stimme, als hätte sie Angst, Bryony könnte uns irgendwie von Linby aus belauschen. »Es hat sie kaputtgemacht. Sie sagte, sie könne nicht mehr richtig schlafen, weil das Bedürfnis, ein Kind zu bekommen, im wahrsten Sinne des Wortes ihr Leben dominierte.«

»O Gott«, murmelte ich und verspürte einen plötzlichen Anflug von Mitgefühl.

»Und wie gesagt, das war vor eineinhalb Jahren«, fuhr Jo fort. »Danach hatte sie noch eine Behandlung. Ich glaube, diese ganze Babygeschichte hat so an ihr genagt, dass sie sich einfach eine Schutzhülle zulegen musste.«

Ich dachte daran, wie Bryony das Foto von Evie ein wenig zu lange angeschaut hatte. Was für mich ausgesehen hatte wie ein etwas merkwürdiger Gesichtsausdruck, war wahrscheinlich nichts als pure Sehnsucht gewesen. Ohne es zu wissen war ich Zeugin der tiefen Traurigkeit geworden, die sich hinter Bryonys kühlem Gebaren versteckte.

»Will sie noch eine Behandlung machen?«, fragte ich.

»Keine Ahnung, in den letzten Monaten war sie ein bisschen distanziert«, antwortete Jo. »Sie ist mir aus dem Weg gegangen, wahrscheinlich, weil sie den Gedanken an unser vertrautes Gespräch nicht ertragen konnte. Nicht, dass ich ihr einen Vorwurf machen würde.«

»Es muss wirklich schwer für sie sein«, stimmte ich zu.

»Ihr Ehemann wirkt wie ein ziemlich kalter Fisch. Ich habe ihn nur ein einziges Mal gesehen. Er ist Arzt und arbeitet im Krankenhaus«, sagte Jo, während sie ihr Kit Kat in der Mitte durchbrach und sich eine Hälfte in den Mund schob. »Sie wohnen in einem unglaublichen Haus in Ravenshead. Ich war selbst noch nie da, aber Bryony hat mir Fotos von ihrer neuen Küche und dem Anbau gezeigt. Einfach perfekt.«

»Wie ihr Büro«, bemerkte ich. »Da ist auch alles komplett durchgestylt.«

»Wissen Sie was, ich glaube, das ist ihre Kompensationsstrategie«, sagte Jo, den Mund voll mit Schokolade und Waffel. »Alles in ihrem Leben muss geordnet und perfekt sein, sogar sie selbst. Ich schätze mal, das ist die einzige Art, wie sie ihrem Leben noch einen Sinn geben kann.«

Ich nickte und spürte wieder leichte Gewissensbisse angesichts der küchenpsychologischen Beiläufigkeit, mit der wir das Privatleben unserer Kollegin analysierten.

»Danke, dass Sie mir das erzählt haben, Jo«, sagte ich aufrichtig. Ihre Worte ließen mich Bryony bereits in einem anderen Licht sehen, auch wenn ich vermutete, dass die Zusammenarbeit mit ihr alles andere als einfach werden würde.

»Gern geschehen«, gab Jo zurück. »Übrigens können wir auch gerne Du sagen.«

»Stimmt — wo du mir schon die Geheimnisse anderer Leute erzählst«, antwortete ich schmunzelnd.

Jo grinste. »Aber verpetz mich bloß nicht. Bryony würde mir nie verzeihen.«

31

DREI JAHRE ZUVOR

TONI

Ich hatte gerade ein Telefongespräch beendet, als die Tür zum Geschäft geöffnet wurde. Aber es war nicht Bryony, die hereinkam, sondern Mr. und Mrs. Parnham.

Jo blickte auf, hatte jedoch gerade ein Gespräch mit einem Kunden begonnen, auf das sie den gesamten Vormittag gewartet hatte. Mir machte das nichts aus, denn ich glaubte, die Situation im Griff zu haben.

»Mr. und Mrs. Parnham, wie schön, Sie wiederzusehen.« Ich stand auf, ging auf sie zu und schüttelte beiden die Hand. »Ich bin Toni.«

»Hallo«, sagte Mr. Parnham, wobei er sich suchend im Geschäft umschaute. »Wir wollten eigentlich mit Bryony sprechen.«

»Tut mir leid, sie ist gerade bei einem Besichtigungstermin«, erklärte ich. »Sie sollte allerdings bald zurück sein.«

Die Parnhams wechselten einen Blick.

»Kann ich Ihnen vielleicht irgendwie weiterhelfen?«, bot ich an.

»Vielleicht können Sie das wirklich. Diese Unterlagen, die Sie neulich für uns kopiert haben ...« Mrs. Parnham fischte ein

Inserat aus ihrer Handtasche und reichte es mir. »Es gibt da ein Haus, an dem wir großes Interesse haben, und wenn möglich, hätten wir gerne ein paar weitere Informationen dazu.«

»Gar kein Problem.« Ich lächelte und bedeutete ihnen, mir gegenüber am Schreibtisch Platz zu nehmen.

Auch wenn sie Bryony augenscheinlich nur verärgerte, war meine Erfahrung nützlich, denn so konnte ich ohne Schwierigkeiten auf die interne Datenbank zugreifen und zusätzliche Informationen zum gefragten Objekt heraussuchen.

Ich schaute kurz zu Jo, die die Augen aufriss und den Kopf schüttelte. Mr. Parnham bemerkte meinen Blick und drehte sich um, wobei ihm Jos Miene nicht entging.

»Gibt es irgendein Problem?« Er runzelte die Stirn und rutschte unbehaglich auf seinem Stuhl herum.

»Ganz und gar nicht«, sagte ich munter. »Ich suche nur gerade nach dem Anwesen. Und hier haben wir es schon.«

Ich drehte den Bildschirm, sodass die Parnhams die Fotos vom Inneren des Hauses sehen konnten.

»Ich verstehe einfach nicht, warum Bryony dieses Haus nicht erwähnt hat. Es ist genau das, wonach wir suchen.« Mrs. Parnham tippte mit ihren langen, roten Fingernägeln auf die Kante meines Schreibtischs. »Sie meinte, sie hätte in der Gegend von Berry Hill nichts mit mehr als fünf Zimmern.«

Ich runzelte die Stirn und überflog die Angaben auf dem Bildschirm. Aus irgendeinem Grund war vermerkt worden, dass bereits ein Angebot für das Haus unterbreitet worden war, obwohl es ganz offensichtlich noch zum Verkauf stand. Ich war erleichtert, dass ich keinen Fehler gemacht hatte.

»Ich gebe Ihnen die vollständigen Angaben zu dem Inserat«, sagte ich und drückte aufs Druckersymbol. »Es ist ein tolles Haus und befindet sich erst seit ein paar Wochen in unserer Datenbank. Und ganz unter uns, der Eigentümer lässt beim Preis sicher noch mit sich reden.«

»Oh, ich bin ganz aufgeregt.« Mrs. Parnham wandte sich

zu ihrem Mann. Ihr ledriges, gerötetes Gesicht stand in krassem Kontrast zum ihren orangen übertrieben streng zurückgekämmten Haaren. »Wann können wir es besichtigen?«

»Bryony wird Ihnen sicher einen Termin geben, wenn sie wiederkommt«, schaltete sich Jo vom anderen Ende des Raums ein. Sie hatte gerade ihr Telefongespräch beendet.

»Bob, ich möchte keine Sekunde länger warten«, sagte Mrs. Parnham zu ihrem Mann. »Sonst kommt uns vielleicht jemand anders zuvor.«

»Könnten Sie den Eigentümer bitte direkt kontaktieren, Toni?«, fragte Mr. Parnham.

»Natürlich.« Ich strahlte. »Ich habe seine Nummer hier.«

Fünf Minuten später hatte ich für die Parnhams einen Besichtigungstermin für den kommenden Sonntag vereinbart.

»Ein Kollege wird Sie dort erwarten«, versicherte ich ihnen, auch wenn ich nicht wusste, wer genau es sein würde.

»Haben Sie vielen Dank, Toni.« Mrs. Parnham drückte mir fest die Hand. »Wir sind ja so froh.«

Ich begleitete die Parnhams zur Tür und drehte ich mich dann strahlend zu Jo um. Mein Lächeln verblasste auf der Stelle, als ich ihren Gesichtsausdruck sah.

»Scheiße, Toni. Was hast du dir nur dabei gedacht ...«

Genau in diesem Moment wurde die Tür hinter mir aufgestoßen und traf mich hart an der Schulter.

»Au!« Ich wirbelte herum in Erwartung eines schuldbewussten Kunden. Stattdessen stand da eine wutentbrannte Bryony.

»Ich habe gerade die Parnhams getroffen«, sagte sie zornig und knallte die Tür hinter sich zu. »Was zur HÖLLE haben Sie getan?«

Jo vergrub das Gesicht in den Händen.

»Wie können Sie es wagen?«, fuhr Bryony mich an. »Ich wusste gleich, dass Sie nichts als Ärger machen würden. Und

Sie!« Jetzt wandte sie sich an Jo. »Warum zur Hölle haben Sie sie ...«

»Ich hatte gerade ein wichtiges Kundengespräch«, sagte Jo ruhig. »Haben Sie Toni Anweisung gegeben, nicht mit den Parnhams zu sprechen?«

»Ich dachte nicht, dass das nötig wäre«, keifte Bryony aufgebracht. »Jeder, der auch nur das kleinste Bisschen gesunden Menschenverstand hat, weiß, dass ...«

»Alles in Ordnung?« Dale stand im Flur. Anscheinend hatte er das Büro direkt vom Parkplatz aus durch die Hintertür betreten. »Klingt fast so, als würde hier drinnen gleich der dritte Weltkrieg ausbrechen.«

Vielleicht hatte ich Dale falsch eingeschätzt. In seiner Stimme war keine Spur mehr von der Umgänglichkeit, die er während meines Vorstellungsgesprächs an den Tag gelegt hatte.

»Bryony?«, sagte er scharf. »Was ist passiert?«

»Ich war für eine Stunde nicht im Laden, das ist passiert. Eine verdammte Stunde! Und deine neue Angestellte hier, die liebe Miss Cotter, bringt mich um eine fette Provision, weil sie unbedingt die Nase in die Angelegenheiten anderer Leute stecken muss.«

Ich zog scharf die Luft ein.

»Bryony.« Dale runzelte die Stirn. »Professionell bleiben, bitte.«

»Das sagst du nur, weil du noch nicht weißt, dass sie wahrscheinlich gerade unsere wichtigsten Kunden verloren hat. Die Parnhams.«

Dale machte den Mund auf und schloss ihn dann wieder. Er sah mich an.

»Sie kamen rein und fragten nach Bryony«, sagte ich mit trockenem Mund. »Ich habe ihnen gesagt, dass Bryony jeden Moment zurück sein würde, aber sie wollten Informationen zu einem bestimmten Haus haben. Da dachte ich, ich könnte helfen ...«

»Das ist das Problem«, zischte Bryony außer sich vor Wut. »Sie haben überhaupt nicht *gedacht*.«

Meine jahrelange Erfahrung sagte mir, dass hier irgendetwas faul war. Ich hatte nichts weiter getan, als die Parnhams mit ein paar zusätzlichen Details zu versorgen und einen Besichtigungstermin fürs Wochenende zu vereinbaren. Dafür waren Immobilienbüros schließlich da.

»Sie hätten nicht mit ihnen sprechen sollen. Die Parnhams sind *meine* Klienten. Das ist *mein* Job.«

Ich hatte mich jetzt lange genug zurückgehalten. Bryony hatte irgendetwas zu verbergen und beim Anblick von Dales Gesicht wurde mir klar, dass sie, wenn ich nicht aufpasste, erfolgreich mir die Schuld in die Schuhe schieben würde.

»Sie hatten die Informationen zu dem Haus schon, Dale.« Ich reichte ihm die Broschüre, die die Parnhams dabeigehabt hatten. Bryony griff danach, aber Dale war schneller und nahm sie mir aus der Hand.

»Die — die hätten sie gar nicht haben dürfen«, stammelte Bryony errötend. »Ich dachte, die hätte ich ihnen nicht gegeben.«

»Das Anwesen von Dan Porterhouse«, sagte Dale zögernd, während er das Blatt betrachtete. »Warum hättest du es den Parnhams nicht zeigen sollen, Bryony?«

»Sie meinten, es sei perfekt, genau das, wonach sie gesucht haben«, fügte ich hinzu, was mir einen mörderischen Blick von Bryony einbrachte. »Im System stand, dass schon jemand ein Angebot gemacht hat, aber das stimmt gar nicht.«

»Mr. und Mrs. Parnham wollten einfach nicht gehen, bevor Toni nicht einen Besichtigungstermin mit dem Besitzer ausgemacht hatte«, erklärte Jo. »Sie hatte wirklich keine Wahl.«

Ich warf ihr einen dankbaren Blick zu.

»Wenn Sie ihnen die Broschüre nicht gegeben haben, wer dann?«, fragte Bryony, als hätte sie mich auf frischer Tat ertappt.

Da fiel mir plötzlich wieder ein, wie ich während meiner Suche nach dem Kopierer einen einzelnes Blatt Papier vom Boden in Bryonys Büro aufgehoben hatte. Ich dachte, ich hätte ihn fallengelassen, aber ...

»Was ist so schlimm daran, dass sie Interesse an dem Haus haben, Bryony? Du solltest Toni gratulieren. Sie hat gerade einen Besichtigungstermin für ein Eineinhalb-Millionen-Pfund-Anwesen vereinbart«, sagte Dale streng. »Ein Anwesen, dass du anscheinend im System irgendwie als nicht mehr verfügbar vermerkt hast. Kann ich dich bitte kurz in meinem Büro sprechen?«

Bryony folgte ihm etwas kleinlaut, allerdings nicht, ohne mich vorher noch einmal hasserfüllt anzuschauen.

»O Gott«, seufzte ich und ließ mich auf meinen Stuhl fallen. »Da habe ich ja wieder was angerichtet. Und ich weiß noch nicht mal, was genau ich eigentlich falsch gemacht habe.«

»Das war es, was ich dir vorhin versucht habe, zu sagen, als ich am Telefon war«, sagte Jo mit gesenkter Stimme. »Lass die Finger von Bryonys Klienten. Du weißt nie, welche krummen Dinger sie gerade dreht.«

Ich starrte sie verständnislos an.

»Sie spielt ihre Kunden gegeneinander aus«, erklärte Jo mit einem nervösen Blick Richtung Flur, um sicherzugehen, dass wir immer noch allein waren. »Wahrscheinlich hält sie die Parnhams von diesem Anwesen fern, damit sie ein anderes superteures Haus kaufen, weil sie schon jemanden hat, der das Porterhouse-Grundstück haben will. So bekommt sie gleich zweimal Provision. Hat sie schon tausendmal gemacht.«

Ich schüttelte ungläubig den Kopf. Das konnte man nun wirklich nicht als moralisches oder ehrliches Verhalten bezeichnen. Das Schlimmste daran war, dass die Parnhams loyale Klienten waren, die schon seit Jahren immer wieder zu Bryony kamen.

Jo und ich arbeiteten eine Weile lang schweigend vor uns

hin. Meine Hände fühlten sich noch etwas zittrig an und mein Herz schlug heftig in meiner Brust.

Nach etwa zehn Minuten fegte Bryony durchs Geschäft und schnappte sich im Vorbeigehen Mantel und Handtasche.

Jo war schon wieder in einem Kundengespräch und Bryony stellte sich ganz nah neben meinen Schreibtisch.

»Das zahl' ich Ihnen heim«, murmelte sie so leise, dass es niemand sonst hören konnte. »Ich werde Ihnen verdammt nochmal beibringen, sich nicht mit mir anzulegen.«

Und dann ging sie und schlug die Glastür so heftig zu, dass sie noch eine Weile bebte.

32

DREI JAHRE ZUVOR
DIE LEHRERIN

Harriet wich der kostbaren, mit Tee gefüllten Porzellantasse aus, die vorbei sauste und an der Wand hinter ihr zerschellte.

»Tee muss heiß sein!«, kreischte ihre Mutter. »HEISS. Nicht lauwarm. Du weißt doch, wie sehr ich alles Lauwarme hasse, du dumme Schlampe.«

Harriet drehte sich um und betrachtete die dunkelbraune Flüssigkeit, die an der weißen Wand hinunterlief wie schmutzige Tränen.

»Wann kommt sie endlich? Wann erhebst du dich endlich von deinem nutzlosen Allerwertesten und *unternimmst* irgendwas?«

»Mutter, ich habe es dir doch gesagt ...«

»Ich will es nicht mehr hören.« Die alte Frau hielt sich mit beiden Händen die Ohren zu. »Ich will dich nicht hören und ich will dich nicht sehen. Ich habe dich nie gewollt.«

Harriet verließ ohne ein weiteres Wort das Schlafzimmer und schloss leise die Tür hinter sich.

Ihre Mutter brüllte weiter Beleidigungen vor sich hin, während Harriet ruhig nach unten ging, »Annie's Song« summte und an John Denvers liebes, sanftes Gesicht dachte. Im

Wohnzimmer konnte sie ihre Mutter immer noch hören, trotz geschlossener Tür und Ohrstöpseln.

Das war alles so *unnötig*.

Harriet setzte sich an den antiken Holzschreibtisch und atmete ein paarmal tief ein und aus. Als sie den Schmerz kommen spürte, verschloss sie die Augen vor ihm, versuchte, eine Barrikade zwischen sich und der Enttäuschung zu errichten, die sie verursachte.

Sie strich mit den Händen über das hochwertige Schreibtischholz, dessen Qualität nach all den Jahren immer noch ins Auge sprang. Dieses wundervolle Möbelstück hatte ihrem Vater gehört. Dank ihrer Mutter war es die einzige materielle Erinnerung, die ihr von ihm geblieben war.

Harriet erinnerte sich lebhaft, wie sie sich, ihren mottenzerfressenen Teddy fest umklammernd, hinter dem Sofa versteckt und ihrer Mutter dabei zugesehen hatte, wie sie nach und nach alle Anzüge, Hemden und Schuhe ihres Vaters in schwarze Mülltüten stopfte. Dann hatte sie mithelfen müssen, die Tüten in den Hinterhof zu schleppen, wo sie monatelang gestanden und sich in dem rauen Klima langsam zersetzt hatten.

Doch wenn Harriet hier saß, am Schreibtisch ihres Vaters, fühlte sie sich beinahe, als wäre ein Teil von ihm wieder da. In letzter Zeit hatte sie etwas in sich wachsen gespürt, eine Art Stärke; etwas, das den Schmerz, den die Enttäuschung ihrer Mutter ihr verursachte, abschwächte. Etwas, das sie stillschweigend lenkte, ihr Hoffnung gab.

Heute Abend allerdings nahm Harriet nur ein unwillkommenes Stechen in der Brust wahr.

Sie bezeichnete sich gerne als Lehrerin, doch letzten Endes hatte sie keinen Universitätsabschluss. Sie hatte das College abgebrochen, um eine Ausbildung zur Lehrassistentin zu machen — zur »Lehrhandlangerin«, wie ihre Mutter sagte.

Sie war eine so viel bessere Lehrerin als die meisten mit Hochschulabschluss an der St. Saviour's, aber weil kein Papierwisch ihr diese Fähigkeiten bescheinigte, waren sie praktisch wertlos.

Ihr Leben wäre anders verlaufen, wäre ihr Vater noch am Leben. Sie hätte zur Uni gehen und studieren sollen. Ihr Vater hätte sie dabei unterstützt.

Er war auf einem herausstehenden Pflasterstein ausgerutscht, gestolpert und unter die Räder eines der roten Busse auf der Oxford Street geraten, als Harriet gerade fünf Jahre alt gewesen war. Genau wie die meisten Kinder in ihrer Klasse.

Ihre Mutter hatte London nie gemocht und nach dem Tod von Harriets Vater konnte sie die Stadt gar nicht schnell genug verlassen.

Nur wenige Monate später waren sie nach Nottingham gezogen. Ihre Mutter hatte eine heruntergekommene viktorianische Villa in einer trostlosen Seitenstraße in Lenton ergattert, einer Gegend, die sie nur ausgesucht hatte, weil sie im *Domesday Book* erwähnt wurde.

Damals war Lenton noch ein Viertel für gutsituierte Leute gewesen, doch über die Jahre waren viele der umliegenden Wohnungen in Einzimmerapartments umgewandelt worden. Mittlerweile waren Harriet und ihre Familie fast nur noch von Studierenden umgeben. Doch ihre Mutter weigerte sich standhaft, aus der Gegend weg und in ein kleineres Haus zu ziehen.

»Da müssen sie mich schon im Sarg raustragen«, höhnte sie gerne, wenn Harriet das Thema ansprach.

Harriet richtete sich auf und drehte vorsichtig den reich verzierten Messinggriff des Schreibtischs. Der Tisch klappte auf und ein Dutzend kleine Fächer und Schubladen kamen zum Vorschein, verschachtelt und bildhübsch gearbeitet. Er erinnerte sie an die menschliche Psyche. Von außen betrachtet wirkte er allzu simpel, doch sobald man die äußersten Schichten abpellte, stieß man dahinter auf ein komplexes Inneres.

Harriet erinnerte sich nur zu gut daran, wie es sich

anfühlte, als kleines Kind mit der Erbarmungslosigkeit des Todes konfrontiert zu werden und zu versuchen, mit den aufwühlenden Veränderungen klarzukommen, die auf eine solche Tragödie folgten. Der einzige Weg, so etwas durchzustehen, war, sich einen unsichtbaren Panzer zuzulegen, der einen davor schützte, jemals wieder solchen Schmerz zu fühlen. Damit das funktionierte, musste dieser Panzer früh genug anfangen, zu wachsen.

Sie öffnete eine schmale, längliche Schublade und zog einen Schlüssel heraus. Wenn ihre Mutter später ihr Bad nahm, würde Harriet in den dritten Stock des knarrenden Hauses gehen und mit den Vorbereitungen für das Zimmer weitermachen. Sie würde sicherstellen, dass alles perfekt war, sobald ihr Gast eintraf. Das war der einzige Weg, wie sie ihre Mutter zufriedenstellen konnte.

Davor hatte Harriet noch einen wichtigen Anruf zu erledigen.

33

DREI JAHRE ZUVOR
OBSERVIERUNGSBERICHT

6. September

PROTOKOLL
Ankunft am Beobachtungsposten: 14:30 Uhr.

14:35 Uhr Haus für zehn Minuten beobachtet. Keine Bewegung.

14:45 Uhr Hinterhof betreten.

14:48 Uhr Zugang zum Haus verschafft.

14:52 Uhr Gesamte Wohnung durchsucht. Gewünschte Gegenstände lokalisiert.

15:12 Uhr Grundstück verlassen.

Aufbruch vom Beobachtungsposten: 15:16 Uhr.

ALLGEMEINE BEOBACHTUNGEN

- Wohnung ist unaufgeräumt.
- Keine Telefon-/Internetverbindung.
- Keine Alarmanlage und keine Sicherheitsschlösser an Fenstern und Türen.
- Warte auf weitere Anweisungen.

34

DREI JAHRE ZUVOR

TONI

Nachdem Bryony auf so dramatische Weise aus dem Büro gestürmt war, musste ich mich zusammenreißen und versuchen, den beunruhigenden Vorfall fürs Erste zu verdrängen, damit ich den restlichen Nachmittag durchstehen konnte.

Um drei rief Dale mich in sein Büro.

»Es tut mir leid, dass Sie heute in diese unangenehme Lage gebracht wurden, Toni«, sagte er. »Das wird nicht noch einmal vorkommen.«

»Ist Bryony gegangen? Ich meine, haben Sie ...« Mir graute bei dem Gedanken, dass meinetwegen jemand gefeuert worden sein könnte.

»Nein, nein.« Er lächelte. »Lassen Sie es mich so ausdrücken: Wir hatten ein kleines Gespräch unter vier Augen, in dem ich ihr die ethischen Maßstäbe erklärt habe, an die sich alle Angestellten dieses Unternehmens zu halten haben. Wie Sie mittlerweile wahrscheinlich bemerkt haben, mag Bryony es ganz und gar nicht, wenn ihr jemand Vorschriften macht. Sie ist verdammt gut in ihrem Job, aber ab und an muss man sie in ihre Schranken weisen.«

Ich nickte, sagte aber nichts.

»Es ist wirklich beeindruckend, wie Sie sich in die Arbeit stürzen.« Dale lächelte. »Lassen Sie sich von dieser Sache nicht entmutigen. Ich wünsche mir wirklich, dass Sie bei uns Ihre ganze Erfahrung einbringen.«

Ich lächelte zustimmend und fragte mich dabei im Stillen, was Bryony wohl dazu sagen würde.

»In Ihrem Vorstellungsgespräch haben Sie angedeutet, dass es irgendeine Veränderung in Ihrem Leben gab. Ich glaube, Sie nannten es ›Umstände außerhalb Ihrer Kontrolle‹.« Dale hob die Hand. »Keine Sorge, ich will nicht aufdringlich sein. Aber falls Sie mal mit jemandem reden wollen, sagen Sie Bescheid. Dafür sind Chefs doch schließlich da, oder?«

Ich rutschte auf meinem Stuhl herum. »Danke, das weiß ich sehr zu schätzen.«

»Sie meinten, dass Sie eine kleine Tochter haben und gerade erst hergezogen sind, und jetzt haben Sie auch noch einen neuen Job. Manchmal braucht es einfach seine Zeit, um sich einzugewöhnen. Aber ich bin mir sicher, dass Ihre Familie Sie unterstützt, wo sie kann.«

Es war nett von ihm, Interesse zu zeigen, doch ich wünschte, er würde das Thema einfach fallenlassen.

Eine kurze Stille zwischen uns gab mir Zeit, durchzuatmen.

»Ja«, sagte ich. »Neuanfänge können definitiv eine Herausforderung sein.«

Er sah mich an.

Ich hatte wirklich keine Lust auf dieses Gespräch, doch er war so freundlich und hilfsbereit, dass ich nicht undankbar wirken wollte. Vielleicht war es an der Zeit, die Sache hinter mich zu bringen.

»Vor zwei Jahren ist mein Ehemann verstorben«, sagte ich betont beiläufig. »Darum bin ich jetzt allein mit meiner Tochter Evie. Und meiner Mutter. Wir stehen uns nahe.«

»O Gott, Toni, ich hatte ja keine Ahnung.« Dale verzog voller Bedauern das Gesicht. »Mein Beileid.«

»Was bleibt einem Anderes übrig, als weiterzumachen?«, sagte ich möglichst unbekümmert. »Das Leben geht weiter.«

Unsere Blicke trafen sich und wir schauten uns ein paar Sekunden lang an.

»Also.« Dale erhob sich mit einer schnellen Bewegung von seinem Stuhl und ging um den Schreibtisch herum, um mir eine Hand auf die Schulter zu legen. Durch die leichte Bluse konnte ich die Wärme seiner Finger auf meiner Haut spüren. »Wie gesagt, wenn Sie reden möchten, bin ich da. Jederzeit.«

»Danke, Dale.« Ich lächelte ihn an und atmete dabei den schwachen Moschusduft seines Aftershaves ein. Für eine verwirrte Sekunde hatte ich den verrückten Drang, die Augen zu schließen und den Kopf an seine Brust zu lehnen. Ich hatte ganz vergessen, wie es sich anfühlte, getröstet zu werden. Ich verzehrte mich danach.

»Geht es Ihnen gut?« Dale machte einen Schritt zurück und musterte mich besorgt.

»Ja, natürlich.« Ich blinzelte und ging zur Tür. »Danke nochmal.«

»Alles in Ordnung da drinnen?« Jo sah auf, als ich an ihrem Schreibtisch vorbeiging.

»Ja«, erwiderte ich. »Dale ist wirklich nett, oder?«

»Hmm«, machte sie zustimmend, bereits wieder in ihren Computerbildschirm versunken.

Zurück an meinem Schreibtisch spähte ich ständig an Jo vorbei zur Tür. Ich konnte einfach nicht aufhören, darüber nachzugrübeln, wie es wohl werden würde, wenn Bryony wiederkam.

»Mach dir keine Sorgen«, sagte Jo, als sie von der Arbeit aufblickte und meinen Gesichtsausdruck sah. »Du hast nichts falsch gemacht.«

Aus irgendeinem Grund fühlte es sich nicht so an.

Eine halbe Stunde vor Ladenschluss kochte Jo Tee, den wir

vorne im Laden tranken, während wir den Arbeitstag ausklingen ließen.

»Das tut gut. Danke.« Ich umfasste die Tasse mit beiden Händen und genoss die Wärme, die sie ausstrahlte. Mein restlicher Körper fühlte sich eiskalt an, obwohl die Heizung den ganzen Nachmittag über aufgedreht gewesen war.

»Du siehst erschöpft aus«, sagte Jo. »Zu Hause solltest du dir erst mal ein schönes heißes Bad einlassen, mit Kerzen und Allem. Dir selbst was Gutes tun.«

»Schön wär's«, murmelte ich, während ich mir den lang vergangenen Luxus von ein paar Stunden für mich in Erinnerung rief; Zeit, sich in einem Buch zu verlieren oder ein Bad zu nehmen, ohne sich ständig über alles und jeden Sorgen zu machen. Als ich aufsah, merkte ich, dass Jo mich forschend betrachtete. Ich schenkte ihr ein zögerliches Lächeln und führte die Tasse an die Lippen, um mein Gesicht zu verbergen.

»Toni, ich will ja nicht neugierig sein, aber bist du alleinerziehend? Nur, weil du erwähnt hattest, dass du gerade erst mit deiner Tochter hergezogen bist«, sagte Jo vorsichtig. »Versteh mich nicht falsch, ich finde das überhaupt nicht schlimm. Ich habe riesigen Respekt vor alleinerziehenden Müttern.«

»Ja, das bin ich.« Ich zwang mich, zu lächeln. »Allerdings nicht aus freien Stücken. Mein Mann, Andrew, ist gestorben.«

Eigentlich wollte ich die Sache nach dem Gespräch mit Dale nicht unbedingt noch einmal aufzurollen.

»O Gott, das tut mir so leid.« Jo stellte ihre Tasse ab und schlug die Hand vor den Mund. »Ich wollte dich nicht bedrängen, ich ...«

»Es ist schon okay, wirklich«, versicherte ich ihr. »Ich wünschte weiß Gott, es wäre nicht passiert, aber das ist es nun einmal und alles, was ich tun kann, ist, jeden Tag aufs Neue damit fertigzuwerden. Meistens bin ich allerdings nicht sicher, ob mir das sonderlich gut gelingt.«

Ich lachte kurz auf, doch Jos Miene blieb ernst.

»Ich kann mir gar nicht vorstellen, was du durchgemacht haben musst.« Sie schüttelte den Kopf. »Was du immer noch *durchmachst*. Und die kleine Evie — meintest du nicht, sie ist erst fünf?«

»Sie ist vor zwei Monaten fünf geworden.« Ich nickte und dachte an die vielen kleinen Knirpse — ungefähr fünfzehn von Evies Vorschulfreunden —, die auf ihrer Geburtstagsparty im Bällebad herumgetollt hatten.

Danach hatte Evie gesagt: »Das war der beste Geburtstag aller Zeiten im GANZEN Universum der Welt, Mummy.«

Ich hatte ihr gerötetes Gesicht und ihre glücklichen Augen gesehen und mir geschworen, dass ich nach unserem Umzug für sie und ihre neuen Freunde noch ganz viele, bessere Partys veranstalten würde.

Jetzt war ich mir da nicht mehr so sicher.

Jo sah mich an, zu höflich, um weiter nachzufragen, doch offensichtlich interessiert. Also berichtete ich zum zweiten Mal an diesem Tag davon, was Andrew zugestoßen war. Von dem Unfall.

Ihre gefasste Miene bröckelte, auch wenn sie zum Glück nicht anfing, zu weinen. Damit hätte ich nicht umgehen können. Wahrscheinlich hätte ich direkt mit eingestimmt.

Ich hasste die Tatsache, dass Andrew, ganz egal, wie oft ich seinen Unfall nacherzählte, dabei immer irgendwie inkompetent rüberkam. Schon der Gedanke an dieses Wort im Zusammenhang mit Andrew verursachte mir Schuldgefühle. Aber wie ich es auch ausdrückte, letztendlich klang es stets so, als wäre der Unfall sein Fehler gewesen. Er hatte nun einmal in dieser Nacht offiziell das Kommando gehabt.

Diese Tatsache machte mir unablässig zu schaffen, aber bisher hatte ich das für mich behalten. Glücklicherweise war auch sonst niemand taktlos genug gewesen, mich darauf anzusprechen.

Manchmal, in den frühen Morgenstunden, fraß es mich

innerlich auf; die Frage, wie er so einen schrecklichen Navigationsfehler hatte machen können. Doch während ich jetzt mit Jo darüber sprach, fühlte ich mich einfach nur leer.

»Mein Beileid, Toni.« Jo wischte sich mit dem Ärmel über die Augen. »Das hatte ich nicht erwartet. Ich weiß, wie du dich fühlst. Meine Schwester, na ja, ihr Mann ist vor ein paar Jahren auch bei einem Einsatz ums Leben gekommen. Sie war völlig fertig. Ist es eigentlich bis heute.«

»Das tut mir leid, Jo. Ich kann mir gut vorstellen, wie sie sich fühlt.« Ich machte ein mitfühlendes Gesicht. Hoffentlich würde sie nicht noch weiter ins Detail gehen, das wäre jetzt einfach zu viel.

»Ich tue, was ich kann, aber es ist nicht leicht«, sagte Jo, wobei sie starr aus dem Fenster blickte. »Sie lebt unten im Süden. Ich schaffe es ein paar Mal im Jahr, runterzufahren, aber die meiste Zeit unterstütze ich sie so gut ich kann per Telefon oder Skype. Ich weiß nicht, ob das wirklich reicht.«

»Deine Schwester kann sich glücklich schätzen, dich zu haben.«

Jo zuckte mit den Schultern.

»Keine Ahnung, wie sehr ihr das alles hilft. Es hat sie beinahe kaputtgemacht. Aber sie hat keine Kinder. Du machst das wirklich gut mit dem Job und Evie. Ich kann mir gar nicht vorstellen, wie anstrengend es für dich sein muss.«

Sie warf einen Blick auf die Uhr.

»Oh, schon fast Feierabend. Ich gehe mal nachsehen, ob die Hintertür abgeschlossen ist und schalte das Licht aus. Vielleicht kannst du schon mal die Fensterläden runterlassen.« Sie zögerte. »Eine Sache noch. Ich hoffe, dass wir Freundinnen sein können. Und vielleicht stellst du mir ja irgendwann auch Evie vor. Dann könnte ich dir sogar mal unter die Arme greifen. Ich ... tja, ich habe sonst niemanden. Aber ich habe viel Zeit.«

Mein Gesicht brannte. Es war wirklich nett von Jo, das zu sagen, doch ich war noch nicht bereit, jemanden, den ich gerade erst kennengelernt hatte, in mein Leben zu lassen. Trotzdem hatte ihre Anteilnahme geholfen, wenn auch nur ein bisschen. Ihrer Schwester war etwas Ähnliches passiert wie mir. Ich kam mir direkt ein wenig normaler vor.

»Danke, Jo.« Ich lächelte. »Das bedeutet mir viel.«

Es war Freitagnachmittag und auf dem Heimweg herrschte auf den Straßen besonders viel Verkehr. Ich kam über mehrere Meilen nur stockend voran, weil überall Staus waren. Ein dicker Regentropfen zerbarst auf der Windschutzscheibe, gefolgt von zwei weiteren. Innerhalb von Minuten wurde aus den einzelnen Tropfen ein sintflutartiger Schauer. Die Scheibenwischer kamen nicht gegen die Wassermassen an und plötzlich konnte ich kaum noch den Wagen vor mir erkennen.

Während der Verkehr immer wieder zum Erliegen kam, musste ich das Fenster herunterkurbeln und die Windschutzscheibe mit einem dreckigen Lappen abwischen, den ich im Türfach gefunden hatte. Meine gesamte rechte Körperhälfte wurde langsam aber sicher pitschnass.

Zu meiner Erleichterung beruhigte sich das Wetter ziemlich schnell wieder, doch nach einem Tag wie heute war das wirklich zu viel des Guten gewesen.

Hitze und Druck schwollen in meinem Kopf an und plötzlich rollten mir Tränen die Wangen hinunter. Dieses gemeine Gefühl, von dem ich gehofft hatte, dass ich es endlich los wäre, das Gefühl, dass etwas Schlimmes passieren würde; nun ja, es war mit Karacho zurückgekehrt.

Und ich fragte mich, ob mein Leben denn überhaupt noch schlimmer werden konnte.

35

DREI JAHRE ZUVOR
TONI

Als ich schließlich nach Hause kam, ganze vierzig Minuten später als normalerweise, hatte Evie schlechte Laune.

Zugegebenermaßen hatte ich während der Fahrt gehofft, dass Mum Evie nach der Schule für ein paar Stunden mit zu sich nehmen würde. Ein bisschen Zeit für mich, Zeit, um wieder einen klaren Kopf zu bekommen, wäre mir heute mehr als recht gewesen.

»Es ist einfach nichts mit ihr anzufangen«, flüsterte Mum mir hinter vorgehaltener Hand zu, während wir beobachteten, wie Evie ihre Legosteine mit so viel Wucht gegeneinander schlug, dass es nur eine Frage der Zeit war, bis sie sich den Finger einklemmte.

»Beruhig dich, Süße, es ist Freitag«, sagte ich gespielt fröhlich, obwohl ich wahrscheinlich genauso frustriert war wie sie. »Das heißt bis Montag keine Schule mehr.«

»Ich will gar nicht mehr zur Schule«, sagte Evie mit einem finsteren Blick auf ihre Legosteine. »Ich mag die Schule nicht.«

»Was genau magst du an ihr nicht, Evie?«

Keine Antwort.

»Wenn du mir nicht erzählst, was los ist, kann ich dir auch

nicht helfen«, drängte ich und fühlte, wie mein Herz ein kleines bisschen schneller schlug. »War eins von den anderen Kindern gemein zu dir?«

»Ich mag die Schule einfach nicht«, wiederholte Evie. »Ich hasse sie. Ich hasse alle da.«

Mum wandte sich mir zu. »Es war nicht sonderlich hilfreich, dass du den neuen Job angefangen hast, Toni.«

»Mum, bitte.«

»Ich sage nur die Wahrheit, mein Schatz. Evie braucht im Moment Stabilität. Sie braucht eine Mutter, die für sie da ist, nicht eine, die nur an ihre Karriere denkt.«

»Ich würde ein paar Stunden Teilzeit nicht als Karriere bezeichnen«, blaffte ich zurück. »Ich muss irgendwie die Rechnungen bezahlen und außerdem bringe ich Evie immer noch jeden Morgen zur Schule. Das ist mehr, als andere Mütter schaffen.«

»Ja, aber andere Kinder haben auch nicht das durchgemacht, was Evie durchgemacht hat, Toni. Du musst ...«

»Mum«, schnitt ich ihr das Wort ab. »Lass es einfach. Bitte.«

Mum war so verdammt gut darin, mir vorzuschreiben, was ich tun und lassen sollte, wie ich mein Leben zu führen hatte, wie ich meine Tochter erziehen sollte. Und die Liste ließe sich noch ewig weiterführen.

»Weißt du was? Warum gehe ich nicht einfach nach Hause?«, erwiderte sie barsch, stand auf und griff nach ihrer Handtasche. »Ich weiß schon, wann meine Anwesenheit nicht erwünscht ist. Tschüss, Evie-Schatz, Nanny ruft dich morgen an.«

Sie warf eine Kusshand quer durch den Raum, doch Evie reagierte nicht.

»Mum, bitte, ich wollte nicht ...«

Mit großen Schritten stakste sie an mir vorbei und knallte auf dem Weg nach draußen die Tür hinter sich zu.

Mein Nacken schmerzte und mir war übel und heiß.

Sehnsüchtig starrte ich zu meiner Handtasche und dachte an die Erleichterung, die sich in ihrer Innentasche verbarg.

Es war Wochenende. Hinter mir lagen fünf extreme Tage, und zwar extrem schreckliche. Heute Abend musste ich weder Auto fahren noch auf der Arbeit einen klaren Kopf bewahren. Heute konnte ich mich endlich entspannen.

Ich war dermaßen ausgelaugt, dass ich vielleicht ein bisschen nachhelfen musste. Was war so schlimm daran?

Die Tageszeit, nachmittags, gab dem Ganzen etwas Verbotenes, so als würde man sich am Morgen schon einen Drink genehmigen. So was taten nur Alkoholiker. Maureen, meine ehemalige Chefin, war damals immer in regelmäßigen Abständen in ihrem Büro verschwunden.

Wenn sie wieder herauskam, konnte das Pfefferminz den Alkoholgeruch ihres Atems nicht überdecken, aber nach diesem ersten Drink war sie immer viel entspannter gewesen. Es war ein Running Gag unter uns restlichen Mitarbeitern gewesen, und ich hatte damals nicht wirklich verstanden, warum Maureen tat, was sie tat.

Aber mittlerweile verstand ich sie nur zu gut.

Als Maureen in Rente gegangen war, hatte ich mich erfolgreich auf ihre Stelle beworben. Ich fragte mich, was sie wohl heute trieb und ob sie sich immer noch jeden Morgen einen hinter die Binde kippte.

Manchmal hatte ich das Gefühl, ich würde langsam werden wie sie.

Andererseits wusste ich, dass ich Lichtjahre von einem ernsten Drogenproblem, wie Maureen es offensichtlich gehabt hatte, entfernt war. Dann und wann eine Tablette zu nehmen, bedeutete schließlich nicht gleich Abhängigkeit. Andrew hatten sie am Ende so mit Medikamenten vollgepumpt, dass er die meiste Zeit nicht einmal mehr gewusst hatte, welcher Wochentag gerade war. Ein Segen, wie sich herausstellte, angesichts der kurzen, schmerzerfüllten Zeit, die ihm geblieben war.

Die Angestellten in der Apotheke hatten seine Tabletten immer herausgegeben, ohne Fragen zu stellen. Als wären es Bonbons. Es gab keinen Grund zu der Annahme, dass es hier in Nottingham anders laufen würde, sollte ich beschließen, seine Rezepte weiterhin einzulösen.

Ich fragte mich oft, ob die Regierung Leute wie Andrew vor den Augen der Öffentlichkeit verbergen wollte, indem sie sie still und leise in ihrer eigenen, medikamentenvernebelten Welt vor sich hinvegetieren ließ, bis sie irgendwann einfach verschwanden. Damals hatte ich Andrew beinahe um seinen unsichtbaren chemischen Schutzschild beneidet. Diesen Puffer zwischen sich und dem Schmerz und Trauma der Welt da draußen.

Ich könnte jetzt wirklich eine Pille vertragen.

Ich sah hinunter auf meine Hände. Einige der Nägel hatte ich so weit abgekaut, dass die Finger tatsächlich bluteten. Dieses Level an Nervosität war nicht gut. Wenn ich nicht bald etwas unternahm, würden meine Angstzustände mich übermannen und es würde mir schwerfallen, überhaupt noch zu funktionieren.

Ich öffnete den Reißverschluss der kleinen Innentasche und nahm eine Tablette, um meine abgekämpften Nerven zu beruhigen. Nur diese eine.

Es war keine Schande, mir einzugestehen, dass ich zurzeit Hilfe brauchte, um klarzukommen. Sogar Leute, die ihr Leben komplett im Griff hatten, waren hin und wieder auf Unterstützung angewiesen. Doch ich wollte keinen Vermerk über meinen Zustand in irgendeiner Krankenakte, wollte nicht, dass klatschversessene Büroangestellte über meine Angelegenheiten Bescheid wussten. Ich wollte keine Antidepressiva. Mir waren zu viele Horrorgeschichten darüber zu Ohren gekommen, wie leicht man abhängig wurde und sich in einen abgestumpften Zombie verwandelte.

Oberflächlich betrachtet wirkte es, als würde die Gesellschaft offener und toleranter werden, was psychische Erkrankungen anging. Doch im Privaten fielen hinter dem Rücken von Betroffenen immer noch Wörter wie »Spinner« oder »Freak«.

Stigmata am Arbeitsplatz existierten nach wie vor, das wusste ich. Jemand mit einer diagnostizierten Angststörung oder Depression wurde von vielen Arbeitgebern immer noch als Drückeberger betrachtet und genau diese stille Verachtung hielt mich davon ab, mir die nötige Hilfe zu suchen.

Ich betrachtete Evie, die jetzt halbherzig ihre Legosteine ineinandersteckte. Die Gewalt war seit Mums Weggang aus ihrem Spiel verschwunden, aber sie war zweifellos viel stiller als sonst.

Der Schmerz, den Evies Leid mir verursachte, war scharf, wie spitze Nadeln, die sich in meine Haut bohrten. Ich konnte es nicht ertragen, dass sie so schrecklich unglücklich war. Das war nicht Teil des Plans gewesen.

Einer plötzlichen Laune folgend nahm ich mein Handy und fischte Taras Brief aus der Handtasche. Ich tippte die Nummer ein und wartete. Beim dritten Freizeichen hob sie ab.

»Ich freu mich so, dass du anrufst, ich könnte heulen vor Glück«, sagte sie atemlos und wir lachten über ihren kurzen Ausbruch von Sentimentalität. Nach fünf Minuten waren die Jahre dahingeschmolzen und alles war wieder wie früher.

Ich erzählte ihr von meinem Tag.

»Ach weißt du, Toni, wir haben zu viel durchgemacht, um uns von Streitigkeiten auf der Arbeit aus der Ruhe bringen zu lassen. Ignorier diese blöde Kuh einfach.«

Ein guter Ratschlag ... wenn ich nur den Mut dazu gehabt hätte.

Ich versuchte, über ihre Erkrankung zu sprechen, über die Multiple Sklerose.

»Ich will nicht drüber reden«, sagte sie bestimmt. »Heute geht es um dich und Evie, ich will unbedingt von eurem Neuanfang hören.«

Also erzählte ich ihr alles, von unserem beschissenen Haus, von Mum, die mich ständig auf die Palme brachte, und von der Tatsache, dass ich es irgendwie fertigbrachte, immer alles im Chaos enden zu lassen. Wir lachten noch mehr. Zwanzig Minuten später legte ich auf und fühlte mich, als wäre ich gerade von einem Spa-Wochenende nach Hause gekommen. Mein Herzschlag hatte sie einigermaßen beruhigt, ich fühlte mich leichter und konnte wieder etwas klarer denken.

Evie war für den Moment zufrieden in ihrer eigenen kleinen Welt, also ging ich nach oben in mein Schlafzimmer. Wenn ich erst einmal mit dem Aufräumen und Chaosbeseitigen anfing, würde das Gefühl, etwas geleistet zu haben, das der drohenden Vorahnung ersetzen, die mich jedes Mal überkam, sobald ich den Schlüssel in die Haustür steckte.

Ich öffnete die Schlafzimmertür und starrte auf die angehäuften Mülltüten. Sofort überkam mich der Drang, kehrt zu machen und wieder nach unten zu gehen, doch ich gab ihm nicht nach. Das würde mich auch nicht weiterbringen. Ich machte ein paar Schritte vor und versuchte dabei, aus dem Stegreif ein Gefühl von Tatendrang zu entwickeln. Dann blieb ich wie angewurzelt stehen und schaute mich um. Ließ meine Augen jeden Zentimeter des Fußbodens scannen.

Irgendetwas war hier anders.

Auf den ersten Blick hatte das Zimmer ganz normal ausgesehen, doch ... ich war mir nicht sicher, aber die Luft fühlte sich einfach irgendwie *anders* an.

Beim Packen hatte ich die Mülltüten locker zugeknotet. Einige von ihnen standen jetzt offen. Die Härchen auf meinem Unterarm richteten sich auf.

Ich spähte in die leicht geöffneten Beutel. Soweit ich sehen konnte, war noch alles da. In dem ganzen Chaos konnte man nicht richtig sicher sein. Als wir die Tüten aus dem Wohnzimmer nach oben gebracht hatten, war alles Mögliche herausgefallen.

Ich schüttelte den Kopf und lächelte über meine wilde Fantasie. Vielleicht waren das schon die ersten Anzeichen des beginnenden Wahnsinns. Der Art von Wahnsinn, bei der man selbst in einer eigenen Realität lebte und die Leute um einen herum nur nickten und nachsichtig lächelten, wenn man davon erzählte, sich dann aber besorgte Blicke zuwarfen, sobald man ihnen den Rücken zugedreht hatte.

Ich schloss die Tür hinter mir und ging wieder nach unten. Dabei hielt ich mich am Geländer fest, weil ich die unterste Stufe bereits nur noch verschwommen erkennen konnte.

Evies erste Schulwoche war vorbei und ich war mehr als erleichtert. Hoffentlich würden wir am Wochenende Gelegenheit haben, mehr Zeit miteinander zu verbringen. Sobald Evie ein bisschen entspannter war, würde ich das Thema Schule noch einmal vorsichtig anschneiden. Sicher konnte ich sie dazu bringen, mir von ihren Problemen zu erzählen. Die ersten Wochen in einer neuen Umgebung waren immer schwierig, das wusste doch jeder. Evie war da keine Ausnahme und wahrscheinlich machte ich mir zu viele Sorgen.

Das war das Problem: Ich machte mir *immer* zu viele Sorgen.

Ich griff nach meinem kaum angerührten Krimi, um ein wenig zu lesen, solange Evie spielte. Da klingelte das Telefon.

Ich hob ab. »Hallo?«

»Mrs. Cotter? Harriet Watson hier, von der St. Saviour's. Ich wollte nur kurz anrufen, um mit Ihnen über Evies erste Schulwoche zu sprechen.«

»Oh, hallo.« Ich stand auf, ging in die Küche und schloss die Tür. Zwar fragte sich ein Teil von mir, warum Evies Lehrerin anrief, doch die Tablette fing bereits an zu wirken. Ich fühlte mich entspannt und gewappnet für die Unterhaltung.

»Ich hoffe, es ist alles in Ordnung, Miss Watson?«

Eine kurze Stille trat ein, als würde Harriet darauf warten, dass ich noch etwas sagte.

»Evie war diese Woche sehr ruhig«, sagte Miss Watson. »Bei der Mitarbeit im Unterricht und im Kontakt mit ihren Mitschülern wirkt sie noch etwas zurückhaltend. Aber ich bin sicher, dass sie sich bald einleben wird.«

»Ich glaube, sie hat noch keine Freunde gefunden.« Ohne Vorwarnung begannen meine Augen, zu brennen. »Sie hatte heute wieder einen Wutanfall und meinte, sie will Montag nicht zur Schule. Aber sie will mir nicht sagen, warum.«

»Evie scheint sich weniger leicht zu integrieren als gehofft«, gab Harriet zu. »Ich habe unter anderem angerufen, um Sie darüber zu informieren, dass ich sie in meine kleine Arbeitsgruppe aufgenommen habe. Um ihr ein wenig mehr Aufmerksamkeit schenken zu können. Ich hoffe, Sie sind damit einverstanden.«

»Das ist wirklich nett von Ihnen, Miss Watson«, sagte ich aufrichtig. »Vielen Dank.«

»Ich will mich wirklich nicht einmischen. Aber aus meiner Erfahrung ist die Grundschulzeit wichtig, um die Kinder so früh wie möglich darauf vorzubereiten, sich in die Gesellschaft einzugliedern. Besonders, wenn sie ... aus etwas schwierigen Verhältnissen stammen«, sagte Harriet. »Ich werde zwei- oder dreimal die Woche Nachmittagskurse anbieten. Diese Kurse sind Einzelsitzungen, in denen es darum geht, Selbstbewusstsein zu fördern, soziale Fähigkeiten auszubauen und die Kinder bestmöglich auf die Herausforderungen der Zukunft vorzubereiten. Ich kann nur ein oder zwei Schüler aufnehmen, aber ich habe mich für Evie entschieden, weil ich glaube, dass sie enorm von dem Format profitieren wird. Natürlich nur, wenn Sie einverstanden sind.«

Ein paar Sekunden herrschte Stille, während ich den Inhalt ihrer Worte verdaute.

»Voll und ganz«, sagte ich schließlich. »Danke, das klingt perfekt.«

Wieder einmal war es, als würde mir ein unsichtbares Gewicht von den Schultern genommen. Endlich versuchte jemand, mir zu helfen, anstatt mir noch mehr Hindernisse in den Weg zu legen.

Ich hörte aufmerksam zu, während sie mir den Ablauf der kommenden Sitzungen schilderte.

»Es ist besser, wenn Sie Evie nicht mehr nach der Schule fragen«, fuhr Harriet fort. »Wir können ihr sagen, dass sie für einen besonderen Nachmittagsclub ausgewählt wurde, was ja auch stimmt, und darauf hoffen, dass die Situation sich in der kommenden Woche verbessert.«

Diese Frau schien meine Tochter wirklich zu verstehen. Innerhalb von nur einer Woche hatte sie Evies Unwohlsein im Unterricht bemerkt und bereits einen Schlachtplan entworfen. Ich spürte, wie mich eine Welle der Dankbarkeit überrollte.

»Vielen, vielen Dank für Ihre Hilfe. Bei uns zu Hause ist gerade alles etwas schwierig und ich weiß es wirklich zu schätzen ...« Meine Stimme brach.

»Sie müssen nichts weiter sagen. Ich verstehe schon, Mrs. Cotter«, antwortete Harriet tröstend. »Ich melde mich nochmal wegen der Tage, an denen Sie Evie etwas später abholen können.«

»Ich werde es meiner Mutter ausrichten«, sagte ich.

»Wie bitte?«

Ich schwieg. Für einen Moment konnte ich mich nicht erinnern, worüber wir gerade gesprochen hatten.

»Mrs. Cotter?«

Es fiel mir wieder ein.

»Genau, ich bringe Evie morgens immer zur Schule, aber ihre Nanny holt sie nachmittags ab«, erklärte ich. »Ich arbeite bis fünf, verstehen Sie.«

»Ich verstehe«, entgegnete Harriet knapp. »Vielleicht

könnten Sie eine andere Schicht übernehmen? Es ist sehr wichtig, dass wir in dieser Sache zusammenarbeiten.«

»Ja, natürlich«, sagte ich schnell, und blitzartig überkamen mich wieder Schuldgefühle. »Ich werde auf der Arbeit nachfragen. Aber ich habe dort gerade erst angefangen, also muss meine Mutter wahrscheinlich fürs Erste das Abholen übernehmen.«

Nachdem Harriet das Gespräch beendet hatte, war ich beschämt und nervös. Sie hatte mir dasselbe Gefühl vermittelt wie Mum: als würde ich beim Thema Arbeit egoistische Entscheidungen treffen, die sich negativ auf meine Tochter auswirkten. Ich hätte ihr raten sollen, sich um ihren eigenen Kram zu kümmern.

Ich schüttelte den Kopf, um das Gefühl zu verscheuchen. Zumindest versuchte Harriet Watson, mir zu helfen. Obwohl wir grundverschieden waren, spürte ich irgendwie, dass sie mich verstand. Dass sie wusste, wie ich mich fühlte.

36

DREI JAHRE ZUVOR
DIE LEHRERIN

Harriet stellte das Telefon zurück auf die Ladestation. Als sie sich umdrehte, fiel ihr Blick auf ihre Mutter im Türrahmen.

»Wann?«, krächzte die alte Frau und humpelte hinüber zum Tisch, an dem Harriet saß. »Wann wirst du dich endlich darum kümmern?«

»Bald«, antwortete Harriet. »Ich habe es dir doch schon tausendmal gesagt, Mutter. Bald wird alles in Ordnung kommen.«

»Das hoffe ich für dich. Ich habe schon zu lang gewartet, auf dich und deine erbärmlichen Versprechungen gehört. Sie braucht uns.«

Harriet beobachtete ihre Mutter, die wieder kehrtmachte und langsam in Richtung Treppe humpelte. In wenigen Wochen war Halloween. Von hinten ähnelte die alte Frau mit ihrem beinahe durchsichtigen, über dem Schädel zu einem Dutt gesteckten Haaren und dem Leinennachthemd, das den Eindruck erweckte, sie würde über den Fußboden schweben, einer Art Ghul.

Nicht mehr lange, dann würde Harriet sich hinaufschleichen und im Zimmer im obersten Stock die letzten Vorkehrungen treffen. Es war nicht richtig, doch ihre Mutter hatte es sich in den Kopf gesetzt und Harriet wusste nur zu gut, dass nichts sie von ihrer Entscheidung abbringen konnte.

Harriet lauschte, wartete, bis das Geräusch des Treppenlifts verstummt war und sie die Schritte ihrer Mutter auf dem Treppenabsatz hörte. Die Schlafzimmertür wurde geöffnet und wieder geschlossen.

Stille.

Dann knallte draußen jemand eine Mülltonne zu. Eine Gruppe junger Studentinnen spazierte am Fenster vorbei, lachend und strotzend vor Selbstbewusstsein, wie Harriet selbst es nie gewesen war.

In ruhigen Momenten fragte sie sich manchmal, was die Zukunft wohl für sie bereithielt. Wenn ihre Mutter nicht mehr da war und sie allein in diesem großen, alten, zerfallenden Haus zurückblieb — was dann?

Sie sehnte sich nach einem Neuanfang, einer eigenen Familie. Insbesondere nach einem Kind, dem sie die Liebe und Zuwendung schenken konnte, die sie zwar nie selbst erfahren, aber bei anderen Familien miterlebt hatte.

Es war einfach nicht fair, dass es da draußen Menschen gab, die alles hatten und sich dessen nicht einmal bewusst waren. Diese Menschen verdienten es, dass man ihnen etwas Wertvolles wegnahm und es jemandem gab, der sich darum kümmern, es hegen und pflegen würde.

Jemandem wie Harriet.

37

DREI JAHRE ZUVOR
EVIE

Evie lag wach im Bett und starrte an die Decke. Das neue Nachtlicht mit den Sternen, das Nanny ihr zum Geburtstag geschenkt hatte, sollte die Angst vor der Dunkelheit lindern. Das hatte zumindest auf der Verpackung gestanden. Aber im neuen Zimmer war es egal, ob es eingeschaltet war oder nicht.

Trotz Mummys Alter war sie genauso früh ins Bett gegangen wie Evie, weil sie sooo müde war. Das hatte sie gesagt. Evie hatte bemerkt, dass ihre Augen wieder so komisch vor sich hinstarrten.

Mummy schlief schon. Evie erkannte es an ihrem Atem, den sie durch die geöffneten Türen hören konnte. Manchmal weckte Mummy sie nachts mit einem Schrei, aber wenn Evie dann in ihr Schlafzimmer kam, schlief sie noch. Und wenn sie sich dann auf Mummys Bettkante setzte, wachte sie auf und fragte: »Hattest du einen Alptraum, Süße?« Und Evie antwortete: »Nein, du«, und Mummy gab zurück: »Ah, du hattest einen Alptraum von Mummy?«

Evie wusste nicht genau, wie sie es erklären sollte, und nachts war sie immer so schrecklich schläfrig, also ging sie meistens einfach wieder zurück in ihr eigenes Bett.

Tiefe, langsame Atemzüge wie jetzt bedeuteten, dass Mummy fest schlief.

Sie würde es nicht bemerken, wenn Evie aus dem Bett schlüpfte und nach unten ging, um sich noch einen Keks oder ein Glas Saft zu holen. Das machte sie manchmal, obwohl sie vor dem Schlafengehen nur ein Glas trinken durfte, weil Mummy meinte, dass sie sonst die ganze Nacht Pipi müsste.

Die Dunkelheit war dicht und schwer, als hätte sie sich ihr Deckchen über den Kopf geworfen. Anders als im alten Hause gab es draußen keine Straßenlaternen, die in ihr Zimmer schienen.

Sie versuchte, sich auf die kleinen Sterne zu konzentrieren, die an der Decke klebten, doch sie sahen stumpf aus, nicht hell und glitzernd wie in ihrem alten Zimmer. Evie fragte sich manchmal, ob Daddy von oben, von da, wo die echten Sterne am Nachthimmel klebten, auf sie runterschaute, wenn sie schlief. Nanny sagte, das tat er bestimmt.

»Aber woher weißt du das?«, hatte Evie sie mehr als einmal gefragt.

»Ich habe nicht den geringsten Zweifel daran, dass dein Daddy *immer* auf dich aufpasst, mein Schatz. Tag und Nacht.« Das war alles, was Nanny geantwortet hatte.

Manchmal machte Evie sich wegen Daddys ständigem Aufpassen auch Sorgen. Zum Beispiel, wenn sie vor dem Abendbrot einen Keks stibitzte, oder das eine Mal, als sie Nannys Kater Igor zwei Leckerlis anstatt einem gegeben hatte, obwohl Nanny meinte, er würde davon Durchfall bekommen. Evie wollte ihren Daddy auf keinen Fall enttäuschen.

Sie mochte dieses stickige neue Haus und seine nächtliche Stille nicht. Es war, als wäre alles darin tot.

Im alten Haus hatte es knarrende Rohre und tröstenden Verkehrslärm von der nahen Hauptstraße gegeben. Dort hatte sie sich nie allein gefühlt. Manchmal, wenn sie mit ihren Legosteinen spielte, stellte Evie sich vor, dass Daddy noch da war.

Dass er hinter ihr in seinem Sessel saß und Sky Sports schaute oder in seiner Radsportzeitschrift blätterte.

Sie würde nicht weinen. Das würde sie nicht.

Weinen war was für kleine Babys, das hatten die anderen Kinder in der Schule gesagt.

Evie erinnerte sich verschwommen, wie sie einmal mit Mummy und Daddy in einer Pizzeria gegessen hatte. Manchmal war Daddy auch mit ihr schwimmen gegangen, damit Mummy in Ruhe lesen konnte.

Das alles hatte natürlich nach dem Unfall aufgehört. Und jetzt würde Daddy nie mehr nach Hause kommen.

Am Anfang hatte Nanny ihr versprochen, dass Daddy sich im Af-gan-stan-Krankenhaus erholen und wieder »wie neu« werden würde, aber das hatte er nicht.

Dann hatte Nanny aufgehört, solche Sachen zu sagen, und dann ... dann hatte Mummy Evie erzählt, dass Daddy jetzt bei den Engeln war. Es war alles sehr schnell gegangen.

Nanny und Mummy hatten immer betont, dass sie noch einmal mit der netten Frau im Krankenhaus über Daddys Unfall sprechen könnte. Wenn sie wollte, hatten sie gesagt, könnte sie auch mit *ihnen* über ihre Gefühle und die ganzen Veränderungen reden. Aber Evie wollte nicht.

Sie redete nicht gerne mit anderen über Dinge, die sie traurig machten. Sie hatte in der neuen Klasse noch keine Freunde gefunden und sie mochte es nicht, wenn Miss Watson sie in dieser abscheulichen Kleingruppe ausfragte.

Miss Watson sagte zu Evie, sie wolle, dass alle sie kennenlernten, weil sie neu in der Gegend war. Sie sagte außerdem, dass Evie zu Hause brav sein müsse, für ihre Mummy. Doch Miss Watsons Fragen machten, dass Evie sich ganz komisch fühlte. Als wäre ihr kleines rosa Herz plattgebügelt worden und würde jetzt wie ein gräulicher Pfannkuchen in ihrem Brustkorb baumeln.

Es war wirklich schwer, den Erwachsenen das alles zu

erklären, also hatte Evie entschieden, lieber zu schweigen. Als sie heute von der Schule nach Hause gekommen waren und Evie einen Wutanfall bekommen hatte, hatte Mummy sie angeschaut, als wäre sie irgendwie enttäuscht.

Evie hatte das alles nicht kommen sehen. Sie hatte nicht gewusst, dass Daddy von dieser Klippe fallen und in viele kleine Teile zerspringen würde. In ihrer alten Schule war in der Pause mal jemand auf Arthur Chapmans Action Man getreten. Miss Bert musste ihn in den Müll werfen, weil man ihn einfach nicht mehr reparieren konnte.

Als es heute zum Schulschluss geklingelt hatte, war sie so glücklich gewesen, dass Freitag war. Zwei Tage ohne die blöde Schule. Doch dann hatte Mummy in der Küche telefoniert und war danach übertrieben fröhlich gewesen. Sie hatte ihr strahlendes Lächeln aufgesetzt, was sie immer dann tat, wenn sie Evie dazu bringen wollte, sich für etwas zu begeistern, das eigentlich nicht besonders toll war.

Sie hatte Evie erzählt, sie wäre in einen speziellen Nachmittagsclub aufgenommen worden, wo sie und Miss Watson *ganz allein* sein würden.

»Alles wird gut.« Mummy hatte ihre Hand ein wenig zu fest gedrückt und sie mit verschleiertem Blick angeschaut, als hätte sie Schwierigkeiten, Evie richtig zu sehen. »Miss Watson glaubt an dich, Evie. Sie will dir helfen, dich einzuleben.«

Evie würde sich niemals einleben. Nicht hier in diesem Haus und auch nicht in der St. Saviour's Primary.

Das wusste sie einfach.

38

GEGENWART
QUEEN'S MEDICAL CENTRE

Im Zimmer ist es vollkommen ruhig, aber irgendetwas ist anders. Wer auch immer gerade leise die Tür geöffnet und wieder geschlossen hat, ist noch hier. Ich kann die Gegenwart eines anderen Menschen spüren.

Für einen langen Moment herrscht Stille, in der die Wände scheinbar immer näherkommen. Mir fällt das Atmen schwer. Das heißt, es würde mir schwerfallen, wenn ich selbstständig atmen müsste.

Als sie spricht, klingt ihre Stimme rauer als in meiner Erinnerung.

»Ich habe gehört, was mit dir passiert ist, aber ich musste es einfach mit eigenen Augen sehen.«

Ich höre sie ein paar Schritte von der Tür auf mich zu machen. Sie bewegt sich beinahe lautlos, aber ich nehme das schwache Quietschen weicher Sohlen auf dem harten Fußboden wahr. Mein Hörsinn ist geschärft. Es ist, als würde mein Körper versuchen, die Tatsache auszugleichen, dass beinahe alle restlichen Funktionen durch den Schlaganfall ausgeschaltet wurden. Oder was auch immer es für ein Leiden ist, das mich seither lähmt.

Ich höre ein leises Einatmen. Es verrät mir, dass sie jetzt ein wenig näher am Bett steht. Doch ich kann sie immer noch nicht sehen.

»Das mit Evie ist deine Schuld.« Ihre Stimme klingt einigermaßen gefasst, doch da ist auch ein leichtes Schwanken, eine besorgniserregende Unausgeglichenheit.

Es stimmt. Es ist meine Schuld, dass Evie mir weggenommen wurde. Das muss *sie* mir aber nicht erzählen. Sie ist nämlich selbst nicht gerade unschuldig. Ich hätte niemals auf ihre vergifteten Worte hören sollen.

Mein Herz schlägt heftig und ich spüre, wie mir übel wird, was noch schlimmer ist. Wenn ich meine Flüssignahrung erbreche, könnte ich daran ersticken, bevor eine Krankenschwester kommt.

Ich höre wieder das leise Quietschen. Sie bewegt sich, bleibt aber absichtlich nahe bei der Wand, damit ich sie nicht sehen kann.

Mit einem letzten Schritt tritt sie in mein Sichtfeld.

Ein verschwommener Umriss undefinierbarer Farben zu meiner Rechten, etwas entfernt auf Höhe meines Kopfes.

Wenn ich doch nur die Augen bewegen könnte, ein winziges Stück nach rechts ...

»Die Ärzte haben gesagt, du kannst dich nicht bewegen, nicht mal einen Millimeter«, flüstert sie. »Sie sagen, niemand weiß, ob du etwas hörst oder siehst, aber ich werde dir trotzdem ein paar Dinge erzählen.« Sie macht einen weiteren leisen Schritt auf mich zu. »Außerdem will ich dir was zeigen.«

Mir gefällt die Art nicht, wie sie das sagt.

Energisch schüttele ich den Kopf und strecke die Finger meiner linken Hand aus, bis sie schmerzen, recke sie in Richtung der Notfallleine, die nur Zentimeter entfernt von der Decke herunterhängt.

Ich schreie nach der Krankenschwester, damit sie kommt und mir hilft. Damit *sie* verschwindet.

Doch in der echten Welt bleibe ich natürlich vollkommen regungslos.

In der Stille, die ihren Worten folgt, gibt es für mich nur noch das Ticken der Uhr, das Pfeifen des Beatmungsgeräts und die unangenehm dicke Luft, die sich wie ein giftiger Ganzkörperanzug auf meine Haut legt.

Ich frage mich, wie sie an den Krankenschwestern vorbeigekommen ist. Kontrollieren sie überhaupt, wer hier ein und ausgeht? Drei oder vier Mal am Tag kommt jemand vom Personal und überprüft meine Geräte. Außerdem schauen Dr. Shaw und Dr. Chance regelmäßig nach mir.

Die Reinigungskraft ist heute Morgen schon früh gekommen, hat flüchtig unter dem Bett gewischt und den beißenden Geruch von Desinfektionsmittel hinterlassen, der mir in der Kehle brennt. Später wird noch einmal jemand zum Putzen kommen.

Niemand nimmt sich die Zeit, mich wirklich anzuschauen. Niemand redet mit mir. Außer der netten Krankenschwester.

Und jetzt bin ich allein mit einer Frau, von der ich dachte, ich würde sie nie wiedersehen. Einer Frau, von der ich gehofft hatte, dass sie und ich niemals mehr dieselbe Luft einatmen würden.

Evie, flüstere ich.

»Denkst du manchmal noch an Evie? Daran, was du getan hast?«

Jeden Tag. Jeden einzelnen Tag denke ich an sie.

»Du hattest genau eine Aufgabe, und zwar, dich um sie zu kümmern.« Der schemenhafte Umriss kommt näher. »Lachhaft, wie du auch nur für einen Augenblick glauben konntest, du hättest sie verdient. Sie wurde dir nicht einfach weggenommen. Du hast sie im Stich gelassen.«

Ich habe sie nicht im Stich gelassen, schreie ich. *Sie wurde mir weggenommen. Jemand hat mir Evie weggenommen.*

Und dann steht sie plötzlich ganz nah neben dem Bett, das

Gesicht über meinem, direkt vor meinen Augen. Sie starrt auf mich hinab, ihr Ausdruck eine schreckliche Grimasse irgendwo zwischen Hass und Wut.

Dann greift sie hinter sich und wedelt mit einer Hand vor meinem Gesicht herum. Für einen Moment denke ich, sie wolle mich schlagen, doch dann fällt mir etwas Weißes, Quadratisches zwischen ihren Fingern auf.

Sie dreht das papierartige Etwas um und hält es vor mich. Es ist ein Foto von Evie. Ihr schönes Gesicht ist älter; die Augen, azurblau wie der Ozean, sehen traurig aus. Das erdbeerförmige Muttermal auf ihrem Hals ist halb verdeckt.

Es ist drei Jahre her, dass ich sie zuletzt gesehen habe. Damals war sie fünf Jahre alt. Auf diesem Foto muss sie ungefähr acht sein.

Von meiner Magengrube aus bahnt sich eine mir unbekannte Kraft den Weg nach oben. Ich spüre, wie sie drängend durch meinen Körper strömt, durch meine Brust, meinen Hals, und sich schließlich schlagartig in meinem Kopf ausbreitet wie flüssiger Sprengstoff.

Und ich blinzle.

Ich blinzle wirklich.

Ihr Gesicht über mir erstarrt, bevor ihre Züge entgleisen. Sie macht einen erschrockenen Schritt von mir weg.

»Sie haben gesagt, dass du dich nicht bewegen kannst, sie haben gesagt ...«

Ihre Stimme versagt und sie kommt wieder einen Schritt näher. Drohend schiebt sich ihr Gesicht vor meins. Vielleicht hat sie sich alles nur eingebildet. Jetzt will sie sichergehen.

Ich habe wirklich geblinzelt. Aber als ich es nochmal versuche, passiert nichts.

Ich kneife die Augenlider zusammen oder versuche es zumindest. Doch sie sind wie festgeklebt und bleiben weit aufgerissen. Wieder einmal findet die Bewegung nur in meinem Kopf statt.

Ich blinzle immer wieder, schnell und heftig.

Nichts passiert.

Ich weiß nicht, was ich davor anders gemacht habe. Ich weiß nicht, wie ich nochmal blinzeln kann.

Die Tür geht auf. Sie atmet scharf ein und dreht sich um.

»Miss McGovern?«, höre ich Dr. Chance sagen. »Die Krankenschwestern meinten, Sie seien hier.«

Mein Herz schlägt so schnell, als wolle es mir aus der Brust springen.

Sag's ihm!, schreie ich laut. *Sag ihm, dass ich gerade geblinzelt habe.*

»Ja«, sagt sie und kehrt mir den Rücken zu. »Freut mich, Sie kennenzulernen.«

»Ich nehme an, man hat mit Ihnen über den Zustand Ihrer Schwester gesprochen?«

Ich habe keine Schwester.

»J-ja.« Ihre Stimme bricht. Es ist wirklich eine überzeugende Performance, die sie da abliefert.

»Wir machen uns große Sorgen, weil wir bisher noch keine Bewegung feststellen konnten. Ihre Schwester kann weder selbstständig atmen noch schlucken. Wir werden«, er hält kurz inne, »ein paar wichtige Entscheidungen treffen müssen, und das schon sehr bald, fürchte ich.«

Sag ihm, dass ich geblinzelt habe. Bitte sag's ihm.

»Natürlich, ich verstehe. Es ist so schrecklich«, sagt sie. Ich höre ein Schniefen und das Rascheln eines Taschentuchs, das aufgefaltet wird.

»Ich habe gerade mit ihr gesprochen und sie dabei die ganze Zeit angeschaut. Da war einfach nichts, nicht die kleinste Reaktion. Ich spüre ihre Anwesenheit nicht mehr. Es ist, als ob sie gar nicht da wäre.«

»Ja«, sagt Dr. Chance sanft. »Vielleicht ist es leichter, es so zu sehen.«

Ich bin hier!, brülle ich. *Ich bin noch hier.*

»Kommen Sie doch mit in mein Büro, Miss McGovern. Dort können wir uns in Ruhe unterhalten. Meine Kollegin Dr. Shaw wird sich uns eventuell anschließen.«

Die Tür wird geöffnet. Und fällt wieder ins Schloss.

Ich bin wieder allein.

Im Zimmer ist es vollkommen still, bis auf das Ticken der Uhr und die Geräusche des Beatmungsgeräts, die ich kaum mehr wahrnehme.

Das Licht wird schwächer. Die Sonne ist weitergewandert und scheint jetzt von der anderen Seite aufs Gebäude; mein Zimmer wirkt klinisch kühl.

Verschwommene Blätter bewegen sich vor dem Fenster hin und her, während der Wind zunimmt und die Äste von außen gegen die Glasscheibe weht. Mein Gesicht würden sie zerkratzen, doch vom Bett aus klingt die Berührung leise und sanft. Wie Evies Atemzüge bei Nacht.

Ich starre an die weiß glänzende Decke, die ich nur verschwommen sehe, und versuche erneut, zu blinzeln. Nichts. Die bedrohliche Fülle in meinem Kopf ist verschwunden. Jetzt fühle ich mich vollkommen leer, leblos.

Ich projiziere die Fotografie der älteren Evie an die Decke über mir. Sie hat nur für wenige Sekunden vor meinen Augen gehangen, doch das war lang genug. Jetzt habe ich sie in meinem Kopf abgespeichert. Innerlich beschwöre ich Evies zarte, volle Wangen und das weiche Schimmern ihrer Haare herauf, die sich über die Schultern des rotgemusterten Kleids mit dem weißen Spitzenkragen ergießen. Ihre niemals versiegenden Tränen, die die Kamera ebenfalls eingefangen hat, blende ich aus.

Ich versuche, die Angst und Trauer in ihren Augen zu vergessen, aber oft sind sie das Einzige, woran ich denken kann.

Im Stillen wiederhole ich *ihre* schneidenden Worte: »Du hattest genau eine Aufgabe, und zwar, dich um sie zu kümmern.«

Ich weiß, dass ich für das, was mit Evie geschehen ist, verantwortlich bin.

Es war alles meine Schuld.

39

DREI JAHRE ZUVOR

DIE LEHRERIN

Harriet Watson hegte bereits seit einiger Zeit einen Verdacht bezüglich Evie Cotters Mutter. Jetzt war sie überzeugt davon, richtig zu liegen.

Schon bei ihrem Besuch war Harriet Mrs. Cotters sichtliche Schläfrigkeit aufgefallen. Während des Gesprächs in der Küche hatte es hier und da kurze Unterbrechungen gegeben, Momente der Stille, in denen ihre Gesprächspartnerin verwirrt und abgelenkt gewirkt hatte.

Vielleicht hatten die offenen Rechnungen und überzogenen Kreditkarten etwas damit zu tun. Toni hatte die vertraulichen Unterlagen beiseitegeschoben, sobald sie bemerkt hatte, dass sie noch auf dem Tisch lagen, aber zu spät: Harriet hatte alles Wichtige gesehen.

Trotz allem war Harriet sich nicht vollkommen sicher gewesen, was Toni Cotters Abhängigkeit betraf.

Aber heute am Telefon hatte sie ganz eindeutig gelallt. Es war so auffällig gewesen, dass Harriet kurz innegehalten und auf eine Erklärung gewartet hatte, warum Toni das Sprechen solche Schwierigkeiten bereitete.

Es hatte keine Erklärung gegeben. Toni war einfach ebenfalls verstummt, bis Harriet wieder das Wort ergriffen hatte. Ihr selbst war offensichtlich nicht bewusst gewesen, wie sie klang. Im weiteren Verlauf des Gesprächs war Toni emotional geworden. Irgendwann hatte sie beinahe angefangen, zu weinen, also hatte Harriet das Gespräch hastig beendet.

Sie stellte das Telefon zurück auf die Ladestation und setzte sich auf einen der Hocker am Esstisch. Während sie aus dem Küchenfenster schaute, fiel ihr Blick auf den feuchten, fauligen Zaun des Nachbargrundstücks.

Aus diesem Winkel konnte sie die beiden Socken sehen, die seit Monaten darüber hingen, Tag und Nacht, bei jedem Wetter. Die Baumwolle löste sich bereits auf; bald würde nichts mehr davon übrig sein.

Vor über fünfzehn Jahren war das Haus nebenan in eine Studierendenunterkunft umgewandelt worden, bestehend aus vier separaten Apartments, einer Gemeinschaftsküche und einem Aufenthaltsraum. Harriet erinnerte sich noch gut daran, wie es davor gewesen war, als Mr. und Mrs. Merchant dort gewohnt und alles immer tipptopp in Stand gehalten hatten. Damals wurde der Zaun noch regelmäßig mit Kreosot eingerieben und es gab keine Spur von den ungepflegten, unkrautverseuchten Beeten, aus denen sich der Löwenzahn mittlerweile bis auf den schmalen Gehweg erstreckte.

Haus und Garten in Ordnung zu halten, schien heutzutage für viele so etwas wie ein altmodisches Hobby zu sein, dachte sie. Selbst dieser Schuhkarton von einem Haus, in den die Cotters gezogen waren, hatte einen Frühjahrsputz bitter nötig.

Falls sie mit ihrer Vermutung richtig lag, war Toni nicht in der Lage, ihrer Tochter ein sicheres und stabiles Zuhause zu bieten.

Harriet starrte weiter durch die regennasse Fensterscheibe, doch sie nahm die Außenwelt schon nicht mehr wahr. Ihr Geist hatte sich anderen Problemen zugewandt. Was machte die kleine Evie, wenn ihre Mutter im Drogenrausch vor sich hindämmerte? Welcher Arzt hatte einer offensichtlich gesunden jungen Frau die Beruhigungstabletten so bereitwillig verschrieben, als wären es Smarties?

Harriet war sich ihrer Verantwortung bewusst, und da sie bereits entschieden hatte, Evie Cotter unter ihre Fittiche zu nehmen, würde sie angesichts des Verhaltens der Mutter kein Auge zudrücken können. Anscheinend handelte es sich bei den beiden um die Art Eltern-Kind-Konstellation, bei der die Mutter ebenso sehr auf Harriets Unterstützung angewiesen war wie ihre Tochter.

Harriet würde herauszufinden, was genau sich hinter der Tür des Muriel Crescent Nummer 22 abspielte.

Vermutlich würde sie dabei einen schweren Fall von Vernachlässigung aufdecken.

40

DREI JAHRE ZUVOR

TONI

Ich sprach den ganzen Samstag nicht mit Mum. Sie rief an, als ich gerade oben war. Evie hob ab und sprach kurz mit ihr. Sorgen machte ich mir deswegen nicht; manchmal brauchte sie einfach ihre Zeit, um sich abzuregen.

Ich wollte mich nicht den gesamten Vormittag im Selbstmitleid suhlen, als beschloss ich, mit Evie nach Hucknall zu fahren.

»Kann ich deine Arbeit sehen, Mummy?«, fragte Evie aufgeregt. Es war schön, sie zur Abwechslung einmal lächeln zu sehen.

»Auf jeden Fall, Süße«, antwortete ich. »Und du kannst Mummys Arbeitskollegen kennenlernen.«

In Hucknall befand sich nicht nur die Grabstätte des großen Dichters Lord Byron, sondern auch eine hübsche Einkaufsmeile. Früher war Hucknall, auch wenn es viel kleiner war als Nottingham, ein florierendes Handelszentrum gewesen, und die Läden, die ich dort bisher gesehen hatte, gefielen mir besser als die in Bulwell. Ein morgendlicher Ausflug war die perfekte Möglichkeit, Evie zu beschäftigen und gleichzeitig ein paar Besorgungen zu machen.

Ich parkte in derselben Seitenstraße wie immer und ging Hand in Hand mit Evie in Richtung Stadtzentrum. Evie steckte voller Fragen und Energie und unterhielt sich aufmerksam und wortgewandt mit mir. Ich war so stolz auf meine Tochter. Das war die Evie, die ich von früher kannte. Glücklich und lebhaft. Und es war kein Zufall, dass diese glückliche, lebhafte Evie just am Wochenende zum Vorschein kam, wenn die Schule in weiter Ferne lag.

Wir bummelten die geschäftige Hauptstraße entlang. Hin und wieder blies uns ein kühler Wind ins Gesicht, aber er war nicht unangenehm. Das Wetter erinnerte mich höchstens daran, dass bald Weihnachten war, und diese Tatsache wiederum bedeutete wie immer Weihnachten ohne Andrew.

Zum ersten Mal seit Langem dachte ich darüber nach, ob ich die Feiertage für Evie und mich diesmal ein wenig netter gestalten sollte als in den vergangenen Jahren. Der Umzug und das bisschen Extrageld, das mir der neue Job einbrachte, würden dabei helfen. Wir sollten das Beste aus der Situation machen und dankbar für das sein, was wir hatten, statt nur zu betrauern, was uns genommen worden war.

In einigen Schaufenstern waren bereits Halloweenkostüme ausgestellt, obwohl das Fest noch Wochen entfernt lag. Evie entdeckte im Fenster eines Grußkartenladens ein Hexenkostüm und war davon so begeistert, dass ich mir vornahm, es ihr von meinem ersten Gehalt zu kaufen.

Es würde definitiv mehr kosten als der Hut und der Besen, die ich bei Poundworld hatte besorgen wollen, doch zur Hölle damit. Das war doch genau der Grund, weshalb ich den Job überhaupt angenommen hatte.

Erst, als Gregory's in Sichtweite kam, kam mir der Gedanke, dass Bryony, falls sie heute arbeitete, von unserem Besuch möglicherweise nicht gerade begeistert sein würde. Als ich sie das letzte Mal gesehen hatte, war sie an mir vorbeigerauscht und hatte Drohungen ausgestoßen, die, wie ich hoffte, nur ein spontaner Ausdruck ihrer Wut und nicht ernstgemeint gewesen waren.

Dennoch zog sich mir beim Gedanken daran der Magen zusammen, und ich war froh, noch kein Frühstück gegessen zu haben. Als ich die Tür zum Geschäft aufstieß, sah ich mich meinem wahrgewordenen Alptraum gegenüber. Alle — Dale, Bryony und Jo — waren da. Bei unserem Eintreten drehten sie sich zu uns um.

»Wir wollten nur kurz Hallo sagen«, verkündete ich lässig. Die Tür hinter mir ließ ich angelehnt, damit Bryony wusste, dass wir uns gleich wieder aus dem Staub machen würden. »Ich hoffe, wir stören nicht.«

Bryony wirkte irgendwie überrannt. Ihr Blick fiel sofort auf Evie und sie kam zu uns herübergeeilt.

»Hallo, Evie. Ich bin Bryony.« Sie hielt Evie die Hand hin und stolz sah ich zu, wie meine Tochter sie selbstbewusst schüttelte. »Ich habe ein Foto von dir auf dem Schreibtisch von deiner Mummy gesehen, aber in echt bist du ja noch viel hübscher.«

Evie linste zur gerahmten Fotografie auf meinem Tisch und konnte sich ein breites Grinsen nicht verkneifen. Sie liebte Komplimente.

Mir fiel beinahe die Kinnlade herunter. Ich hatte noch nie jemanden gesehen, auf den das Attribut »gespaltene Persönlichkeit« so gut zutraf wie auf Bryony. Der feuerspeiende Drache war verschwunden und an seine Stelle war diese liebe, freundliche Frau getreten, in deren Gegenwart sich Evie sichtlich wohlfühlte.

»Hallo, Evie.« Dave lächelte. »Hilfst du uns heute etwa beim Häuser Verkaufen?«

Evie schüttelte ernst den Kopf. »Ich wollte nur Mummys Arbeitsfreunde kennenlernen.«

»Ah, ich verstehe«, sagte Dale und zwinkerte mir zu. In seinen schwarzen Jeans und dem gestreiften Poloshirt sah er viel lässiger aus als sonst. Anscheinend hatte er heute keine Besichtigungstermine, obwohl ich dachte, ich hätte im Kalender irgendetwas in der Art gesehen.

»Wollt ihr was trinken?« Jo stand auf und kam zu uns herüber. Ich bekam ein schlechtes Gewissen, weil wir sie bisher ignoriert hatten. »Evie, ich bin Jo. Möchtest du vielleicht einen Orangensaft und einen Keks dazu?«

Evie sah mich an und ich nickte.

»Ja, bitte«, sagte sie.

Jo streckte die Hand aus. »Komm mit und guck dir an, was wir dahaben. Dann kannst du dir eine Sorte aussuchen.«

Zu meiner Überraschung ergriff Evie Jos Hand und verschwand ohne das geringste Anzeichen von Schüchternheit mit ihr im Flur.

»Toni, sie ist bezaubernd«, flötete Bryony. »Ich habe keine Ahnung, wie Sie es zur Arbeit schaffen. An Ihrer Stelle würde ich nicht von ihrer Seite weichen.«

»Naja, sie geht jetzt zur Schule«, sagte ich, unsicher, ob das ein Vorwurf sein sollte. »Darum passt mir der Job ziemlich gut.«

»Ich würde sie keine Sekunde aus den Augen lassen«, sagte Bryony dramatisch. »Den kleinen Engel. Ich könnte sie auffressen!«

Fünf Minuten später kam Evie zurück. Auf den Händen balancierte sie vorsichtig einen Teller mit verschiedenen Kekssorten.

»Das machst du aber ganz ausgezeichnet«, lobte Bryony sie.

»Mummy, Jo hat in der Küche Fotos von mir gemacht.«

»Oh, du kleine Spielverderberin.« Grinsend tauchte Jo hinter ihr auf. Sie trug ein Tablett mit Getränken. »Das sollte doch eine Überraschung sein, weißt du nicht mehr?«

Verwirrt runzelte ich die Stirn.

»Wir wollten dich Montag mit einem Bildschirmschoner von Evie überraschen.« Jo verdrehte die Augen. »Aber jetzt hat sie sich verquatscht.«

»Ooh, kann ich auch einen Evie-Bildschirmschoner haben?«, strahlte Bryony.

Ich grinste und stieß Evie an, doch sie erwiderte mein Lächeln nicht.

Blieb nur zu hoffen, dass sich nicht einer ihrer Wutanfälle anbahnte. In letzter Zeit schien sie dafür keinerlei Auslöser zu brauchen.

41

DREI JAHRE ZUVOR

TONI

Sonntag früh um zehn klingelte es an der Tür. Es war Mum, um wie vereinbart mit Evie in den Park zu gehen.

»Möchtest du noch eine Tasse Tee?«, fragte ich, während sie Evie von der Türschwelle aus daran erinnerte, ihre Jacke mitzunehmen.

Es war keine sonderlich herzliche Einladung, zugegeben.

»Nein, wir machen uns lieber gleich auf den Weg«, antwortete sie in dem leicht vorwurfsvollen Ton, den sie gerne benutzte, wenn ich etwas falsch gemacht hatte und sie sich weigerte, es anzusprechen.

»Was ist los?«, fragte ich. Ich hatte keine Lust, so zu tun, als wäre alles in Ordnung. »In letzter Zeit habe ich das Gefühl, ständig das Falsche zu sagen.«

Sie schenkte mir ein trauriges Lächeln und schüttelte den Kopf.

»Weißt du, Toni, ich würde wirklich gern in deiner Welt leben. Wo du an nichts die Schuld trägst und die Bedürfnisse anderer Menschen anscheinend keine Bedeutung haben.«

Ich wusste wirklich nicht, worauf sie hinauswollte.

»Wie auch immer, es geht hier nicht um mich.« Sie blickte

finster drein und deutete diskret mit dem Kopf in Richtung Evie.

»Es geht ihr gut«, seufzte ich. »Oder zumindest wird es das wieder, wenn du endlich aufhörst, ihr irgendwelche Komplexe einzureden.«

»Sie zieht sich zurück.« Mums Miene verfinsterte sich. »Sie ist nervös und viel stiller als sonst, Toni. Das ist dir doch sicher aufgefallen, oder?«

Es war, als hätte sich ein Teil von mir selbstständig gemacht. Der Teil, der Mum gerne zum Schweigen bringen wollte.

»Mach dich nicht lächerlich«, sagte ich scharf. »Es ist alles in Ordnung mit ihr. Viele Kinder haben am Anfang Schwierigkeiten, sich in einer neuen Schule einzugewöhnen.«

»Ich rede hier nicht nur von der Schule«, sagte Mum leise. »Sie schläft nicht mehr richtig, sie hat abgenommen. Sieh sie dir doch nur an.«

Evie warf ihre dünne Jacke über und strahlte mich an. »Tschüss, Mummy«, zwitscherte sie. »Bis später.«

Für mich sah sie eindeutig nicht so aus, als wäre irgendetwas verkehrt mit ihr.

»Na schön«, sagte ich. »Wir können ja nachher nochmal darüber reden.«

Doch ich hatte nicht die Absicht, mich an meine Worte zu halten.

Schnell beugte ich mich vor und gab Evie einen Kuss auf den Scheitel. »Bis dann, Süße. Viel Spaß.«

Mum nahm sie an die Hand und ich machte Anstalten, die Tür hinter den beiden zu schließen.

»Vielleicht könntest du dieses Chaos beseitigen, solange wir unterwegs sind«, sagte Mum mit einem Blick in die Ecke. Ich versuchte, herauszufinden, was sie meinte, doch der Sessel versperrte mir die Sicht. »Ich bringe Evie heute Nachmittag zurück.«

Und weg waren sie.

Ich ließ die Haustür ins Schloss fallen, lehnte mich an die Wand und schloss die Augen. Endlich Ruhe. Ein paar Stunden ohne Verantwortung, in denen ich es weder mit den Erwartungen anderer noch mit meiner paranoiden Mutter aufnehmen musste.

Es gab tausend Dinge im Haushalt zu erledigen, doch ich verdrängte jeglichen Gedanken an Arbeit aus meinem Kopf.

Zuallererst brauchte ich Kaffee. Und dann ein langes, heißes Bad mit dem Buch, das ich seit zwei Wochen immer nur sporadisch aufgeklappt hatte.

Ich ging in die Küche und ließ den Wasserkocher volllaufen. Ein Klopfen an der Fensterscheibe ließ mich aufhorchen. Als ich sah, dass es Sal von nebenan war, bekam ich sofort schlechte Laune. Ich verfluchte die Tatsache, dass ich in der Küche Blicken von draußen voll ausgesetzt war. Nur zu gern hätte ich mich hinter der Tür versteckt, bis Sal von selbst wieder verschwand.

»Da komm ich ja gerade rechtzeitig, wie's aussieht«, sagte sie, als ich die Tür öffnete. Sie schenkte mir ein halb zahnloses Lächeln und nickte zum Wasserkocher, während sie unaufgefordert hereinspazierte. »Da Sie nie auf eine Tasse Tee vorbeigekommen sind, dachte ich mir, ich erweis stattdessen Ihnen die Ehre.«

»Oh, verstehe«, sagte ich knapp. »Die Sache ist die, Sal, meine Mum ist gerade für ein paar Stunden mit Evie in den Park gegangen und ich habe noch ziemlich viel zu erledigen.«

»Ich kann Ihnen helfen«, erwiderte sie begeistert. »Macht mir nichts aus, ich hab heute eh nicht viel vor.«

Soweit ich das beurteilen konnte, hatten sie und ihre beiden Söhne *nie* viel vor.

»Danke, aber das ist wirklich nicht nötig«, sagte ich bestimmt und erschauderte bei der Vorstellung, stundenlang ohne Fluchtmöglichkeit mit ihr im Haus eingesperrt zu sein.

»Aber zehn Minuten hätte ich, wenn Sie kurz plaudern möchten.«

»Also«, sagte sie, nachdem ich zwei Tassen Kaffee vor uns auf den Tisch gestellt hatte. »Wie ich höre, haben Sie neulich Col kennengelernt?«

»Ja«, sagte ich und versuchte mir vorzustellen, welche Ausdrücke er wohl benutzt haben mochte, um mich zu beschreiben. Das hier war die Gelegenheit, Sal meine Version der Geschichte zu erzählen. »Hat er Ihnen gesagt, was passiert ist?«

Laut schlürfend nahm sie einen Schluck Kaffee und nickte dann grinsend. »Hat Ihnen anscheinend 'nen ordentlichen Schrecken eingejagt.«

»Das hat er wirklich, Sal.« Etwas schnürte mir von innen die Kehle zu. »Ich dachte, Evie wäre weg. Ich hatte keine Ahnung, was los war.«

»Ja, aber er meinte, Sie hätten sie den ganzen Morgen allein draußen rumlaufen lassen, meine Liebe.«

»Blödsinn!« Wie konnte sie es wagen, hier aufzutauchen und mir praktisch Vernachlässigung vorzuwerfen? »Ich war oben, das ist alles. Hier ist immer noch viel zu tun und ...«

»Ihre Kleine hat Col erzählt, Sie schlafen. Und dass sie Sie nicht wach gekriegt hat.«

Der Gedanke daran, wie ihr widerlicher Sohn meine Tochter ausfragte, verursachte mir Übelkeit.

»Tja, da lag sie falsch.« Sals Augen wanderten zu meinen Händen und mir wurde bewusst, dass ich die Tischplatte viel zu fest umklammert hielt. Ich lockerte die Finger etwas. »Ich hatte leichte Kopfschmerzen und musste mich kurz hinlegen. Das ist alles; geschlafen habe ich nicht.«

»Ah, verstehe. Kinder, nicht wahr? Erzählen viel, wenn der Tag lang ist.«

Eine Konfrontation war das Letzte, was ich gerade wollte,

doch ich musste Sal meine Sicht der Dinge klarmachen. Das hier war meine Chance.

»Colin hätte Evie nicht ermuntern dürfen, auf seine Seite des Zauns zu kommen, ohne mich vorher zu fragen«, sagte ich. »Das war wirklich unverantwortlich von ihm. Die Leute könnten auf falsche Gedanken kommen.«

Sals Miene verfinsterte sich und ihr gutmütiges Lächeln verschwand.

»Was wollen Sie damit sagen?«

Ich schluckte. »Ich meine nur, wenn ein erwachsener Mann ein fünfjähriges Mädchen ohne die Erlaubnis der Mutter mitnimmt, sieht das gar nicht ...«

Sie knallte ihre flache Hand auf die Tischplatte und ich sprang erschrocken auf. Sal machte in meinem eigenen Haus ein komplettes Nervenbündel aus mir.

»Genug. Halten Sie einfach den Mund«, zischte sie. »Col hat verdammt noch mal schon genug Probleme mit den Bullen, ohne dass Sie Ihre schmutzigen Lügen verbreiten.«

»Sal, ich sage ja gar nicht, dass Colin irgendetwas im Schilde geführt hat.« Ich setzte mich wieder hin und hob beschwichtigend die Hände. »Ich sage nur, dass es keinen guten Eindruck macht. Er hätte mir einfach Bescheid geben müssen ...«

»Sie lagen völlig zugedröhnt im Bett.«

»Ich habe doch schon gesagt, ich hatte mich nur kurz hingelegt ...«

»Sie waren nicht ansprechbar.« Ihre Augen flackerten, als würde sie kurz zögern, bevor sie in gehässigem Ton hinzufügte: »Das weiß ich, weil Col Sie auch nicht aufwecken konnte.«

Ein kalter Schauer lief mir über den Rücken. Es gab eine kurze Stille, in der mir langsam die Bedeutung ihrer Worte dämmerte.

Als ich wieder sprach, zitterte meine Stimme. »Wollen Sie damit etwa sagen, dass er in mein Schlafzimmer gekommen ist?« Ich stand wieder auf, wobei ich mich mit den Händen auf dem Tisch abstützen musste.

Sal schwieg selbstgefällig.

»Sie gehen jetzt besser«, sagte ich so würdevoll, wie ich nur konnte. »Und Ihrem Sohn können Sie ausrichten, dass ich die Polizei rufe, sollte er je wieder einen Fuß in mein Haus setzen.«

Sie erhob sich und ließ in voller Absicht ihre Tasse zu Boden fallen. Sie zerbarst und Scherben und Kaffeespritzer stoben in alle Richtungen.

»Was soll das, verdammt?«, jaulte ich auf, während ich zurück sprang, um meine nackten Füße in Sicherheit zu bringen. Die Frau war vollkommen durchgeknallt.

»An Ihrer Stelle würde ich nicht mal daran denken, die Bullen zu rufen, meine Liebe.« Drohend wedelte sie mit ihrem Handy in der Luft herum. »Sonst muss vielleicht jemand der Polizei zeigen, warum Ihre Kleine stundenlang allein draußen war. Ist alles hier drin. Sie sollten meinem Col dankbar sein. Sie hätte auf die Straße laufen oder die Treppe runterfallen können.«

Ich öffnete den Mund, um etwas zu erwidern, doch mir fiel nichts ein.

Es gab absolut nichts, was ich zu meiner Verteidigung hätte sagen können.

42

DREI JAHRE ZUVOR

TONI

Ich stand wie angewurzelt da, während Sal hinausstürmte und die Tür mit voller Wucht hinter sich ins Schloss krachen ließ. Wie durch ein Wunder blieb die Glasscheibe heil. Meine Wut darüber, dass ihr unheimlicher Verbrechersohn in mein Haus eingedrungen war, wich bereits einer stechenden Scham. Wie lange war er in meinem Schlafzimmer gewesen? Wie viele Fotos und Videos hatte er von mir in diesem Zustand gemacht? Was, wenn er ... ich ertrug den Gedanken kaum ... mich *angefasst* hatte? Ich ließ den Kopf hängen und kniff die Augen zusammen. Ich spürte, wie meine Fingernägel sich tief in die Handflächen bohrten.

Wie hatte ich das nur zulassen können?

Er hätte mir oder meiner Tochter alles Mögliche antun können. Was fiel ihm verdammt noch mal ein?

Und warum in aller Welt hatte Evie mir nicht erzählt, dass er in unserem Haus gewesen war?

Ich öffnete die Augen, ging zum Fenster und ließ das Rollo runter. Dann verriegelte ich die Hintertür und ging ins Wohnzimmer. Dort schloss ich die Vorhänge, sodass nur durch einen winzigen Spalt noch Licht drang. Ohne nachzudenken, griff ich nach dem Telefon und wählte Taras Nummer. Ich musste einfach mit irgendwem sprechen; ich musste diese Last loswerden, bevor sie mich zerquetschte.

Meine Stimmung sank in den Keller, als direkt die Mailbox ranging. Ich hätte einfach auflegen sollen, doch bevor ich mich versah, strömte ein ganzer Schwall gepeinigter Worte aus meinem Mund in die Leitung.

Ich schimpfte über die Arbeit und Bryony, die Schule und Evie und über Colin, den Widerling von nebenan. Gerade als ich bei Mums Paranoia angelangt war, verkündete eine ausdruckslose Stimme das Ende der Nachricht. Die Mailbox war voll und ich hatte noch nicht einmal Zeit gehabt, mich nach Taras Befinden zu erkundigen.

Ich schleuderte das Handy in die Sofaecke, genervt von meiner eigenen Bedürftigkeit.

Plötzlich überkam mich der starke Drang, bis in alle Ewigkeit hier im Dunkeln versteckt zu bleiben.

Ich griff nach meiner Handtasche und schluckte ohne nachzudenken zwei Tabletten. Auf dem Boden stand noch eine Tasse kalter Tee, mit dem ich sie hinunterspülte, wobei ich hoffte, dass die Wirkung diesmal schneller eintreten würde als sonst.

Ein paar Stunden seliger Selbstvergessenheit waren alles, was ich wollte. Ich konnte mich den Gedanken und Horrorszenarien, die in meinem Kopf herumgeisterten, einfach nicht stellen.

Ein Mann im Haus, allein mit meiner Tochter. Während ich schlief.

Komplett *zugedröhnt* war.

Bevor ich in die Sofakissen sinken konnte, fiel mir Mums schnippischer Kommentar über irgendein zu beseitigendes Chaos wieder ein. Ich stand auf, schaltete das Licht an und starrte angestrengt in die Ecke, in der der Sessel stand. Meine Hand wanderte schlagartig zu meinem Mund und ich blieb geschockt stehen. Vergeblich versuchte ich, zu begreifen, was ich da sah.

Zwei Monate vor seinem Tod hatte Andrew mir zu unserem zehnten Hochzeitstag eine kostbare Vase aus Kristallglas geschenkt. Er hatte unsere Namen und das Hochzeitsdatum eingravieren lassen und ich hatte sie immer in Ehren gehalten, weil sie das letzte Geschenk war, das ich von ihm bekommen hatte.

Jetzt lagen die Überreste der Vase in der Zimmerecke. Sie war in so viele Teile zersprungen, dass an eine Reparatur nicht zu denken war.

Erst am Vortag hatte ich sie noch behutsam von riesigen Mengen Luftpolsterfolie befreit, sie per Hand gespült und dann aufs Kaminsims gestellt.

Daran konnte ich mich erinnern. Wie sie zerbrochen war, war mir hingegen ein absolutes Rätsel.

Während ich noch dastand und die zersplitterten Glasscherben betrachtete, zuckte ich plötzlich zusammen.

Ich machte einen Schritt zurück. Irgendetwas stimmte nicht.

Langsam wurde mir klar, dass hier und da Bruchstücke in meiner Erinnerung fehlten. Als hätte sie jemand wie Klebepflaster abgerissen und darunter nichts als leere Zeitfenster zurückgelassen, durch die ich nicht blicken konnte.

Meine Hände zitterten.

Ich eilte nach oben ins Badezimmer, setzte mich vor der Kloschüssel auf den Boden und steckte mir den Finger in den Hals.

Zwanzig Sekunden später befand sich mein Mageninhalt auf dem Weg in die Kanalisation; wie ich hoffte, inklusive der beiden Beruhigungstabletten, die ich kurz zuvor geschluckt hatte. Ich betete zu Gott, dass ich schnell genug gewesen war.

Nach einer eiligen Dusche zog ich meinen kuscheligen Bademantel über und ging wieder nach unten. Ich füllte ein

Glas mit kaltem Leitungswasser und nahm es mit ins Wohnzimmer, wo ich mich im Dunkeln hinsetzte und versuchte, einen klaren Kopf zu bekommen.

Ohne Zweifel wäre es das einzig Vernünftige, die übrigen Tabletten hier und jetzt ins Klo zu kippen.

Und das wollte ich auch tun, wirklich.

Ich konnte die verdammten Dinger einfach aus der Handtasche nehmen, nach oben gehen und sie alle miteinander runterspülen. Und dann konnte ich ins Schlafzimmer gehen, den Schuhkarton unter dem Bett öffnen, die Geburts-, Heirats- und Andrews Sterbeurkunde herausnehmen und danach die beiden kleinen braunen Fläschchen, die darunter versteckt lagen. Und deren Inhalt konnte ich dann ebenfalls runterspülen.

Aber schon während ich es mir vorstellte, wurde mir klar, dass ich es nicht tun würde. Noch nicht.

Diese Tabletten waren alles, was ich noch hatte. Sie standen als Einzige zwischen mir und dem kompletten Nervenzusammenbruch. Seit Andrews Tod waren sie für mich zu einer Art Damm geworden: Sie beschützten mich vor der Monsterwelle von Schmerz und Trauer, die nur darauf wartete, sich über mir zu brechen.

Ich nahm das Glas und stürzte seinen Inhalt in einem Zug hinunter.

Diesen Puffer konnte ich nicht aufgeben, noch nicht. Nicht, dass ich es nie tun würde. Alles, was ich brauchte, war ein wenig Zeit, um mich an den Gedanken zu gewöhnen. Um stärker zu werden.

Schließlich wäre es kontraproduktiv, wenn ich die Tabletten wegschmiss und dann plötzlich meinen Alltag nicht mehr bewältigen konnte.

Zwar hatte ich oft das Gefühl, eine schlechte Mutter zu sein. Aber meistens kam ich meinen elterlichen Pflichten einigermaßen nach, wenn auch nur auf die dürftigste Art und

Weise. Und das war allemal besser, als in irgendeiner Einrichtung eingesperrt zu sein und meine Tochter völlig allein zu lassen.

Fürs Erste musste ich die Tabletten als Absicherung behalten. Ich konnte nicht ohne sie leben und war gleichzeitig dabei, mein Leben durch sie zu ruinieren.

Ich war in eine Sackgasse geraten, gefangen in meiner selbst erschaffenen Hölle.

43

DREI JAHRE ZUVOR

TONI

Montag früh war Evie wieder still und abwesend.

Ich half ihr in die Jacke und fragte: »Was ist los, Süße?« Natürlich wusste ich, dass sie nicht zur Schule wollte.

Sie starrte die Wand an und sagte nichts.

Harriet Watsons Nachmittagsclub hatte ich nicht mehr angesprochen. Ich wollte sie nicht unnötig unter Druck setzen. Hoffentlich würde sie es genießen, eine andere Erwachsene ganz für sich allein zu haben; es würde ihr das Gefühl geben, etwas Besonderes zu sein.

Harriet hatte mir geraten, beim Thema Schule nicht nachzubohren, also wechselte ich schnell das Thema.

»Wie wär's, wenn wir nachher bei McDonald's vorbeifahren?«, sagte ich. »Fastfood statt Tee und Kekse. Was hältst du davon?«

Sie schenkte mir ein zögerliches Lächeln, war aber weit davon entfernt, vor Freude auf und abzuspringen, wie sie es normalerweise bei der Aussicht auf einen McDonald's-Besuchs an einem Schultag getan hätte. Beinahe wünschte ich, ich hätte nichts gesagt. Ich konnte mir die Extraausgabe eigentlich kaum leisten und Evies verhaltener Reaktion nach zu urteilen würde sie nicht einmal das erhoffte Resultat bringen.

Ich ignorierte meine Kopfschmerzen und machte Evies Schweigen wett, indem ich auf dem Schulweg zu viel redete. Als wir die Schultore erreichten, weigerte sie sich zu meiner Erleichterung weder, hineinzugehen, noch drängte sie darauf, nach Hause zurückzukehren.

Meine Tochter schien neuerdings eine stille Resignation an den Tag zu legen, die mir fast noch mehr Sorgen bereitete als ihre üblichen Wutanfälle.

Die Nachwirkungen meines gestrigen Krachs mit Sal äußerten sich in einem Gefühl von Lethargie und Trägheit, sodass ich mich fragte, ob die beiden Tabletten, die ich erbrochen hatte, nicht doch zum Teil in meinen Blutkreislauf gelangt waren.

Ich kochte mir einen Kaffee und legte mich mit meinem Buch auf die Couch. Den Wecker stellte ich vorsichtshalber auf elf, falls ich wegdösen sollte.

Ich schlug den Krimi auf und versuchte, mir den Plot in Erinnerung zu rufen. Seit ich zuletzt darin gelesen hatte, waren zwei Wochen vergangen. Nichts ergab einen Sinn, also gab ich auf und fing noch einmal von vorne an.

Meine Aufmerksamkeitsspanne war kurz. Auf den ersten Seiten ging es um den Hauptcharakter, eine — um es freundlich auszudrücken — eher einfach gestrickte Frau. Sie verdächtigte ihren Ehemann, eine Affäre mit ihrer besten Freundin zu haben, also beschloss sie kurzerhand, die beiden umzubringen.

Wenn das Leben doch nur so einfach wäre.

Ich klappte das Buch zu und ließ es auf den Boden fallen, bevor ich die Augen schloss.

· · ·

»Bryony ist hinten«, sagte Jo mit gedämpfter Stimme, als ich das Geschäft betrat. »Ich hatte überlegt, dir am Wochenende zu schreiben, aber ich wollte mich nicht aufdrängen. Kaum zu glauben, wie anders sie war, als du mit Evie vorbeigeschaut hast.«

»Ich hoffe, ihr Sinneswandel war nicht nur Show«, gab ich resigniert zurück.

»Verhalt dich einfach ganz normal«, riet Jo. »Frag sie, ob du ihr einen Tee machen kannst oder so.«

Jo wollte nur helfen, aber ich sah nicht ein, warum ich Bryony die Stiefel lecken sollte, wo ich doch gar nichts falsch gemacht hatte. S*ie* war diejenige, die ihre treusten Kunden übers Ohr gehauen hatte. Natürlich verließ mich mein entrüsteter Mut, sobald Bryony leibhaftig vor mir stand.

»Könnten Sie bitte die Wiltons anrufen, Jo?«, sagte sie, reichte Jo ein Blatt Papier und verhielt sich ansonsten so, als wäre ich Luft. »Ich habe hier ein paar mögliche Besichtigungstermine für die umgebaute Scheune notiert.«

Sie trug einen schwarzen Rock, eine hellrote Jacke und verboten hohe schwarze Stilettos. Ihre Haare hatte sie im Nacken zu einem perfekten Knoten geschlungen.

Ich stand auf und wandte mich ihrem Rücken zu. »Hi, Bryony, ich wollte mir gerade einen Tee machen. Möchten Sie vielleicht auch irgendwas Warmes trinken?«

Sie drehte sich um und rümpfte kaum merklich die Nase, als hätte sie etwas Unangenehmes gerochen.

»Nein, danke«, sagte sie schroff. »Toni, ich würde Sie bitten, heute Nachmittag die alten Inserate in den Archivboxen hinten im Büro zu sortieren. Sie sind ziemlich durcheinander und müssten in alphabetischer Reihenfolge abgeheftet werden.«

Ich sah, wie Jos Augen sich hinter Bryonys Rücken weiteten. Wenn mich jemand gefragt hätte, was die eintönigste, bescheuertste Aufgabe war, die man in einem Immobilienbüro erledigen konnte, wäre dies vermutlich die Antwort gewesen.

»Klar«, sagte ich munter und ignorierte die Muskeln in Schultern und Nacken, die sich schmerzhaft zusammenzogen.

»Und wenn Sie damit durch sind«, fuhr Bryony fort, »können Sie die Datenbank überprüfen und sicherstellen, dass nicht irgendein Idiot ein Objekt als verkauft vermerkt hat, obwohl es noch zu haben ist.«

Sie machte auf dem Absatz kehrt und marschierte hinaus, bevor ich etwas erwidern konnte.

»Autsch.« Jo verzog das Gesicht. »Das war übel. Sogar für Bryonys Verhältnisse.«

44

DREI JAHRE ZUVOR

TONI

Ich hatte Glück, denn der Nachmittag stellte sich als einer der geschäftigsten heraus, die wir seit meinem ersten Tag bei Gregory's gehabt hatten. Es gab einen konstanten Strom an Kundschaft und Jo war praktisch durchgehend beschäftigt.

»Sie müssen das mit dem Sortieren wohl wann anders erledigen«, sagte Bryony mit sichtlichem Widerwillen. »Es eilt nicht, schätze ich.«

Ich verbuchte eine Kautionszahlung und vereinbarte einen Besichtigungstermin für ein Studierendenapartment, das erst am Morgen online gegangen war.

Irgendetwas an meinem Schreibtisch hatte mich seit Schichtbeginn irritiert und als ich nach meinem Notizblock griff, wurde mir plötzlich klar, was es war: Das Foto von Evie war verschwunden. Ich öffnete sämtliche Schreibtischschubladen und spähte hinein, aber es war nirgends zu sehen. Gerade als ich Jo davon erzählen wollte, kam ein junges Paar ins Geschäft.

»Wir haben Interesse an der Zweizimmerwohnung, die gerade im Muriel Crescent in Bulwell freigeworden ist«, sagte die Frau und schob sich ein paar lange, mausbraune Ponysträhnen hinters Ohr. »Eine Freundin hat uns davon erzählt. Nummer einundsechzig.«

Ich lächelte und wollte gerade den Mund aufmachen, um ihr mitzuteilen, dass ich auch im Muriel Crescent wohnte, überlegte es mir dann jedoch anders. Ich hatte keine Lust, dass sie an Weihnachten bei mir aufkreuzten, weil der Boiler im Eimer war.

»Setzen Sie sich. Ich suche nur schnell die Details raus«, antwortete ich und tippte etwas auf der Tastatur.

»Ich fürchte, das Haus ist schon vergeben«, sagte Bryony, die plötzlich wie aus dem Nichts hinter den beiden aufgetaucht war. Das Paar drehte sich zu ihr um. »Heute früh hat jemand den Vertrag unterschrieben. Aber Toni kann Ihnen sicher ein ähnliches Angebot in der Gegend raussuchen.«

»Natürlich«, sagte ich stirnrunzelnd. In meiner Straße war mir kein einziges Zu-Vermieten-Schild aufgefallen. Außerdem ging ich bei Arbeitsbeginn immer zuallererst die neuen Angebote durch, um mir einen Überblick zu verschaffen. Ich wusste nicht, wie ich Nummer einundsechzig hatte übersehen können.

Innerhalb von zwanzig Minuten hatte ich zwei ähnliche Häuser gefunden und mit dem jungen Paar Besichtigungstermine für beide vereinbart. Nachdem sie das Geschäft verlassen hatten, suchte ich interessehalber nach Angeboten im Muriel Crescent. Es gab keinen einzigen Eintrag in unserer Datenbank.

Bryony kam nach vorne und legte einen Stapel kleiner Karten auf meinen Schreibtisch. Der Geruch ihres klebrig süßen, blumigen Parfüms verschlug mir den Atem.

»Diese Adresskarten müssten bitte einmal neu abgeschrieben werden, Toni«, sagte sie, ohne mich eines Blickes zu würdigen. »Sie bekommen schon langsam Eselsohren. Und ich hätte gern, dass Sie mit dem Archivmaterial zumindest anfangen, bevor Sie heute Feierabend machen.«

Ich warf einen Blick auf die Uhr. Eine Stunde vor Schichtende und sie überhäufte mich förmlich mit Arbeit.

»Sind die Adressen nicht alle digitalisiert?«, erkundigte ich mich.

Ich hatte es mir einfach nicht verkneifen können. Wer schrieb bitteschön heutzutage noch Adresskarten per Hand? Ich wollte sie wissen lassen, dass ich wusste, dass sie mir ganz ohne Grund das Leben schwer machte.

»Habe ich Sie nach Ihrer Meinung gefragt?«, fauchte sie. Ihre perfekt gezupften Augenbrauen flogen schlagartig nach oben. »Wenn ich Sie um etwas bitte, erwarte ich, dass Sie das auch tun. Ohne Widerrede, Toni.«

»Na schön«, seufzte ich und griff nach den Karten. Dann fiel es mir wieder ein. »Übrigens, es gibt in der Datenbank keinen Eintrag im Muriel Crescent«, sagte ich. »Haben wir zufällig eine Kopie der Objektbeschreibung?«

»Toni.« Bryonys Miene wirkte leidend, so als verursachten meine Worte ihr tatsächlich physische Schmerzen. »Das Haus kam rein und wurde sofort vermietet, noch bevor es überhaupt in der Datenbank gelandet ist. Ich habe mich persönlich darum gekümmert. Würden Sie jetzt bitte einfach Ihren Job machen? Sie haben schon genug Zeit mit Quatschen verschwendet.«

»Wahrscheinlich noch einer von ihren krummen Deals«, flüsterte Jo hinter vorgehaltener Hand, nachdem Bryony wieder in ihrem Büro verschwunden war.

»Hast du das Foto von Evie gesehen?«, fragte ich, wobei ich auf die Stelle des Schreibtischs deutete, an der das Bild gestanden hatte. »Es ist verschwunden.«

Jo verzog das Gesicht. »Nein, habe ich nicht. Komisch.«

»Als ich am Samstag vorbeigekommen bin, war es noch da.«

»Frag Bryony.« Jo zuckte die Schultern. »Wäre nicht das erste Mal, dass sie sich dazu berufen fühlt, persönliche Gegenstände ihrer Kolleginnen irgendwo anders hinzustellen.«

Ein paar Minuten später kam Bryony wieder nach vorne und ich fragte sie nach dem Foto.

»Was meinen Sie damit, ob ich es gesehen habe?«

»Na ja, es steht nicht mehr auf meinem Schreibtisch«, erklärte ich. »Da habe ich mich einfach gefragt ...«

»Was Sie eigentlich fragen wollen, ist, ob ich es genommen habe?«

»Nein, das meinte ich nicht, ich dachte nur ...« Die Worte blieben mir im Hals stecken. Bryony baute sich vor meinem Schreibtisch auf und starrte auf mich herab. Ich spürte, wie ich nervös wurde, also gab ich klein bei. »Entschuldigung, ich wollte Sie wirklich nicht verdächtigen. Vielleicht habe ich es ja verlegt, keine Ahnung.«

Sie machte ohne ein weiteres Wort auf dem Absatz kehrt, pinnte irgendeine Kundeninformation ans Schwarze Brett und ging wieder in ihr Büro.

———

Ich arbeitete ohne Unterbrechung und schaffte die Hälfte der Adresskarten.

Evie war jetzt gerade in ihrer ersten Nachmittagssitzung mit Harriet Watson. Ich hoffte inständig, dass Harriet der mürrischen Stimmung, in die Evie verfallen war, etwas entgegensetzen konnte. Mums Vorbehalten zum Trotz schien Harriet wirklich bemüht, eine gute Beziehung zu meiner Tochter aufzubauen. Dafür war ich ihr dankbar.

Der Ansturm aufs Geschäft hatte sich endlich gelegt, also nutzte ich die Gelegenheit, um hinten mit dem Archivieren zu beginnen.

»Wenn ich in einer halben Stunde nicht wieder da bin, musst du kommen und mich holen«, sagte ich zu Jo. »Bei so einer fesselnden Aufgabe könnte es glatt sein, dass ich einschlafe.«

Jo antwortete mit einem schnaubenden Lachen.

Die Kisten mit Archivmaterial waren neben dem Kopierer gestapelt, der in ohrenbetäubender Lautstärke dutzende von Objektbroschüren ausspuckte.

Aus dem Vorjahr gab es mindestens zwanzig Kartons, die mit A-C und D-F und so weiter beschriftet waren, bis hin zu Z. Ich seufzte und nahm wahllos eine Kiste vom Stapel.

Gerade als ich sie anheben wollte, berührte mich etwas am Rücken und ich kreischte erschrocken auf.

»Sorry!« Dale wich zurück und hielt beschwichtigend die Hände hoch. »Tut mir wirklich leid, Toni, ich wollte Ihnen keine Angst einjagen. Ich habe Hallo gesagt, aber Sie haben mich bei dem ganzen Krach nicht gehört.«

Er hatte mich nur leicht angetippt, um sich bemerkbar zu machen. Mein Herzschlag raste.

»O Gott, ich bin schon das reinste Nervenbündel,« sagte ich mit einem zögerlichen Lachen. »Ich habe Sie nicht gehört, tut mir leid.«

Ich sah zu ihm auf und spürte, wie ich rot anlief, während ich tief durchatmete. Er trug schon wieder dieses leckere Aftershave.

»Ich wollte nur fragen, wie es Ihnen heute ergangen ist«, sagte er. Nach einem Blick zur Tür lehnte er sich zu mir und senkte die Stimme. »Ich hoffe, es war nicht allzu ... schwierig?«

Wir wussten beide genau, auf was — oder wen — er da anspielte.

»Es war schon in Ordnung«, fing ich an, entschied dann aber in einem Anflug von Wut, ein wenig offener zu sprechen. »Obwohl Bryony mir lauter sinnlose Aufgaben gegeben hat. Es ist wirklich albern. Es gibt so viele wichtigere Dinge, die ich erledigen könnte.«

Dale nickte. »Ich verstehe. Lassen Sie mich das Ganze noch ein paar Tage im Auge behalten. Es wäre ein Jammer, wenn Ihre Erfahrung hier bei uns verschwendet würde.«

Verschwendet? Er machte sich ja keine Vorstellung.

»Ich muss die archivierten Inserate sortieren.« Mit einem Nicken deutete ich auf die Kiste, die bei meinem erschrockenen Sprung vom Stapel gefallen war.

»Lassen Sie mich das machen.« Dale schob sich an mir vorbei und stolperte. Er klammerte sich an meine Schulter und plötzlich befand sich sein Gesicht unangenehm nah an meinem. Unsere Blicke trafen sich.

»Oh! Verzeihung.« Bryony stand im Türrahmen. »Störe ich etwa?«

Dale räusperte sich und machte einen Schritt von mir weg.

»Ich habe Toni nur kurz geholfen«, sagte er hastig. »Mit dem Archivmaterial.«

»Aha.« Ihr Mund war nur noch eine schmale Linie und sie funkelte mich an. »Toni, Sie können vorne mit den Adresskarten weitermachen«, sagte sie. »Das Sortieren hat bis morgen Zeit.«

Ich nickte und verließ das Büro, ohne sie oder Dale noch einmal anzusehen.

Sobald ich im Flur stand, hörte ich das leise Klicken der Tür hinter mir und kurz darauf lauter werdende Stimmen.

Zurück im Geschäft erzählte ich Jo haarklein, was geschehen war. »Sie sah fuchsteufelswild aus«, sagte ich. »Man hätte glatt meinen können, sie sei hier die Geschäftsführerin und Dale ihr Assistent.«

»Du hast es aber schon kapiert, oder?«, gab Jo grinsend zurück. »So naiv kannst du doch nicht sein.«

»Was kapiert?« Dann fiel es mir wie Schuppen von den Augen. »Sie haben eine Affäre?«

Jo hatte gerade etwas von ihrem Tee getrunken und verschluckte sich bei meinen Worten heftig. Sie schüttelte den Kopf. »Bryony steht auf Dale, aber das beruht nicht auf Gegenseitigkeit. Dale war mit seiner Jugendliebe Mia verlobt. Sie hatten gerade angefangen, ihre Hochzeit zu planen, da hatte sie einen tödlichen Autounfall. Das war vor ungefähr achtzehn Monaten.«

»O nein«, flüsterte ich. Kein Wunder, dass Dale so verständnisvoll gewesen war, als ich ihm von Andrew erzählt hatte. Er wusste genau, was ich durchmachte.

»Seitdem ist es einfach nur noch peinlich.« Jo verdrehte die Augen. »Bryony hat angefangen, sich für die Arbeit aufzubrezeln wie sonst was. Sie versucht nicht mal mehr, ihre Absichten zu verbergen.«

»Aber sie ist verheiratet«, sagte ich. »Du meintest, die beiden wollen unbedingt ein Kind.«

Wieder verdrehte Jo die Augen. »Nicht böse gemeint, Toni, aber wie gesagt: Du bist ein bisschen naiv. Verstehst du denn nicht, dass manche Leute einfach unersättlich sind?«

45

DREI JAHRE ZUVOR
DIE LEHRERIN

Harriet Watson stellte die kleine Schüssel mit entkernten Weintrauben und Erdbeerstückchen vor Evie auf den Schreibtisch und strahlte. »Ein kleiner Snack. Den habe ich für dich vorbereitet.«

Evie betrachtete das Obst, rührte es jedoch nicht an.

»Und, was sagt man?«, half Harriet ihr auf die Sprünge.

»Dankeschön«, murmelte Evie.

»Also, möchtest du nichts essen?«

Das Kind nahm sich eine kernlose Traube, inspizierte sie und steckte sie sich mit einer schnellen Bewegung in den Mund. »Wir gehen heute Nachmittag zu McDonald's.«

Diese Aussage versetzte Harriets Magen einen brennenden Stich. »Fastfood lässt die Eingeweide verfaulen«, sagte sie barsch. »Deine Mutter sollte mit dir nicht in solche Restaurants gehen.«

»Es ist ausnahmsweise.« Evie runzelte die Stirn. »McDonald's ist mein Lieblingsrestaurant.«

»Fastfood enthält sehr hohe Mengen an Zucker und Salz«, belehrte Harriet sie. »Wenn man zu viel davon isst, wollen die

Geschmacksknospen immer mehr. Man kann davon sogar abhängig werden.«

Evie starrte sie an. »Es ist nur ausnahmsweise.«

»Wie auch immer, genug davon. Ich würde dich gerne ein bisschen besser kennenlernen, Evie. Als Erstes möchte ich alles über deine Freunde in der alten Schule hören.«

Evie steckte sich noch eine Traube in den Mund und ließ sich beim Kauen Zeit.

»Ich möchte ihre Namen wissen und was ihr so zusammen gemacht habt.«

»Meine besten Freunde sind Daisy, Nico und Martha«, sagte Evie, jetzt etwas lebhafter als zuvor. »Wir haben in den Pausen immer zusammen gespielt und mittags zusammen gegessen. Und beim Vorlesen saßen wir immer nebeneinander.«

»Wie schön«, bemerkte Harriet. »Du hast gesagt, sie *sind* deine besten Freunde. Aber das sind sie nicht mehr, oder?«

»Doch, das sind sie«, antwortete Evie wie aus der Pistole geschossen. »Sie *sind* meine besten Freunde.«

»Aber du siehst sie ja gar nicht mehr. Sie leben immer noch in Hemel Hempstead.« Harriet senkte die Stimme. »Ich habe gehört, sie sind jetzt mit einem anderen kleinen Mädchen befreundet. Ich fürchte, sie hat deinen Platz eingenommen, als ihr weggezogen seid.«

»Sie sind trotzdem noch meine Freunde.« Evie schob die Obstschüssel weg. »Mummy sagt, vielleicht fahren wir sie bald besuchen.«

»Oh, ich glaube, Mummy sagt das nur, um dich zu trösten.« Harriet lächelte. »Sie macht andauernd Versprechen, die sie dann doch nicht hält, hab ich Recht?«

Evie dachte kurz nach, antwortete aber nicht.

»Es gibt gar keinen Grund, wütend darüber zu sein, dass du deine Freunde verloren hast. Denn schließlich warst *du* es, die *sie* verlassen hat, oder? Du hast alle deine Freunde zurückgelassen, als du nach Nottingham gekommen bist.«

»Ich wollte nicht herkommen«, sagte Evie, wobei sie die Hände auf der Tischplatte zu kleinen Fäusten ballte. »Ich wollte nicht in den Muriel Crescent ziehen.«

»Aber Mummy hat nicht auf dich gehört, richtig?«

Evie sah Harriet mit bekümmerter Miene an.

»Und deine Nanny auch nicht«, fuhr Harriet fort. »Deine Nanny hat sich das alles ausgedacht: dich von deinen Freunden zu trennen und hierher zu holen. Wusstest du das?«

Evie schüttelte kaum merklich den Kopf und blickte hinunter auf ihre rastlosen Hände.

»Mummy und Nanny erzählen dir nichts, weil sie denken, dass du nur ein dummes kleines Mädchen bist«, sagte Harriet. »Aber ich werde dir die Wahrheit sagen, Evie. Ich bin deine Freundin und du kannst mir vertrauen, denn ich weiß, was das Beste für dich ist.«

Evie sagte nichts.

»Hast du das verstanden? Ich bin deine Freundin und du kannst mir bei unseren kleinen Treffen alles erzählen, was du willst.« Harriet legte feierlich eine Hand aufs Herz. »Ich werde nichts davon weitererzählen, das verspreche ich dir hoch und heilig. Kannst du mir dasselbe versprechen?

Evie saß wie versteinert da und nickte dann.

»Ich kann dich nicht hören?«

»Ja.«

»Wenn du nämlich ein braves Mädchen bist, kann ich vielleicht deine Freunde dazu bringen, dich in Nottingham zu besuchen«, sagte Harriet. »Das wäre doch schön, oder?«

Evie nickte.

»Wie bitte?« Harriet legte eine Hand ans Ohr.

»Ja, Miss Watson.«

»Wunderbar. Gut, dann erzähl mir doch mal ein wenig von Mummys Freunden.«

Evie widmete ihre Aufmerksamkeit wieder ihren Händen.

»Würdest du bitte so freundlich sein, die Finger stillzuhalten und mich anzuschauen?«

Evie streckte die Finger aus und legte beide Hände flach auf den Tisch. Dann blickte sie zu Harriet auf. »Sie hat nur Nanny.«

»Mummy hat keine Freundinnen, mit denen sie ab und zu Kaffee trinken geht oder die sie bei euch zu Hause besuchen kommen?«

Evie dachte kurz darüber nach und schüttelte dann den Kopf. »Nur Nanny.«

»Und hatte Mummy Freundinnen, bevor ihr hergezogen seid?«

Evie nickte. »Paula und Tara.«

»Paula und Tara«, wiederholte Harriet. »Aber Mummy trifft sich nicht mehr mit ihnen?«

»Nein. Sie hat gar keine Freunde mehr. Sie hat nur noch Nanny.«

»Perfekt.« Harriet lächelte. »Und, ist es nicht nett, ein bisschen zu plaudern? Nur wir beide?«

»Ja«, antwortete Evie mit tonloser Stimme.

»Vielleicht könnte ich ja Mummys und Nannys Freundin werden.«

»Nanny mag Sie nicht«, sagte Evie schnell. »Weil Sie ... weil Sie ein Übergriff-Ich sind.«

»Das hat sie gesagt?« Harriets Lächeln war mit einem Mal wie weggefegt. »Übergriffig? Das ist ja wirklich interessant. Und was hat Nanny sonst noch so über mich gesagt?«

»Sie meinte, dass Sie gar keine richtige Lehrerin sind. Nicht so wie Miss Akhtar.«

»Ich fürchte, das ist ein weit verbreiteter Irrtum«, sagte Harriet und ließ die Fingernägel auf die Tischplatte klacken. »Ich *bin* aber eine richtige Lehrerin. Du weißt das, Evie, nicht wahr?«

Evie ließ den Blick auf Miss Watsons stahlblauen Augen und ihrem Mund ruhen, dessen Winkel im angespannten und vergeblichen Versuch eines Lächelns hochgezogen waren.

»Ja«, antwortete sie.

46

DREI JAHRE ZUVOR

TONI

Ich bog in den Muriel Crescent, doch anstatt den Wagen vor dem Haus zu parken, fuhr ich einmal die gesamte Straße ab. Sie war nicht sonderlich lang. Vor Nummer einundsechzig wurde ich langsamer. Die Fensterläden waren heruntergelassen, und obwohl nirgendwo ein Zu-Vermieten-Schild zu sehen war, wirkten Haus und Grundstück tatsächlich irgendwie verlassen: keine Blumen auf den Fensterbänken, eine kostenlose Zeitung, die gut sichtbar im Briefkasten steckte, und anstelle eines Vorgartens nur ein verwahrlost aussehendes Fleckchen Wiese.

Wer auch immer das Haus ergattert hatte, noch bevor es überhaupt in unserer Datenbank aufgetaucht war, war offensichtlich noch nicht eingezogen.

Ich vollführte mehr schlecht als recht eine Dreipunktwendung, wobei ich kurz einen schwarzen Audi mit getönten Scheiben aufhielt, der gerade in die Straße eingebogen war. Auch wenn ich die Person am Steuer durch das dunkle Glas nicht erkennen konnte, hob ich entschuldigend die Hand. Gleich darauf schoss der Wagen mit einer solchen Geschwindigkeit an mir vorbei, als wäre sein Fahrer wütend, dass er ganze zwanzig Sekunden hatte warten müssen.

Sobald die Haustür hinter mir ins Schloss gefallen war, gab ich Evie zur Begrüßung einen Kuss auf den Scheitel. Sie war bereits völlig versunken in den Bau eines neuen Legokunstwerks und grunzte nur.

Mum legte die Fernsehzeitschrift beiseite, in der sie gelesen hatte, stand auf und griff nach ihrem Schlüssel und Mantel.

»Kein Grund zur Eile«, sagte ich, obwohl ich eigentlich nicht in der Stimmung war, Mum Honig ums Maul zu schmieren. Besonders, weil sie offensichtlich immer noch sauer war. »Außer, du hast noch was Anderes vor?«

Sie hielt kurz inne und starrte stur geradeaus, als würde sie einen inneren Kampf austragen. Dann legte sie den Mantel wieder ab. »Ich bleibe noch auf einen Kaffee.« Sie folgte mir in die Küche, wo sie ihren Schlüsselbund auf die Arbeitsplatte legte. »Ich will ganz ehrlich sein, Toni: Es fällt mir schwer, mit dir im selben Raum zu sein. Ich mache mir Sorgen wegen dem, was ich sehe, aber du willst einfach nicht zuhören.«

Nicht das schon wieder; wir hatten die Sache doch schon bis zum Erbrechen ausdiskutiert. Ich füllte den Wasserkocher und schaltete ihn an.

»Ich höre dir zu, Mum«, seufzte ich. »Ich finde auch, dass Evie sich in letzter Zeit ein bisschen zurückgezogen hat, aber sie wird bald wieder ganz die Alte sein. Sie musste mit ein paar großen Veränderungen klarkommen, da ist ihr Verhalten nur natürlich.«

»Ich rede hier nicht von Evie«, sagte Mum. »Ich rede von *dir*.«

Ich war gerade dabei, die Tassen aus dem Schrank zu holen, erstarrte jedoch mitten in der Bewegung und schaute sie an.

»Andauernd vergisst du Dinge. Und du verlierst bei jeder Kleinigkeit die Beherrschung.«

»Hast du auch ein Beispiel?«, gab ich zurück. Mum übertrieb gerne.

»Erstmal hast du mir die falsche Zeit genannt, als ich Evie zum ersten Mal abgeholt habe.«

»Nein, es war ganz sicher die Schule — Harriet Watson — die mir die falsche Zeit gesagt hat.«

»Und dann flippst du aus und vergisst es danach einfach«, fuhr Mum fort, meinen Einwand ignorierend. »Wie als du diese Vase gegen die Wand geschleudert hast, weil der Fernseher zu laut war und du davon wachgeworden bist. Du musst zum Arzt, Toni, es ist nicht normal, ständig so müde und reizbar zu sein. Manchmal bist du komplett überfordert und das ist Evie gegenüber nicht fair.«

Etwas zog sich schmerzhaft in meiner Brust zusammen. Ein paar Sekunden lang war ich unfähig, irgendetwas zu erwidern. Ich wusste, dass ich an einem Scheideweg angelangt war. Das hier war meine Gelegenheit, Mum alles zu beichten. Dass ich Beruhigungsmittel genommen hatte, um weitermachen zu können.

Es war die Gelegenheit, mir Hilfe zu holen.

Ich war kurz davor, den Mund aufzumachen und ihr alles zu erzählen, *so* kurz davor. Doch dann tauchten vor meinem inneren Auge Bilder von Mum auf, Mum, die sich um mich und Evie sorgte, die nicht mehr schlafen konnte und nicht lockerließ, ehe ich nicht die Tabletten weggeworfen hatte und zum Arzt gegangen war. Das Drama, das einer Aussprache folgen würde, wäre unerträglich. Dafür fehlte mir schlicht und ergreifend die Energie.

»Es war für uns alle nicht leicht«, sagte ich im Versuch, das Thema zu wechseln.

»Ich weiß, wie viel dir diese Vase bedeutet hat.« Mum ging nicht darauf ein. »Dieser Wutanfall sah dir gar nicht ähnlich, Liebling. Was ist los?«

»Du warst nicht hier, als ich die Vase zerbrochen habe.« Ich wollte auf Nummer Sicher gehen, da ich keinerlei Erinnerung daran hatte, ob sie dabei gewesen war oder nicht.

»Nein, aber die arme Evie schon. Es hat ihr solche Angst eingejagt, Toni. Sie hat mir am nächsten Tag alles erzählt. Tatsächlich dachte ich zuerst, sie würde übertreiben, bis ich die Scherben gesehen habe.«

»Ich war in letzter Zeit angespannt und gestresst«, räumte ich ein. »Ich weiß, du bist dagegen, aber dieser neue Job ist mir wichtig, Mum. Und ich will versuchen, einen guten Eindruck zu machen; das Geld können wir wirklich gebrauchen. Außerdem mache ich mir Sorgen, weil Evie die Schule nicht gefällt.«

»Mir gefällt diese Miss Watton nicht«, sagte Mum.

»Miss Watson«, korrigierte ich sie.

»Wie auch immer. Wenn man sie so darüber reden hört, was angeblich das Beste für die Kleine ist, könnte man meinen, *sie* sei Evies Großmutter. Ich musste mich heute schon wieder zusammenreißen.«

»Wieso, was hat sie gesagt?«

»Oh, sie meinte irgendwas von wegen, es sei besser, wenn *du* sie nach ihren Nachmittagstreffen abholen kommst. Ich habe langsam das Gefühl, als sollte ich Evie ihrer Meinung nach einfach gar nicht mehr abholen. Meine eigene Enkelin.«

»Das glaube ich nicht, Mum«, sagte ich, während mir wieder einfiel, wie Harriet genau das in unserem Telefonat über Evies Einzelsitzungen angedeutet hatte.

Ich gab Kaffeepulver in zwei Tassen und goss kochendes Wasser darauf.

»Ich weiß nicht, warum Evie überhaupt zu diesen dummen Sitzungen gehen muss. Sie würde bestimmt lieber zu Hause sein.«

»Also ich bin Miss Watson dankbar.« Ich ging zum Kühlschrank, um die Milch herauszunehmen. »Sie legt sich wirklich ins Zeug, damit Evie sich besser einleben kann. Ich finde, sie ist sehr großzügig mit ihrer Zeit.«

Wir nahmen unsere Tassen mit ins Wohnzimmer. Mum

gab Evie ein Trinkpäckchen mit Orangensaft.

»Was hast du heute mit Miss Watson gemacht, Süße?«, fragte ich sie.

Sie sah kurz auf.

»Nur geredet«, murmelte sie.

»Nur geredet über was?«, schaltete sich Mum ein.

»Über Freunde«, sagte Evie und steckte den Strohhalm ins Trinkpäckchen. »Mummys Freunde.«

Fragend hob ich eine Augenbraue und schaute zu Mum. »*Meine* Freunde?«

»Irgendwas stimmt nicht mit dieser Frau.« Mum schürzte die Lippen. »Warum sollte sie die Nase in deine persönlichen Angelegenheiten stecken?«

»Ich habe gesagt, dass du keine hast«, sagte Evie und zog schlürfend einen Schluck Saft durch den Strohhalm.

»Oh, na vielen Dank, Evie.« Ich lachte, stellte jedoch ernüchtert fest, dass das die traurige Wahrheit war.

»Sie hat gesagt, sie könnte deine Freundin sein«, fügte Evie hinzu.

»Gruselig«, sagte Mum schaudernd. »Ich mag diese Frau nicht.«

»Miss Watson hat gesagt, sie macht, dass Daisy, Nico und Martha mich bald besuchen kommen«, erzählte Evie weiter, während sie sorgfältig ihren nächsten Stein auswählte.

Beim Anblick von Mums missbilligender Miene zuckte ich nur die Schulter. Ich war ziemlich sicher, dass Miss Watson Evie nichts Derartiges versprochen hatte. Offensichtlich hatte sie sie ermuntert, über ihre Freunde zu sprechen, und in Anbetracht der Tatsache, dass Evie hier noch keine neuen gefunden hatte, war das sicher nicht verkehrt.

Dass ihre alten Schulfreunde sie besuchen würden, war wahrscheinlich nur Evies Wunschdenken.

Schließlich lag unser altes Leben endgültig hinter uns.

Wir hatten alle Verbindungen gekappt.

47

DREI JAHRE ZUVOR

TONI

Sobald Mum nach Hause gegangen war, packte ich Evies Schultasche aus. In ihrem Leseheft steckte ein kleiner Zettel.

Mrs. Cotter, könnten wir uns morgen kurz unterhalten, wenn Sie Evie zur Schule gebracht haben?

Gruß,

H. Watson

Mir rutschte das Herz in die Hose. Ich fragte mich, worüber sie wohl mit mir sprechen wollte. Hoffentlich war sie nicht immer noch besorgt darüber, wie Evie sich in der neuen Klasse zurechtfand.

Ich fühlte mich erschöpft, viel zu müde, um überhaupt darüber nachzudenken, oben Kartons auszupacken. Also beschloss ich, einen schwachen Tee zu kochen und mich aufs Sofa zu hauen, solange Evie fernsah. Das war sicher nicht der pädagogisch wertvollste Plan, den sich ein Elternteil je ausgedacht hatte, aber manchmal musste das eben sein, sagte ich mir.

»Mummy, wann fahren wir zu McDonald's?«, fragte Evie.

Ich starrte sie an, mein morgendliches, längst vergessenes Versprechen auf einmal wieder im Ohr. Ich hätte heulen können.

»Du hast es versprochen«, sagte sie und beobachtete mich aus schmalen Augen.

»Wir können jetzt gleich los, wenn du möchtest«, sagte ich lustlos. »Zieh dir Jacke und Schuhe an.«

»Miss Watson sagt, Fast Food ist voll mit Salz und Zucker und macht einen abhängig«, bemerkte Evie, während sie die Klettverschlüsse ihrer Schuhe zumachte. »Aber ich will trotzdem gehen.«

Als wir auf dem Heimweg von McDonald's in den Muriel Crescent einbogen, fiel mir sofort auf, dass in der Küche von Nummer einundsechzig Licht brannte. Die Rollos waren immer noch heruntergelassen. Zwar konnte ich dahinter Schatten ausmachen, die sich bewegten, doch das Material war zu dick, als dass man Genaueres hätte erkennen können. Im Vorbeifahren stellte ich fest, dass vor dem Haus ein schwarzer Audi geparkt war, der auffällige Ähnlichkeit mit dem Wagen hatte, der zuvor an mir vorbeigerast war.

Bevor ich später am Abend ins Bett stieg, schaltete ich das Licht im Schlafzimmer aus und spähte durch die Gardinen auf die Straße. Nummer einundsechzig lag fast genau gegenüber von unserem Haus und im Wohnzimmer war gerade eine Lampe angegangen, die den Raum in gedämpftes, rosiges Licht tauchte.

Eine Frau trat ans Fenster, um die Vorhänge zu schließen. Mein Blick huschte zu dem Schatten hinter ihr und mir wurde klar, dass noch jemand im Zimmer war. Bevor sie die Vorhänge ganz zuzog, zögerte die Frau und schaute ein paar Sekunden lang nach draußen, wobei sie den Stoff nah bei ihrem Gesicht umklammert hielt.

Wäre ich paranoid gewesen, hätte ich schwören können, dass sie direkt zu mir herüberstarrte.

Am nächsten Morgen spazierten Evie und ich mit unseren marienkäfergemusterten Regenschirmen zur Schule, was für sie ein neues Erlebnis und damit eine willkommene Ablenkung war.

Ich wartete weiterhin auf Anzeichen dafür, dass sie anfing, sich ein bisschen mehr auf die Schule zu freuen, doch bisher hatte es keine gegeben. Sie beschwerte sich nicht mehr lautstark und weigerte sich auch nicht, das Schulgelände zu betreten, wie sie es zuvor getan hatte, aber ihre schlechte Laune hielt an. Auf dem Schulweg war sie die meiste Zeit über mürrisch und still.

Ich konnte nach einer einzigen von Harriet Watsons Nachmittagssitzungen wohl kaum ein Wunder erwarten. Wir mussten einfach am Ball bleiben. Am Ende würden sich unsere Anstrengungen mit Sicherheit auszahlen.

Am Schultor wartete bereits Harriet Watson auf uns. Evie sah leicht beunruhigt zu mir auf. Ich drückte ihr die Hand, damit sie wusste, dass alles in Ordnung war und sie nicht in Schwierigkeiten steckte.

Wir gingen zu dritt in Richtung Schulgebäude.

»Na los, geh schon mal vor in die Klasse, Evie. Ich komme in ein paar Minuten nach«, sagte Miss Watson munter, sobald wir drinnen waren.

Ich beugte mich vor und Evie gab mir ein Küsschen auf die Wange, bevor sie den Flur hinunter in Richtung der Schmetterlingsklasse schlenderte.

Miss Watson führte mich in die weitläufige, angenehm offen geschnittene Bibliothek. Wir traten von knarrendem Holz- auf weichen Teppichboden, der jeden Laut verschluckte. An den Wänden standen Regale voll bunter, verlockender Bücher aller Genres. Selbst das Licht wirkte hier drin ein wenig freundlicher.

Obwohl die ganze Zeit Schüler an uns vorbei zu ihren Klassenräumen liefen, fühlte sich dieser Ort überraschend ruhig und privat an, schallgedämpft dank Bücherregalen und Teppichböden. Wir nahmen an einem runden Tisch an der hintersten Wand Platz.

»Vielen Dank, dass Sie gekommen sind«, fing Harriet an. Sie legte ihre Hände auf die Tischplatte, eine über die andere. »Ich wollte Ihnen gerne von unserer Sitzung gestern berichten. Evie war sehr kommunikativ und hat offen über ihre Freunde und ihre alte Schule gesprochen.«

»Sie hat mir davon erzählt.« Ich nickte lächelnd. »Evie meinte sogar, dass Sie ihre drei besten Freunde dazu bringen würden, sie zu besuchen.«

Wir glucksten.

»O je, da hat die kleine Evie wohl irgendetwas falsch verstanden.« Harriet grinste. »Ich habe ganz sicher nichts dergleichen gesagt.«

»Keine Sorge, ich habe mir schon gedacht, dass sie irgendetwas durcheinandergebracht haben muss«, erwiderte ich. »Ich fand es allerdings gut, dass Sie mit ihr über ihre Freunde gesprochen haben. Hoffentlich findet sie hier bald ein paar neue.«

»Das hoffe ich auch«, stimmte Harriet Watson zu. »Aber zerbrechen Sie sich darüber nicht den Kopf. Ich habe volles Vertrauen, dass Evie hier bei uns schon bald enge Freundschaften knüpfen wird. Die Teilnahme an den Kleingruppensitzungen wird dabei hilfreich sein, weil sie dort meistens mit denselben Klassenkameraden zusammenarbeitet. Wir sitzen übrigens immer genau hier.« Sie tätschelte die Tischplatte.

»Ein hübsches Plätzchen«, sagte ich und schaute mich beifällig um.

»Sie fragen sich vermutlich, worüber ich mit Ihnen sprechen wollte«, wagte sie sich vor. »Es ging mir darum, noch einmal zu bekräftigen, was ich Ihnen bereits gesagt habe: Ich glaube, Sie sollten versuchen, Evie nach den Einzelsitzungen selbst abzuholen.«

Ich spürte ein genervtes Kribbeln im Magen.

»Ich werde bei der Arbeit nachfragen, aber wie gesagt, ich habe dort gerade erst angefangen. Es könnte darum etwas schwierig werden, meine Arbeitszeiten zu ändern.«

»Ich verstehe ja, dass Ihnen die Arbeit wichtig ist, Mrs. Cotter, aber ...«

»Ich werde nachfragen«, wiederholte ich. »Aber Evie ist es gewohnt, Zeit mit meiner Mutter zu verbringen, es ist nicht so, als würde sie eine Fremde abholen. Sie liebt ihre Nanny und ...«

»Und ich fürchte, genau da liegt das Problem, Mrs. Cotter.«

»Nennen Sie mich doch bitte Toni«, sagte ich. »Und Verzeihung, was genau meinen Sie damit?«

»Das ist mir jetzt wirklich unangenehm.« Harriet seufzte, stützte sich mit beiden Händen auf die Tischplatte und lehnte sich vor.

»Ich würde gerne Ihre ehrliche Meinung hören«, sagte ich, während sich zwischen meinen Schulterblättern eine seltsame Spannung auszubreiten begann.

»Ich habe den Eindruck, dass Ihre Mutter — wie war noch gleich ihr Name?«

»Anita.«

»Natürlich. Ich habe den Eindruck, dass Anita der Ansicht ist, sie wüsste am besten Bescheid, wenn es um Evie geht. Wissen Sie, was ich meine?«

Ich nickte langsam. Diesem Eindruck hatte ich nichts entgegenzusetzen.

»Anita liebt Evie offensichtlich von ganzem Herzen. Allerdings ist mir aufgefallen, dass sie anscheinend glaubt, Evie besser zu verstehen als Sie, ihre Mutter, oder als ich, eine Pädagogin mit jahrzehntelanger Erfahrung.«

Eine Pädagogin, aber keine Lehrerin. Der Gedanke huschte mir durch den Kopf, doch ausgebildete Lehrerin hin oder her — was sie da sagte, klang zugegebenermaßen ziemlich schlüssig.

Harriet sah mich an. »Mrs. Cotter — Toni — ich will Ihnen wirklich nicht zu nahe treten ...«

»Ganz und gar nicht«, unterbrach ich sie. »Sie treten mir nicht zu nahe, wirklich nicht. Anscheinend haben Sie Mum durchschaut. Ich bin beeindruckt.«

»Tatsächlich? Tja, das ist irgendwie eine Erleichterung.«

»Ich fürchte, Mum und ich geraten beim Thema Evie oft aneinander.« Ich hätte gerne noch mehr gesagt, hielt mich aber zurück, weil ich Mum gegenüber ein schlechtes Gewissen hatte. Sie wäre so wütend, wenn sie mich gerade hören könnte.

»Ich will ganz offen sein. Leider habe ich das sichere Gefühl, dass Anita von den Einzelsitzungen nicht gerade begeistert ist.«

Ich biss mir auf die Lippe und schwieg, während ich mich innerlich wand. Hoffentlich hatte Mum nichts Unangebrachtes zu Harriet gesagt.

»Und es ist ja allgemein bekannt, dass Kinder wie kleine Schwämme sind. Sie saugen die Meinungen und das unausgesprochene Missfallen der Erwachsenen um sie herum auf.« Harriet schürzte die Lippen. »Toni, es tut mir leid, Ihnen das mitteilen zu müssen, aber ich denke, Ihre Mutter sabotiert unbewusst unsere Arbeit mit Evie.«

»Oh.« Auf einmal schien mir etwas Dickes im Hals festzustecken, das meine Stimme ein wenig brüchig klingen ließ. »Ich bin mir sicher, Mum würde nie ...«

»Verstehen Sie mich nicht falsch«, unterbrach mich Harriet eilig. »Ich habe keinerlei Zweifel daran, dass Ihre Mutter nur das Beste für Evie will — aber das ist ja eben der springende Punkt, nicht wahr? Sie *weiß* nicht, was das Beste ist.«

Ich dachte daran, wie Mum gesagt hatte, Evie sollte besser zu Hause als in den Sitzungen mit Harriet sein, und wie sie dem Schulpersonal die Schuld für Evies Startschwierigkeiten gegeben hatte.

»Toni«, sagte Harriet sanft, »was ich eigentlich sagen will, ist Folgendes: Ich denke, es wäre das Beste für Evie, wenn sie weniger Zeit allein mit Ihrer Mutter verbringen würde.«

48

DREI JAHRE ZUVOR
TONI

Das war leichter gesagt als getan. Die Zeit zu begrenzen, in der Evie mit meiner Mutter allein war, ließ sich nicht so einfach über Nacht erledigen.

»Durch den neuen Job bin ich auf Mum angewiesen«, warf ich ein. »Ich könnte nochmal mir ihr reden und ihr erklären, dass wir alle an einem Strang ziehen müssen.«

Harriet lächelte ein kleines, hämisches Lächeln.

»Sie hört Ihnen also zu, Ihre Mum? Nimmt das, was Sie ihr sagen, ernst?«

Ich seufzte. Sie hatte Recht.

»Ich weiß, dass die letzten Jahre nicht leicht für Sie waren, Toni«, sagte Harriet freundlich. »Sie mussten allein zurechtkommen, und zwar mit einem enormen Maß an Stress und Strapazen.«

Zu meinem Erschrecken spürte ich plötzlich ein Kribbeln in Augen und Nase.

»Ich weiß auch, dass Ihre Mutter Ihnen in der Vergangenheit eine große Stütze war, aber jetzt, wo Evie zur Schule geht, muss das Wohlergehen Ihrer Tochter für Sie an erster Stelle stehen.«

Ich nickte, auch wenn Evie bei mir schon immer an erster Stelle gestanden hatte.

»Unsere nächste Sitzung ist am Mittwoch, deshalb würde ich Ihnen dringend raten, wenn möglich gleich heute mit Ihren Vorgesetzten zu reden. Wir müssen zusammenarbeiten, damit Evie den bestmöglichen Start hier bei uns auf der St. Saviour's hat.« Harriet legte eine Hand auf meine. »Andere Kinder können so grausam und schnell sein, wenn es darum geht, jemanden auszuschließen. Wir wollen doch nicht, dass sie eine Außenseiterin wird, oder?«

Ich hatte mich für den Termin mit Harriet Watson einigermaßen zurechtgemacht, meine Haare frisiert und ein wenig Make-up aufgetragen, darum schlüpfte ich zu Hause nur noch in eine schicke Hose und eine Bluse und machte mich zeitig auf den Weg zur Arbeit.

Ich hatte ein, zwei Dinge in der Stadt zu erledigen und es konnte auch nicht schaden, etwas früher im Laden zu sein. Vielleicht würde es mir sogar ein paar Pluspunkte bei Bryony einbringen und den Weg für ein Gespräch über meine Arbeitszeiten ebnen.

Ich parkte den Wagen und betrat die Hauptstraße. Als ich am Geschäft vorbeikam, beschloss ich, Jo einen spontanen Besuch abzustatten.

Ich spähte durchs Schaufenster und sah ihr kurz dabei zu, wie sie lächelnd mit ihrem Computerbildschirm sprach. Wahrscheinlich skypte sie gerade mit ihrer Schwester, was bedeutete, dass Dale und Bryony nicht da waren.

Ich öffnete die Tür und Jo sah lächelnd auf in der Erwartung, eine Kundin zu sehen. Doch als ihr Blick auf mich fiel, verblasste ihr Lächeln schlagartig.

Ich formte mit den Lippen ein stummes »Sorry, hast du zu tun?«

Sie schüttelte den Kopf und hob den Zeigefinger. »Tut mir leid, Schwesterherz, ich muss jetzt Schluss machen. Toni ist hier, die neue Kollegin, von der ich dir erzählt habe.«

Ich grinste und ging rüber zum Schreibtisch, um ihrer Schwester zuzuwinken.

»Okay, wir reden später, tschüss«, sagte Jo zum Bildschirm und schaltete ihn aus.

»Oh.« Ich blieb stehen. »Ich wollte gerade deiner Schwester Hallo sagen.«

»Tut mir leid, ich bin bloß ein bisschen nervös«, sagte Jo mit einem Blick in Richtung Tür. »Es wäre einfach so typisch gewesen, wenn Bryony reingekommen wäre und mich beim Skypen erwischt hätte. Ich sollte das wirklich nicht auf der Arbeit machen, aber heute Vormittag war kaum was los und das WLAN ist hier so viel besser als bei mir zu Hause. Wie auch immer, was treibt dich so früh hierher? Hast du es nicht mehr ausgehalten?«

Ich grinste. »Ich muss nur ein paar Besorgungen machen, zur Bank und zur Drogerie ... Brauchst du irgendwas?«

»Nein, danke«, antwortete Jo. »Aber wo du schon so früh in der Stadt bist, nehme ich mir ausnahmsweise mal die halbe Stunde Mittagspause. Dale müsste bald zurück sein. Hast du Lust auf einen Kaffee und ein Sandwich im Café nebenan? So viertel nach zwölf?«

»Perfekt.« Ich lächelte. Fünfundvierzig Minuten waren mehr als genug Zeit, um meine Einkäufe zu erledigen. »Wir sehen uns dort.«

Als ich ein paar Minuten zu früh beim Café ankam, saß Jo bereits halb versteckt an einem Tisch ganz hinten. Ich ließ die Einkaufstüte auf den Boden fallen und legte meine Handtasche auf einen der freien Stühle neben ihr, bevor ich zur Toilette eilte.

»Gleich wieder da.« Ich grinste und presste zwecks Komik die Oberschenkel zusammen.

Als ich zurückkam, studierte Jo gerade die Speisekarte.

»Es ist wirklich nett hier«, sagte ich, während ich die hausgemachten Kuchen auf der Theke betrachtete und den Duft von frisch aufgebrühtem Kaffee einatmete. »Das sollten wir öfters machen.«

Jo verdrehte die Augen. »Liebend gern, aber die würden im Laden einen Anfall kriegen, wenn ich in den Mittagspausen nicht mehr an der Rezeption wäre.«

»Rechtlich gesehen steht dir eine Mittagspause zu«, sagte ich, griff nach der zweiten Karte und blätterte sie durch. »Du könntest darauf bestehen, sie zu nehmen.«

»Ja, könnte ich«, sagte Jo. »Wenn ich lebensmüde wäre. Bryony hat diese ganz bestimmte Art, dich still leiden zu lassen, wenn ihr etwas nicht gefällt. Ich hoffe wirklich, dass du diese Seite an ihr nie persönlich kennenlernst.«

»Ich denke, ich kann mir ungefähr vorstellen, was du meinst«, murmelte ich. »Übrigens, unser Gespräch neulich hat mir wirklich geholfen, danke.«

»Ooh, ich will nur, dass du weißt, dass ich da bin, falls du dir mal etwas von der Seele reden musst. Das ist alles. Ich will dich nicht drängen. Ich weiß, manchmal kann es schwierig sein, sich zu öffnen, vor Allem, wo wir uns doch gerade erst kennengelernt haben.«

Jo konnte unmöglich wissen, dass es mir generell schwerfiel, Fremden zu vertrauen, doch irgendwie schien sie es trotzdem zu spüren.

»Es ist leicht, mit dir zu reden«, sagte ich. Dabei durchwühlte ich die Handtasche auf der Suche nach meinem Portemonnaie. »Du kannst gut zuhören.«

»Jahrelange Übung.« Sie lächelte. »Mit meiner Schwester größtenteils.«

»Bestellen wir. Das geht auf mich«, sagte ich und griff stirnrunzelnd noch tiefer in die Handtasche.

»Auf keinen Fall«, erwiderte Jo, während sie aufstand. »Das geht definitiv auf mich. Was nimmst du?«

Jo ging zur Theke, um unsere Sandwiches und Latte Macchiatos zu bestellen und ich nahm die Tasche auf den Schoß, holte nach und nach jeden einzelnen Gegenstand heraus und legte alles auf den Stuhl, fest entschlossen, mein Portemonnaie zu finden. Stattdessen fand ich zwei von Evies Lieblingszopfgummis mit Glasperlen daran, von denen wir gedacht hatten, dass wir sie schon vor Monaten verloren hatten, eine überfällige Stromrechnung und einen zusammengefalteten, mit Kekskrümeln bedeckten Fünf-Pfund-Schein.

»Die Sandwiches kommen gleich«, sagte Jo, stellte die Kaffeegläser auf den Tisch und warf einen Blick auf den kleinen Haufen auf dem Stuhl. »Das sieht ja aus, als hättest du all deinen Besitz in dieser Tasche da verstaut.«

»Ich suche mein Portemonnaie«, erklärte ich mit einem sauren Geschmack im Mund. »Es ist nicht da.«

Jo war mit einem Mal ganz ruhig. »Schau nochmal nach. Manchmal verstecken sich Sachen hinter anderen.«

»Aber ich habe schon alles rausgenommen.« Ich machte die Tasche weit auf, sodass sie hineinschauen konnte. »Es ist nicht da, Jo. O Scheiße. Scheiße. Scheiße.«

»War irgendwas Wichtiges drin?«, fragte sie. »Ich meine, abgesehen von deiner Kreditkarte?«

»Ich hatte gerade mein Haushaltsgeld für die Woche abgehoben.« Tränen verschleierten meine Sicht, während ich vergeblich den Boden absuchte. »Mit Bargeld kann ich besser umgehen als mit Kreditkarten.«

»Okay, eins nach dem anderen«, sagte Jo. »Komm, wir gehen nochmal zurück zur Bank. Vielleicht hast du es ja da liegengelassen.«

»Habe ich nicht. Ich war danach noch in der Drogerie und bei der Post. Und da hatte ich das Portemonnaie noch.«

»Dann versuchen wir es eben dort. Es könnte ja sein, dass es jemand abgegeben hat.« Jo sprach weiterhin in ruhigem, pragmatischen Tonfall, aber ich wusste, dass sie das nur mir zuliebe tat. Ganz ehrlich, wer gab schon ein Portemonnaie voller Bargeld ab?

»O Gott.« Ich spürte ein schmerzhaftes Ziehen im Herzen, als es mir wieder einfiel. »In dem Portemonnaie war noch ein Brief von Andrew. Er hat ihn vor dem Unfall geschrieben und ich habe ihn zwei Tage nach seinem Tod bekommen. Keine Ahnung, warum ich ihn da drin aufbewahrt habe. Wahrscheinlich wollte ich ihn einfach immer bei mir tragen.«

»O nein, Toni.« Jo packte mich am Arm. »Komm, lass uns nachschauen gehen, vielleicht ist es noch nicht zu spät.«

Wir ließen unseren Kaffee unangerührt stehen und Jo bat die Kellnerin, unsere Sandwiches einzupacken, damit wir sie auf dem Rückweg abholen konnten.

49

DREI JAHRE ZUVOR

TONI

»Es tut mir leid«, sagte ich zu Jo, während wir zügig die Hauptstraße hinunterliefen. »Jetzt habe ich dir die Mittagspause verdorben, nur weil ich nicht richtig auf mein Portemonnaie aufpassen konnte.«

»Sei nicht bescheuert«, erwiderte Jo und hakte sich bei mir unter. »Das hätte jedem passieren können.«

Bei der Post übernahm Jo die Führung und ging schnurstracks an der Warteschlange vorbei zum Schalter. Dort hatte niemand ein längliches, schwarzes Portemonnaie voller Bargeld abgegeben, was nicht besonders überraschend war. Wir streunten um die mit Briefumschlägen, Tesafilm und Stiftpackungen bestückten Regale herum und hielten dabei Ausschau nach dem Portemonnaie. Es war hoffnungslos.

»Bist du ganz sicher, dass du es hier zuletzt in der Hand hattest?«, fragte Jo.

In meinem Kopf herrschte das blanke Chaos. Ich konnte mich nicht einmal mehr daran erinnern, das Portemonnaie hier gehabt zu haben, aber das musste ich, denn schließlich hatte ich Briefmarken gekauft.

Dann fiel es mir plötzlich wieder ein. »Ich habe die Briefmarken ins Portemonnaie gesteckt.«

»Und dann das Portemonnaie in die Handtasche?«

»Ja, definitiv. So war es.«

»Also ist es irgendwie auf dem Weg zum Café aus der Tasche gefallen«, sagte Jo.

Wir gingen schweigend zurück und suchten vergeblich den Bürgersteig ab. Die Straße war rappelvoll mit Schnäppchenjägern und Pause machenden Büroangestellten. Alle hasteten sie durcheinander im Versuch, ihre Zeit möglichst effektiv zu nutzen.

Darum fiel mir die große, reglose Gestalt sofort ins Auge, die uns von der gegenüberliegenden Straßenseite anzustarren schien. Ich blinzelte und versuchte, durch die Menschenmasse hindurch festzustellen, ob ich die Person kannte. Doch wer auch immer es war, machte einen Schritt zur Seite und verschwand in einer der kleinen Gassen zwischen den Geschäften.

Ich schalt mich im Stillen. Neben meiner Vergesslichkeit wurde ich auch noch zunehmend paranoid. Ich wartete draußen, während Jo ins Café ging, um unsere Sandwiches zu holen. Nicht, dass ich nach der ganzen Aufregung sonderlich großen Appetit gehabt hätte.

»Ich verstehe einfach nicht, wie ich das blöde Portemonnaie auf dem Weg von der Post hierher verlieren konnte«, klagte ich, als wir vor der Tür zu Gregory's standen.

»Sie sind aber früh zurück«, sagte Dale mit vollem Mund.

»Es gab einen kleinen Zwischenfall«, erklärte Jo. »Toni hat ihr Portemonnaie verloren.«

Wir mussten für Dale die gesamte Geschichte noch einmal aufrollen. Mittendrin kam Bryony aus der Mittagspause zurück und mischte sich ein.

»Verstehe ich das richtig?«, fragte sie. »Sie können sich nicht einmal mehr daran erinnern, wann Sie das Portemonnaie zuletzt in der Hand hatten?«

»Doch, ich erinnere mich daran. Ich hatte es ganz sicher bei der Post«, sagte ich. »Ich habe Briefmarken gekauft, sie in mein Portemonnaie getan und das Portemonnaie dann wieder in die Handtasche gesteckt.«

»Vielleicht dachten Sie das nur und haben es stattdessen an der Kasse liegengelassen.«

»Habe ich nicht. Ich habe es in die Handtasche gesteckt.«

»Aber da ist es nicht. Also haben Sie entweder die Tasche verfehlt und es ist auf den Boden gefallen oder ...«

»Ich denke, das wäre mir aufgefallen«, sagte ich. Mir war ganz heiß und ich hatte das Gefühl, keine Luft zu bekommen. »Das wäre mir aufgefallen.«

»Hm, dann muss es jemand aus der Tasche genommen haben.« Bryony blickte zu Dale. »Vielleicht sollten wir die Polizei verständigen?«

»Und was sollen wir sagen?«, schaltete sich Jo ein. »Toni kann den Dieb nicht beschreiben, sie weiß nicht mal, ob es überhaupt einen Dieb *gibt*.«

Bedrückt schüttelte ich den Kopf.

»Ich schätze, unter diesen Umständen werden Sie das wohl leider als lehrreiche Erfahrung verbuchen müssen«, sagte Dale. »Es ist bitter, ich weiß, aber unter diesen Umständen ...«

»In letzter Zeit scheinen Sie so Einiges zu verlegen«, warf Bryony ein. »Sie haben es fertiggebracht, ein gerahmtes Foto von Ihrem Schreibtisch zu verlieren, und jetzt das Portemonnaie. Ich frage mich, was als nächstes kommt.«

Die drei tauschten einen bedeutungsvollen Blick.

»'Tschuldigung«, sagte ich knapp und ging schnell nach hinten, wo ich mich auf der Toilette einschloss. An dem kleinen Waschbecken spritzte ich mir etwas Wasser ins Gesicht und atmete ein paarmal tief durch. Ich brauchte das Geld, das ich heute abgehoben hatte, wirklich dringend. Was sollte ich jetzt tun? Wieder reumütig bei Mum angekrochen kommen? Zurzeit stand ich bei ihr nicht sonderlich hoch im Kurs. Dieser

Zwischenfall würde ihr nur noch mehr Munition liefern, um mich unter ihrer Fuchtel zu halten.

Und dann Andrews Brief, der letzte, den er mir je geschrieben hatte. Wie hatte ich nur so dumm sein können?

Außerdem waren da noch die Kreditkarten; ich musste dringend bei der Bank anrufen. Es war alles so überwältigend.

Ein schwaches Klopfen ertönte an der Tür. Jo fragte: »Ist alles okay bei dir, Toni?«

Ich entriegelte die Tür und trat auf den Flur. »Alles in Ordnung. Ich bin nur sauer auf mich selbst.« Ich schenkte ihr ein schwaches Lächeln. »Trotzdem vielen Dank für deine Hilfe heute.«

Sie tat meine Worte mit einem lässigen Wink ab.

»Vielleicht hast du im Moment einfach zu viel um die Ohren«, sagte sie freundlich, während wir zurück nach vorne gingen. Erleichtert stellte ich fest, dass Dale und Bryony nicht mehr dort waren. »Lass uns irgendwann mal nach der Arbeit was trinken gehen, so richtig die Sau rauslassen. Hast du Lust?«

»Nach heute kann ich mir das nicht mehr leisten«, antwortete ich. »Und Mum kann ich im Moment auch nicht wirklich als Babysitter einspannen, bei allem, was bei ihr so los ist.«

»Na gut, dann komme ich eben mal bei dir vorbei«, schlug Jo fröhlich vor. »Ich kann Evie vorlesen, während du ein schönes heißes Bad nimmst. Keine Widerrede, okay?«

»Okay.« Ich lächelte.

Doch es war nicht okay, ganz und gar nicht. Im Haus herrschte das totale Chaos und der Gedanke, jemanden in mein Leben zu lassen, während mir selbst die alltäglichsten Dinge Schwierigkeiten bereiteten, machte mir Angst. Ganz zu schweigen von den vereinzelten Gedächtnisaussetzern, die ich anscheinend hatte.

Jo meinte es nur gut, doch ich wünschte, sie würde mich einfach in Ruhe mein Leben auf die Reihe kriegen lassen.

50

DREI JAHRE ZUVOR

TONI

Für den Rest des Nachmittags war es um meine Konzentration geschehen, da ich ununterbrochen an das verlorene Portemonnaie denken musste. Aber immerhin konnte ich mich damit vollends der stumpfsinnigen Tätigkeit des Adresskartenschreibens widmen.

Als ich aufs Handy schaute, zeigte das Display einen verpassten Anruf von Tara. Wahrscheinlich wollte sie sichergehen, dass ich noch nicht völlig durchgedreht war, nachdem ich ihr neulich diese Schimpftirade auf die Mailbox gesprochen hatte. Ich konnte im Moment nicht mit ihr sprechen; ich wollte ihr nicht von dem heutigen Vorfall erzählen. Ich fühlte mich einfach nur völlig inkompetent.

Niemals hätte ich gedacht, dass ich Bryony für diese langweilige Aufgabe einmal dankbar sein würde. Das Abschreiben stellte sich als die perfekte Tätigkeit heraus, um mich den restlichen Arbeitstag durchstehen zu lassen. Als ich mit den Karten fertig war, nahm ich den Stapel und brachte ihn in Bryonys Büro. Sie war nicht da, doch ihre Tür stand weit offen, also ging ich schnurstracks hinein und legte die Karten ordentlich auf die eine Ecke ihres tadellos aufgeräumten Schreibtischs.

Ich wollte gerade wieder gehen, als mir auffiel, dass die Tür zu der kleinen Abstellkammer in der Ecke offenstand. Etwas Glänzendes zog meinen Blick auf sich. Ich machte einen Schritt vor und erstarrte, als mir klarwurde, was meine Aufmerksamkeit erregt hatte.

Da, ganz außen auf einem der Regalbretter, stand das silbern gerahmte Foto von Evie. Das Foto, das von meinem Schreibtisch verschwunden war.

Ich starrte es an und versuchte, zu begreifen, was ich da sah.

»Was machen Sie hier?«

Bryonys schneidende Stimme hinter mir ließ mich zusammenzucken.

»Oh! Ich wollte ... Ich habe Ihnen nur die Adresskarten gebracht.«

Bryony lehnte mit verschränkten Armen im Türrahmen.

»Das ist jetzt schon das zweite Mal, dass ich Sie beim Rumschnüffeln erwische.« Ihre Augen verengten sich zu schmalen Schlitzen. »Seien Sie doch bitte so nett, nicht in mein Büro zu gehen, wenn ich nicht da bin. Und was schauen Sie mich so an?«

»Es ist nur ... nun ja, ich habe da etwas gesehen«, stammelte ich und warf einen weiteren Blick zur Abstellkammer. »Es ist ... es sieht aus wie das Foto von Evie, das ich auf meinem Schreibtisch stehen hatte.«

»Was?«

Sie stakste auf ihren ultrahohen Hacken an mir vorbei und stieß die Tür zur Kammer weit auf. »Wo? Ah, hier.« Sie nahm das Foto in die Hand, betrachtete es und lächelte. Dabei wurde ihre Miene ganz sanft. »Sie ist wirklich ein Schatz. Was macht das hier?«

»Keine Ahnung«, sagte ich und nahm ihr das Foto ab. »Ich habe es nicht da rein gestellt.«

»Tja, ich war es auch nicht.« Sie schüttelte den Kopf. »Gucken Sie nicht so. Vermutlich hat die Putzfrau es irgendwo rumfliegen sehen und gedacht, hier wäre ein guter Platz dafür.«

»Ja, klar«, erwiderte ich. »So muss es gewesen sein.«

Die Reinigungskraft hätte bestimmt gewusst, dass das Foto auf meinen Schreibtisch gehörte. Immerhin hatte es dort fast eine ganze Woche lang gestanden, bevor es verschwunden war.

»Sie sollten in Zukunft lieber ganz besonders gut auf Ihre Sachen achtgeben.« Bryony betrachtete mich mit gerunzelter Stirn, während ich zur Tür ging. »Sieht aus, als würde Dinge verlieren bei Ihnen langsam zu einer Art Angewohnheit.«

Ich würdigte Bryonys verhohlene Kritik keiner Antwort, sondern marschierte wortlos an ihr vorbei und zurück an meinen Schreibtisch. Dort saß ich einen Moment lang still da und starrte das Foto von Evie auf der Tischplatte vor mir an.

Erst als die Tür hinter einem Kunden zuschlug, riss es mich aus meinen trübseligen Tagträumen.

»Alles in Ordnung bei dir, Toni?«, fragte Jo besorgt.

»Sorry.« Ich schüttelte den Kopf und lächelte. »Mir geht's gut. Ich denke nur gerade über etwas nach, das Bryony gesagt hat.«

»Du siehst ganz aufgewühlt aus«, sagte sie behutsam, als befürchtete sie, ich könnte jede Sekunde in Tränen ausbrechen. »Ich hoffe, sie hat nichts gesagt, was dir den Tag noch mehr vermiest hat.«

»Nein, hat sie nicht. Sie hat mich nur zum Nachdenken gebracht. Guck mal.« Ich hielt das »verschwundene« Foto hoch. »Das hier stand in Bryonys Abstellkammer.«

Jo riss erstaunt die Augen auf. »Was hat es da denn gemacht?«

»Bryony meinte, die Putzfrau hätte es dort hingestellt. Ihrer Meinung nach ist es typisch für mich, meine Sachen zu verlegen.«

»Das ist unfair.« Jo runzelte die Stirn. »Jeder verliert doch mal sein Portemonnaie.«

»Aber es ist nicht nur das Portemonnaie, oder?« Ich zuckte die Schultern. »Erst verschwindet dieses Foto von meinem Schreibtisch und dann vergesse ich zu Hause ständig wichtige Termine und so. Was, wenn ich langsam nicht mehr alle Tassen im Schrank habe und es bisher nur verdränge?«

Jo schüttelte lachend den Kopf.

»Toni, du magst vielleicht ein bisschen durcheinander sein, weil du viel um die Ohren hast, aber ich würde jede Wette eingehen, dass du geistig komplett fit bist. Größtenteils zumindest.«

Der letzte Teil brachte mich zum Lächeln, aber ich wurde schnell wieder ernst. »Manchmal habe ich das Gefühl, zu versagen«, gestand ich ihr. Die Worte überraschten mich selbst. Bisher hatte ich diesen Gedanken mit niemandem geteilt. »Außerdem bin ich Evie zurzeit wirklich eine beschissene Mutter.«

Jo schüttelte wieder den Kopf. »Sei nicht so hart zu dir, Liebes. Wir alle haben schon Dinge getan, auf die wir nicht stolz sind. Glaub mir, ich weiß, wovon ich spreche.«

Das musste eine Anspielung auf ihre Vergangenheit sein. Ich schwieg und wartete ab, ob sie das Gesagte noch weiter ausführen würde, aber das tat sie nicht.

»Es ist nur — ich weiß auch nicht. Ich hasse dieses Gefühl, keine Kontrolle über mich zu haben. Darüber, was in meinem Leben passiert.«

»Ja, ich weiß, was du meinst«, antwortete sie. Ich bezweifelte es allerdings.

Sie wusste nichts von den Tabletten und meinen Gedächtnislücken. Und beides würde ich garantiert nicht erwähnen. Ich sagte nichts mehr, als wäre das Thema für mich beendet.

Doch innerlich blieb ich unruhig. Irgendetwas lief gehörig schief.

51

DREI JAHRE ZUVOR

TONI

»Mrs. Cotter? Hier spricht Di Wilson, ich bin Krankenschwester in der Notaufnahme des QMC. Ihre Mutter ist gestürzt und wurde gerade zu uns auf die Station gebracht. Sie hat mich gebeten, Ihnen Bescheid zu geben.«

»O nein.« Mit einem Ruck stand ich auf und schlug mir die Hand vor den Mund. »Geht es ihr gut? Wann ist das passiert?«

Jo sah von dem Bewertungsgutachten auf, das sie für Bryony abtippte.

»Gegen Mittag«, antwortete Di. »Wir vermuten, dass sie sich den Schienbeinknochen böse geprellt hat. Das kann ganz schön schmerzhaft sein und sie ist ziemlich durch den Wind, aber abgesehen davon geht es ihr gut. Sie wird es überstehen.«

»Ist sie jetzt zu Hause?«

»Sie ist immer noch hier bei uns in der Notaufnahme.«

Als ich auflegte, hatte Jo Dale und Bryony aus ihren Büros gerufen.

»Was ist los?«, fragte Dale.

Stotternd berichtete ich ihnen die Einzelheiten. »Meine Mum sitzt in der Notaufnahme fest und es ist niemand da, um Evie abzuholen, ich ...«

Dale hob die Hand und ich verstummte.

»Gehen Sie«, sagte er freundlich. »Ich hoffe, Ihrer Mutter geht es gut. Falls ich irgendetwas für Sie tun kann, sagen Sie einfach Bescheid.«

Bryony kam zu mir herüber und legte mir eine Hand auf den Arm.

»Mir auch.« Ich blickte auf ihre Hand hinunter, etwas ungläubig angesichts der Tatsache, dass sie mir tatsächlich ihre Unterstützung anbot. »Ich könnte Evie von der Schule abholen, sie kennt mich ja jetzt.«

»Vielen, vielen Dank.« Ich schnappte mir meinen Mantel. »Ich rufe Sie an, sobald ich weiß, wie die Lage ist. Was auch immer passiert, ich komme morgen auf jeden Fall zur Arbeit. Danke.«

»Keine Sorge, Toni, wir haben vollstes Verständnis.« Bryony lächelte und ich spürte, wie mir ein kleiner Schauer über beide Arme lief.

Als ich endlich beim Krankenhaus angelangt war und einen Parkplatz gefunden hatte, war es schon fast drei. Ich musste Evie spätestens um halb fünf von ihrer Nachmittagssitzung abholen.

Eilig huschte ich in die schmuddelige Unisextoilette nahe des Haupteingangs. Mein Hals war so trocken wie Sandpapier und mein Schädel fühlte sich an, als würde sich darin gerade der größte Migräneanfall aller Zeiten zusammenbrauen.

Noch während ich auf dem Klo saß, zog ich den Reißverschluss zum Innenfach meiner Handtasche auf und nahm ohne nachzudenken eine einzelne Tablette aus dem kleinen Fläschchen. Ich schluckte sie ohne Wasser. Nur diese eine.

Im Eingangsbereich nannte ich der Rezeptionistin Mums Namen und sie schickte mich in ein zweites Wartezimmer hinter dem ersten. Ich entdeckte Mum in einer Ecke des überfüllten, lauten Raums. Sie saß in sich zusammengesunken an der Wand, den Blick gesenkt. Die herrische Frau, die nie ein Blatt vor den Mund nahm und mit der ich mich regelmäßig in die Haare kriegte, war verschwunden. Mum wirkte jetzt kleiner, irgendwie verletzlicher.

Ich bahnte mir einen Weg an Rollstühlen und diversen ramponierten Leibern vorbei. Kleinkinder rannten ziellos herum und schwangen drohend das dreckige, angeschlagene Spielzeug aus der chaotischen Kinderecke über den Köpfen.

»Toni.« Mums Gesicht hellte sich auf, sobald sie mich entdeckte. »Du bist gekommen.«

»Was redest du da?« Ich betrachtete ihr blasses Gesicht. »Natürlich bin ich gekommen.«

»Ich dachte nur ...« Mum senkte den Blick. »Na ja, weil wir uns doch gestritten haben und ...«

»Sag so was nicht.« Ich schüttelte den Kopf. »Ich bin immer für dich da, Mum, das weißt du doch.«

In ihren Augen glitzerte es und sie griff nach meiner Hand. Ich spürte, dass ihre Finger leicht zitterten. »Ich stehe immer noch unter Schock, Liebes. Ich weiß einfach nicht, wie ich so dumm sein konnte.«

»Was ist denn passiert?«

»Ich bin auf der Treppe ausgerutscht«, sagte sie mit einem Kopfschütteln, so als könnte sie es selbst kaum glauben. »Und du weißt ja, wie streng ich darauf achte, dass die Treppe immer frei bleibt.«

Ich nickte, denn ich erinnerte mich nur allzu gut daran, wie Mum mich früher, wenn ich aus der Schule kam, innerhalb von Sekunden nach meinem Eintreten aufgefordert hatte, Schuhe, Jacke und Tasche nach oben in mein Zimmer zu bringen. Sie hatte schon immer die leicht zwanghafte Überzeugung vertreten, Gegenstände auf der Treppe würden eine große Gefahr darstellen.

»Ich bin beim Runtergehen über meine Schuhe gestolpert.

Ich konnte nichts sehen, weil ich meine Brille verlegt habe. Sie ist immer noch nicht wieder aufgetaucht.«

Ich sah sie an. »Du hast deine *Schuhe* auf der Treppe stehenlassen?«

Schuhe auf der Treppe waren für Mum schon immer ein besonders großes Ärgernis gewesen.

»Das ist es ja gerade. Ich habe sie *nicht* dort stehenlassen. Natürlich nicht«, sagte sie heftig. Sie blickte auf ihre Hände und senkte die Stimme. »Es standen zwei Paar Schuhe da, Toni. Auf zwei verschiedenen Stufen.«

»Was?«

»Ich kann mich nicht einmal daran erinnern, sie getragen, geschweige denn, sie dort hingestellt zu haben.« Sie schüttelte den Kopf, wie um die beunruhigenden Gedanken zu verscheuchen, die darin herumwirbelten. »Wenn ich das tatsächlich getan habe, dann habe ich Angst. Ich meine, man liest ja ständig von Demenz und diesem ganzen Kram. Und ich bin nicht mehr die Jüngste.«

Ich hob die Ellbogen ein kleines Stück an, um das klamme Gefühl unter meinen Achseln loszuwerden.

Mir fiel keine Erwiderung ein. Gleichzeitig konnte ich nicht aufhören, sie anzustarren. Verglichen mit der Frau, die erst vor Kurzem eingeschnappt und selbstgerecht aus meinem Haus gestürmt war, wirkte Mum plötzlich wie eine abgeschwächte, farblose Version ihrer selbst.

Ich blickte in ihre großen, abwesenden blauen Augen, betrachtete die blasse, weiche Haut, sah zu, wie sie sich ununterbrochen von innen auf die Lippen biss, um die Tränen zurückzuhalten. Mum war gerade mal in ihren Sechzigern. Das hier war ein Schock für sie. »Du hast bestimmt nur vergessen, sie wegzustellen«, murmelte ich, wobei ich versuchte, meine Besorgnis zu verbergen. »Wir hatten beide anderes im Kopf, mit Evies Problemen in der Schule und allem.«

»Es ist ganz geschwollen.« Mum blickte hinunter auf ihr

nachlässig verbundenes Schienbein. »Gleich soll nochmal jemand einen Blick drauf werfen.«

»Ich kann hier noch ein Stündchen mit dir warten, dann muss ich los zu Evie.« Ich drückte Mums Hand. »Keine Sorge, wir beide übernachten heute bei dir.« Die meiste Zeit saßen wir schweigend nebeneinander. Ab und zu schnitt ich irgendein belangloses Thema an, doch Mum war verständlicherweise nicht in der Stimmung für Smalltalk.

Ich warf einen Blick auf die Uhr; es war viertel vor vier.

Mums Gesicht war blass und verschwitzt und sie hatte die Augen halb geschlossen. Ich konnte sehen, dass sie große Schmerzen litt, trotz der Tabletten, die sie ihr gegeben hatten, um die Zeit bis zu ihrer Untersuchung zu überbrücken.

Ich seufzte und erhob mich. Mum hatte jetzt seit über zwei Stunden gewartet; es war an der Zeit, jemanden zu fragen, was los war. In diesem Moment erschien ein Krankenpfleger und rief ihren Namen. Zusammen halfen wir ihr in einen Rollstuhl und verfehlten dabei nur knapp den Fuß eines vorbeiflitzenden Kleinkinds, was mir die Schimpftirade einer dicken Italienerin einbrachte.

Mit einem liebenswürdigen Lächeln deutete ich auf das Schild, das Eltern dazu aufforderte, ihre Kinder zu beaufsichtigen.

»Wir bringen sie am besten hier rein«, sagte der Pfleger und zeigte auf ein geräumiges, vom Wartebereich abgetrenntes Zimmer. Er schloss die Tür hinter uns und sofort trat eine angenehme Ruhe an die Stelle der aufgeladenen Atmosphäre des Wartezimmers. Ich atmete geräuschvoll aus.

»Es geht hoch her da draußen, nicht wahr?« Er grinste. »Ob Sie's glauben oder nicht, das da war noch gar nichts. Jedenfalls nicht im Vergleich zu letzter Woche.«

Er setzte sich vor seinen Computer und tippte irgendetwas auf der Tastatur.

Danach drehte er sich auf seinem Stuhl um, sodass er Mum anschauen konnte.

»Okay. Anita, richtig? Ich bin Tom. Keine Sorge, meine Liebe, wir kriegen Sie schon wieder hin.«

Mum sah verloren auf und nickte. Ich spürte, wie mich eine Gefühlswelle überrollte; ich wollte sie ganz fest an mich drücken, so wie ich es immer mit Evie machte. »Können Sie mir sagen, was mit Ihrem Bein passiert ist?«

Mum war erschöpft, aber ich ließ sie Tom die ganze Geschichte in ihren eigenen Worten erzählen. Die Sorge um ihr Erinnerungsvermögen erwähnte sie ihm gegenüber nicht.

Tom machte sich jetzt an diversen sterilisierten Utensilien zu schaffen. Ein Blick auf die Uhr an der Wand sagte mir, dass es kurz vor vier war. Ich musste mich irgendwie bemerkbar machen.

»Es tut mir wirklich leid«, sagte ich zu Tom. »Ich muss jetzt los, meine Tochter von der Schule abholen.«

»Ich verstehe.« Er sah zu Mum und ich folgte seinem Blick. Sie schien kurz davor, in Tränen auszubrechen.

»Das ist doch okay, oder, Mum?«, sagte ich alarmiert. »Ich muss Evie abholen, erinnerst du dich?«

Mum nickte, antwortete jedoch nicht. Sie wirkte komplett weggetreten.

»Gibt es nicht irgendeine Möglichkeit, dass Sie hier bei ihrer Mum bleiben können?« Tom nahm ein Wattepad aus einem Plastikbeutel. »Ich glaube, sie könnte Ihre Unterstützung wirklich gut gebrauchen.«

Ich schluckte den Kloß in meinem Hals hinunter und zupfte an den obersten Knöpfen meiner Bluse, um besser Luft zu bekommen. Einen kurzen Augenblick lang hatte ich das Gefühl, als würde ich selbst diejenige sein, die gleich in Tränen ausbrach. Es gab niemanden, den ich bitten konnte, Evie für mich abzuholen. Gleichzeitig wollte ich wirklich für Mum da sein. Aber Evies Sicherheit ging nun einmal vor.

Und dann fiel es mir wieder ein.

»Einen Moment«, sagte ich und holte mein Handy aus der Handtasche. »Vielleicht kann ich doch noch was organisieren.«

52

DREI JAHRE ZUVOR

TONI

Ich verließ das Sprechzimmer und wählte Bryonys Nummer. Erst ertönte das Freizeichen, dann die Mailboxansage. Beim nächsten Versuch hinterließ ich eine Nachricht.

»Hi, Bryony, hier ist Toni. Ich weiß, es ist schrecklich kurzfristig, aber ich wollte fragen, ob Sie Evie vielleicht um halb fünf abholen könnten. Mum und ich sind immer noch in der Notaufnahme. Sie ist ziemlich durch den Wind und ich würde sie ungern allein lassen, wenn es sich irgendwie vermeiden lässt.« Ich blickte auf die Uhr. »Wenn Sie mir innerhalb der nächsten fünf Minuten Bescheid geben könnten, wäre das super. Ansonsten fahre ich hin und hole sie selbst ab, kein Problem.«

Ich legte auf und rief beim Sekretariat der St. Saviour's Primary an.

Dort meldete sich direkt der Anrufbeantworter. »Sie rufen außerhalb unserer Öffnungszeiten an ...«

Kurz überlegte ich, eine Nachricht zu hinterlassen, legte dann aber auf. Mein Gehirn fühlte sich ganz benommen an, blind vor Sorge um Mum und Evie. Es würde niemandem wehtun, wenn ich kurz nach draußen an die frische Luft ging, um dort auf Bryonys Rückruf zu warten.

Die Luft war noch kühl und feucht vom nachmittäglichen Regenschauer. Ich blickte auf den heruntergekommenen Vorplatz aus Beton, der eine Renovierung dringend nötig hatte. Eine frische Brise strich über mein erhitztes Gesicht und kurz überkam mich der Drang, auf dem Boden Platz zu nehmen und meine Gedanken zu ordnen.

Ich stellte mir vor, wie Bryony meine Nachricht abhörte und zu ihrem Auto eilte. Heute Nachmittag war ich erstaunt gewesen, dass sie so verständnisvoll und darüber hinaus sogar aufrichtig hilfsbereit gewirkt hatte. Vielleicht taute sie am Ende doch noch auf. So blöd es auch klang, manchmal brauchte es eben eine Krise, um Leute zusammenzubringen.

Ich wartete noch eine Minute und ging dann wieder rein. Bevor ich das Behandlungszimmer betrat, klopfte ich an die Tür.

Tom sprach gerade in beruhigendem Ton auf Mum ein.

»Da sind Sie ja. Ihre Mutter hat mir gerade erzählt, dass sie sich Sorgen um ihr Gedächtnis macht.« Er blickte zu mir auf. »Dass sie vergisst, was sie getan hat, und dass sie Dinge verlegt.«

»Das tut sie nicht.« Ich schüttelte den Kopf. »Heute war ein Einzelfall. Sie kann sich nicht erinnern, ihre Schuhe auf die Treppe gestellt zu haben. Die, über die sie dann gestolpert ist. Stimmt doch, oder, Mum?«

»Da ist noch mehr«, sagte Mum, wobei sie nervös die Hände ineinander verschlang. »Es gab Sachen, die ich vergessen habe und von denen ich dir nicht erzählen wollte, damit du dir keine Sorgen machst.«

»Was denn zum Beispiel?« Ich blickte verstohlen zur Uhr. Fünf nach vier, und Bryony hatte noch nicht zurückgerufen. Ich würde mich selbst auf den Weg machen müssen.

»Hör mal, ich muss jetzt wirklich los zu Evie. Lass uns das besprechen, wenn ich wieder da bin.«

Mein Atem war schnell und flach geworden.

Tom runzelte die Stirn. Ich wünschte, Mum hätte ihm gegenüber nichts von ihren Sorgen erwähnt; wenn er weiter nachbohrte, würde er alles nur noch schlimmer machen.

»Ich dachte, eine Kollegin könnte meine Tochter für mich abholen«, erklärte ich ihm. »Aber ich kann sie nicht erreichen, also habe ich keine Wahl, als selbst zu fahren.«

»Ich komme schon zurecht«, sagte Mum, doch ihre Stimme zitterte und sie biss sich schon wieder auf die Lippe.

»Oh, Mum.« Ich kniete mich vor sie und nahm ihre Hand in meine. »Es tut mir so leid, dass ich gehen muss. Evie und ich kommen danach direkt wieder her und dann können wir alle zusammen nach Hause fahren und uns einen schönen Abend machen. In Ordnung?«

Mum nickte, in ihren Augen schwammen Tränen.

»Es tut mir leid«, sagte ich zu Tom. »Ich bin so schnell wie möglich wieder da.«

Ich musste eine gefühlte Ewigkeit laufen und verfluchte Mums Pumps, die meine Füße einzwängten und aufscheuerten. Nachdem ich das Parkticket bezahlt und die Schranke passiert hatte, reihte ich mich an der Krankenhausausfahrt in die Schlange der Fahrzeuge ein, die ebenfalls darauf warteten, das Gelände zu verlassen.

Als ich endlich auf die Hauptstraße abbog, war es zwölf nach vier. Bis halb fünf an der Schule zu sein, würde knapp werden, doch ich hatte ja eine Nachricht auf den Anrufbeantworter im Sekretariat gesprochen, darum würde jemand wissen, dass ich unterwegs war.

Ich fühlte mich leicht benebelt — aber auf angenehme Weise, so als wäre die nagende Angst für den Moment gezähmt. Ich konzentrierte mich besonders angestrengt aufs Fahren. Mir war bewusst, dass ich genau genommen gar nicht auf der Straße unterwegs sein durfte, aber ich fühlte mich gut. Außerdem war es schon eine Weile her, dass ich die Tablette genommen hatte. Mit Sicherheit war der Wirkstoff praktisch schon aus meinem Blutkreislauf verschwunden.

Sowohl Evie als auch Mum brauchten mich. Ich würde sie jetzt nicht hängen lassen.

Um die befahrensten Teile der Stadt zu umgehen, nahm ich eine Abkürzung durch die Seitenstraßen, vorbei an einem Zeitungsstand, an dem sich ein paar ältere Jungs mit ihren Fahrrädern versammelt hatten, Süßigkeiten aßen und den anderen Kindern auf der gegenüberliegenden Straßenseite Dinge zuriefen. Ein paar hundert Meter weiter stand eine Gruppe Bauarbeiter in Warnwesten und Schutzhelmen herum, die, auf die rot-weiß gestreiften Sperrzäune gestützt, gut sichtbar ihre dicken Bäuche präsentierten.

Die Tablette, die ich am frühen Nachmittag genommen hatte, hatte mir eine willkommene Pause von der Realität verschafft. Dank ihr konnte ich mich nun besser konzentrieren, anstatt mich ständig von den zigtausend Sorgen in meinem Kopf ablenken zu lassen.

Ich hörte Smooth Radio und sang lauthals bei ein paar alten Liedern mit, die schon lange out waren, meine Stimmung aber hoben. Zehn Minuten lang hatte ich keinerlei Probleme und fuhr ohne größere Unterbrechungen. Der Verkehr bewegte sich zwar nur langsam vorwärts, aber es ging voran. Und dann, kurz vor der Moor Bridge, kam er zum plötzlich zum Erliegen.

Auf beiden Spuren Stau, von hier bis ganz nach hinten zur Umgehungsstraße.

»Scheiße.« Wenn ich rechtzeitig bei Evie sein wollte, blieben mir noch acht Minuten.

Mit hämmerndem Herzen checkte ich auf meinem Handy die Verkehrsnachrichten des BBC. In der Nähe des städtischen Krankenhauses hatte es einen Unfall gegeben, also blieb mir nichts Anderes übrig, als inmitten der zahlreichen Autos stehen zu bleiben und abzuwarten, bis ich auf den Kreisverkehr fahren und in Richtung Bulwell abbiegen konnte.

Ich lenkte den Wagen auf die äußere Spur, um besser voranzukommen, erkannte aber schnell, dass ich nicht als Einzige auf diese Idee gekommen war. Das wäre meine einzige Chance gewesen, pünktlich zur Schule zu kommen.

Bis halb fünf blieben weniger als fünf Minuten und hier war ich, mitten auf einer völlig verstopften Straße, auf der sich der Verkehr keinen Zentimeter bewegte.

DREI JAHRE ZUVOR
OBSERVIERUNGSBERICHT

9. September

PROTOKOLL
Ankunft am Beobachtungsposten: 11:00 Uhr.

11:05 Uhr Toni Cotters Mutter geht wie üblich zu Sainsburys einkaufen.

11:10 Uhr Eintritt ins Haus durch Fenster im Badezimmer.

11:20 Uhr Hindernisse platziert, um Unfall auszulösen.

11:25 Uhr Grundstück verlassen.

Aufbruch vom Beobachtungsposten: 11:30 Uhr.

ALLGEMEINE BEOBACHTUNGEN

- Haus ist ordentlich eingerichtet und aufgeräumt.

- Bonus — alte Frau hat ihre Brille vergessen. Diese wurde beschlagnahmt und sollte Verletzung durch Unfall deutlich erleichtern.
- Warte auf weitere Anweisungen.

54

DREI JAHRE ZUVOR
DIE LEHRERIN

»Komm bitte weg vom Fenster, Evie«, sagte Harriet Watson. »Ich habe dir doch gesagt, wir sind hier noch nicht fertig.«

»Der große Finger zeigt auf die Sechs und Sie haben gesagt, dass ich dann nach Hause darf«, gab Evie zurück.

»Tja, wie du sehen kannst, zeigt er noch nicht ganz darauf«, sagte Harriet scharf. »Wir haben noch mindestens zwei Minuten.«

Zweifelsohne war die Kleine nicht auf den Kopf gefallen. Harriets Meinung nach war sie schlauer, als ihr guttat.

Evies Miene verdüsterte sich. »Wo ist Miss Akhtar? Sie ist meine richtige Lehrerin.«

Harriet machte einen Schritt auf sie zu und Evie setzte sich, wurde ganz klein auf ihrem Stuhl. »*Ich* leite diese Nachmittagssitzungen.« Harriet sprach langsam und deutlich. »Miss Akhtar hat hier nichts zu suchen.«

Evie verschränkte die Arme und schaute weg. Harriet ging zum Schreibtisch, der vor Evie stand, und ließ sich auf seiner Kante nieder. »Du weißt, dass deine Mummy sich Sorgen um dich macht, oder?«

Das Mädchen blickte zu ihr auf und runzelte die Stirn. »Nein«, sagte sie.

»Nein, *Miss Watson*«, korrigierte Harriet sie. »Deine Mummy hat mir erzählt, dass sie sich große Sorgen um dich macht, genau wie deine Nanny. Die beiden haben Angst, dass du hier in St. Saviour's ungezogen bist.«

»Das bin ich nicht!« Evies Augen weiteten sich und ihre Unterlippe begann zu zittern. »Ich bin nicht ungezogen.«

»Du und ich, wir wissen das, Evie«, sagte Harriet sanft. »Aber die anderen nicht. Ich will deiner Mummy ja sagen, dass du ein braves Mädchen bist, das will ich wirklich. Aber ...«

Das Kind sah sie mit feuchten Augen an.

»Unter uns, es ist Miss Akhtar, die dich für ungezogen hält.«

»Das bin ich nicht.« Eine Träne kullerte über Evies rosige Wange. »Ich bin nicht ungezogen.«

»Das weiß ich, Evie.« Harriets Stimme nahm nun einen freundlichen Ton an. »Und ich habe zu ihr gesagt, dass du dich bei mir immer sehr gut benimmst. Das tust du doch, oder?«

Evie nickte schwach, wirkte jedoch selbst nicht vollkommen überzeugt. Trotzig wischte sie sich die Tränen mit dem Ärmel ihrer Schuluniform weg.

In der heutigen Sitzung hatte sich Evie über jede einzelne Aufgabe beschwert, die Harriet ihr gegeben hatte. Sie hatte sich geweigert, zu zeichnen, und absichtlich zwei Wachsmalstifte zerbrochen. Sie hatte ständig gegähnt und ihre Finger gezählt, während Harriet versucht hatte, mit ihr gemeinsam zu lesen. Und in den vergangenen zehn Minuten hatte sie kaum noch Notiz von Harriet genommen. Ihre Augen hatten förmlich an der Uhr geklebt.

»Verstehst du, wenn Miss Akhtar der Schulleiterin von dir berichtet, dann wirst du nicht mehr hierherkommen dürfen, Evie. Dann schicken sie dich in die Schule für ungezogene Kinder.«

Evies sah jetzt verängstigt aus. »Wo ist die?«

»Sie ist meilenweit weg«, sagte Harriet. »Es könnte sogar sein, dass du dort leben musst, weit weg von deiner Mummy und deiner Nanny, weit weg von mir.«

Das Kind brach in Tränen aus.

»Na, komm schon, wisch dir das Gesicht ab.« Harriet reichte Evie ein Taschentuch, während sie missbilligend die tränenverschmierten Wangen und die rotzige Nase betrachtete. »Ich werde ihnen sagen, dass sie dich nicht dorthin schicken sollen. Das heißt, wenn du das möchtest. Wenn du lieber hier bei mir bleiben möchtest?«

Evie schniefte, putzte sich die Nase und nickte. Ihr Blick ruhte wie gebannt auf Harriet.

»Zumindest will ich ihnen das gerne sagen. Aber zuerst musst du mir versprechen, dass du weder Mummy noch Nanny von unserer kleinen Unterhaltung erzählst. Kannst du das tun?«

Evie nickte.

»Du darfst ihnen nichts von der Schule für ungezogene Kinder erzählen. Versprichst du mir das?«

»Ja«, sagte das Kind mit wehleidiger Stimme. »Ist das so eine Schule wie die von Matilda, mit Fräulein Knüppelkuh?«

Harriet seufzte. Das war das Problem mit den Kindern heutzutage. Zu viel Fernseh- und Kinoquatsch statt nützlicher Lektionen, die sie auf die harte Wirklichkeit der echten Welt vorbereiten würden.

»Matilda ist nur eine dumme Geschichte.« Behutsam nahm Harriet Evies Taschentuch zwischen zwei spitze Finger und warf es in den Mülleimer. »Ich nehme an, deine Mummy ist manchmal ziemlich ungeduldig mit dir, oder?«

Evie nickte und ihre Augen glänzten.

»Du wirst nicht schon wieder weinen, verstanden?«

Evie nickte. »Ja.«

»Was sagt deine Mummy zu dir, wenn sie wütend ist?«

Evie dachte einen Moment lang nach. »Sie sagt, ich muss zur Schule.«

Harriet nickte. »Und da hat sie Recht. Es ist das Gesetz, sonst kommt die Polizei zu euch nach Hause.«

Auf Evies Kinn bildeten sich kleine Dellen und Runzeln, während sie auf ihrer Unterlippe herumkaute. Sie wusste, dass das die Wahrheit war, weil ihre Mummy dasselbe gesagt hatte.

»Und sag mal, wenn Mummy wütend wird, nimmt sie dann ihre Tabletten?«

Evie runzelte die Stirn und schüttelte den Kopf.

»Ich meine die Tabletten, die sie zum Schlafen nimmt.«

»Oh, ja«, sagte Evie, froh, weil sie verstanden hatte. »Sie sind im Schrank im Badezimmer, da, wo ich ohne Stuhl nicht rankomme. Sie schläft *ewig*. Manchmal kriege ich Hunger und Langeweile.«

»Das kann ich mir vorstellen.« Harriet lächelte. »Und es ist bestimmt schwer, Mummy aufzuwecken, wenn sie tagsüber einschläft, oder?«

Evie nickte. »Ich muss so machen.« Sie tat so, als würde sie heftig an etwas oder jemandem rütteln. »Und ich muss schreien, »MUMMMMYYY«!«

Ihre Stimme hallte durch die ausgestorbene Bibliothek.

»Psst«, zischte Harriet und sah sich um. Das Letzte, was sie wollte, war, die Aufmerksamkeit von Mr. Bryce auf sich zu ziehen, dem inkompetenten alten Hausmeister, der seine Nase überall hineinsteckte und sich weigerte, in Rente zu gehen. »Es gibt keinen Grund, so einen Lärm zu machen.«

Evie schaute zu Boden.

»Wie gesagt ist die einzige andere Schule hier in der Gegend die Schule für ungezogene Kinder. Da sind große Jungs, die dir im Unterricht gegens Schienbein treten«, sagte Harriet. »Darum musst du aufhören, zu sagen, dass du nicht auf die St. Saviour's gehen willst. Verstehst du, Evie?«

»Ja«, sagte Evie kleinlaut. »Ich werde es nicht mehr sagen.«

»Das ist gut. Und du darfst niemandem erzählen, was wir besprochen haben. Wenn du tust, was ich dir sage, musst du nicht dorthin. Habe ich mich klar ausgedrückt?«

»Ja.«

»Ja, *Miss Watson*«, verbesserte Harriet sie.

»Ja, Miss Watson.«

»Sehr schön.« Harriet lächelte. »Also sag deiner Mummy, dass du einen schönen Tag in der Schule hattest und dass Miss Watson sehr zufrieden mit dir ist. Das bin ich nämlich.«

Evie nickte und die Andeutung eines Lächelns huschte über ihre Lippen.

»Du liebe Güte!« Harriet sah auf die Uhr. Die Sitzung war schon seit zehn Minuten vorbei. »Deine Mummy ist ganz schön spät dran. Warte hier, ich gehe mal nachschauen, ob sie draußen wartet.«

55

DREI JAHRE ZUVOR

TONI

Ich rief die Schule mindestens sechs Mal an, jedes Mal in der Hoffnung, dass jemand zufällig genau in diesem Moment am Sekretariat vorbeigehen und abheben würde. Doch es ging immer nur der Anrufbeantworter ran.

Ich hatte bereits eine Nachricht hinterlassen und die Schule über meine Verspätung informiert ... Zumindest hatte ich das gedacht, doch mittlerweile war ich mir nicht mehr ganz so sicher.

Einzelne Szenen rasten wie im Schnelldurchlauf an meinem inneren Auge vorbei: Mum, wie sie allein im Wartezimmer saß; Toms missbilligender Gesichtsausdruck; Mum, die die Treppe hinunterfiel; ich, wie ich im Sekretariat anrief und eine Nachricht hinterließ.

Einiges davon schien nicht ganz stimmig, so, als wäre ich bei der Reihenfolge durcheinander gekommen.

Ich schloss die Augen, damit ich den stehenden Verkehr vor mir nicht mehr sehen musste, und versuchte, nachzudenken. Ich hatte Bryony noch ein paarmal auf dem Handy angerufen, doch mittlerweile antwortete immer direkt die Mailbox. Dales Nummer war nicht in meinem Telefonbuch gespeichert. Ich hatte im Geschäft angerufen, aber niemand war rangegangen, also war Jo vermutlich beschäftigt.

Dann fiel mir Jos Nachricht von letzter Woche ein. Sie hatte mich nach meiner Nummer gefragt, damit sie mir irgendein bescheuertes Meme schicken konnte, das zurzeit die Runde machte. Ich suchte nach der Nachricht und wählte die dazugehörige Nummer. Das Freizeichen ertönte, dann die Mailboxansage. Ich tippte hektisch eine Nachricht und schluckte den widerlichen Kloß in meiner Kehle hinunter.

Jo, hier ist Toni. Notfall. Stehe im Stau und komme nicht rechtzeitig zu Evie. Kannst du sie abholen? St. Saviour's Primary. Sorry dafür X

Ich konnte einfach nicht verstehen, warum Harriet Watson mich nicht angerufen hatte; ich war jetzt beinahe zwanzig Minuten zu spät. Dann fiel mir mit einem mulmigen Gefühl wieder ein, dass ich das Kontaktformular für Eltern noch nicht ausgefüllt hatte, das sie mir zusammen mit Evies Zulassungsunterlagen gegeben hatten.

Evie hatte dasselbe Formular noch einmal mit nach Hause gebracht; ich hatte es am ersten Schultag in ihrer Tasche gefunden, zusammen mit einer Mitteilung der Verwaltungsbeamtin, es doch bitte so schnell wie möglich auszufüllen. Die Schule hatte meine Handynummer nicht.

Ich öffnete das Fenster ein kleines Stück, doch die Luft war schwer von Abgasen. Der Wagen hatte sich in den letzten fünf Minuten vielleicht fünf Meter vorwärtsbewegt. Fünf Minuten kommen einem schrecklich lang vor, wenn die eigene Tochter vergeblich darauf wartet, dass jemand sie abholt, und die eigene Mutter hilfsbedürftiger ist als je zuvor.

Ich schluckte schwer, wollte die Trockenheit in meiner Kehle loswerden und ärgerte mich, dass ich meine Wasserflasche im Geschäft gelassen hatte.

Ein Hitzeball entflammte sich in meiner Magengrube und arbeitete sich langsam in Richtung Kopf vor, wo er erfahrungsgemäß explodieren, mir den Teint wie Rote Beete verleihen und meine bereits heftig wütenden Kopfschmerzen weiter befeuern würde.

Ich nahm mein Handy in die Hand und starrte auf den schwarzen Bildschirm. Keine Nachrichten oder verpassten Anrufe.

Während ich ungeduldig mit den Fingern aufs Lenkrad trommelte, versuchte ich, den Verkehr mit meiner bloßen Willenskraft vorwärtszubewegen.

Ich erreichte die Schule um zehn nach fünf. Vierzig Minuten zu spät.

Ich parkte im Halteverbot direkt vor dem Eingang, riss den Sicherheitsgurt aus der Fassung, sprang aus dem Wagen und rannte so schnell ich konnte durch das Eingangstor aufs Schulgelände. Ohne die Massen aneinandergedrängter Kinder und Eltern, durch die man sich sonst immer kämpfen musste, wirkte es so verlassen wie eine Geisterstadt.

Alle Türen waren verschlossen und die Rollos heruntergelassen. Mein Nacken kribbelte, mein Hals war wie ausgedörrt.

Ich hämmerte gegen jede Tür, gegen jedes Fenster. Ich rannte klopfend und brüllend einmal ums gesamte Gebäude. Als ich das Fenster von Evies Klassenzimmer erreichte, tauchte ein Mann Anfang sechzig auf. Er trug eine dunkelblaue Latzhose, war gerade um die Ecke gebogen und kam jetzt auf mich zu.

»Meine Tochter«, keuchte ich, während ich ihm entgegeneilte. »Ich muss sie abholen, ich bin spät dran.«

»Hier ist niemand mehr, meine Liebe«, gab er zurück. »Es sind schon alle nach Hause gegangen.«

»Nein, Sie verstehen nicht ...« Ich schluckte den

Geschmack nach Erbrochenem hinunter und schloss die Augen gegen die Übelkeit. Als ich sie wieder aufmachte, sah er mich neugierig an. »Sie verstehen nicht. Meine Tochter, Evie, sie hatte noch eine Nachmittagssitzung bei Miss Watson.«

»Aber es ist niemand mehr hier«, wiederholte er und machte ein paar schlurfende Schritte rückwärts. »Ich bin hier der Hausmeister und habe gerade alle Klassenräume durchgefegt. Es ist niemand da. Überhaupt niemand.«

56

DREI JAHRE ZUVOR
TONI

Ich rannte am Hausmeister vorbei und zurück zum Auto.

Das Schulgebäude, die Straße, der vorbeifahrende Verkehr — alles verschwamm zu einem großen, verzerrten Wirbel, der sich vor meinen Augen drehte, erst langsam, dann immer schneller.

Ich stolperte und stürzte gegen das Schultor. Die Eisenstäbe drückten sich kalt und erbarmungslos gegen meine Haut.

»Hey, bleiben Sie stehen, Miss.« Der Hausmeister war plötzlich wieder neben mir. »Sie tun sich noch was, wenn Sie so weitermachen. Wollen Sie nicht erst mal kurz reinkommen und sich ein, zwei Minütchen hinsetzen?«

»Nein.« Ich schüttelte den Kopf. Jetzt war mir sogar noch schwindliger. »Ich muss — ich muss sie finden. Meine Tochter.«

Ich richtete mich auf und atmete tief durch. Er machte mit ausgestreckten Armen einen Schritt auf mich zu, so als könnte ich jeden Moment umkippen.

»Mir geht's gut, danke«, sagte ich und wünschte, er würde einfach abhauen. Und dann fiel mir etwas ein. »Haben Sie die Telefonnummer von Harriet Watson?«

»Tut mir leid.« Er zuckte mit den Schultern. »Ich habe

keinen Zugriff auf solche Informationen. Steht alles im Computer im Sekretariat, verstehen Sie? Sie machen immer noch einen ziemlich wackeligen Eindruck.«

»Ich muss los«, murmelte ich, während ich schon Richtung Bürgersteig lief. »Ich muss Evie finden.«

Der Hausmeister sah mir dabei zu, wie ich auf zitternden Beinen zum Wagen ging.

»Ich denke, Sie sollten besser nicht fahren«, rief er mir hinterher, doch ich ignorierte ihn und hievte mich umständlich auf den Fahrersitz.

Ich zog die Tür zu, ließ den Kopf gegen die Rückenlehne sinken und schloss die Augen. Meine Gedanken sprangen in meinem Kopf hin und her wie außer Kontrolle geratene Tischtennisbälle. Ich schien nicht in der Lage zu sein, sie einzufangen und in etwas zu bringen, das auch nur auch nur im Entferntesten an eine Reihenfolge erinnerte.

Mein Handy klingelte und mein Herz machte einen Satz. Ich packte meine Handtasche, wühlte darin herum und zog mein Telefon heraus. Das Display zeigte eine Nummer, aber keinen Namen. Ich hob ab. Eine widerwärtige Furcht verstopfte mir die Kehle.

»Hallo?«, krächzte ich.

»Toni? Hier ist Jo, ich habe gerade deine Nachricht gelesen. Ist alles okay?«

»Evie.« Meine Stimme brach und verwandelte sich in ein Schluchzen. »Sie ist verschwunden.«

Ich blieb, wo ich war, und wartete auf Jo, wie sie gesagt hatte. Es brachte mich fast um, herumzusitzen und nichts zu tun, doch Jo hatte darauf bestanden. Ich öffnete das Fenster in der Hoffnung, einen klaren Kopf zu bekommen, wieder richtig denken zu können.

»Kommen Sie zurecht, meine Liebe?«

Ich zuckte zusammen und riss die Augen auf, nur um den Hausmeister vorzufinden, der sich neben dem Auto zu mir herunterbeugte.

»Ja, mir geht's gut, meine Freundin ist auf dem Weg hierher«, sagte ich. »Danke, aber es gibt wirklich nichts, was Sie tun können.«

»Ich gehe nochmal rein und schaue in den Klassenräumen nach«, sagte er. »Nur für den Fall. Sie wissen ja, wie kleine Mädchen sind.«

Ich betrachtete sein runzliges Gesicht mit den dünnen Lippen und schauderte. Die Vorstellung von ihm und Evie allein in einem Gebäude bereitete mir Unbehagen.

»Danke«, murmelte ich und kurbelte das Fenster hoch.

Zehn Minuten später kam ein kleiner weißer Fiat um die Ecke gebogen und parkte hinter mir. Jo sprang heraus und eilte auf meinen Wagen zu, doch auf dem Weg wurde sie vom Hausmeister mit erhobener Hand abgefangen.

Er stand mit dem Rücken zu mir, aber ich konnte erkennen, wie er beim Sprechen den Kopf schüttelte. Jo hörte ihm zu und wand dann leicht den Kopf, sodass ich ihren Mund nicht mehr sehen konnte. Sie sagte etwas zu ihm, dann drehten die beiden sich um und schauten mich an.

»Was?«, rief ich aus dem Wageninneren. Evie war verschwunden und die beiden plauderten, als hätten wir alle Zeit der Welt.

Eilig kam Jo zu mir und ließ sich auf den Beifahrersitz sinken. »O Gott, Toni, du siehst grauenhaft aus.« Sie packte meine Hand. Ihre Finger fühlten sich kühl und feucht an. »Was ist passiert?«

»Was hat er dir erzählt?«, fuhr ich sie an. »Worüber habt ihr geredet?«

»Mr. Bryce wollte nur sichergehen, dass alles in Ordnung ist«, antwortete sie ruhig. »Er hat gesagt, es sei niemand mehr auf dem Gelände. Du Arme, du musst ja verrückt vor Sorge sein.«

Da ich bei ihren Worten der Anteilnahme in Tränen ausbrach, konnte ich ihr lediglich einen groben Überblick über das Geschehene geben.

»Ich weiß nicht, wen ich kontaktieren soll, was ich tun soll«, schluchzte ich, und dann kam mir in all dem Nebel plötzlich ein klarer Gedanke. »Ich sollte die Polizei rufen.«

Jo starrte mich einen Moment lang an, bevor sie den Kopf schüttelte. »Noch nicht. Die Polizei wird fragen, was du bisher unternommen hast, um sie zu finden«, warf sie ein.

»Was soll ich denn tun?«, schniefte ich. »Hier ist niemand, den man fragen könnte, und ich habe die Nummer von Harriet Watson nicht.«

»Na ja, Evie ist offensichtlich nicht mehr in der Schule, aber du bist zu spät gekommen, richtig?«

Ich nickte.

»Also hat Harriet sie vielleicht nach Hause gebracht. Hast du dort schon nachgeschaut?«

Meine Augen weiteten sich. Wie hatte ich nur so dumm sein können?

»Vielleicht wartet sie zu Hause auf mich«, flüsterte ich. Ich streckte die Hand nach dem Schlüssel im Zündschloss aus.

»Nein, wir nehmen meinen Wagen«, sagte Jo bestimmt. »Du wirkst so aufgebracht und durcheinander. Mr. Bryce findet, du solltest nicht Auto fahren.«

Sobald wir in den Muriel Crescent einbogen, löste ich den Anschnallgurt und machte Anstalten, die Tür zu öffnen.

»Noch nicht die Tür aufmachen«, sagte Jo schnell.

Ich zitterte am ganzen Körper, während ich unser Haus am

Ende der Reihe von neueren, scheunenähnlichen Häusern auszumachen versuchte.

»Sie ist nicht da«, rief ich. Und dann, lauter: »Ich sehe doch, dass sie nicht da ist!«

Ich zog am Türöffner. Die Tür schwang auf und verfehlte im Vorbeifahren nur knapp ein parkendes Auto.

»Toni, verdammte Scheiße!«, schrie Jo und trat in die Bremsen. »Mach die verdammte Tür zu!«

Ich starrte sie mit weit geöffnetem Mund an. Es war, als hätte jemand einen Schalter umgelegt. Im Büro hatte ich sie noch nie so fluchen gehört und erst recht nicht mitbekommen, wie sie die Beherrschung verloren hatte. Ich sprang aus dem Wagen und rannte auf unser Haus zu, gefolgt von Jos immer schwächer werdenden Rufen.

Es war offensichtlich, dass vor dem Haus niemand wartete. Keine Harriet und keine Evie. Schwitzend und keuchend erreichte ich die Vordertür. Ich stürzte am Haus entlang in den Hinterhof.

»Evie«, rief ich verzweifelt. »Evie!«

Über den Rand der Hecke schob sich ein Gesicht.

»Schon wieder Ihr Töchterchen verloren, was?«, fragte Colin mit einem süffisanten Grinsen.

»Verpiss dich«, fauchte ich wütend und rannte zurück zum Vordereingang. Jo hatte vor dem Haus geparkt und kam auf mich zu.

»Toni, um Himmels willen, beruhig dich mal.« Sie packte mich am Arm. »Du musst jetzt vernünftig denken. Komm, wir gehen rein.«

57

DREI JAHRE ZUVOR

TONI

»Gibt es irgendeinen Ort, wo Evie gerne hingeht? Einen Park vielleicht?«

Vor mir standen der Kriminalbeamte und eine Polizistin, DI Manvers und PC Holt. Ich selbst saß auf dem Sofa neben Jo.

»Sie kennt sich hier in der Gegend nicht aus«, brachte ich unter Tränen hervor. »Wir sind erst vor Kurzem hergezogen. Gibt es nicht irgendwas, das wir tun können, statt einfach nur hier rumzusitzen?«

»Ich kann Ihnen versichern, dass im Hintergrund schon viel getan wird, Mrs. Cotter«, gab DI Manvers zurück. »Unser Team ist bereits dabei, Kontakt mit der Schulleiterin und dem Vorstand aufzunehmen. Wir werden bald mehr wissen.«

»Könnte vielleicht jemand von den Nachbarn sie mit zu sich genommen haben?«, schlug PC Holt vor.

Colin. Ich sprang auf.

»Sals Sohn, nebenan. Er war mal im Gefängnis.« Ich lief in die Küche. »Er ist jetzt gerade im Garten, er hat Evie schon einmal mitgenommen.«

DI Manvers machte alarmiert einen Schritt nach vorne. »Er hat sie schon mal mitgenommen?«

»Er meinte, sie könne seinen Welpen füttern«, sagte ich und nahm nur am Rande wahr, wie angespannt und gepresst meine Stimme klang. Ich konnte gar nicht mehr aufhören zu zittern.

DI Manvers sagte irgendetwas Unverständliches zu seiner Kollegin, ging zur Tür und holte sein Funkgerät hervor. PC Holt legte mir eine Hand auf die Schulter und drückte mich sanft zurück aufs Sofa.

»Ich will mich nicht hinsetzen«, fauchte ich und stand wieder auf. »Sie sollten da draußen sein und nach ihr suchen. Colin von nebenan könnte sie einfach geschnappt haben ...«

»Toni.« Die Stimme der Beamtin war fest, aber freundlich. »Es ist wichtig, dass wir die Ruhe bewahren. Höchstwahrscheinlich gab es einfach ein Missverständnis. Vielleicht hat ja die Mutter einer Freundin Evie mit nach Hause genommen.«

»Das versuche ich Ihnen doch die ganze Zeit zu erklären.« Ich vergrub das Gesicht in den Händen, wodurch die Worte gedämpft wurden. »Wir kennen hier niemanden, wir sind gerade erst hergezogen. Ich kann nicht nur rumsitzen, wir müssen irgendwas unternehmen.«

»Okay. Es werden bereits Dinge unternommen, Toni. Wir kontaktieren das Schulpersonal und DI Manvers ist jetzt gerade nebenan und spricht mit Ihrem Nachbarn.«

Colins grinsendes Gesicht flackerte vor meinem inneren Auge auf.

»Wenn er sie angefasst hat, bring ich ihn um, ich ...«

»Toni, haben Sie getrunken?« PC Holt starrte mich an, bis ich mich abwandte. »Sie wirken ein bisschen durcheinander.«

»Ich bin nur müde«, sagte ich schnell. Die Worte fühlten sich unbeholfen an. »Ich hatte einen grauenhaften Tag.« Dann fiel es mir wieder ein und mir wurde auf einen Schlag noch kälter. »O Gott, ich habe meine Mum vergessen. Sie ist noch immer in der Notaufnahme.«

»Überlass deine Mutter mir«, sagte Jo und stand auf. Ich sagte ihr, wo sie hin musste, und sie machte sich auf den Weg.

Es klingelte und PC Holt ging zur Tür. Ich hörte Stimmen und kurz darauf betrat Harriet Watson das Zimmer.

»Wo ist sie?«, rief ich und stürzte mich auf sie. »Wo ist Evie?«

PC Holt packte mich am Arm, bevor ich auf Harriet losgehen konnte.

»Ich dachte, Sie hätten sie abgeholt, Toni«, sagte sie leise. »Ich bin nur kurz nachsehen gegangen, wo Sie stecken, und als ich wieder zurückkam, war Evie weg. Ich dachte, Sie hätten sie mitgenommen, ohne mir Bescheid zu sagen.«

»Was? Wie konnten Sie das tun? Das war eine Vernachlässigung ihrer Aufsichtspflicht!« Völlig außer mir starrte ich die Polizeibeamten an. Alle Blicke ruhten auf mir.

Harriet seufzte. »Sie waren schon so oft spät dran und es ist auch schon ein paarmal vorgekommen, dass Sie Evie abgeholt haben, ohne jemandem Bescheid zu sagen, da dachte ich ...«

»Das habe ich noch nie getan, Sie lügen!« Meine Augen irrten wie wild im Zimmer herum, während ich mich zu erinnern versuchte. War ich je zu spät gekommen oder hatte Evie einfach mitgenommen, ohne jemanden zu informieren? »Ich habe auf den Anrufbeantworter im Sekretariat gesprochen und gesagt, dass ich unterwegs bin.«

»Ich habe den Anrufbeantworter abgehört.« Harriet schüttelte den Kopf. »Es war keine Nachricht darauf. Und in Evies Unterlagen fehlt das Kontaktformular, darum konnte ich Sie nicht einmal anrufen.«

Ich dachte an das unausgefüllte Formular auf der Arbeitsplatte in der Küche ganz oben auf dem Stapel offener Rechnungen.

»Ich habe eine Nachricht hinterlassen, ganz sicher«, sagte ich schwach, doch ich konnte mich nicht genau entsinnen, ob ich das tatsächlich getan hatte, und falls doch, was ich gesgt hatte.

»Mrs. Cotter«, sagte DI Manvers, der soeben wiedergekommen war. »Ihr Gedächtnis scheint mir etwas lückenhaft, haben Sie ...«

»Nein, ich habe nicht getrunken«, knurrte ich. »Das hat sie mich auch schon gefragt.« Mit schmalen Augen blickte ich zu PC Holt. »Das ist der Schock, ich bin immer noch ziemlich durch den Wind.«

Die Beamten tauschten einen Blick.

»Sie haben Evie schon bei anderen Gelegenheiten zu spät abgeholt«, stellte PC Holt fest und schaute in ihr Notizbuch.

»Habe ich nicht, nicht, dass ich wüsste. Außerdem ist das doch kein Verbrechen, oder? Der Verkehr kann manchmal wirklich katastrophal sein.«

»Natürlich«, stimmte sie zu. »Aber Miss Watson hat gesagt, Sie hätten auch die Termine von Evies Nachmittagssitzungen durcheinandergebracht.«

Wütend funkelte ich Harriet an, bis sie den Blick abwandte.

»Sie hatte heute eine Sitzung, das weiß ich. Und sie«, ich deutete mit zitterndem Zeigefinger auf Harriet, »sie hat zugelassen, dass jemand Evie mitgenommen hat.«

»Ich dachte, *Sie* hätten sie mitgenommen«, protestierte Harriet. »Sie waren vierzig Minuten zu spät. Ich habe zu Evie gesagt, sie soll im Klassenzimmer warten, und bin zum Eingang gegangen, um nachzusehen, ob Sie da sind. Wir konnten ja nicht den ganzen Abend dort herumsitzen und auf Sie warten.«

»Ein paar von unseren Leuten sind unterwegs auf der Suche nach Ihrer Tochter«, erklärte DI Manvers. »Gut möglich, dass sie Sie auf eigene Faust suchen wollte, nachdem Miss Watson das Klassenzimmer verlassen hat.«

»Meine Mum ist gestürzt, sie musste ins Krankenhaus«, sagte ich mit brüchiger Stimme. »Und dann stand ich wegen einem Verkehrsunfall im Stau. Ich konnte nichts dafür.« Ich schaute DI Manvers an. »Waren Sie schon nebenan?«

»Ja, ich habe mit Ihrem Nachbarn und seiner Mutter gesprochen. Sie haben den ganzen Tag zusammen zu Hause verbracht. Tatsächlich waren sie sogar ziemlich hilfsbereit.«Natürlich waren sie das. Rasch verdrängte ich den Gedanken an Colin in meinem Schlafzimmer.

Harriet Watson atmete deutlich hörbar aus, die Augen hinter den Brillengläsern so groß wie die einer Eule. »Wenn wir doch nur eine Telefonnummer von Ihnen gehabt hätten. Dann hätten wir gewusst, was los ist.«

Die Blicke von drei Augenpaaren richteten sich auf mich und ich erkannte, dass das abschließende Urteil gefällt worden war; es stand ihnen deutlich ins Gesicht geschrieben.

Sie hatten sich entschieden. Es war alles meine Schuld.

58

GEGENWART

QUEEN'S MEDICAL CENTRE

Die nette Krankenschwester kommt herein und schließt die Tür hinter sich. Ich kann ihr dezentes Parfüm riechen und hören, wie sie leise Selbstgespräche führt, während sie die Punkte auf ihrer Liste abhakt.

»Und, wie geht's uns heute?«, fragt sie mich so wie jeden Tag. »Haben Sie mich vermisst? Ich hatte ein paar Tage Urlaub.«

Das habe ich. Ich habe Sie vermisst.

»Mein Sohn lebt unten in Devon mit seiner Frau und meinem Enkelsohn, Riley. Sie sind zu Besuch gekommen und wir hatten eine ganz wundervolle Zeit zusammen. Haben Sie Kinder, oder Enkelkinder?« Sie nähert sich dem Bett. Ein großer verschwommener Fleck aus Weiß und Blau, genau am Rand meines Sichtfelds. »Entschuldigung, ich sollte von hier aus mit Ihnen sprechen, damit Sie mich auch sehen können.«

Ihr Gesicht schiebt sich über meins. Sie hat dunkle Haare und blaue Augen. Als sie lächelt, sehe ich, dass einer ihrer Vorderzähne sich ein wenig über den anderen schiebt. Sie hat buschige Augenbrauen, die mal wieder gezupft werden müssten, und die dunklen Haare sind durchzogen von grauen Strähnen. Ihr Atem verströmt einen schwachen Geruch von Kaffee und Rauch.

Irgendwie kommt sie mir bekannt vor. Das hier ist das erste Mal, dass ich sie wirklich anschauen kann. Normalerweise sagt sie Hallo, zeigt mir nur kurz ihr Gesicht, wobei sie mich kaum richtig anschaut. Und schon verschwindet sie wieder, um sich weiter an den Geräten zu schaffen zu machen und meine Werte abzulesen.

»Ich bin Nancy. Sie haben mich dauerhaft auf diese Station versetzt, also werden Sie mich in nächster Zeit wohl öfters zu Gesicht kriegen. Ich hoffe, das macht Ihnen nichts aus.«

Ich versuche, die Augen aufzureißen, damit sie sieht, dass ich da bin. Dahinter.

Sie runzelt die Stirn, während sie von oben auf mich herabschaut. »Mir wurde gesagt, dass Ihre Schwester Sie nur das eine Mal besucht hat. Aber die Namen und Kontaktinformationen, die sie für Sie beide hinterlassen hat, stimmen anscheinend nicht. Es ist, als würden Sie und Ihre Schwester gar nicht existieren.«

Ich starre zurück. Sie betrachtet mich gedankenverloren, so als würde sie gerade intensiv über etwas nachgrübeln.

»Ich frage mich ...« Sie macht einen Schritt weg. Ich höre sie im Schrank neben dem Bett wühlen, wo meine Handtasche verstaut ist. »Was haben wir denn hier? Vielleicht kann uns ja irgendwas hier drin verraten, wer Sie sind? Ist schon jemand mit Ihnen Ihre Sachen durchgegangen?«

Nein. Die meisten Leute haben mich abgeschrieben.

Ich höre Schlüssel rasseln und Papier rascheln. Ich liebe diese Frau für ihre Bemühungen, für ihren Glauben an die Möglichkeit meiner geistigen Anwesenheit. Tief in mir spüre ich ein winziges Fünkchen Hoffnung.

»Ein Foto«, murmelt sie, und eine Sekunde später ist ihr Gesicht wieder über meinem. »Na schön, wer ist das?«

Sie hält das kleine Porträt direkt vor meine Augen.

Es ist das Foto von Evie, mit dem *sie* mich verhöhnt hat. Sie muss es fallengelassen haben, als Dr. Chance unerwartet ins Zimmer kam. Irgendjemand, vermutlich die Reinigungskraft, hat es in der Annahme, es würde mir gehören, in meine Handtasche gesteckt.

Evie hat sich offensichtlich geweigert, in die Kamera zu lächeln, doch das macht nichts. Ihre Haare sind von einem wunderschönen Kastanienbraun und sie trägt ein Kleid, das ich noch nie an ihr gesehen habe, ein schickes Teil, das aussieht, als hätte es ein Vermögen gekostet. Weicher, cremeweißer Stoff mit einem Muster aus roten Wirbeln und Pünktchen. Wie Vogelbeeren im Schnee.

Ich warte auf den Adrenalinschub, diese elektrische Ladung, mit deren Hilfe ich schon einmal geblinzelt habe. Aber er kommt nicht. Während die Krankenschwester auf mich hinabschaut, bleibe ich vollkommen regungslos.

Etwas in mir schrumpft zusammen, verkümmert. Es fühlt sich an, als wäre der Faden, der mich mit der echten Welt verbindet — der Welt, in der ich nicht länger existiere, die ich aber auch noch nicht ganz verlassen habe —, gerade ein wenig dünner geworden.

Schon bald werde ich loslassen müssen, endgültig verschwinden. Wenn ich davor doch nur diese eine letzte Sache für Evie tun und damit all meine schrecklichen Fehler wiedergutmachen könnte. Dann wäre meine Arbeit hier getan.

Doch trotz allem schlägt mein Herz weiter im Takt, pumpt Leben durch das, was einst mein Körper war und jetzt nichts weiter ist als unbekanntes Terrain, bevölkert von Trauer und Reue. Ich bin zum Bersten gefüllt mit Selbstverachtung, aber noch mehr verachte ich *sie*, meine jüngste Besucherin.

»Ist das Ihre Tochter?« Die Stimme der Krankenschwester klingt verändert und sie legt die Stirn in Falten. »Sie ist wunderschön und sie — sie erinnert mich an irgendwen.« Die Schwester wendet das Foto zu allen Seiten und betrachtet es eingehend. Ich sehe zu, wie sie sie Augenbrauen zusammenzieht, wie sich ihr Kiefer anspannt. Mit bloßem Willen möchte ich sie dazu bringen, eins und eins zusammenzuzählen.

»O mein Gott«, flüstert sie. Ihr Gesicht verzerrt sich zu einer fassungslosen Grimasse, während ihr Blick mein Gesicht sucht und es aus zusammengekniffenen Augen betrachtet, als müsste sie sich konzentrieren, um das Unmögliche zu verstehen. »O mein Gott.«

Sie presst das Foto an sich und rennt aus dem Zimmer. Erleichterung breitet sich in meinem Körper aus wie heilender Balsam.

Endlich kennt jemand die Wahrheit.

Endlich weiß jemand, wer ich bin.

59

GEGENWART

DIE KRANKENSCHWESTER

Nancy sitzt auf der Rückbank des Polizeiautos und sieht zu, wie die altbekannten Häuser und Geschäfte im Vorbeirasen zu einem grauen Mischmasch verschwimmen. Sie sieht diese Gebäude jeden Tag, aber heute Nachmittag erscheinen sie ihr fremd. Durch den strömenden Regen, der unaufhörlich gegen die Fensterscheibe prasselt, betrachtet sie die Farben und Formen und hat dabei das Gefühl, als sähe sie sie zum ersten Mal.

Heute ist die Welt ins Wanken geraten. Und dann hat sie sich komplett auf den Kopf gestellt.

Nachdem Nancy ihre Vorgesetzten informiert hat, ist die Krankenhausleitung mit der Polizei in Kontakt getreten, und die Polizei wiederum hat Nancy gebeten, mit aufs Revier zu kommen. All das innerhalb weniger Stunden. Wie DI Manvers erklärt hat, ist das ein ungewöhnliche Vorgehensweise, doch die Situation ist ebenfalls ungewöhnlich und er denkt, Nancys Anwesenheit könne vielleicht hilfreich sein.

Das Auto wird langsamer, bevor es um die Ecke biegt, und die Erinnerungen kommen wieder hoch. Nancy kneift die

Augen zusammen. Als ob das gegen die Bilderflut helfen würde.

»Alles in Ordnung, meine Liebe?« DI Manvers wirft der uniformierten Beamtin, die den Wagen fährt, einen Blick zu, bevor er sich auf seinem Sitz umdreht und Nancy anschaut. »Wir sind gleich da. Wenn Sie wollen, können wir nochmal kurz anhalten.«

»Nein«, flüstert sie. Ihre Stimme bricht. »Hier geht es nicht um mich.«

Doch schon während sie diese Worte ausspricht, ist Nancy sich im Klaren darüber, dass es hier sehr wohl um sie geht. Ihr Wissen wird jemandes Qualen noch unerträglicher machen.

Sofern das überhaupt möglich ist.

Der Polizeiwagen passiert den großen Kreisverkehr, biegt auf die Cinderhill Road und schließlich in den Muriel Crescent ab. Ein Paketzusteller, der gerade Anstalten gemacht hat, in seinen Van zu steigen, bleibt bei ihrem Anblick stehen.

Nancy schließt die Augen und spürt, wie der Wagen langsamer wird und zum Stehen kommt. DI Manvers öffnet die Tür. Sie schlägt die Augen wieder auf und steigt aus. Die Luft draußen ist feucht und schwer, beinahe klebrig legt sie sich auf Gesicht und Körper. Ein Anflug von Übelkeit überkommt sie und sie hält sich etwas länger als nötig an der Autotür fest.

»Nancy, geht es Ihnen gut?«, fragt DI Manvers erneut.

Sie nickt.

Aber es geht ihr nicht gut, ganz und gar nicht.

Nancy beugt sich vor und versucht, ruhig zu atmen. Sie starrt auf den rissigen, feuchten Bürgersteig und ist mit einem Mal wieder dort, geht zurück zu jenem schrecklichen Tag, an dem Evie schluchzend auf der Straße stand, über und über mit Wespenstichen bedeckt.

Damals hatte Nancy der Mutter ein paar Hinweise zur

Behandlung gegeben. Nach dem Zwischenfall begegneten sie und die Cotters sich dann nur noch zufällig, auf dem Weg zur Arbeit oder nach Hause. Es kam nur selten vor. Sie winkte ihnen zum Gruß und sie winkten zurück. Mehr war da nie.

Sechs Monate nach dem Wespentag fing Nancy den neuen Job im Queen's Medical Centre an und zog vom Muriel Crescent in eine Mietwohnung am Stadtrand. Sie hatte die Cotters nicht gut genug gekannt, um sich von ihnen zu verabschieden, und hätte bereitwillig zugegeben, nie wieder einen Gedanken an sie verschwendet zu haben.

Bis zu den grauenvollen Schlagzeilen.

Polizei bittet um Mithilfe bei Suche nach vermisster Fünfjähriger

Mutter verspätet sich — kleines Mädchen aus Klassenzimmer verschwunden

Das rief ihr die Cotters natürlich sofort wieder ins Gedächtnis. Die Presse hatte damals von Anfang an entschlossen gewirkt, Mrs. Cotter die Schuld zu geben.

Mittlerweile kann man nicht einmal mehr sicher sein, ob Evie noch am Leben ist.

Nancy nimmt noch ein paar weitere tiefe Atemzüge, spürt die kalte, klebrige Luft durch ihre Nasenlöcher strömen. Ihr ist nur zu deutlich bewusst, dass sie beobachtet wird. Dass sie auf sie warten.

Natürlich hat Nancy Toni Cotter damals eine Karte geschickt und danach zwei kurze Briefe, in denen sie schrieb, sie könne gut zuhören und falls es irgendetwas gäbe, das sie tun könne, und so weiter ...

Wie erwartet bekam sie keine Antwort.

Sobald Nancy wieder aufrechter steht und sich einigermaßen gefasst hat, fragt DI Manvers: »Sicher, dass Sie das machen wollen?«

Sie nickt; er dreht sich um und geht aufs Haus zu. Nancy folgt ihm. Die Angst versetzt ihren Magen in Aufruhr, als würde sich ein Nest aus Nattern darin herumschlängeln.

Die Tür ist die einzige in der gesamten Straße, die offensichtlich einen neuen Anstrich bekommen hat; billige weiße Farbe über einstmals blauem PVC. Trotzdem sind die gesprayten Worte noch sichtbar; übermalte Anschuldigungen, nur unzureichend unter der Farbe versteckt.

DI Manvers klopft. Danach warten sie eine gefühlte Ewigkeit.

Das Geräusch eines Schlüssels, der sich von innen im Schloss umdreht, treibt Nancys Fingernägel in ihre weichen Handflächen. Ihr Atem wird noch unregelmäßiger und ihr Herz donnert in ihrem Brustkorb.

Die Tür öffnet sich und dahinter steht eine alte, auf einen Gehstock gestützte Frau. Nancy erkennt sie nicht wieder, aber vermutlich handelt es sich um Evies Großmutter. Wenn Nancy sich recht erinnert, war sie auch da, am Tag des Wespenvorfalls. Damals wirkte sie Jahrzehnte jünger.

»Oh!« Die Frau schlägt die Hand vor den Mund, als ihr Blick auf die uniformierte Beamtin und DI Manvers fällt. Sie stolpert und hält sich unbeholfen am Türrahmen fest.

»Na los, PC Holt«, flüstert der DI der jüngeren Beamtin zu. »Machen Sie mal.«

PC Holt räuspert sich und macht einen Schritt vor, sodass die alte Frau sich auf sie stützen, zurücktreten und ihnen Platz machen kann.

Nancy bleibt vor der Haustür stehen. DI Manvers spricht jetzt in leisem Tonfall mit der Großmutter, doch Nancy versteht kein Wort von dem, was sie sagen, so sehr rauscht ihr der Kopf. Kurz darauf betritt die ganze Gruppe das Haus. PC Holt stützt die alte Frau und DI Manvers gibt Nancy mit einem

Wink zu verstehen, ihnen zu folgen. Leise schließt sie die Tür hinter sich.

Sie gehen ins Wohnzimmer, wo in der einen Ecke des Sofas der zusammengesackte Umriss einer weiteren Frau erkennbar ist.

Ihr braunen Haare sind von grauen Strähnen durchzogen und Lippen und Haut wirken ausgedörrt, so als hätte ihnen etwas das Leben ausgesaugt. Einen Moment lang ist Nancy überzeugt, diese Frau nie zuvor gesehen zu haben. Dann erhascht sie den Schimmer ihres früheren Ichs, als beim Anblick von DI Manvers die Hoffnung in ihren Augen aufblitzt.

Das kleine Zimmer ist düster. Die Rollos sind heruntergelassen und die Vorhänge so weit zugezogen, dass sie so viel natürliches Licht wie möglich aussperren, ohne das Zimmer in totaler Finsternis versinken zu lassen. Stapel fein säuberlich gefalteter Zeitungen liegen vor zwei der freien Wände auf dem Boden und Nancy erkennt Bilder von Evies Gesicht und die dramatischen Schlagzeilen.

DI Manvers stellt sie einander vor.

»Ich bin Anita«, murmelt die alte Frau. »Und meine Tochter kennen Sie natürlich.«

»Wir sind hier, weil wir womöglich Neuigkeiten haben, Mrs. Cotter«, sagt er sanft. »Im Fall Evie.«

»Haben Sie sie gefunden?«, krächzt die Frau, wobei sie sich unter Anstrengung aufsetzt. Eine Art Leuchten wandert über ihr Gesicht und verdrängt für einen Augenblick die stumpfe Mattheit aus ihrem Blick. »Kommt Evie wieder nach Hause?«

»Wissen Sie, wo sie ist?«, fragt Anita. »Ist Evie am Leben?«

»Ich fürchte, zum jetzigen Zeitpunkt können wir das noch nicht mit Sicherheit sagen.« DI Manvers blickt auf seine Füße.

»Dann denken Sie, Evie ist ...«

»Wir wissen es nicht.«

»Warum sind Sie dann hier?«

»Momentan ist die Faktenlage unklar. Die Gründe dafür erkläre ich später«, fährt DI Manvers fort. »Allerdings wurden wir darüber informiert, dass im Queen's Medical Centre eine Patientin nach einem Schlaganfall ...«

»Was hat das mit Evie zu tun?«, ruft die jüngere der beiden Frauen aus. »Spucken Sie es einfach aus. Bitte.«

»Im Besitz der betreffenden Person befindet sich ein Foto von Evie. Das Datum auf der Rückseite stammt aus der Zeit nach der Entführung. Auf dem Bild sieht Evie ein wenig älter aus und hat braun gefärbte Haare«, erklärt DI Manvers.

»Ich ... ich verstehe nicht.«

»Mrs. Cotter, wir glauben, dass es möglicherweise diese Frau war, die vor drei Jahren Ihre Tochter entführt hat.«

60

GEGENWART

DIE KRANKENSCHWESTER

Toni Cotter lässt ein ersticktes Keuchen hören. Sie greift sich mit den Händen an die Kehle, als würde ihr etwas Unsichtbares die Luft nehmen.

Nancy eilt zu ihr hinüber, setzt sich neben sie und zieht sanft ihre Hände weg. Auf Tonis Haut bilden sich rote Striemen, so als hätte jemand sie über und über mit einem roten Fineliner bekritzelt.

PC Holt starrt sie an.

»Könnten Sie Toni ein Glas Wasser besorgen?«, bittet Nancy sie. Eilig und beinahe dankbar wuselt sie aus dem Zimmer.

Anita lässt sich auf einen Stuhl fallen, den Blick zu Boden gerichtet.

»Wer ist diese Frau?«, flüstert Toni Cotter. »Hat sie Ihnen gesagt, wo Evie steckt?«

Nancy beobachtet DI Manvers, der tief durchatmet, sich bereit macht, ihr den schlimmsten Teil des Ganzen zu erklären. Dass sie jetzt wissen, wer Evie entführt hat, dass diese Person aber so gut wie tot ist.

»Die Frau ist infolge des Schlaganfalls gelähmt«, sagt er.

»Sie kann weder sprechen noch sich bewegen. Zurzeit hängt sie am Beatmungsgerät, weil sie nicht einmal selbstständig atmen kann.«

Toni und ihre Mutter starren ihn an. Verständnislos.

»Wir wissen nicht, ob sie überleben wird.« DI Manvers wirft Nancy einen Blick zu.

»Aber sie hat ein Foto von Evie, sie muss doch wissen, wo sie ist«, sagt Toni und klingt dabei gereizt. »Ich will es sehen. Ich will das Gesicht meiner Tochter sehen.«

»Wir haben das Foto dabei, Mrs. Cotter«, sagt DI Manvers. »Außerdem haben wir ein Foto der Schlaganfallpatientin. Sobald Sie bereit sind, würden wir Sie gerne bitten, sich beide Beweisstücke einmal anzuschauen.«

»Ich bin jetzt bereit.« Toni Cotter richtet sich auf, blickt zu Nancy und nickt. »Zeigen Sie es mir jetzt sofort.«

PC Holt taucht mit einem Glas Wasser in der Tür auf.

»Wir sind bereit«, bestätigt Anita leise.

»Lassen Sie es uns langsam angehen«, erwidert DI Manvers und schaut von einer Frau zur anderen. »Trinken Sie bitte in Ruhe Ihr Wasser, Mrs. Cotter, wir haben keine Eile. Mir ist bewusst, dass dies für Sie beide ein überaus traumatischer Augenblick ist.«

»Mein Leben ist seit drei Jahre die reinste Hölle«, gibt Toni zurück. »Glauben Sie mir, ich bin mehr als bereit.«

Anita betrachtet ihre Tochter und wendet sich dann DI Manvers zu. »Das sind wir beide.«

»Nun gut«, sagt er und schaut sich im Zimmer um. »Könnten wir vielleicht ein bisschen mehr Tageslicht hier drin haben?«

Toni Cotter lässt sich in die Kissen zurücksinken, als fürchte sie, sie könne bei geöffneten Vorhängen zu Staub zerfallen.

»Ihre erste Reaktion auf die Bilder ist sehr wichtig«, erklärt

DI Manvers. »Sie müssen darum die Fotos gleich beim ersten Mal so deutlich wie möglich erkennen können.«

»Sie war seit Monaten nicht mehr draußen, verstehen Sie.« Mit sichtlicher Mühe erhebt Anita sich von ihrem Stuhl. »Wir lassen die Vorhänge immer geschlossen, weil sie Angst hat, dass jemand sie sieht und das Ganze von vorne losgeht.«

»Verzeihung, wovon reden Sie?«, fragt Nancy.

»Die Beleidigungen auf offener Straße, die zerbrochenen Fensterscheiben, die Schweinereien an der Tür.«

Nancy sieht hinüber zu Toni. Sie scheint noch tiefer im Sofa zu versinken und wirkt dadurch noch kleiner, als würde sie Stück für Stück in ihm verschwinden.

»Alle haben ihr die Schuld gegeben, verstehen Sie.« Anita humpelt auf ihren Stock gestützt durchs Zimmer. »Sie haben gesagt, sie hätte Evie vernachlässigt, sei nicht rechtzeitig zum Abholen gekommen. Ein Junkie, meinte die Presse. Dabei waren alles, was sie je genommen hat, ein paar Beruhigungstabletten, und das nur, um sich vor einem Nervenzusammenbruch zu retten.«

Sie hält inne und schaut zu ihrer Tochter, wobei sich ihr runzliges Gesicht in noch tiefere Falten legt. »Meine Kleine war schon am Boden, doch diese Schweine von der Presse haben ihr den Rest gegeben.«

Anita zerrt an den Vorhängen und PC Holt kommt ihr zu Hilfe, indem sie die Rollos hochzieht, sodass durch die untere Fensterhälfte Tageslicht fällt.

»So ist es besser«, murmelt die alte Frau, während sie durch das staubige Glas späht, als hätte sie vergessen, dass es da draußen noch eine andere Welt gibt.

DI Manvers durchquert den Raum; Toni setzt sich wieder aufrecht hin und rückt ein Stück näher zu Nancy. Der DI holt zwei Fotografien aus der Innentasche seines Jacketts und reicht Toni zunächst eine von ihnen.

Nancy erkennt das Foto von Evie aus der Handtasche der Patientin wieder.

»Können Sie uns bitte sagen«, sagt DI Manvers behutsam, »ob es sich bei dem Mädchen um Ihre Tochter Evie handelt?«

Toni betrachtet das Foto ein paar Sekunden lang. Alles — ihr Gesichtsausdruck, ihr Körper, ihre Augen — sind wie erstarrt. Der ganze Raum hält den Atem an. Auf der Straße fährt ein Auto vorbei. Ein Mann auf dem Bürgersteig spricht lebhaft in sein Handy. Die Sonne verzieht sich hinter die Wolken und im Zimmer wird es ein wenig dunkler.

Und dann geht es los.

Tonis Hände fangen an zu zittern, und sie lässt ein tiefes, animalisches Geräusch hören, das in ihrem Innersten beginnt und ihren Körper schließlich als ein gequältes Heulen verlässt. Dieser Laut weckt in Nancy den Drang, aufzuschluchzen und zu flüchten.

Stattdessen beugt sie sich zu Toni hinüber und legt den Arm um sie, doch die jüngere Frau schüttelt ihn ab.

»Wo ist sie?«, kreischt Toni und wiegt sich im Sitzen vor und zurück. »Wo ist mein Baby?«

Anita setzt sich auf die Sofalehne und streicht leise weinend über Tonis Kopf.

»Sie werden sie finden, Liebling. Nicht wahr, DI Manvers?« Sie schaut mit vor Trauer verschleiertem Blick auf, aus dem die Sehnsucht spricht, ihn die richtigen Worte sagen zu hören. »Versprechen Sie uns, dass Sie Evie finden.«

DI Manvers öffnet den Mund und presst dann die Lippen aufeinander. Sein Gesicht ist deutlich blasser als zuvor. Er geht hinüber zu Toni und hockt sich vor sie auf den Boden.

»Toni, können Sie mir sagen, ob das hier Evie ist? Ist das Ihre Tochter?«

Toni schließt die Augen und nickt. Die Bewegung erfasst ihren gesamten Körper, lässt ihn im Takt des Nickens erbeben.

DI Manvers greift nach ihrer Hand. »Ich kann und werde

Ihnen hier und heute keine übereilten Versprechen geben. Aber ich gebe Ihnen mein Wort, dass ich alles, *alles* in meiner Macht Stehende tun werde, um Evie zu finden. Glauben Sie mir das?«

Toni öffnet die feuchten, geröteten Augen, kneift sie zusammen und blickt ihm direkt ins Gesicht. Dabei lehnt sie sich leicht vor, so als würde sie verzweifelt versuchen, in die Zukunft zu sehen.

»Ich glaube Ihnen«, flüstert sie. »Das tue ich wirklich.«

DI Manvers steht auf und schaut auf das zweite Foto in seiner Hand. Nancy beobachtet, wie er einmal tief Luft holt. Vermutlich will er sich für Tonis Reaktion wappnen.

»Und das hier ist ein Foto der Patientin«, sagt er. »Die Ärztin hat das Beatmungsgerät nur für ein paar Sekunden weggenommen, damit wir das Bild schießen konnten, deshalb ist es ein wenig verwackelt.«

»Warum helfen Sie ihr beim Atmen, wenn sie womöglich Evie entführt hat?«, fragt Anita mit kalter Stimme.

»Zum jetzigen Zeitpunkt ist sie lediglich *verdächtig*«, antwortet DI Manvers und wendet sich wieder Toni zu. »Mrs. Cotter, kennen Sie diese Frau?«

Mit zitternden Händen nimmt Toni das Foto entgegen. Ihre Augen weiten sich, als sie das Gesicht der Patientin erblickt. Sie wird schlagartig leichenblass. Schnell steht sie auf, den Blick zur Tür gerichtet. Dann fällt das Foto zu Boden und Toni hinterher; ihr Körper klappt zusammen wie eine Marionette ohne Fäden.

Schon kniet Nancy neben ihr und legt ihr vorsichtig eine Hand auf die Wange. »Sie ist ohnmächtig. Aber sie wird gleich wieder in Ordnung sein.«

Kurz darauf öffnet Toni die Augen und starrt Nancy an.

»Sie war es«, flüstert sie. Die Worte kommen ihr nur stockend über die ausgetrockneten Lippen. »Von Anfang an war *sie* es. Was hat sie meiner Tochter angetan?«

TEIL 2

GEGENWART

61

GEGENWART

QUEEN'S MEDICAL CENTRE

Ich warte und warte und die Uhr tickt und tickt und ich warte und lausche und warte ...

Und doch kommt das Geräusch der sich öffnenden Tür unerwartet.

Ich höre mehrere Fußpaare ins Zimmer schlurfen. Ich kann sie riechen. Warme, verschwitzte Körper, verzweifelte Menschen, die herausfinden wollen, wer ich bin und warum ich das alles getan habe.

Ich höre ein Schniefen und die flüsternde Stimme eines Mannes, der etwas Tröstendes sagt. Dann kommen zwei der Fußpaare an mein Bett. Die dazugehörigen Personen flüstern sich Dinge zu — zu leise, als dass ich den Inhalt ihrer Worte aufschnappen könnte —, und dann verstummt das Flüstern und von einem Moment auf den anderen schwebt Toni Cotters Gesicht über mir.

Hätte ich ihren Besuch nicht erwartet, hätte ich sie womöglich gar nicht wiedererkannt. Doch sie ist es. Sie sieht schrecklich aus, wie ein Schatten ihrer selbst. Eine leere Hülle.

Ich habe ihr das angetan. Seit dem Tag, an dem ich Evie mitnahm, habe ihr langsam das Leben ausgesaugt. Wir starren uns in die Augen. Sie hat keine Ahnung, ob ich sie sehen kann oder nicht.

Aber ich weiß, dass sie mich sieht.

»Ich habe dir vertraut«, flüstert sie. Eine Träne kullert über ihre Wange, löst sich und fällt leise auf meine. Jetzt die Stimme eines Mannes. »Erkennen Sie diese Frau, Mrs. Cotter?«

Sie antwortet nicht, schweigt für einen Moment, und noch mehr Tränen zerbersten auf meinem Gesicht.

»Sie heißt Jo Deacon«, flüstert Toni schließlich. »Wir waren Kolleginnen. Und Freundinnen, dachte ich.«

Sie schließt die Augen und nun strömen die Tränen wasserfallartig heraus, benässen mein Gesicht und ich — ich blinzle.

Ich blinzle noch ein weiteres Mal und erstarre.

Sie sieht es nicht.

Niemand sieht mich blinzeln.

62

GEGENWART

TONI

Die Sache mit Alpträumen ist die.

Während man schläft und inmitten des Grauens gerade so überlebt, gibt es nichts, was man tun kann, außer, den Schrecken zu akzeptieren. Sobald man erwacht, ist der Alptraum immer noch da. Aber man kann jetzt dagegen ankämpfen. Es gibt die leise Chance, etwas zu verändern.

Vor zwei Tagen habe ich von Jo Deacons Beteiligung an Evies Verschwinden und von der Existenz eines neueren Fotos von Evie erfahren. Jetzt habe ich das Gefühl, aus meinem Alptraum erwacht zu sein.

Vielleicht ist da doch noch etwas, das ich tun kann.

Ich beginne mit einem Anruf bei Nancy Johnson.

63

GEGENWART

DIE KRANKENSCHWESTER

»Also gut, was ist ihr Geheimnis, Joanne Deacon?« Nancys Gesicht schwebt nur wenige Zentimeter über dem der Patientin.

Es gibt keinerlei Anzeichen, ob Jo, wie sie anscheinend genannt wird, sie sehen kann oder nicht, doch Nancy weiß, dass sie es tut. Sie hat sie gestern blinzeln sehen, als alle zusammengedrängt im Krankenzimmer standen. Zuerst hat sie den Mund geöffnet, um die anderen darüber zu informieren, aber irgendetwas hielt sie dann doch davon ab. Was hätte es gebracht? Es wäre für Toni Cotter nur ein Anlass gewesen, sich falsche Hoffnungen zu machen. Die Frau war ja jetzt schon nicht mehr als ein Schatten ihrer selbst. Sie hat weiß Gott genug gelitten.

Und dann gestern Abend das Telefonat mit Toni, in dem sie Nancy anflehte, ihr zu helfen.

»Sie müssen einfach einen Weg finden«, schluchzte Toni. »Nur Sie können Evie jetzt noch retten.«

Nancy bat sie freundlich um ein wenig Bedenkzeit, doch sie hatte schon eine Idee, wie sie dieser gebrochenen, verzweifelten Frau helfen kann. Die Idee ist unkonventionell — so unkonventionell, dass ihre Vorgesetzten ihr sicherlich Einhalt gebieten würden. Nancy hat sich bereits während des Telefonats entschieden, niemandem davon zu erzählen und auf eigene Faust ein kleines Experiment mit Jo Deacon zu starten.

»Ich schaue in den nächsten Tagen bei Ihnen vorbei«, versicherte Nancy Toni am Telefon. »In der Zwischenzeit erzählen Sie DI Manvers besser nichts von unserem Gespräch.« Sie weiß, dass er regelmäßig mit den Ärzten und der Krankenhausleitung spricht und will verhindern, dass ihm irgendetwas herausrutscht.

Jetzt blickt Nancy hinunter auf Jos unbewegtes Gesicht und sie stellt sich vor, wie ihre eigenen verschwommenen Umrisse vor den Augen der Patientin langsam schärfer werden.

Nancy trägt ihre Arbeitskleidung, kleine Schweißperlen haben sich auf ihrer Oberlippe gebildet. Heute früh hat sie im Spiegel gesehen, dass ihre Wimperntusche im linken Augenwinkel verklumpt ist. Der Concealer unter den Augen passt nicht ganz zu ihrem Hautton und auf dem Kinn hat sie einen Pickel, der ein ziemliches Monster zu werden droht.

Jo Deacon kann all das aus nächster Nähe sehen. Sie kann sehen, dass Nancy ein ganz normaler Mensch ist. Und wenn sie alles richtig macht, wird Jo glauben, dass Nancy ihr helfen will.

»Die Polizei verhört jetzt ihre Mutter und ihre Kollegen, Jo«, sagt sie. DI Manvers hat ihnen verraten, dass Jo Deacon die vergangenen sechs Jahre unter falschem Namen gelebt hat, nachdem sie wegen Betrug im Gefängnis saß. Sobald der Schwindel aufflog, haben sie ihre Mutter ausfindig gemacht. »Hier im Zimmer ist niemand außer uns beiden.« Nancy blickt auf Jo hinunter. »Ich glaube nicht, dass Sie ein schlechter Mensch sind. Das hätte ich mittlerweile *gespürt*.«

Das ist ihr voller Ernst. Nancy hatte schon immer eine gute Intuition, was Menschen angeht.

Vor ein paar Jahren war ein Mann namens Cameron Tandy auf die Station gekommen, auf der Nancy arbeitete. Er hatte sich bei einem Autounfall beide Beine schwer verletzt. Den

Krankenschwestern erzählte er, er sei ein berühmter Rechtsanwalt, der sich für die Rechte Unschuldiger einsetzte. Mit seinem markanten Kiefer und den breiten Schultern sah er ziemlich gut aus. Die jüngeren Schwestern waren regelrecht verzückt und Nancy konnte ihre Begeisterung gut nachvollziehen.

Doch gleichzeitig hatte sie noch etwas Anderes in ihm gesehen. *Gespürt*, besser gesagt. Da war dieses seltsame Gefühl, das sie überkam, wann immer sie Tandy körperlich nahe war, und das ihr im wahrsten Sinne des Wortes die Haare zu Berge stehen ließ.

Eines Tages tauchten unangekündigt zwei Kommissare auf der Station auf, um ihn im Fall eines verschwundenen Achtjährigen zu befragen. Wie sich herausstellte, war Tandy die Lizenz als Rechtsanwalt vier Jahre zuvor entzogen worden und statt der Lizenz hatte er jetzt mehrere Anzeigen wegen Kindesmissbrauch.

Nancy hatte gewusst, dass Tandy ein schlechter Mensch war, während alle anderen sich noch von ihm hatten bezirzen lassen, und genauso weiß sie jetzt, dass Joanne Deacon kein schlechter Mensch ist. Ganz egal, was die momentane Beweislage sagt: Da steckt noch mehr dahinter, davon ist Nancy überzeugt.

Vor drei Jahren hat Nancy versucht, der kleinen Evie Cotter nach dem Wespenangriff zu helfen. Nun wird sie ihr ein weiteres Mal helfen.

Niemand weiß, ob Evie noch lebt oder nicht, doch Nancys Gefühl sagt ihr, wie wichtig es ist, sie zu ihrer Mutter zurückzubringen — in jedem Fall.

Und der Weg dorthin führt über Joanne Deacon. Sie ist die einzige Chance, die sie haben.

64

GEGENWART

DIE LEHRERIN

Harriet sitzt am Fenster und zieht mit spitzen Fingern die Gardine beiseite, nur ein winziges Stückchen. Niemand soll sie sehen. Sie, die stille Beobachterin, will keinerlei Aufmerksamkeit von den umliegenden Grundstücken auf sich ziehen.

Dafür hat sie gute Gründe.

Die Straße ist heute ruhig, zum Glück. Gestern hat Harriet spätabends aus dem Fenster geschaut, nur um im Vorgarten zwei junge Männer auf ihre Hortensien urinieren zu sehen. Nachdem sie fertig waren und ihre Dinger wieder weggesteckt hatten, wankten sie weiter die Straße hinunter, zweifellos in Richtung der begehrten Einzimmerapartments an ihrem Ende.

Die Ruhe draußen ist eine Erleichterung.

Harriet betrachtet ihre Hand. Ihre Finger zittern und die Bewegung überträgt sich auf die gehäkelte Gardine, lässt sie erbeben.

Das Zittern wird in letzter Zeit eindeutig schlimmer. Und es sind nicht mehr nur die Hände betroffen, sondern manchmal auch Arme und Beine. Es ist höchst beunruhigend und manchmal außerdem ziemlich peinlich, wenn sie beispielsweise gerade an der Kasse im Supermarkt steht oder am Postschalter.

Sie kann sich einfach nicht dazu durchringen, einen Termin beim Hausarzt zu vereinbaren. Nicht jetzt, wo alle wissen, was geschehen ist.

Eine Gestalt taucht am Gartentor auf und Harriet lässt instinktiv die Gardine los. Sie fällt zurück; der Stoff wirft natürliche, lockere Falten. Jetzt, wo ihre Mutter nicht mehr da ist, müssen die Vorhänge auch nicht länger in perfekter Symmetrie von ihren Stangen hängen.

Ein Teil von ihr hat sich bei der Aussicht auf unangekündigten Besuch versteift, doch der andere zieht sich enttäuscht zurück, als ihr klar wird, dass gar kein Besuch kommt. Hinter der Gardine sackt ihr Körper im Sessel in sich zusammen, obwohl sie weiterhin angespannt bleibt. Ein Klappern an der Tür und dann der dumpfe Aufprall der Zeitung auf der Fußmatte. Jetzt kann sie sich wieder entspannen.

Harriet war schon seit mehreren Wochen nicht mehr im obersten Stock. Sie kann einfach nicht. Sie hat versucht, sich vorzubereiten und die Anweisungen ihrer Mutter so gut wie möglich zu befolgen — und dann ist alles ganz schrecklich schief gegangen.

Sie ist selbst schuld. Niemals hätte sie auf ihre Mutter hören und ihr erlauben dürfen, ihr eigenes Moralgefühl zu untergraben. Aber natürlich hat sie es doch getan und muss nun mit den Konsequenzen leben.

Ihre Fehler sind unverzeihbar.

Jetzt, wo ihre Mutter nicht mehr da ist, sieht sie die Dinge klarer, obwohl es viel zu spät ist, um irgendeine Art von Wiedergutmachung zu leisten. Sie kann das Getane nicht ungeschehen machen, die Zeit nicht zurückdrehen. Ihr bleibt nichts Anderes übrig, als das Zimmer abzuschließen und es nicht mehr zu betreten. So zu tun, als wäre das alles nie passiert. Was einfacher gesagt ist als getan.

Harriet dachte immer, sie würde ausziehen, sobald ihre Mutter starb, und sich ein kleineres, weniger heruntergekommenes Häuschen suchen — vielleicht eines dieser Energiesparhäuser auf der anderen Seite des Flusses.

Die Hoffnung darauf wurde durch das Scheitern der Pläne ihrer Mutter zunichte gemacht. Sie kann nicht vor und nicht zurück. Für Harriet gibt es keinen Ausweg. Das Grauen im obersten Stockwerk hält sie hier gefangen.

65

GEGENWART

DIE KRANKENSCHWESTER

Es ist schon ein paar Jahre her, da hat Nancy eine Reihe faszinierender Fachartikel über eine gelähmte Patientin gelesen. Die Frau konnte blinzeln, sich aber abgesehen davon nicht bewegen. Trotzdem war sie am Ende in der Lage, mithilfe einer Buchstabentafel mit dem Krankenhauspersonal zu kommunizieren.

Nancy kann auf ihrer Station nicht nach einer solchen Tafel fragen, aus Angst, Aufmerksamkeit auf sich und ihr Vorhaben zu lenken. Sie kann ihren Plan auch nicht mit den Ärzten besprechen, weil sie allesamt überzeugt von Joanne Deacons Hirntod sind. Und wenn es nach Nancy geht, können sie gut und gerne noch ein paar Tage in diesem Glauben bleiben.

Zuerst braucht sie Zeit und Geduld, während sie Jo dabei hilft, willentlich blinzeln zu lernen. Nancy hat sie schon einmal blinzeln sehen und das ist für sie Beweis genug, dass Jo die Bewegung auch wiederholen kann.

Als Nancy nach ihrer Schicht nach Hause kommt, füttert sie Samson, bestreicht zwei Scheiben Toast mit Butter, macht sich einen Kaffee und setzt sich mit ihrem Laptop an den Küchentisch. Samson schnurrt und schmiegt sich an ihre Schienbeine. Gedankenverloren streichelt sie ihm mit einer Hand die Ohren. Seine Wärme und bedingungslose Zuneigung lassen die Anspannung des Tages schon bald aus ihren Knochen weichen.

»Tut mir leid, Kleiner, heute wirst du allein spielen müssen«, sagt sie bedauernd, während der Laptop hochfährt.

Sie googelt »Buchstabentafel« und stößt auf eine relativ einfache Version, die für ihre Zwecke jedoch vollkommen ausreichen sollte.

An der Rezeption ihrer Station hat sie ein kleines Stück weiße Pappe gefunden und es mit nach Hause genommen. Jetzt zeichnet sie mit schwarzem Edding und Lineal eine ordentliche Tabelle darauf.

1. Reihe: A E I O U
2. Reihe: B C D F G H J
3. Reihe: K L M N P Q R
4. Reihe: S T V W X Y Z

Sie betrachtet ihr Werk aus einer Armeslänge Abstand.
Das muss erst einmal reichen.
Mehr kann sie nicht tun.

Als Nancy am nächsten Tag zur Arbeit kommt, stehen in Jo Deacons Zimmer bereits DI Manvers und zwei uniformierte Beamte. Betont unauffällig lungert sie vor der Tür herum.

»Dr. Chance ist auch da drin«, teilt ihr eine der anderen Schwestern mit. Es scheint sie nicht sonderlich zu interessieren. »Sie wollen eine Patientin im Wachkoma befragen, wie verrückt ist das denn bitte?«

»Ich schätze mal, sie müssen es zumindest versuchen«, sagt

Nancy. »Immerhin steht das Leben eines kleinen Mädchens auf dem Spiel.«

»Tja, wenn du mich fragst: Je schneller sie sie abschalten, desto besser«, flüstert ihr die Kollegin zu. »Meiner Meinung nach ist diese *Frau* da drinnen nichts als Stromverschwendung.«

In diesem Moment öffnet sich die Tür und die Beamten kommen heraus. Nancy nickt ihnen zu und tritt beiseite.

»Leider ist eine Verbesserung ihres Zustands eher unwahrscheinlich«, erklärt Dr. Chance gerade. »Die Frage ist vornehmlich, wie lange es noch so weitergehen soll.«

»Halten Sie uns bitte auf dem Laufenden.« DI Manvers verabschiedet sich mit einem Händedruck. »Wir werden versuchen, ihre Schwester zu finden, wie Sie gesagt haben.«

»Soweit ich weiß, ist sie nur ein einziges Mal zu Besuch gekommen«, antwortet Dr. Chance. »Bei der Aufnahme ihrer Kontaktdaten muss uns irgendein Fehler unterlaufen sein. Wir konnten sie nicht mehr erreichen.«

Langsam gehen sie den Korridor hinunter und Nancy schiebt sich eilig durch die Tür in Jos Zimmer.

»Ich bin's nur«, sagt sie, während sie leise die Tür hinter sich schließt. »Nancy.«

Sie stellt sich ans Bett und beugt sich über Jo Deacon.

»Ich will ganz ehrlich mit Ihnen sein, Jo, ich denke, das Blinzeln neulich war kein Zufall. Ich denke, Sie sind noch irgendwo da drin und verstehen jedes Wort.« Sie betrachtet die glasigen Augen der Patientin, die blasse, etwas feuchte Haut. »Ich würde gerne etwas ausprobieren. Das bleibt unter uns. Ich verspreche, dass ich fürs Erste niemandem davon erzählen werde.«

Nancy fragt sich, was sich gerade in Jo Deacons Kopf abspielt — falls sich dort überhaupt irgendetwas abspielt. Denkt sie auf dieselbe Art und Weise wie vor dem Schlaganfall? Antwortet sie innerlich laut auf Nancys Fragen? Sie kann nur davon ausgehen, dass dies der Fall ist, davon ausgehen, dass Jo alles hört, was sie zu ihr sagt.

»Also, Jo, die Sache ist die: Die haben Sie hier allesamt abgeschrieben. Das wissen Sie vermutlich schon, oder? Wenn Sie wirklich alles hören können, was in diesem Zimmer gesagt wird, dann müsste Ihnen klar sein, dass Ihre Lage ziemlich ernst ist.«

Nancy macht eine kurze Pause. Sie muss jetzt unbedingt die richtigen Worte finden.

»Aber ich glaube nicht, dass Sie ein schlechter Mensch sind. Noch nicht. Das müssen Sie begreifen.« Nancy wirft einen Blick zur Tür und beugt ihr Gesicht noch ein wenig näher zu Jos. »Aber ich muss wissen, was passiert ist. Soll ich Ihnen ein kleines Geheimnis verraten? Ich habe mir was überlegt, wie wir beide uns unterhalten können.«

Sie betrachtet das Gesicht der Patientin, auf der Suche nach irgendeiner Art von Reaktion.

Nichts.

»Ich bin nicht sicher, ob Sie wissen, was mit Evie Cotter passiert ist. Aber Sie hatten ein Foto in ihrer Handtasche, auf dem Evie mindestens zwei Jahre älter ist als zum Zeitpunkt der Entführung. Irgendetwas müssen Sie also wissen.«

Nancy hält inne und beobachtet Jos Gesicht, bevor sie erneut zu sprechen beginnt.

»Verraten Sie mir, wo sie ist, Jo«, sagt sie leise. »Egal ob sie noch lebt oder nicht, Toni Cotter hat das Recht, endlich Frieden zu finden. Können Sie das für mich tun?«

Keine Reaktion.

»Ich habe eine Möglichkeit gefunden, mit der es gehen könnte. Dafür müssen Sie aber blinzeln. Nur blinzeln, sonst nichts.« Nancy blinzelt einmal übertrieben vor Jos Gesicht. »Es muss auch nicht so stark sein. Ein kleines Zucken genügt. Wenn Sie blinzeln können, können wir uns unterhalten. Versuchen Sie es jetzt, versuchen Sie, zu blinzeln.«

Jos Gesicht bleibt vollkommen ausdruckslos.

Kein Zucken, kein Blinzeln, nichts.

»Stellen Sie sich vor, ihre gesamte Energie fließt in Ihre Augen«, flüstert Nancy. »So wie ein Blitz, der von Ihren Zehen und Fingern aus nach oben schießt. Und die Augen wie Rollos zugehen lässt. Seine Energie zwingt Ihre Lider, sich zu schließen.«

Nancy schaut erneut in Richtung Tür.

Es ist kurz vor zehn und die Reinigungskraft wird gleich auf ihrem morgendlichen Rundgang hereinschauen, um im Kampf gegen das gefürchtete Norovirus, das in den vergangenen Monaten in zahlreichen Krankenhäusern Großbritanniens umgegangen ist, den Boden mit Desinfektionsmittel zu wischen.

»Üben Sie einfach immer weiter, Jo«, sagt Nancy. »Stellen Sie sich vor, wie sich die Energie hinter Ihren Augen anstaut. Ich weiß, dass Sie schon einmal geblinzelt haben — das heißt, Sie können es wieder tun. Ganz sicher.«

Nancy wartet geduldig, erklärt Jo wieder und wieder, was sie tun soll.

Und dann passiert es plötzlich.

Jo blinzelt. Nur ein einziges Mal.

»Unglaublich, Sie haben es geschafft!« Nancy verkneift sich weitere Begeisterungsausbrüche und versucht, ihre Stimme auf einem normalen Lautstärkepegel zu halten. »Sie haben geblinzelt, Jo! Sie haben es wirklich geschafft. Jetzt versuchen Sie es nochmal. Versuchen Sie es immer wieder, bis es klappt.«

Sie sieht zu und wartet.

Als Nancy das Zimmer wieder verlässt, hat Jo Deacon dreimal geblinzelt.

66

GEGENWART

DIE KRANKENSCHWESTER

Als Nancy am darauffolgenden Tag auf die Station kommt, gibt es wegen eines Magen-Darm-Infekts ein paar Personalengpässe. Alle Anwesenden müssen zusätzliche Aufgaben übernehmen, darum ist es schon beinahe Mittag, als sie zu Jo Deacon ins Zimmer kommt.

»Okay, lassen Sie uns etwas ausprobieren«, sagt Nancy. »Können Sie blinzeln, Jo? Nur einmal.«

Sie kann die immense Anstrengung der Patientin beinahe spüren.

Jo blinzelt.

»Fantastisch! Und können Sie jetzt bitte zweimal blinzeln?«

Wieder gibt es eine Pause, während der Jo Energie zu sammeln scheint. Dann blinzelt sie. Nur einmal.

Nancy wartet und starrt dabei in die glasigen, grauen Augen.

Nach einer Minute blinzelt Jo erneut. Zweimal.

Nancy versucht, sich ihre Aufregung nicht anmerken zu lassen. »Ich werde Ihnen jetzt eine ganz einfache Frage stellen«, sagt sie in möglichst neutralem Tonfall. »Wenn Sie können, blinzeln Sie zur Antwort zweimal für »ja« und einmal für »nein«. Los geht's. Haben Sie verstanden, Jo?«

Jo blinkt zweimal. Es ist kein eindeutiges und kräftiges Blinzeln, sondern eher ein schwaches Flattern der Lider. Doch auch das ist schon eine verblüffende Entwicklung. In Nancy wächst die Hoffnung für Toni Cotter.

Diese Patientin befindet sich nicht im Wachkoma infolge eines Schlaganfalls, wie mehrere Ärzte diagnostiziert haben. Jo Deacon leidet am Locked-In-Syndrom.

Nancy hat keinerlei persönliche Erfahrung mit dem Krankheitsbild, doch im Laufe der Jahre sind ihr schon viele solcher Fälle zu Ohren gekommen. Das Locked-In-Syndrom kann eine Person vollständig lähmen. Manchmal ist ein Blinzeln das Einzige, was die Betroffenen aus eigenem Antrieb zustande bringen. Es kommt äußerst selten vor, aber Nancy ist überzeugt, dass Joanne Deacon bei vollem Bewusstsein eingeschlossen ist.

Sie hat die moralische Pflicht, die Ärzte baldmöglichst über ihre Entdeckung zu informieren, das weiß sie. Und das wird sie auch tun. Bald.

Doch Moral hin oder her: Nancys Priorität ist nicht Joanne Deacon. Sondern Evie Cotter und ihre Familie.

Die nächsten Tage verbringt Nancy auf Station B damit, ihre üblichen Aufgaben möglichst schnell hinter sich zu bringen. Dabei behält sie Joanne Deacons Zimmer stets im Auge, beobachtet, wie die Ärzte hinein- und wieder hinausgehen. So kann sie den besten Zeitpunkt abpassen, um mit Jo ungestört zu sein.

Jo wird schnell müde. Bei jedem Besuch blinzelt sie nach relativ kurzer Zeit überhaupt nicht mehr und fällt zurück in ihren vorherigen Zustand. Doch innerhalb von zwei Tagen gelingt es Nancy, die Antworten zu ein paar wesentlichen Fragen aus ihr herauszubekommen.

»Haben Sie Evie entführt?«

Ja.

Sobald Jo bejahend geblinzelt hat, will Nancy sie unbedingt fragen, warum und wie sie es getan hat. Allerdings sind das keine Fragen, die sich mit Ja oder Nein beantworten lassen.

Um Jo nicht unnötig zu ermüden, ist Nancy dazu übergegangen, sie nur bei der passenden Antwort einmal blinzeln zu lassen. Die Optionen sind immer die gleichen: ja, nein, ich weiß nicht. Das hat bisher gut funktioniert. An diesem Nachmittag hat sie eine bestimmte Frage im Kopf. Nancy wartet, bis die Ärzte ihre Visite beendet haben, und geht dann kurz vor Schichtende noch einmal zu Jo ins Zimmer.

»Ist Evie noch am Leben?«

Jo ignoriert die die Möglichkeiten »ja« und »nein« und blinzelt einmal bei »ich weiß nicht«.

Nancy versucht, ihren Ärger zu verbergen. Wie kann sie das nicht wissen? Wenn Jo Evie entführt hat, *muss* sie doch wissen, ob sie noch lebt.

Sie hält ihre selbstgemachte Buchstabentafel hoch.

»Sie können Wörter buchstabieren«, erklärt sie. »Ich lese die Zeilen jetzt ganz langsam vor und Sie blinzeln, sobald ich den richtigen Buchstaben sage. Kommen Sie, wir probieren es mal aus.«

Es ist ein langwieriger, mühsamer Prozess, an dessen Ende Jo zwar ein paarmal geblinzelt, aber nichts buchstabiert hat, was irgendeinen Sinn ergeben würde. Nancy wird schnell klar, dass Jo noch nicht bereit für die Tafel ist.

Beim Gedanken an Evies unschuldiges Gesicht zieht sich ihr Herz zusammen. Gleichzeitig mit dem Drang, Jo Deacon zu schütteln, überkommt sie eine ungeheure Hitze, weshalb sie sich von der Patientin abwendet und einige Male tief durchatmet, bis sie sich wieder beruhigt hat.

»Dann machen wir eben mit den Ja- und Nein-Fragen weiter«, sagt sie möglichst unbekümmert. »Wissen Sie, wo Evie ist?«

Nein.

Für mehr reicht die Zeit nicht. Ihre Schicht ist zu Ende und sie möchte Jo nicht überanstrengen. Diese Einstiegsfragen sind von höchster Wichtigkeit, darum muss sie Jo bei Laune halten.

Wenn sie die richtigen Fragen stellt, wird sie Toni Cotter sicher auch ohne die Buchstabentafel helfen können, das Rätsel um ihre verlorene Tochter zu lösen.

Auf dem Heimweg macht Nancy einen Abstecher zum Muriel Crescent. Sie klopft an die Tür von Toni Cotters Haus. Kurz darauf öffnet ihre Mutter Anita.

»Wie geht es ihr?«, fragt Nancy mit gesenkter Stimme. Anita schüttelt nur traurig den Kopf.

Toni sitzt zusammengesunken auf demselben Platz wie drei Tage zuvor, als Nancy mit DI Manvers hier war.

Sobald Nancy das Zimmer betritt, blickt Toni ruckartig auf und ein verzweifelter Hoffnungsschimmer huscht über ihr Gesicht. Innerhalb von Sekunden ist er verpufft und ihre Augen starren wieder stumpf und teilnahmslos vor sich hin.

»Ich dachte, es wäre vielleicht DI Manvers mit Neuigkeiten«, sagt sie leise, den Blick auf ihre Hände gerichtet.

»Ich wollte nur sehen, wie es Ihnen geht.« Nancy lächelt sie an. »Haben Sie irgendwas Neues von der Polizei gehört?«

»Sie befragen im Moment alle möglichen Leute, die Jo Deacon gekannt haben«, antwortet Tony, die plötzlich etwas aufzuleben scheint. »Aber sie war so eine Einzelgängerin, Nancy. Keine Familie, keine Freunde, und mit meinen Kollegen haben sie schon beim letzten Mal gesprochen. Da ist auch nichts bei rumgekommen.«

»Sie meinten, Sie beide wären befreundet gewesen. Hat sie Ihnen nie von sich erzählt?«

Toni schüttelt den Kopf. »Sie war immer richtig auf der Hut, wenn wir auf die Vergangenheit oder allgemein auf sie selbst zu sprechen kamen. Evie und ich haben sie mehr interessiert, aus mittlerweile erklärlichen Gründen.«

»Ich nehme an, sie müssen jetzt jeden noch ein weiteres Mal befragen, falls beim ersten Mal irgendwas untergegangen ist«, sagt Nancy. »Aber wenn Jo Deacon Evie entführt hat, muss es doch sicher irgendwelche Spuren bei ihr zu Hause geben.«

»Sie haben Haare und andere Sachen ins Labor geschickt«, antwortet Toni. »Was ich wissen will, ist, wo Evie jetzt steckt. Wenn sie nicht in ihrer Wohnung ist, was hat Jo dann mit ihr gemacht?«

Nancy schaudert.

Sie weiß jetzt, welche Frage sie Jo als nächstes stellen muss.

Am nächsten Morgen hält Cheryl Tong, die Stationsleiterin, Nancy am Empfang auf.

»Sie sind ab jetzt wieder auf Station C«, erklärt Cheryl ihr, während sie ihr ein paar falsch zugestellte Briefe für die andere Station hinhält. »Sie können direkt dorthin gehen.«

Nancy macht keine Anstalten, sich zu bewegen. »Aber wieso?«

Cheryl schaut sie scharf an. »Wieso was?«

»Na ja, ich bin doch gerade erst auf diese Station versetzt worden. Warum muss ich jetzt schon wieder weg?«

Ohne, dass sie es verhindern kann, merkt Nancy, wie ihr Blick zu Jo Deacons Zimmer wandert. Auch ihrer Vorgesetzten entgeht das nicht.

»Es gibt keinen bestimmten Grund, Nancy, es ist nur eine Frage der Logistik.« Cheryl zögert. »Obwohl mir aufgefallen ist, dass Sie viel Zeit im Zimmer der Wachkomapatientin verbringen.«

»Ich mache da drin nur meinen Job«, gibt Nancy knapp

zurück. »Manchmal dauert es eben etwas länger, weil die Patientin nicht mitmacht.«

»Tja, sie wird nachher sowieso verlegt«, sagt Cheryl, als hätte sich die Sache damit erledigt. »Kann nicht behaupten, es würde mir leidtun, wenn es stimmt, was sie dieser kleinen Cotter angetan haben soll.«

»Evie«, sagt Nancy. »Ihr Name ist Evie. Wohin wird sie verlegt?«

»Keine Ahnung.« Cheryl greift nach einem Stapel Unterlagen. »Da müssen Sie Dr. Chance fragen.«

»Mir ist gerade eingefallen, dass ich gestern meine Taschenuhr bei ihr im Zimmer vergessen habe«, sagt Nancy, erleichtert, dass sie die Uhr am Morgen in ihre Handtasche gesteckt hat, statt sie wie üblich an die Brusttasche ihrer Uniform zu klemmen. »Ich hole sie nur schnell und mache mich dann gleich auf den Weg nach drüben.«

Cheryl nickt ihr vage zu und geht zum anderen Ende der Empfangstheke, um dort einen Anruf entgegenzunehmen.

Nancy betritt Jos Zimmer. Es ist still, abgesehen vom Zischen des Beatmungsgeräts und dem ungewöhnlich lauten Ticken der Wanduhr. Sie stellt sich ans Bett und beugt sich vor, damit Jo sie sehen kann.

»Ich muss heute wieder auf die andere Station, Jo, weil sie da zu wenig Personal haben«, sagt Nancy, während sie ihr Gesicht ein weiteres Stück zu dem der Patientin senkt. »Ich wollte Ihnen aber noch erzählen, dass ich gestern Abend Toni Cotter getroffen habe.« Nancy macht eine kurze Pause, in der sie Jos Miene studiert, aber diese zeigt keine Reaktion bei der Erwähnung von Tonis Namen.

»Und bevor ich gehe, habe ich noch eine letzte Frage an Sie.«

Nancy holt tief Luft.

»Jo, ich bitte Sie, machen Sie jetzt mit. Für Toni. War noch jemand anders an Evies Entführung beteiligt? Ja? Nein?«

Keine Reaktion.

»Jo, bitte. Das hier ist wichtig. Weiß außer Ihnen jemand, was mit Evie passiert ist? Ja? Nein?«

Kein Blinzeln.

Nancy wiederholt die Frage und fügt diesmal noch »ich weiß nicht« als Antwortmöglichkeit hinzu, doch Jo zeigt weiterhin keine Reaktion.

Nancy blickt zur Tür. Falls Cheryl Tong ins Zimmer kommen sollte, könnte sie ihr nicht erklären, was sie da gerade tut. Cheryl würde sicher wissen wollen, was Nancy zu Jo gesagt hat und warum sie sich so seltsam aufführt.

»Jo, *bitte*. Sagen Sie es mir, für Toni, für die kleine Evie. Hatten Sie einen Komplizen, eine Komplizin, irgendwen, der weiß, was mit Evie passiert ist, weiß, wo sie jetzt ist? Ja ...«

Und Jo Deacon blinzelt.

»Und kennt Toni diese Person ebenfalls, so wie Sie?«

Jo blinzelt.

Die Antwort lautet, uneingeschränkt und unumstößlich, *ja*.

67

GEGENWART

DIE KRANKENSCHWESTER

Nancy verlässt Jo Deacons Zimmer und geht direkt zu Cheryl, die gerade ihren Anruf beendet hat.

»Die Patientin hat geblinzelt«, sagt Nancy. »Jo Deacon hat geblinzelt.«

Cheryls macht große Augen. »Sind Sie sicher? Bisher gab es doch keinerlei Lebenszeichen.«

»Ich bin ganz sicher«, antwortet Nancy. »Sie hat gerade geblinzelt.« Von ihrem kleinen Experiment im Bereich Kommunikation kann sie nicht erzählen, weil das keinen sonderlich guten Eindruck machen würde. Eine Krankenschwester, die auf eigene Faust und mit unkonventionellen Methoden eine Patientin befragt und dabei ihren eigentlichen Job vernachlässigt? Die versucht, eine trauernde Mutter davor zu bewahren, den Verstand zu verlieren, indem sie die Frau verhört, die ihre Welt zerstört hat?

Das würden sie wohl kaum als Erklärung durchgehen lassen.

Glücklicherweise ist Nancy in diesem Fall der Moralkodex des Krankenhauses herzlich egal.

. . .

Als Anita Nancy diesmal ins Wohnzimmer führt, ist Toni Cotter wie ausgewechselt. Sobald sie Nancy sieht, steht sie auf und durchquert den Raum, um sie zur Begrüßung in die Arme zu schließen.

»Danke«, flüstert sie. »Danke, dass Sie mir helfen.«

»Aber Sie wissen ja noch gar nicht, was ich Ihnen zu sagen habe«, entgegnet Nancy, die verzweifelt überlegt, wie sie Toni mitteilen soll, was sie von der neuerdings blinzelnden Joanne Deacon erfahren hat. »Ich bin nicht mal sicher, ob sie die Wahrheit sagt.«

Der Gedanke ist Nancy gekommen, nachdem sie Station B verlassen hat. Als sie fragte, ob noch jemand an der Entführung beteiligt war, hat Jo zuerst nicht geantwortet. Was, wenn sie nur Spielchen spielt? Mit größter Wahrscheinlichkeit wird sie sich niemals vollständig erholen, auch wenn das Blinzeln ein gutes Zeichen ist. Nancy hat zwar nicht vor, es Toni unter die Nase zu reiben, aber ihr ist klar, dass Jo Deacon vermutlich nie bestraft werden wird. Sie kann Nancy alles glauben lassen, was sie will. Schließlich hat sie nichts zu verlieren.

Anita kommt mit drei dampfenden Teetassen aus der Küche und die Frauen setzen sich. Der verzweifelte Wunsch, Evie zu finden, macht sie vorübergehend zu Verbündeten. Schon beim Gedanken daran, was sie als nächstes sagen wird, kommt sich Nancy selbstsüchtig vor, aber sie wird es trotzdem sagen. Nur, damit es keine Missverständnisse gibt.

»Ich habe Neuigkeiten, aber ich muss Sie bitten, niemandem gegenüber zu erwähnen, wo Sie diese Informationen herhaben.« Toni und Anita nicken ernst. »Das könnte mich den Job kosten, verstehen Sie? Was ich getan habe, ist höchst unmoralisch und indem ich mit Ihnen darüber spreche, verletze ich meine Schweigepflicht und die Persönlichkeitsrechte der Patientin.«

Für Anita kommt all das zu spät — sie wirkt immer so abwesend, wie eine leere Hülle —, aber Toni lehnt sich erwartungsvoll vor. Die schnelle Bewegung erinnert Nancy an einen kleinen, hungrigen Vogel.

Nancy hofft, dass ihre Worte Toni nicht enttäuschen werden.

Sie erklärt den beiden, welche Methode sie zur Kommunikation genutzt hat und was genau man unter dem Locked-In-Syndrom versteht.

»Das heißt, hinter dieser leblosen Fassade ist sie komplett zurechnungsfähig?« Toni sieht schockiert aus. »Sie ist bei vollem Bewusstsein und lacht sich wahrscheinlich heimlich ins Fäustchen?«

»Das mit dem Lachen wage ich zu bezweifeln«, sagt Nancy. »Ich denke, es fühlt sich für sie eher so an, als wäre sie lebendig begraben oder als hätte man sie in ein unsichtbares Gefängnis gesperrt, wohin niemand durchdringen kann.«

»Gut so«, murmelt Anita, die die Finger ineinander verschlingt. »Das will ich hoffen.«

»Durch ein- oder mehrmaliges Blinzeln konnte Jo ein paar meiner Fragen beantworten.«

»Sprechen Sie weiter«, drängt Toni, obwohl bereits die komplette Farbe aus ihrem Gesicht gewichen ist.

»Sie hat Evie damals tatsächlich entführt ...«

Toni springt vom Sofa auf. »Warum? Warum sollte sie das tun? Was hat sie mit ihr gemacht, wo ist Evie?« Sie läuft schwer atmend im Zimmer herum. Eine Hand wandert an ihren Hals, den sie ununterbrochen reibt. »Wo ist meine Tochter?«

Dann lässt sie ein zutiefst trauriges Heulen hören — ein Heulen, das Nancy in ihrer Unachtsamkeit herbeigeführt hat. Ausgerechnet hier, ausgerechnet jetzt, wo es weit und breit niemanden gibt, der im Umgang mit solchen Situationen ausgebildet ist. Nancy spürt ein panisches Ziehen in der Magengrube. Sie hat einen schrecklichen Fehler begangen in der Annahme, Toni würde mit den Informationen, die sie für sie hat, zurechtkommen.

»Es tut mir so leid.« Nancy schüttelt den Kopf und erhebt sich. »Ich hätte Sie nicht damit belasten sollen. Es ist wohl besser, wenn ich jetzt gehe.«

»Nein, bitte nicht!« Toni taumelt auf sie zu und packt sie am Arm. »Bitte gehen Sie nicht, Nancy. Das ist nur der Schock. Ich will alles wissen. Ich muss es wissen.«

Nancy wirft Anita einen Blick zu. Die alte Frau nickt traurig und lässt dann den Kopf hängen. Als sie Anita zum ersten Mal gesehen hat, waren ihre Haare braun und sorgfältig frisiert. Jetzt liegen sie platt und stumpf auf ihrem Kopf und haben die Farbe von Asche.

»Wir müssen da durch«, sagt Anita zögernd, wobei sie erst ihre Tochter anschaut und dann wieder Nancy. »Was auch immer Sie uns zu sagen haben, kann nicht schlimmer sein als die Hölle, die wir seit drei Jahren tagtäglich durchleben.«

»Das stimmt.« Tonis Griff um Nancys Arm wird fester. »Mum hat Recht. Ich muss da durch, Nancy. Was auch immer Sie mir erzählen, ich kann es aushalten. Versprochen.«

Also erzählt Nancy ihr alles.

Sie erzählt ihr, dass Jo Deacon ihr erzählt hat, dass noch eine Person an Evies Entführung beteiligt war, jemand, den Toni persönlich kennt.

Toni lässt sich neben ihrer Mutter auf die Couch fallen. Anita legt ihr einen zitternden Arm um die Schultern. Da hält Nancy inne und betrachtet die beiden, eng umschlungen in dieses von Grauen erfüllte Schweigen gehüllt.

Endlich blickt Toni auf, scheint jedoch geradewegs durch Nancy hindurchzustarren.

Nancy hört das Summen des Kühlschranks aus der Küche und von draußen die hellen Stimmen spielender Kinder. Das Ticken der großen Uhr auf dem Kaminsims erinnert sie an die Wanduhr in Jo Deacons Zimmer. Kurz fragt sie sich, ob die beiden wohl im Gleichtakt gehen oder nicht.

Aus dem Nichts ergreift Toni plötzlich das Wort. Nancy ist

überrascht, wie klar und ruhig ihre Stimme klingt, als wären Panik und Trauer fürs Erste verdrängt.

»Ich möchte Ihnen noch einmal für Ihre Hilfe danken, Nancy«, sagt sie langsam und greift nach Anitas Hand. »Es bedeutet uns viel, dass wir in Ihnen eine echte Freundin gefunden haben. Jemanden, der Evie kannte und der auf unserer Seite ist.«

»Das war doch das Mindeste, was ich tun kann«, antwortet Nancy, und kann den Blick nicht von Toni lösen. Sie fragt sich, was genau an ihr auf einmal anders ist. Irgendwie wirkt sie fokussierter.

Für einen Augenblick sitzen sie schweigend beieinander.

»Hat DI Manvers sich bei Ihnen gemeldet?«, fragt Nancy dann.

»Ja«, antwortet Toni wie in Trance. »Nichts Neues, wie's aussieht. Es ist, als hätte es Evie nie gegeben.«

»Sicher tut er alles, was er ...«

»Ich brauche den Detective nicht«, sagt Toni. Ein Lächeln spielt um ihre Lippen. »Dank Ihnen weiß ich endlich, was ich zu tun habe.«

»Wie bitte?« Nancy runzelt die Stirn. Haben ihre Worte Toni etwa den letzten Stoß über die Schwelle zum Wahnsinn versetzt?

»Ich brauche DI Manvers nicht, zumindest noch nicht.« Toni lächelt jetzt richtig und hält dabei die Hand ihrer Mutter fest in ihrer, so als wäre ihr gerade etwas klargeworden, das sie eigentlich schon lange wusste.

Nancy kann sie nur anstarren. Sie weiß nicht, was sie sagen soll. Toni sieht sie zum ersten Mal mit sanfter, völlig entspannter Miene an.

»Verstehen Sie, Nancy, ich weiß jetzt, was ich tun muss.« Sie steht auf und tritt ans Fenster. Die Sonne geht bereits unter, ist aber noch hell genug, um Tonis schüttere Haare in oranges Licht zu tauchen. »Es ist auf einmal alles so offensichtlich.«

Nancy schüttelt den Kopf. Sie versteht immer noch nicht.

»Ich *weiß* es.« Toni spricht langsam, betont jedes Wort. »Ich weiß, wer die andere Person ist, die mir meine Tochter weggenommen hat. Und ich werde diese Person dazu bringen, mir zu sagen, wo sie steckt, weil ich sie sonst nämlich umbringen werde.« Toni lächelt. »Ganz einfach.«

68

GEGENWART

TONI

Sobald Nancy gegangen ist, rufe ich DI Manvers an.

Meine Knochen ächzen bei jeder Bewegung, meine Muskeln sind angespannt und schmerzen. Ich fühle mich, als würde mein Körper wachsen, sich recken, wie ein Setzling im Frühling.

Evie braucht mich. Ich glaube mehr denn je daran, dass sie am Leben ist.

Beim ersten Anruf ertönt nur das Freizeichen, dann werde ich zur Mailbox weitergeleitet. Ich versuche es wieder. Beim dritten Mal hebt DI Manvers ab.

»Ich muss wissen, was los ist«, sage ich.

Es ist, als würde die Schärfe der Worte mir die Luft nehmen. Ich habe seit gestern nichts von ihm gehört.

»Toni, ich versichere Ihnen, dass die Ermittlungen in vollem Gang sind«, sagt er ruhig. Seinem Tonfall nach zu urteilen ist er der Ansicht, ich würde ihm ungerechtfertigterweise misstrauen. »Zurzeit erstellen wir noch Miss Deacons Profil.«

Ihr Profil? Was soll das denn bitte heißen? Wollen sie Jo Deacon fürs Online-Dating anmelden, oder was?

»Das hier ist verdammt nochmal kein Kavaliersdelikt, DI. Wann fangen Sie endlich an, meine Tochter zu suchen?«, fauche ich. »Wann wird *das* ihre Priorität?«

»Mrs. Cotter. *Toni*«, stammelt DI Manvers. »Ich verstehe Ihre Besorgnis, das tue ich wirklich, aber ich bitte Sie, vertrauen Sie uns. Wir tun alles, was wir können.«

Er will mich besänftigen. Er würde mir alles Mögliche erzählen, damit ich den Mund halte und er den Anruf beenden kann. Ich *muss* irgendetwas sagen, um ihn zum Zuhören zu bewegen.

»Es war noch jemand beteiligt«, entfährt es mir. Vom anderen Ende der Leitung antwortet mir Schweigen.

»Woher wissen Sie das?« DI Manvers' Stimme nimmt einen geschäftsmäßigen Ton an.

Ich denke an Nancy, daran, wie sie mir und Mum geholfen, uns ihr Vertrauen geschenkt hat. Ich denke an ihren Job, an all die Jahre, die sie in ihre Karriere investiert hat.

»Ich meine nur, dass da noch jemand gewesen sein *muss*«, korrigiere ich mich. Auf keinen Fall will ich seine Aufmerksamkeit auf Nancys Aktivitäten im Krankenhaus lenken. »Ansonsten wäre Evie schließlich in Jos Wohnung, oder nicht?«

»Toni.« Er seufzt. »Uns fehlen immer noch die Beweise dafür, dass Jo Deacon Evie tatsächlich entführt hat. Solche Fälle sind selten dermaßen eindeutig. Außerdem wäre es höchst ungewöhnlich für eine Frau in Joanne Deacons Alter, ein Kind zu entführen und drei Jahre lang nicht aufzufliegen.«

»Was ist mit dem Foto?«, dränge ich weiter. »Sie hatte ein Foto, auf dem Evie viel älter aussieht.«

»Das ist mir bewusst. Aber es kann sich dabei auch nur um einen Zufall handeln. Es könnte sein, dass sie es gefunden oder es ihr jemand zugesteckt hat. Ich sollte Ihnen das gar nicht erzählen, aber die Spurensicherung durchsucht gerade jeden Millimeter von Miss Deacons Wohnung. Wenn es dort irgendwas gibt, können Sie Gift darauf nehmen, dass wir es auch finden.«

»Was wollen Sie denn jetzt tun?«, frage ich. Trotz meiner Bemühungen, die Fassung zu bewahren, bricht meine Stimme. »Es kann sein, dass Evie irgendwo da draußen am Leben ist. Was werden Sie unternehmen, um Sie aufzuspüren?«

»Ich darf Ihnen darauf leider nicht antworten, fürchte ich«, erwidert DI Manvers. In seiner Stimme schwingt Bedauern mit. »Bis Miss Deacons Zustand sich gebessert hat und wir sie angemessen befragt haben, können wir keine umfassende Ermittlung starten. Wir befinden uns in ständigem Kontakt mit dem Krankenhaus. Dort wird man sich bei uns melden, sobald es irgendein Zeichen der Besserung gibt.«

»Tja, dann sollten Sie vielleicht mal Ihre Mailbox checken«, gebe ich bissig zurück. »Jo Deacon hat nämlich heute früh geblinzelt.«

Ich lege auf, mit gebrochenem Herzen und kochendem Blut in den Adern. Es gibt keine stichhaltigen Beweise für meine Vermutung, aber ich habe das Gefühl, als hätte die Polizei uns bereits aufgegeben.

Ich nehme an, die Ermittler folgen dem üblichen Prozedere und tun das, was in einem solchen Fall eben erwartet wird. Doch in Wahrheit sind sie überzeugt, dass Evie längst tot ist.

69

GEGENWART

DIE LEHRERIN

Harriet sitzt in ihrem Sessel und starrt die Titelseite der Zeitung an. Eigentlich starrt sie das *Foto* auf der Titelseite der Zeitung an, weil sie das Gesicht der Frau kennt.

Ja, es ist lange her, aber Harriet kann sich Gesichter gut merken. Ihre Erinnerungsgabe ist einer der Gründe, weshalb sie so gut in ihrem Job war. Wenn sie einmal mit einem Elternteil oder einem Kind gesprochen hatte, vergaß sie Person und Gespräch selten. Es gefällt den Leuten, wenn man sich an sie erinnert. Ganz egal, welches Alter, das Bedürfnis, wahrgenommen zu werden, bleibt. Von jung bis alt wollen sie alle glauben, sie seien unvergesslich oder zumindest interessant genug, dass man sich ihren Namen merkt oder sie nach ihrer Geburtstagsparty am Wochenende fragt, von der sie einem schon vor Monaten erzählt haben.

Harriet hat daher keinerlei Schwierigkeiten, sich ihre Unterhaltung mit ebenjener Frau ins Gedächtnis zu rufen, deren Foto jetzt auf der Titelseite der Lokalzeitung prangt. Tatsächlich waren es sogar mehrere Unterhaltungen.

Die Frau hat Harriet damals erzählt, ihr Name sei Mary

Short, doch laut dem zum Bild gehörenden Artikel heißt sie anders: Joanne Deacon.

Es ist ein erniedrigendes Foto, aufgenommen in einem Krankenhausbett. Um ihr Gesicht fotografieren zu können, hat anscheinend jemand das Beatmungsgerät entfernt, das jetzt nutzlos neben ihr auf dem Kissen liegt. Kein Arzt hätte das erlaubt; die Presse muss auf unlauteren Wegen an das Bild gekommen sein.

Ihre gräuliche Haut und das blinde, glasige Starren der Augen erinnern Harriet an den toten Karpfen, den sie als Kind am Ufer des Trent Rivers gesehen hat. Er war gefangen im festen Griff eines fetten, grinsenden Fischers mit roten Wangen, der seine strähnigen Haare so über den Kopf gekämmt hatte, dass sie die beginnende Glatze notdürftig verbargen. Aus irgendeinem unerklärlichen Grund stimmte der Anblick Harriet damals tieftraurig.

Sie überfliegt die Spalten aus Druckerschwärze.

Der Artikel bestätigt ihre Vermutung, dass das Bild nicht auf offiziellem Weg an die Öffentlichkeit gelangt ist, sondern am Vortag kurz vor Mitternacht zusammen mit einigen Infos über das, was die Frau getan hat, in den sozialen Medien gepostet wurde. Der vollständige Artikel befindet sich auf Seite zwei.

Harriet blättert um und ihr stockt der Atem. Die Worte, Bilder und Schlagzeilen schreien sie förmlich an, ergeben jedoch überhaupt keinen Sinn. Für einen Moment kann sie weder ein- noch ausatmen, sondern nur das Foto anschauen, das sich über die erste Viertelseite erstreckt.

Sie ringt keuchend nach Luft. Das Papier flattert, als Harriets Zittern auf die Hände übergeht.

Es ist ein Foto von Evie.

Harriet will den Blick abwenden, doch sie kann nicht. Verschwommen registriert sie die haarsträubenden Worte, die in regelmäßigen Abständen im Text auftauchen, ist aber nicht in der Lage, den Sinn des Geschriebenen zu erfassen.

Entführt ... vermisst ... lebendig ... tot ...

Da steht, dass Joanne Deacon zusammen mit Toni Cotter in einem Immobilienbüro in Hucknall gearbeitet hat. *Einem Immobilienbüro!*

Harriet klappt die Zeitung zu und wirft sie beiseite, sodass sie über die Armlehne des Sessels rutscht und auf dem Boden landet. Sie bleibt sitzen und starrt grübelnd vor sich hin.

Das alles ergibt überhaupt keinen Sinn.

Mary Short — nein, Joanne Deacon — hatte Harriet eines Tages vor dem Schulgebäude in ein Gespräch verwickelt. Miss Deacon schmeichelte ihr, sagte, sie hätte eine tolle Art, mit den Kindern umzugehen.

Angeblich arbeitete sie im Auftrag des Bildungsministeriums mit den lokalen Behörden zusammen, um herausragendes Personal an der St. Saviour's Primary auszuzeichnen.

Ihren Ausweis trug sie an einer Kordel um den Hals. Natürlich hatte Harriet ihn nicht genauer inspiziert, das wäre unhöflich gewesen.

Joanne Deacon erzählte Harriet, ihre Arbeit sei streng vertraulich. Sie bat sie, ihre Anwesenheit gegenüber dem restlichen Personal nicht zu erwähnen und Harriet stimmte bereitwillig zu. Dabei hoffte sie im Stillen, dass ihr Name auf der Liste beispielhafter Mitarbeiter erscheinen würde, die, wie Joanne erklärt hatte, Teil ihres anstehenden Berichts für die regionale Bildungsbehörde war.

Das war ihre erste Unterhaltung gewesen.

Im Verlauf der nächsten eineinhalb Wochen begegnete Harriet ihr im Supermarkt, an der Bushaltestelle und in der Apotheke, wo sie wie jeden Freitagnachmittag geduldig darauf wartete, die Rezepte ihrer Mutter einzulösen.

Jede dieser Zufallsbegegnungen mündete in einem Gespräch.

Damals hatte Harriet nicht weiter darüber nachgedacht, zu sehr war sie von der Tatsache begeistert gewesen, dass eine Frau, die ein offizielles Amt bekleidete, Interesse an ihren Meinungen und ihrer Arbeitsmoral zeigte. Joanne Deacon war ziemlich redegewandt. Harriet erinnert sich noch gut an ihr Talent, andere Leute von ihren Ansichten zu überzeugen und ihnen das Gefühl zu vermitteln, geschätzt zu werden. Es war so leicht gewesen, dieser Frau zu vertrauen.

Einmal sprachen die beiden über ein paar Kinder in Harriets Bibliotheksgruppe, unter anderem über Evie Cotter. Dann drehte sich das Gespräch auf einmal nur noch um Evie — und Joanne Deacon ging dazu über, alle möglichen Fragen zu Evies Mutter und ihrem Leben zu Hause zu stellen. Harriet antwortete ehrlich und ungefiltert. Immerhin war Miss Deacon Profi, genau wie sie, und noch dazu eine hoch angesehene Angestellte des Nottinghamshire County Council.

Die Welt um Harriet verschwimmt, während ihr klar wird, wie naiv sie gewesen ist. Sie lehnt den Kopf nach hinten gegen den festen Tweed des Sesselbezugs. Als sie ihr Gesicht nach oben zur Decke richtet und an das Zimmer im dritten Stock und seinen Inhalt denkt, fängt ihr Herzschlag an zu rasen. Sie muss gegen eine plötzlich aufsteigende, heftige Welle der Übelkeit ankämpfen.

Sobald sie verebbt ist, versucht Harriet, die Ereignisse zu einem schlüssigen Ganzen zusammenzufügen, um zu verstehen, was passiert ist.

Sie hat sich dazu überreden lassen, etwas zu tun, was ihrem eigenen Moralkodex widerspricht.

Soweit sie das beurteilen kann, gibt es nur eine Möglichkeit, die Dinge wieder geradezurücken.

70

GEGENWART

DIE LEHRERIN

Harriet hat bereits im Krankenhaus angerufen und sich über die Besuchszeiten informiert. Ohne sich die leiseste Spur von Unsicherheit anmerken zu lassen, fragte sie nach Joanne Deacons Station, woraufhin ihr die Empfangshilfe nur zu gerne alles verriet, was sie wissen wollte.

Es ist einige Tage her, dass sie zum letzten Mal das Haus verlassen hat, obwohl ihr langsam die Lebensmittel ausgehen. Darum braucht sie eine Weile, um Schuhe, Mantel und Haarbürste zu finden. Sie sieht in ihrer Handtasche nach, ob das Portemonnaie darin ist, und verlässt dann das Haus durch die Hintertür, die sie doppelt verriegelt. Ein kühler Lufthauch streift ihre Wangen, aber er fühlt sich nicht unangenehm, sondern frisch und sauber an. Immerhin hat sie seit beinahe einer Woche nur die stehende Luft im Haus eingeatmet, wo in den stillen Zimmern die Staubkörner tanzen. Die kann man allerdings nur sehen, wenn es einem der seltenen Novembersonnenstrahlen irgendwie gelingt, durch den dichten Vorhangstoff zu dringen.

Je seltener Harriet sich hinauswagt, desto weniger Lust bekommt sie, das Haus zu verlassen. Doch in diesem Fall ist es wichtig. Es gibt jetzt einen guten Grund, die Anstrengung auf sich zu nehmen.

Sie geht auf dem überwucherten Pfad am Haus entlang zur Straße und öffnet das quietschende Holztor, wobei sie sogar jetzt noch innerlich die scharfe Anweisung ihrer Mutter hört, »die verdammten Scharniere zu ölen«.

Doch selbstverständlich ist da keine Stimme mehr. Das Quietschen wird schlimmer werden und das Holz feuchter, bis es ohne die jährliche stinkende Pflegebehandlung schließlich anfangen wird, zu verrotten. Und Harriet wird den Anblick der langsamen Zersetzung genießen.

Sie zieht das Tor hinter sich zu und geht, nachdem das Schnappen des Schlosses ertönt ist, nach links die Straße hinauf in Richtung der Bushaltestelle. In etwas mehr als einer Woche ist Guy-Fawkes-Night. Dann wird wieder der Geruch von Lagerfeuern in der Luft liegen und Gruppen Studierender werden einzelne Knaller und Raketen zünden, die die Straße in Rauchschwaden hüllen. Das Gelächter von draußen wird durch die Stille in Harriets Wohnzimmer dringen.

Wenn man als Zuschauerin durchs Leben geht, statt aktiv daran teilzunehmen, kann der Feiertagsturnus wirklich anstrengend sein. Halloween, Guy-Fawkes-Night, Weihnachten. Die Neujahrsferien, im Frühling dann Ostern, und danach die langen Sommermonate, bevor der Herbst sich nähert und das Ganze wieder von vorne beginnt.

Als sie noch unterrichtet hatt, mochte Harriet das Herbsttrimester am liebsten — den Beginn eines neuen Schuljahrs mit neuen Schülern, die alle auf ihre eigene, einzigartige Weise geleitet und unterstützt werden mussten. Nach so vielen erfolgreichen Jahren ist ihre Karriere denkbar schlecht zu Ende gegangen. Im Moment will sie darüber allerdings nicht nachdenken. Es ist wichtiger, dass sie sich auf die Aufgabe konzentriert, die unmittelbar vor ihr liegt.

Laut der digitalen Anzeige an der Bushaltestelle kommt der

nächste Bus in drei Minuten. Er fährt direkt ins Herz des weiten Krankenhauskomplexes, den sie gut kennt, weil sie wegen der unzähligen Gebrechen ihrer Mutter in den letzten Jahren viel Zeit dort verbracht hat.

Außer ihr wartet niemand an der Haltestelle. Tatsächlich ist die Straße sogar noch ruhiger als sonst.

Harriet starrt auf die vertrauten viktorianischen Villen auf der gegenüberliegenden Straßenseite, die einerseits ihrer eigenen ähnlich sehen, andererseits aber bis zur Unkenntlichkeit verändert scheinen.

In den kleinen, von niedrigen Mauern umgebenen Vorgärten stehen zerrissene, vor sich hin gammelnde Mülltüten, die sich über moderigen Müslipackungen, leeren Bierdosen und Weinflaschen ausbeulen. Nackte Glühbirnen erleuchten spärlich möblierte Zimmer, die durch aufgespannte Laken und hauchdünne Gardinen, die kaum breit genug sind, um sie ganz zu schließen, nur notdürftig vor neugierigen Blicken geschützt werden. Die Studierendenunterkünfte strahlen eine gewisse Kälte und Isolation aus, als hätte das vibrierende Leben um sie herum sie vergessen. Schmutzige Geheimnisse bleiben in ihnen verborgen wie nässende Wunden unter durchscheinenden Verbänden. Keine Familien mehr, die sich im sanften Lichtkegel vor ihren Holzöfen aneinanderschmiegen, so wie früher.

Harriet blickt wieder zur Anzeigetafel, wo die bernsteinfarben leuchtenden Zahlen schon den Countdown bis zur Ankunft ihres Busses eingeläutet haben.

71

GEGENWART

TONI

Ich fühle mich, als wäre ich innerlich verknotet. Wie habe ich sie nur übersehen können? Eine Million Szenarien habe ich durchgespielt, in den meisten von ihnen waren die Täter Fremde.

Harriet Watson hat Evie an jenem Nachmittag unbeaufsichtigt im Klassenzimmer zurückgelassen, lange genug, damit jemand sie entführen konnte. Zumindest war es das, was ich geglaubt habe, was alle geglaubt haben. Die meisten Theorien — und absolut jeder schien eine zu haben — gingen in eine ähnliche Richtung:

Völlig allein gelassen muss Evie auf der Suche nach mir den Klassenraum verlassen haben und nach draußen gegangen sein, wo sie auf osteuropäische Menschenhändler oder einen pädophilen Nachbarn gestoßen und auf Nimmerwiedersehen verschwunden ist.

Mich haben sie definitiv nicht mit weißer Weste aus dieser Tragödie herauskommen lassen.

Ich bin die »gefühllose Schlampe«, die zu spät zum Abholen kam.

Ich bin die »zugedröhnte Möchtegernmutter«, die ihre

lähmende Trauer mit Beruhigungsmitteln bekämpft hat.

Ich bin die »überforderte Versagerin«, der man unter keinen Umständen vertrauen oder glauben darf.

Aber jetzt fällt es mir plötzlich wie Schuppen von den Augen.

Seit Evie weg ist, hat Harriet Watson oft versucht, mich zu kontaktieren. Zuerst hat die Polizei sie verwarnt. Ein paar Wochen lang stand sie selbst auf der Liste der Verdächtigen im Fall von Evies Entführung. Doch am Ende kamen die Ermittler zu dem abschließenden Urteil, dass sie lediglich ihre Aufsichtspflicht verletzt hat.

Alle waren sich einig: Sie hätte ein fünfjähriges Kind nicht unbeaufsichtigt im Klassenzimmer zurücklassen dürfen, ganz egal, wie spät dessen Mutter dran war.

Mr. Bryce, der Hausmeister, gab zu Protokoll, dass bei seinem Rundgang die Türen der Schmetterlingsklasse nicht abgeschlossen waren, weder die zum Flur noch die Glastüren, durch die man direkt aufs ungesicherte Schulgelände gelangte.

Das knapp bemessene Budget der Schule erlaubte keine Überwachungskameras und wegen des Fußballspiels eines örtlichen Vereins waren die meisten Leute aus der Gegend zum Zeitpunkt der Entführung nicht zu Hause, sondern im Stadion gewesen.

Die Lokalnachrichten — und bald auch die landesweiten, obwohl es nicht lange dauerte, bis die großen Zeitungen wieder das Interesse verloren — verurteilten Harriet Watson und insbesondere die St. Saviour's Primary aufs Schärfste.

Doch über mich fielen sie geradezu her. Die alleinerziehende Mutter, die zu spät kam. Inakzeptabel.

Nachdem der öffentliche Aufruhr mitsamt groß angelegter Suchkampagne sich gelegt hatte, fing Harriet Watson überraschend schnell an, mir Briefe zu schreiben.

Verrückte, ausufernde, handschriftliche Briefe, in denen sie mir zunächst meine Fähigkeiten als Mutter absprach, nur um mir ein paar Seiten später ihre Freundschaft und ihre Dienste als selbsternannte Therapeutin anzubieten.

In einem Brief gestand sie mir, dass sie mit Evies Therapie bereits begonnen hatte: Sie hatte sie ermutigt, in der Kleingruppe offen über ihre Gefühle nach dem Tod ihres Vaters zu sprechen. Angeblich würde sie das »auf die Zukunft vorbereiten« und »ihr helfen, sich ein dickes Fell für die Highschool zuzulegen«.

Zu diesem Zeitpunkt hatte der Schulvorstand Watson bereits rausgeschmissen, aber ich ließ DI Manvers dennoch meine tiefe Besorgnis angesichts der weitverbreiteten Praxis ausdrücken, Lehrassistenten allein mit Kleingruppen arbeiten zu lassen.

Natürlich sind die meisten Lehrassistentinnen keine Harriet Watsons, aber trotzdem: Hätte man ihr nicht die Gelegenheit gegeben, hätte Harriet sie auch nicht nutzen können.

Nachdem ich diesen Brief erhalten hatte, hing ich den restlichen Tag über der Kloschüssel. Eine ganze Woche lang brachte ich keinen Bissen hinunter. Ich hasste mich selbst, verachtete mich. Ich wollte sterben. Dauernd dachte ich an die unzähligen Male, die Evie mir erzählt hatte, wie sehr sie die Schule hasste, wie Miss Watson sie zwang, vor der Gruppe zu sprechen, obwohl sie nicht wollte. Sie hatte sich unwohl gefühlt und sich an die Person gewandt, der sie auf der ganzen Welt am meisten vertraute. Mich. Und ich hatte ihr nicht geglaubt, hatte ihre Sorgen achtlos beiseite gewischt.

Was Harriet Watson betraf, war Mums Bauchgefühl von Anfang an richtig gewesen.

Von da an ignorierte ich sämtliche von Harriets Briefen. Ich las sie, weil ich einfach nicht anders konnte, doch ich antwortete nie und mit der Zeit kamen die Briefe in immer größeren Abständen, bis ich irgendwann gar keine mehr erhielt.

»Harmlos, aber komplett durchgeknallt.« Das war DI Manvers' inoffizielle Expertenmeinung zum Thema Harriet.

»Und nach dem Treffen mit ihrer Mutter habe ich auch so eine Ahnung, woher sie's hat.«

Nur ist Harriet nicht harmlos.

Sie hat Evie wehgetan, ihr Selbstvertrauen zerstört. Sie vor ihren Mitschülern gedemütigt, sie gezwungen, über so persönliche Dinge wie den Tod ihres Daddys zu sprechen. St. Saviour's gab ihr die Gelegenheit und die Macht, Einfluss auf sehr junge Kinder auszuüben, die nicht die Mittel hatten, sich zu wehren. Und aus diesem Grund kann ich der Schule nie verzeihen.

Ich habe Harriet Watson für das, was sie getan hat, gehasst. Sie hat Evie Schaden zugefügt.

Aber nach der Entführung bin ich für eineinhalb Jahre in Therapie gegangen und die Therapeutin hat mir geholfen, meine eigene Rolle in dem Ganzen zu reflektieren. Mich trifft auch eine Mitschuld. Ich lernte, mir selbst zu vergeben, und vergab auch Harriet Watson.

Wie naiv ich war. Jetzt gibt es Hinweise darauf, dass noch eine Person an Evies Entführung beteiligt war, und ich bin überzeugt, dass es sich bei dieser Person um Harriet Watson handelt. Sie kommt als Einzige in Frage.

Meine Wut und mein Hass sind neu entfacht.

Insgeheim wissen Harriet Watson und Joanne Deacon ganz genau, was mit Evie passiert ist. Da bin ich mir sicher.

Ich weiß nur noch nicht, wie oder warum sie es getan haben.

Von Anfang an steht für mich fest, dass ich DI Manvers nicht in meine Pläne miteinbeziehen werde. Er und sein Team haben Harriet bereits für unschuldig befunden und bei der Befragung von Joanne Deacon offensichtlich auf ganzer Linie versagt.

Ich warte, bis es draußen dunkel ist und ziehe dann eine alte Jeans und meinen dunkelgrauen Dufflecoat an, dazu eine

Mütze, Schal und Handschuhe. Bevor ich das Haus verlasse, schiebe ich mir die Mütze tief ins Gesicht. Als ich mich noch einmal umdrehe, sehe ich Mum am Fenster stehen. Sie schaut nach draußen. Die Sorge um mich lässt ihre Gesichtszüge schärfer wirken als sonst.

Es wird sie umbringen, was mit Evie passiert ist. Wenn wir sie nicht finden, wird Mum immer zerbrechlicher werden und schließlich einfach aufgeben. Wir haben nie über das Geschehene gesprochen; es ist seltsam. Man kann nie wissen, wie man sich verhalten wird, wenn eine plötzliche Tragödie das eigene Leben in tausend Scherben zerspringen lässt.

Mum und ich reden darüber, ob wir zum Frühstück Eier oder Baked Beans essen wollen, manchmal auch über Politik, aber wir reden nie über Evie und darüber, ob sie noch am Leben ist oder nicht. Das ist unsere Art, den Schrecken der langen, eintönigen Tage durchzustehen.

Ich habe Mum gesagt, dass ich einen Spaziergang mache, um den Kopf freizukriegen.

Doch als ich das Haus verließ, konnte ich sehen, dass sie mir nicht glaubte.

Es waren einsame drei Jahre, aber ich wollte es so. Ich konnte keine Menschen ertragen. Nach Evies Verschwinden haben mir sowohl Dale als auch Bryony Karten und Briefe geschickt. Dale ist mehr als einmal mit einem Blumenstrauß vor meiner Haustür aufgekreuzt, aber Mum hat ihn weggeschickt. Ich konnte einfach nicht.

Ich konnte ihm nicht gegenübertreten.

Die Einzige, mit der ich Kontakt gehalten habe und die mich unterstützt hat, wo sie nur konnte, ist Tara. Wir treffen uns nie persönlich, sondern telefonieren nur. Aufgrund ihrer eigenen Probleme — ihr gesundheitlicher Zustand hat sich im Laufe der Jahre beständig verschlechtert — versteht Tara mein Bedürfnis nach Rückzug und Einsamkeit. Sie selbst lebt ebenfalls zurückgezogen, wegen Robs Tod und ihrer Krankheit.

Joanne Deacon hat es aussehen lassen, als wäre sie so aufgebracht angesichts der Ereignisse, dass sie sofort bei Gregory's kündigen und aus der Gegend wegziehen musste. Und jetzt liegt sie im Krankenhaus, eine bloße Hülle. Wir haben keine Möglichkeit, mehr Informationen über Evie aus ihr herauszukriegen.

Aber Harriet Watson weiß etwas. Das spüre ich.

Ich brauche eine halbe Stunde, um zu einer Bushaltestelle zu gelangen, die weit genug von meinem Haus entfernt ist, dass ich mich halbwegs anonym fühlen kann. Frost bedeckt den Bürgersteig wie glitzernder Puderzucker. Evie liebte dieses Wetter. Wenn sie morgens aufwachte und aus ihrem Fenster im Kinderzimmer die weiße Landschaft sah, rief sie immer: »Mummy, Mummy, es hat geschneit!«

Ein paar selige Sekunden lang stelle ich mir vor, sie wäre bei mir. Beinahe spüre ich die Wärme ihrer kleinen Hand in meiner, höre ihr ständiges Geplapper, lasse mich anstecken von ihrer Neugier auf alles und jeden.

Meine Augen kribbeln und das Gefühl verschwindet wieder. Alles, was bleibt, sind die eiskalten Klauen der Trauer, die sich in mein Herz graben.

Ich habe immer gespürt ... gewusst, dass Evie noch lebt.

Aber was haben sie mit ihr gemacht?

Und welchen Grund können zwei Frauen, die mich beide kannten, gehabt haben, mir meine Tochter wegzunehmen?

Nachdem ich während der kurzen Busfahrt im Kopf hunderte von Was-wäre-wenn-Szenarien durchgespielt habe, ist alles erstaunlich einfach.

Ich klopfe an die Tür und Harriet Watson macht auf.

Ich erkenne sie kaum wieder. Sie steht nicht aufrecht, sondern krumm da, vornübergebeugt wie ein großes C, die Schultern gen Boden geneigt, als hätte etwas so lange an ihnen gezogen, bis sie nachgeben mussten.

Ihre einst braunen, welligen Haare sind jetzt weiß. Die

Brille trägt sie immer noch, doch es wirkt, als wäre sie mittlerweile halb blind, so nahe wie sie mir kommen muss, um mein Gesicht einordnen zu können.

»Toni?«, flüstert sie.

Ich antworte nicht. Sie macht einen Schritt beiseite, betrachtet mich. Verwundert über die Tatsache, dass ich tatsächlich vor ihr stehe, leibhaftig, nach all den Jahren.

Im Haus rümpfe ich die Nase. Es stinkt fürchterlich.

»Das ist die Abwasserleitung«, sagt Harriet zögernd. »Ich habe mich mittlerweile daran gewöhnt.«

An diesen Geruch kann man sich unmöglich gewöhnen. Wahrscheinlich verstopfen tote Ratten den Abwasserkanal und jetzt stauen sich darüber die Abfälle. Es kann nicht gesund sein, diese Luft einzuatmen, doch im Moment ist das meine geringste Sorge. Ich bin sicher nicht hergekommen, um Harriet Hygienetipps zu geben.

»Bitte, kommen Sie doch mit in den Salon«, sagt sie, so als würde sie eine Teegesellschaft abhalten.

Ich folge ihr ins Wohnzimmer. Der Raum ist dunkel und muffig. Der Teppich sieht aus, als wäre er seit Monaten nicht gesaugt worden. Sie bietet mir eine Tasse Tee an und ich lehne ab.

»Ich wollte Ihnen nur sagen, dass ich Bescheid weiß«, sage ich und lasse sie dabei keine Sekunde aus den Augen. »Ich weiß alles.«

»Sie wissen was, Toni?«

»Ich weiß, dass Sie Joanne Deacon geholfen haben. Sie haben ihr geholfen, mir Evie wegzunehmen.«

»Ich — ich wusste nicht, wer sie ist«, stammelt sie. »Bis ich den Zeitungsartikel gesehen habe, wusste ich nicht, dass sie mich die ganze Zeit über angelogen hat. Sie hat mir viele Fragen gestellt, aber ich hatte keine Ahnung, warum. Das schwöre ich Ihnen.«

»Ich will einfach nur wissen, wo Evie jetzt steckt. Harriet, wo ist sie?«

»Sie verstehen nicht«, sagt sie. »Ich habe nicht geholfen, Evie zu entführen. Ich habe Jo Deacon nur Dinge erzählt, ihr Antworten auf ihre Fragen gegeben.«

»Was für Fragen?«

»Ich kann mich nicht erinnern. Es tut mir leid, aber ich habe es nicht mit Absicht getan. Ich will Ihre Freundin sein, ich will, dass Sie mir vergeben.«

Sie brabbelt, ist völlig durcheinander. Ihr Blick huscht im Zimmer umher, während sie mit mir spricht, und sie sieht wiederholt zur Decke hinauf. Es ist nervtötend, aber ich sage mir immer wieder, dass ich hier bin, um Evie zu helfen. Und dafür muss ich die Sache clever angehen.

Außerdem darf ich nicht vergessen, dass Harriet Watson die Polizei schon einmal an der Nase herumgeführt hat. Es wäre ein fataler Fehler, sie zu unterschätzen.

»Könnte ich die Toilette benutzen?«, frage ich und stehe auf.

Sie springt förmlich aus dem Sessel. »Nein, leider nicht, wegen dem Abfluss, verstehen Sie.«

»Kann ich dann vielleicht ein Glas Wasser haben?«, versuche ich es anders.

»Selbstverständlich, ich hole Ihnen eins.«

Ich folge ihr in die Küche. Wir gehen links an der steilen, dunklen Treppe vorbei und ich könnte schwören, dass der Gestank schlimmer wird. Ich halte mir ein Taschentuch vors Gesicht.

Die Küche ist ordentlich, aber heruntergekommen, und die Schränke sehen aus, als könnten sie jede Sekunde auseinanderfallen. Es riecht feucht. Harriet dreht den Hahn auf und lässt Wasser in ein Glas laufen. Während sie mir den Rücken zudreht, lasse ich den Schlüssel, der an einem Haken beim Tisch hängt, in meine Hosentasche gleiten. Seinem Aussehen nach zu urteilen könnte es der Schlüssel zur Hintertür sein.

Harriet dreht sich um und reicht mir das Glas.

»Es tut mir so leid, dass Sie Evie verloren haben, Toni, wirklich. Ich weiß nicht ...«

Ich gebe keine Antwort, sondern verlasse die Küche. Schnell kommt sie hinterher und navigiert mich an der stinkenden Treppe vorbei.

»Können wir vielleicht ein bisschen reden? Ich mochte Evie, sie war mein kleiner Liebling.«

Ich starre sie an und denke an das Küchenmesser, dass ich zur Sicherheit in meiner Handtasche verstaut habe. Aber es ist noch zu früh. Falls ich das Schlimmste herausfinden sollte, wird jemand bezahlen. Mir ist egal, was sie danach mit mir machen. Falls Evie nicht mehr lebt, will ich auch nicht mehr leben.

Ich mache nur deshalb weiter, weil ich das Gefühl habe, der Lösung des Rätsels näherzukommen. Die Ermittler rekonstruieren anscheinend gerade jeden einzelnen Schritt, den sie gemacht haben, prüfen erneut einzelne Hinweise, die bisher nirgendwohin geführt haben.

Doch vielleicht, nur vielleicht, hilft ja eine neue Herangehensweise ...

»Ich gebe Ihnen etwas Zeit zum Nachdenken. Sie können Joanne Deacons Fragen aufschreiben. Versuchen Sie, sich an so viele wie möglich zu erinnern. Und wenn ich morgen Abend wiederkomme, können wir reden. Nur so können wir wieder Freundinnen werden.«

»Danke, Toni«, sagt sie auf ihre beunruhigend unterwürfige Art. »Ich werde gründlich nachdenken.«

Ich verlasse Harriets Haus und gehe die Straße hinauf. Sobald ich mich außer Sichtweite befinde, bleibe ich für einen Augenblick stehen. Ich suche Halt an einem Gartentor, sauge gierig die frische Luft ein.

Sie hat irgendetwas zu verbergen.

Etwas Schreckliches ist in diesem Haus passiert. Und ich werde herausfinden, was.

72

GEGENWART

TONI

Am nächsten Morgen bin ich schon früh wach, sogar früher als Mum. In der Nacht habe ich noch einmal über den Geruch in Harriet Watsons Haus nachgedacht. Was, wenn sich herausstellt, dass ... Ich kann den Satz nicht einmal zu Ende denken. Wäre ich stark genug, mich dem Schlimmsten zu stellen?

Ich schließe die Augen, um meiner schrecklich lebhaften Fantasie zu entkommen.

Dann rufe ich DI Manvers an. Zu meiner Überraschung hebt er sofort ab.

Ich berichte so knapp wie möglich von meinem Besuch bei Harriet Watson und dem Gestank.

»Toni, bitte, Sie müssen mir jetzt genau zuhören«, sagt er nachdrücklich. »Überlassen Sie die Ermittlungen uns. Haben Sie mich verstanden?«

»Sie haben leicht reden.« Ich spüre ein Ziehen in der Magengrube. »Drei Jahre lang haben Sie rein gar nichts getan, um Evie zu finden.«

Mir ist klar, dass das nicht fair ist.

»Wir tun alles, was wir können, Toni«, sagt er. »Das verspreche ich Ihnen.«

»Ach ja? Was denn zum Beispiel?«

»Ich darf Ihnen gegenüber nicht zu viel preisgeben, aber ich werde mich melden, sobald sich durch unsere Ermittlungen neue Spuren abzeichnen.«

Schon wieder dieser verdammte Jargon.

»Gehört Harriet Watson zu den Verdächtigen?«

»Das darf ich Ihnen wie gesagt nicht verraten. Wie wär's, wenn ich morgen mal bei Ihnen vorbeischaue?«

Ich lege ohne eine Antwort auf. Er hält mich für blöd; insgeheim gibt er mir die Schuld, genau wie die Presse. Sie werden Evie niemals finden, dazu sind sie viel zu langsam. Außerdem glauben sie sowieso, dass Evie tot ist.

Ich werde mich nicht mehr auf ihre Hilfe verlassen. Von jetzt an werde ich nur noch auf mein Bauchgefühl hören.

»Was machst du da?«, will Mum wissen, als sie nach unten kommt. »Was ist los?«

»Nichts, worüber du dir den Kopf zerbrechen musst, Mum.«

Zum ersten Mal seit Jahren habe ich wieder Energie. Ich bin kurz davor, ganz kurz davor, die Wahrheit über Evie herauszufinden. Das habe ich im Gefühl. Ganz egal, ob gut oder schlecht — ich muss sie einfach erfahren.

Eine halbe Stunde später stehe ich am Ende von Harriet Watsons Straße, dem ohne Bushaltestelle. Um neun verlässt Harriet das Haus und macht sich auf den Weg in die entgegengesetzte Richtung.

Ich warte nicht, bis sie außer Sichtweite ist. Dafür habe ich keine Zeit. Evie wird vielleicht in diesem Haus gefangen gehalten — oder Schlimmeres, dem Geruch nach zu urteilen.

Die Polizei war seit Jahren nicht mehr hier. Sie haben die Lügen geschluckt, mit denen Harriet sie abgefertigt hat, und sie als eine harmlose Verrückte abgetan.

Eilig gehe ich durchs Gartentor und dann am Haus vorbei zur Hintertür. Auf der anderen Seite gibt es einen ziemlich großen Garten und das Haus selbst ist ebenfalls riesig — ganze drei Stockwerke hoch. Ich stecke den Schlüssel, den ich gestern mitgenommen habe, ins Schloss. Es ist frisch geölt und der Schlüssel lässt sich leicht umdrehen. Ich öffne die Tür und betrete die Küche.

Als ich mich der Treppe nähere und mich die erste Woge des Gestanks erreicht, muss ich würgen, doch ich habe eins von Mums parfümierten Taschentüchern dabei. Damit bedecke ich meine Nase und atme nur noch durch den Mund. Ich gehe die Treppe hinauf in den ersten Stock. Der Geruch wird stärker.

Ich werfe einen kurzen Blick in die beiden Schlafzimmer. In dem einen steht ein Doppelbett, von dem aus man die Straße überblickt. Es ist nicht gemacht; offensichtlich hat Harriet hier die Nacht verbracht. Das andere Schlafzimmer wirkt unbenutzt. Die Matratze ist mit einem Laken bezogen, aber eine Bettdecke ist nicht zu sehen.

Ich verlasse das zweite Zimmer und betrachte die Treppenstufen, die in den zweiten Stock führen.

Dann halte ich mir das Taschentuch noch dichter vor die Nasen und steige zügig nach oben.

Auf dem quadratischen Treppenabsatz oben steht ein kleines Bücherregal. Daneben befindet sich nur eine weitere Tür. Ich drücke die Klinke hinunter. Die Tür ist abgeschlossen.

Der Gestank ist mittlerweile unerträglich. Kurz überlege ich, wieder runterzugehen und die Polizei zu verständigen. Aber sie werden mir nur sagen, dass ich nichts unternehmen und draußen auf sie warten soll. Und ich muss es wissen.

Ich muss jetzt sofort wissen, ob meine Tochter da drin ist.

Ich weigere mich, noch eine weitere Sekunde von ihr getrennt zu sein.

73

GEGENWART

DIE LEHRERIN

Harriet wartet am Empfangstresen im Krankenhaus bis fünf Minuten vor Beginn der Besuchszeit. Dann schließt sie sich dem Strom der Leute an, der sich langsam in Richtung der Fahrstühle und Treppen schiebt. Dank ihres »Testlaufs« am Tag zuvor weiß sie genau, wo sie hin muss. Joanne Deacon wurde auf die Schlaganfallstation verlegt. Das bedeutet eine weniger strenge Überwachung und leichteren Zugang für Besucher.

Als Harriet den Eingang der Station erreicht, wartet bereits eine kleine Menschentraube darauf, dass die Sicherheitstür sich öffnet. Sie zwängt sich zwischen eine ältere Dame und ihren Enkelsohn. Dann ertönt der Buzzer und die Tür schwingt auf. Harriet blickt gerade rechtzeitig auf, um die Frau zu sehen, die in dieser Sekunde die Station verlässt und völlig versunken eine Nachricht in ihr Smartphone tippt. Zu versunken, um Harriet zu bemerken, die ihr mit offenem Mund hinterher starrt.

Das war sie. Die Frau, mit der Joanne Deacon sich mehrmals vor der Schule unterhalten hat.

Bis zu diesem Moment hat Harriet sie komplett vergessen.

Da war noch eine andere Frau.

. . .

Wie Harriet gehofft hat, herrscht auf der Station das reinste Chaos. Die Krankenschwestern rennen zwischen den Patienten hin und her und klären Verwandte über die neuesten Entwicklungen auf. Harriets Blick fällt auf eine junge Schwester, die nervös und unerfahren wirkt und etwas abseits steht.

»Könnten Sie mir vielleicht helfen, meine Liebe?« Harriet lächelt sie mit betont harmloser Miene an. »Ich suche meine Cousine, Joanne Deacon. Anscheinend wurde sie gerade erst hierher verlegt.«

Die Krankenschwester lächelt zurück und schaut auf das Klemmbrett in ihrer Hand. Sie sieht aus, als wäre sie erfreut darüber, sich endlich nützlich machen zu können.

»Sie hat ein Einzelzimmer am Ende des Gangs. Hier steht, nur ihre Familie und die Polizei dürfen sie sehen.« Sie lässt den Blick einen Moment lang auf Harriets gutmütigem Erscheinungsbild und ihrem freundlichen Lächeln ruhen. Dann nickt sie zustimmend. »Ich bringe Sie hin.«

Harriet nutzt den kurzen Weg über den Flur.

»Mir wurde gesagt, sie kann sich nicht bewegen. Anscheinend ist sie gelähmt«, sagt sie, während sie sich den Inhalt des Zeitungsartikels ins Gedächtnis ruft.

»Oh, wissen Sie es noch gar nicht? Ihre Cousine hat einer Krankenschwester zugeblinzelt. Das könnte ein erstes Anzeichen dafür sein, dass sie sich bald wieder bewegen kann.« Die Schwester strahlt Harriet an. »Die Ärzte haben ihre Verlegung angeordnet, weil jetzt klar ist, dass sie sich nicht im Wachkoma befindet, wie zuerst vermutet.«

Die junge Frau hat anscheinend keine Ahnung von der Kontroverse um Joanne Deacon oder den neuesten Zeitungsberichten. Harriet kann ihr Glück kaum fassen. Mit welcher Leichtigkeit es ihr gelungen ist, sich Zugang zu einer medial umstrittenen Patientin zu verschaffen.

Wie lange ihr Glück anhalten wird, ist eine andere Frage. Mit hoher Wahrscheinlichkeit wird sich jemand vom Personal einschalten, sobald der Fehler der jungen Krankenschwester auffällt.

Sie betritt den Raum. Abgesehen vom geschäftigen Summen auf dem Flur ist es still.

Harriet geht hinüber zum Bett und beugt sich über Joanne Deacon. Die Haut der Patientin ist blass. Hier und da erinnern rötliche Spuren an die verschiedenen Positionen des Beatmungsgeräts. Die aufgedunsenen und leicht geschwollenen Gesichtszüge sehen anders aus, als Harriet sie in Erinnerung hat.

»Erkennen Sie mich wieder?«, fragt sie, während sie in die glasigen Augen starrt.

Joanne Deacon blinzelt. Zweimal.

»Die Ärzte sagen, dass Sie sich erholen werden. Obwohl Sie ein schreckliches Verbrechen begangen haben, werden Sie wohl wieder gesund.«

Die Augen starren zu ihr hinauf. Harriet blickt verstohlen zur Tür und dann wieder hinunter zu Joanne Deacon.

»Sie haben mich angelogen. Mich zum Narren gehalten. Ich habe meinen Job und meinen guten Ruf verloren.« Harriet nimmt das Kissen, das auf dem Stuhl neben dem Bett liegt. Joanne Deacon blinzelt erneut. »Es ist Zeit, dass Sie für Ihre Taten büßen.«

Dann greift sie nach dem Beatmungsschlauch und zieht mit aller Kraft daran.

74

GEGENWART

TONI

Die Tür am obersten Treppenabsatz in Harriets Haus mag zwar verschlossen sein, wirkt allerdings nicht sonderlich stabil. Vielleicht kann ich sie eintreten. Ich will es gerade versuchen, als ich von unten ein Geräusch höre. Mitten in der Bewegung halte ich inne und lausche.

Ist Harriet schon wieder zurück?

Ich höre einen dumpfen Schlag, dann ein Krachen, als irgendetwas umgeworfen wird. Leise schleiche ich die Treppe hinunter und bleibe auf dem Absatz im zweiten Stock stehen. Mir ist, als würde ich eine flüsternde Stimme hören, doch sicher bin ich nicht. Ich dachte, ich hätte die Tür hinter mir abgeschlossen ... aber jetzt kann ich mich nicht mehr genau erinnern.

»Hallo, Toni«, sagt laut und deutlich eine Frauenstimme. Sie klingt irgendwie vertraut.

Ich gehe auf die Treppe zu, sodass ich sehen kann, was unten vor sich geht. Meine Augen weiten sich. Ich steige ein paar Stufen hinab, unfähig, zu begreifen, wen ich da vor mir sehe, was das alles zu bedeuten hat.

»Tara?«

Neben Tara steht ein Mann. »Was machst du hier? Ich meine ...«

Sie sieht kräftig und gesund aus. Ihre hellen Haare sind jetzt dunkel und lang. Ihr Gesichtsausdruck ... merkwürdig.

»Komm runter, Toni«, fordert sie mich auf. »Wir haben dir was Wichtiges zu sagen.«

Ich steige weiter abwärts. »Wie bist du hier reingekommen? Woher wusstest du, wo ich bin?«

»Wir beobachten dich«, sagt der Mann mit einem leisen Lächeln. »Schon seit Wochen.«

Ich folge ihnen ins Erdgeschoss, zu verwirrt, um weitere Fragen zu stellen. Als ich schließlich das Ende der Treppe erreiche, schlägt mein Herz so heftig, dass mir schwindelig wird. Der Mann schiebt mich hinter Tara ins Wohnzimmer und schließt die Tür hinter uns. Dann stellt er sich mit verschränkten Armen vor den einzigen Ausgang.

»Was soll das?« Ich drehe mich zu meiner Freundin um. »Tara, was ist hier los?«

»Sie haben sie gefunden, Toni. Sie haben Evie gefunden.«

Ich stolpere ein paar Schritte zurück und halte mich an einem von Harriets verschlissenen Sesseln fest.

»Sie haben sie gefunden?«, sage ich mit brüchiger Stimme. »Ist sie ...«

»Wahrscheinlich sollte ich es eher so ausdrücken: Wir haben zugelassen, dass sie sie finden. Ich hatte meinen Spaß, aber ja, es geht ihr gut. Sie ist ein reizendes Mädchen und du hast sie nicht verdient. Sie braucht eine ordentliche Familie, die sich um sie kümmert.«

Mir wird ganz schwummrig.

»Ich verstehe das nicht ...«

»Evie war die ganze Zeit bei mir«, sagt Tara in Plauderton. »In einem kleinen Cottage in einem abgelegenen Teil der Highlands. Sie ist wirklich entzückend. Du hast sie vernachlässigt. Dadurch war es wirklich ein Kinderspiel für mich, sie mitzunehmen.«

Ich reibe mir die Stirn und versuche, zu begreifen, was das bedeutet. »*Du* hattest Evie all die Jahre? Aber warum?«

Unsere Telefonate kommen mir in den Sinn. Die Tränen, die wir gemeinsam vergossen haben. Um unsere Ehemänner, um Evie.

»Warum solltest du nochmal von vorne anfangen dürfen, wenn *dein* Mann meinen umgebracht hat? Ich habe auch ein Kind verloren, weißt du.«

»Ja, das weiß ich, Tara. Dein Verlust tut mir leid, aber ...«

»Nichts aber. Du hast monatelang nichts von dir hören lassen. Gott, dieses Haus stinkt.«

»Ich habe getrauert, genau wie du! Ich habe dir eine Karte geschickt und ...«

»Eine Karte? Ich verliere meinen Mann und mein ungeborenes Kind und du schickst mir eine verdammte *Karte*?« Ihre Augen nehmen jetzt einen wilden Ausdruck an. Der Mann berührt sie am Arm und sie atmet einmal tief durch. »Ich habe darüber nachgedacht, wie man sich am besten an einem toten Mann rächen kann, der einem das Leben zerstört hat.« Sie lächelt in sich hinein. »Und dann wurde es mir klar. Indem man sein einziges Kind an sich nimmt. Phil und ich können keine Kinder bekommen, daher ist es nur gerecht, oder?«

Ihr Gesicht sieht jetzt manisch aus, völlig wahnsinnig.

Ich wende mich dem Mann zu. Er ist groß, breit und athletisch gebaut, aber seine Augen sind kalt.

»Ich habe mit Andrew gearbeitet. In der Nacht, als er uns über die Klippe gefahren hat, war ich auch dabei.« Er hebt eine verstümmelte Hand hoch. »Ein paar von uns haben Zweifel an seinen Anweisungen geäußert, aber der sture Bastard hat nicht zugehört. Zum Glück habe ich den Unfall beinahe unversehrt überstanden. Das heißt, abgesehen von meiner Karriere, die danach natürlich ruiniert war.«

»Aber Tara, deine Krankheit, du meintest ...«

»Du bist so leichtgläubig, Toni. Ich war nie krank, hatte nie MS. Ich brauchte nur eine Ausrede, warum ich dich nicht besuchen kann. Ach, wie ich unsere Telefonate geliebt habe, wenn du dich darüber ausgelassen hast, wie schrecklich dein Leben doch ist. Und dann erst dein Gejammer, nachdem ich sie dir weggenommen habe. Ich war im Himmel. Du warst so selbstsüchtig. Alles, worüber du reden wolltest, war dein eigener Schmerz.«

»Du bist krank. Wirklich krank, meine ich. Im Kopf.«

»Ja, vielleicht. Aber ich bin auch schlau. Ich beobachte dich schon eine ganze Weile. Wir haben dich beobachtet und sind dir dann hierher gefolgt.« Sie dreht sich zu Phil. »Kannst du nicht mal ein Fenster aufmachen oder so? Bei dem Gestank muss ich mich gleich übergeben.«

Er reagiert nicht.

»Mich beobachtet?«, wiederhole ich.

»Du hast wirklich keine Ahnung, oder? Ich habe das leerstehende Haus im Muriel Crescent gemietet und dich von da aus beobachtet. Ich bin dir sogar zur Arbeit gefolgt. Und dann hierher. Wir haben dich beobachtet, Evie beobachtet. Phil hat all deine Fotoalben und Evies Geburtsurkunde aus dem Schlafzimmer gestohlen, damit wir Beweise hatten, dass sie zu uns gehört, falls uns mal jemand fragen sollte. Du standest dermaßen neben dir, dass du gar nicht bemerkt hast, wenn irgendwas fehlte.«

Mir fällt wieder ein, wie ich einmal mein Schlafzimmer betreten und gespürt habe, dass etwas nicht stimmt. Die Mülltüten mit unseren Sachen waren offen, aber ich dachte, ich würde mir alles nur einbilden.

»Phil war lange beim Militär. Er ist ein Experte. Jedes

kleinste Detail zeichnet er auf, damit keine Fehler passieren.«
Sie grinst ihn an. Langsam kommt sie richtig in Fahrt. »Er hat sogar den Unfalltod deiner Mutter geplant. Der reinste Geniestreich, wie sich herausstellte.«

Ich denke an Mums Sorge wegen des Unfalls auf der Treppe. Wie sie glaubte, den Verstand zu verlieren.

»Ich habe auf die richtige Gelegenheit gewartet und wusste nicht genau, wie ich es angehen soll. Dass du den Job bei Gregory's bekommen hast, war perfekt, und Joanne Deacon war ein Geschenk des Himmels — kurz vor dem Bankrott und verzweifelt auf der Suche nach einer Möglichkeit, an Geld zu kommen. Sie verschaffte mir Zutritt zu deinem Leben. Innerhalb kürzester Zeit kannte ich mich darin besser aus als du selbst. Wir wollten deine Mutter aus dem Weg schaffen, weil sie sich ständig in alles einmischen musste, also hat Phil den Unfall arrangiert. Aber als es passiert ist, hast du so einen Wirbel veranstaltet, dass sich aus dem Vorfall letztendlich die perfekte Gelegenheit ergeben hat, um an Evie heranzukommen.«

»Ich dachte, Jo wäre meine Freundin.« Ich muss es laut aussprechen, damit die Worte irgendeine Bedeutung bekommen.

»Dann ist deine Menschenkenntnis wohl nicht die beste«, kichert Tara. »Obwohl sie nach der Entführung tatsächlich kalte Füße gekriegt hat. Ich nehme mal an, sie hat uns geglaubt, als wir erzählt haben, dass wir dir nur eine kleine Lektion erteilen wollen und Evie bald wieder nach Hause bringen. Wir mussten sie Jo ziemlich schnell abluchsen, sie wollte sie gar nicht mehr hergeben.«

»Evie«, hauche ich. »Ich will sie sehen.«

»Sie ist in Sicherheit. Das ist mein Abschiedsgeschenk an dich. Aber du kannst sie leider nicht sehen; du wirst sie nie wiedersehen. Genau, wie ich mein Baby nie gesehen habe.

Weißt du, der liebe Phil ist ein ziemlicher Experte, wenn es darum geht, den Tod wie einen hübschen kleinen Unfall aussehen zu lassen.«

»Tara, warum? Warum das alles, warum jetzt?«

»Weil das hier das perfekte Ende ist. Evie ist wieder da, also haben wir jetzt erst mal Ruhe vor den Ermittlern. Dafür haben wir jetzt dich. Deswegen werdet ihr euch niemals wiedersehen, verstehst du? Zwei Leben zerstört zum Preis von einem.«

»Damit wirst du niemals durchkommen, nicht jetzt, wo du zurückgekommen bist.«

»Da wäre ich mir nicht so sicher. Bisher haben sie uns nicht gefunden. Bei so viel Inkompetenz mussten wir ihnen die kleine Evie quasi persönlich übergeben.«

»Warum habt ihr sie dann überhaupt zurückgebracht?«

»Die Lage hat sich zugespitzt. Hast du heute früh nicht die Schlagzeilen gesehen? Diese dumme Deacon-Schlampe hat sich von ihrem Schlaganfall nur lähmen lassen, statt einfach zu krepieren.« Taras Gesichtszüge entgleisen. »Jetzt ist das allgemeine Interesse wieder geweckt, die Polizei wird die Ermittlungen intensivieren. Ich habe mich gerächt und bin bereit, ein neues Leben zu beginnen. Es gibt nur eine letzte Sache, die vorher noch erledigt werden muss.«

Phil macht einen Schritt auf mich zu.

»Joanne Deacon wird sich nie mehr ganz erholen, Blinzeln hin oder her. Ich war im Krankenhaus und habe mit den Ärzten gesprochen. Evie kennt unsere echten Namen nicht und glaubt, wir seien ihre Tante und ihr Onkel. Sie liebt uns, sie wird uns nicht verraten, weil sie nichts weiß. Die Polizei wird wegen eines unversehrt zurückgekehrten Kindes keine Großfahndung starten.«

Sie reicht Phil eine Flasche.

»Koch ihr eine schöne heiße Tasse Tee, Phil, und schütte ordentlich was hiervon rein.« Sie lächelt mich an. »Es ist an der Zeit, das alles zu beenden, Toni.«

»Ich verstehe nicht, warum du ...«

»Ganz genau. Du hast nie versucht, mein Leid zu verstehen. Dafür warst du viel zu sehr mit deinen eigenen Problemen beschäftigt.«

»Tara, ich stand völlig neben mir, *bitte*. Lass uns einfach in Ruhe über alles sprechen. Über Evie.«

»Lass gefälligst deine dummen Tricks«, fährt sie mich an. In diesem Moment kommt Phil zurück ins Wohnzimmer. »Wir sind nicht zum Reden hier. Entweder, du trinkst das freiwillig, oder ich zwinge dich dazu. Ein paar Schlucke sollten reichen.«

Sie nimmt die Tasse entgegen. Phil packt meine Arme und hält sie hinter meinem Rücken fest. Er zieht mich nach hinten, wölbt meinen Rücken und zwingt so meinen Kopf in den Nacken. Tara hält mir die Tasse an den Mund und ich halte ihn fest geschlossen, während die kochend heiße Flüssigkeit meine Haut verbrennt.

Ihre Fingernägel krallen sich in meine Lippen und versuchen, sie mit Gewalt zu öffnen. Ich bewege den Kopf von einer Seite zur anderen, sodass die Tasse mir nicht allzu nahekommen kann. Aus dem Augenwinkel nehme ich einen Schatten wahr, der sich Tara von hinten nähert. Dann gibt es einen dumpfen Schlag und ihr Gesicht explodiert. Blut und Fleisch fliegen in alle Richtungen.

Meine Arme sind wieder frei und ich stolpere vorwärts, falle über Tara und lande auf dem Boden. Ich blicke auf und sehe, wie Harriet Watson mit einem Hammer auf Phils Arm einschlägt und danach auf seine schon verstümmelte Hand, die nun vollständig zerschmettert wird.

Er wirft den Kopf zurück und brüllt. Da zielt Harriet mit dem Hammer auf sein Gesicht. Er fällt zu Boden. Sie versetzt seinem Schädel im Fallen einen weiteren Schlag und dreht sich dann mit erhobenem Hammer zu mir um.

Ich kauere mich auf dem Boden zusammen und halte mir nutzloserweise die Hände vors Gesicht.

»Sollen wir eine Tasse Tee trinken, jetzt, wo die Unannehmlichkeiten aus dem Weg geschafft sind, Toni?«, fragt sie ruhig. »Und danach zeige ich Ihnen, wo der Geruch herkommt.«

75

GEGENWART

TONI

Völlig benommen sitze ich auf dem Sofa. Ich kann den Blick einfach nicht von Tara und Phils Leichen abwenden. In Filmen springen Leute, die tot aussehen, manchmal unerwartet wieder auf und erdrosseln irgendwen. Aber diese beiden sehen nicht so aus, als würden sie sich in naher Zukunft nochmal bewegen.

Hat Tara die Wahrheit gesagt? Ist Evie am Leben?

Ich atme tief durch. Harriet hat Recht, man gewöhnt sich an den Geruch.

Ich kann sie in der Küche hantieren hören. Sie macht tatsächlich Tee. Alles wirkt so normal, aber ich bin wie versteinert.

Da höre ich, wie die Hintertür zur Küche aufgestoßen wird. Rufe und Geschrei ertönen. Plötzlich ist das Zimmer voller Uniformierter und ich nehme entfernt wahr, wie mich jemand nach draußen an die frische Luft führt.

Ich blicke auf und direkt ins Gesicht von DI Manvers.

»Toni, ist alles in Ordnung? Hat sie Ihnen was getan?«

»Es stimmt«, sage ich kaum hörbar. »Sie ist harmlos. Nur völlig durchgeknallt.«

»Ich lag falsch.« Er schüttelt den Kopf. »Harriet Watson hat Joanne Deacon ermordet. Hat sie in ihrem Bett erstickt.«

Ich höre seine Worte und verstehe ihren Inhalt. Nur fühlen tue ich nichts.

»Toni, schauen Sie mich an.«

Ich schaue ihm in die Augen.

»Wir haben sie. Wir haben Evie.«

Die Zeit bleibt stehen.

»Es geht ihr gut«, sagt er sanft. »Sie ist unverletzt, sie weiß, dass sie bald wieder nach Hause kann.«

Ich schluchze leise auf. »Haben sie ihr irgendwas angetan, ist sie verletzt?«

»Sie haben sich gut um Evie gekümmert.«

»Dann ist es also wahr«, sage ich schwach. Mir wird ganz komisch.

»Wir bringen Sie jetzt nach Hause. Dort können Sie ihre Sachen packen und dann fahren wir Sie zu Ihrer Tochter.«

»Danke«, höre ich mich sagen. »Es geht mir gut.«

»Bitte, warten Sie!«, ruft Harriet Watson. Sie reißt sich von den Polizeibeamten los, die versuchen, sie zurückzuhalten, und eilt auf uns zu. »Ich will Toni zeigen, wo der Geruch herkommt. Sie soll sehen, dass es nicht Evie ist. Ich würde Evie niemals wehtun.«

Widerwillig stimmt DI Manvers zu. Während wir ihr nach oben folgen, wird der Gestank immer unerträglicher.

»Verdammt, ich muss mich gleich übergeben«, höre ich einen der Beamten murmeln. »Ich kenne diesen Geruch und ich sag euch, das wird kein schöner Anblick.«

Wir warten am zweiten Treppenabsatz. Harriet und DI Manvers gehen bis ganz nach oben.

»Sie soll es selbst sehen«, erklärt Harriet.

DI Manvers nickt und ich gehe ihnen hinterher.

Harriet zieht einen Schlüssel aus ihrer Hosentasche und steckt ihn ins Schloss. Sie stößt die Tür auf und wir weichen vor der Woge des Gestanks zurück, die uns entgegenschlägt. Fliegen drängen sich summend an die Fensterscheiben. Es sind mehr, als ich je auf einmal gesehen habe. Die Polizisten am unteren Ende der Treppe halten sich die Nase zu.

»Es ist Mutter«, sagt Harriet gedämpft. »Sie weigert sich immer, nach unten zu kommen, wenn sie Darcy stillt.«

Später, auf dem Weg zur Wache, erklärt DI Manvers mir ein paar Dinge.

»Darcy war Harriets Schwester. Sie wurde vor ihr geboren, starb aber mit gerade mal sechs Monaten an plötzlichem Kindstod. Ihre Mutter hat das Baby all die Jahre in Windeln gewickelt in einer Schublade aufbewahrt. Darcy ist sogar mit ihnen umgezogen.«

Ich erschaudere. Harriets vor sich hin rottende Mutter hatte in einem Schaukelstuhl gesessen, das Skelett eines Babys wie zum Stillen vor der Brust haltend. Ein Anblick, den ich niemals vergessen werden.

»Die alte Frau hat den Verstand verloren und machte Harriet ständig Druck, sie solle das Zimmer im Obergeschoss herrichten, damit sie ihr Baby stillen kann. Dann hat sie sich irgendwann geweigert, wieder herauszukommen. Eines Morgens hat Harriet sie tot in ihrem Schaukelstuhl gefunden und ...« Er schüttelt den Kopf. »Und sie unerklärlicherweise einfach dort sitzen lassen.«

Außerdem berichtet er mir, dass Dale Gregory sich bei der Polizei gemeldet hat. Er hat die Zeitungsartikel über Jo Deacon gelesen. Nach ihrer Kündigung haben er und Bryony ihren Aktenschrank ausgeräumt und darin mein »verlorenes« Portemonnaie gefunden.

»Anscheinend ist er mit einem Blumenstrauß bei Ihnen zu Hause vorbeigekommen, um Ihnen davon zu erzählen, weil ja damals alle dachten, Sie seien einfach unachtsam gewesen.

Aber als Sie nicht einmal in der Lage waren, mit ihm zu sprechen, entschied er, Sie nicht auch noch damit zu belasten. Zu dem Zeitpunkt schien es nicht sonderlich wichtig.«

Darauf fällt mir keine Antwort ein. Ich weiß noch, wie Mum Dale vor Wochen oder sogar Monaten abgewiesen hat, weil ich niemanden sehen wollte.

Jo muss das Portemonnaie wegen des Bargelds genommen haben, aber auch, um mich unorganisiert und chaotisch aussehen zu lassen. Als würde sich das zu ihrem Vorteil auswirken, sobald Evie verschwunden war.

Aber dann verbanne ich rasch alle Gedanken aus meinem Kopf. Ich kann nur an Eines denken, und das ist das kleine Mädchen, das ich verloren habe. Das Mädchen, das jetzt in dem flachen Betongebäude vor uns auf mich wartet.

»Ich weiß, das ist ganz schön hart zu schlucken. Und ich weiß, dass Harriet Watson Evie unbeaufsichtigt im Klassenzimmer zurückgelassen hat, sodass sie entführt werden konnte. Trotzdem müssen Sie eine Sache wissen — sie ist der Grund, weshalb Evie heute wieder bei uns ist.«

Ich starre ihn an.

»Sie hat Tara Bowen im Krankenhaus erkannt. Meinte, sie hätte sie auf einem Foto bei Ihnen im Wohnzimmer gesehen und dass Sie gesagt hätten, es sei Ihre Freundin Tara. Aber als Harriet nachgefragt hat, sagte die Krankenschwester, die Frau sei Joanne Deacons Schwester, woraufhin Harriet ihr erzählt hat, sie glaube, es handle sich um eine Betrügerin. Die im Krankenhaus haben Panik bekommen und uns angerufen.«

Ich lasse seine Worte einen Moment lang sacken.

»Leider haben sie Harriet Watson danach nicht mehr sonderlich viel Beachtung geschenkt. Wie dem auch sei ... wir haben also gerade angefangen, Nachforschungen zu Tara Bowens Aufenthaltsort anzustellen, da taucht plötzlich Evie vor einer Arztpraxis auf.«

Die Erkenntnis, dass Tara nur per Zufall aufgeflogen ist, jagt mir einen Schauer über den Rücken.

»Bitte richten Sie ihr meinen Dank aus«, sage ich, wobei mir nur allzu bewusst ist, auf was für eine verrückte Art und Weise sich die Dinge entwickelt haben: Ich hätte nie gedacht, dass ich Harriet Watson einmal dankbar sein würde.

76

GEGENWART

TONI

Sie sitzt in einem cremeweiß gestrichenen Zimmer auf einem Sitzsack. Der Teppich ist azurblau wie das Meer und ihr Haar ist braun. Sie ist groß, größer als damals, und ihr Gesicht hat sich verändert, auch wenn sie im Kern noch so aussieht wie früher. Vor ihr liegen Legosteine, mit denen sie irgendein Gebäude baut.

Die Spielsteine sind nicht mehr groß und bunt. Sie sind klein und praktisch und ihr Bauwerk sieht aus wie ein Modell in einem Architekturbüro.

Als wir den Raum betreten, schaut sie auf, und unsere Blicke begegnen sich.

Ich lächle und sie starrt zurück.

Sarah, die Psychologin, zieht zwei Stühle heran und wir setzen uns. Meine Unterhaltung mit Sarah kommt mir in den Sinn. Wir haben darüber gesprochen, wie wichtig es ist, nichts zu überstürzen. Ihr nicht zu nahe zu kommen, sie nicht zu berühren. Jeder einzelne Schritt muss von Evie ausgehen. Sie darf sich auf keinen Fall überfordert fühlen.

»Es wird ein langer Weg für sie«, hat Sara kurz zuvor noch gesagt. »Wir wissen nicht, wie sie reagieren wird. Es kann sein, dass sie eine starke emotionale Verbindung zu ihren Entführern aufgebaut hat.«

Nachdem wir ein paar Minuten geschwiegen haben, nickt Sarah mir zu.

»Hallo, Evie«, sage ich.

»Hallo«, antwortet sie.

Wir betrachten einander.

»Was baust du da? Sieht ganz schön kompliziert aus.«

Sie schaut das Legogebäude an und dann wieder mich, steht auf und kommt auf mich zu. Ein oder zwei Schritte vor mir bleibt sie stehen.

»Ich habe manchmal von dir geträumt«, sagt sie. »Deine Haare sind anders. Und deine Augen. Deine Augen haben sich verändert.«

»Du hast dich auch verändert. Du bist jetzt sogar noch hübscher«, sage ich.

Sie macht ohne Antwort kehrt und geht zurück zu ihrem Sitzsack.

Wir sitzen noch eine Weile schweigend da und sehen Evie zu, die ihre Legosteine ineinander steckt. Irgendwann dreht sie sich wieder zu mir und seufzt.

»Wann können wir nach Hause?«, fragt sie.

EIN BRIEF VON K.L. SLATER

Vielen Dank, dass ihr *Verschwunden* gelesen habt, meinen zweiten Psychothriller. Wenn ihr es gern gelesen habt und über meine neuen Veröffentlichungen auf dem Laufenden bleiben wollt, dann klickt für meinen Newsletter auf diesen Link:

www.bookouture.com/bookouture-deutschland-sign-up

Eure E-Mail-Adresse wird niemals weitergegeben, und ihr könnt euch jederzeit wieder abmelden.

Die Handlung wurde von verschiedenen Medienberichten über verschwundene oder entführte Kinder inspiriert, die ich im Lauf der Jahre gelesen bzw. gesehen habe. Es faszinierte mich, wie Öffentlichkeit und Presse sich fast immer mehr für die Fehler der Eltern zu interessieren schienen als für die Frage, wer das Kind denn nun tatsächlich entführt hat.

Ich dachte darüber nach, wie leicht es für eine fest entschlossene Person wäre, die Schwächen eines Elternteils auszunutzen. Zum Beispiel die einer alleinerziehenden, trauernden Mutter, einer Frau, die mit den Anforderungen des alltäglichen Lebens zu kämpfen hat.

Wir alle treffen hin und wieder Entscheidungen, die wir später bereuen. Aber was, wenn diese Entscheidungen ein albtraumhaftes Szenario nach sich ziehen, das nicht mehr rückgängig gemacht werden kann? Wie geht man mit einer solchen Tragödie und der lähmenden Schuld um, die sie mit sich bringt? *Verschwunden* ist die Geschichte, die aus diesen Überlegungen entstand.

Schauplatz des Buchs ist Nottinghamshire, wo ich geboren wurde und mein gesamtes Leben verbracht habe. Ein Hinweis für Leser*innen mit Ortskenntnis: Teilweise habe ich mir die Freiheit genommen, Straßennamen oder geografische Details im Sinne der Geschichte zu verändern.

Ich weiß, ihr hört das vermutlich ständig, aber Buchrezensionen sind unglaublich wichtig für Autor*innen. Wenn euch *Verschwunden* gefallen hat und ihr euch ein paar Minuten Zeit nehmen könnt, einen kurzen Text darüber zu schreiben, wäre ich euch unendlich dankbar.

Ihr könnt außerdem über meine Website, Facebook oder Twitter mit mir Kontakt aufnehmen. Und wenn ihr über neue Bücher auf dem Laufenden gehalten werden möchtet, meldet euch gerne für meinen Newsletter an (die Adresse findet ihr unten). Wir werden euch auch wirklich nichts Anderes schicken, versprochen!

Zurzeit arbeite ich an meinem dritten Psychothriller. Er ist verstörend und spannend und ziemlich beängstigend ... Ich denke, er wird euch gefallen!

Alles Liebe,

Kim x

www.KLSlaterAuthor.com

facebook.com/KimLSlaterAuthor

twitter.com/kimlslater

instagram.com/klslaterauthor

DANKSAGUNG

Zuallererst ein riesiges Dankeschön an Lydia Vassar-Smith, meine Lektorin, für ihre Expertise und Beratung während des Schreibprozesses. Ich danke dem GESAMTEN Bookouture-Team für seine Arbeit, besonders Lauren Finger und Kim Nash.

Ein enormer Dank gilt wie immer meiner Agentin Clare Wallace, die nach wie vor eine unschätzbare Bereicherung in meinem Leben ist — sogar im Mutterschutz!

Vielen Dank auch dem engagierten Team der Darley Anderson Literary, TV and Film Agency, insbesondere Mary Darby und Emma Winter, die so hart arbeiten, damit meine Bücher in die große, weite Welt entlassen werden können, sowie Naomi Perry, Kristina Egan und Rosanna Bellingham.

Ein riesiges Dankeschön gilt wie immer meinem Ehemann Mac für seine Liebe und Unterstützung und dafür, dass er sich um alles kümmert, sodass ich Zeit zum Schreiben habe. Meiner Tochter Francesca und Mama, die mich immer unterstützen und mich zum Schreiben ermutigen. Meinen Stiefsöhnen Nathan und Jake und unserer Schwiegertochter Helen, die pflichtbewusst alles liest, was ich schreibe. Und Dad, der immer fragt, wie es gerade läuft.

Ein besonderer Dank geht auch an Henry Steadman, der es mal wieder fertiggebracht hat, ein atemberaubendes Buchcover zu gestalten.

Danke an all die Blogger*innen und Kritiker*innen, die so

viel dazu beigetragen haben, mein Thrillerdebut *Sicher bist du nie* zum Erfolg zu machen. Danke an jede einzelne Person, die eine positive Rezension online veröffentlicht oder an meiner Blogtour teilgenommen hat. Das bedeutet mir wirklich viel.